Augusta de Wit

Die Göttin, die da harret

CLASSIC PAGES

Wit, Augusta de

Die Göttin, die da harret
Reihe: *classic pages*

ISBN: 978-3-86741-279-7

Auflage: 1
Erscheinungsjahr: 2010
Erscheinungsort: Bremen, Deutschland

© Europäischer Hochschulverlag GmbH & Co KG, Fahrenheitstr. 1, 28359 Bremen (www.eh-verlag.de). Alle Rechte beim Verlag und bei den jeweiligen Lizenzgebern.

Cover: Foto © Barbara Frolik/Pixelio

De Göttin, die da harret

von Augusta de Wit

Inhalt

Einer, der das Leben sucht. 7
Vielerlei Wege 83
Das Innere Licht 200

I.
Einer, der das Leben sucht.

Er stand bereit, mitten in dem ausgeräumten Zimmer, zwischen Taschen und Koffern, die ein gebücktes altes Männchen in Hemdsärmeln mit den bunten Zetteln des »Asiatischen Lloyd« beklebte. Sein Freund, der ihn von dem Abschiedsfest im Klub heim begleitet hatte, saß in einer Ecke des Sofas unbequem zwischen all' dem Gepäck, hinter dem seine zarte Gestalt beinahe verschwand. Seine grauen Augen, die etwas mädchenhaft Sanftes hatten, hingen an dem schönen Gesicht des Reisefertigen.

Er suchte in seinen Taschen.

»So, da hab' ich's, die Schlüssel und ... all right, Hanedoes, um ein Viertel nach zehn Uhr am Bahnhof, verstanden?«

Der krumme Alte antwortete in dem Ton, in dem man eine zwanzig Mal gegebene Antwort zum einundzwanzigsten Mal wiederholt:

»Ich werde dafür sorgen, Herr van Heemsbergen.«

Während van Heemsbergens siebenjähriger Studentenzeit war er dessen Diener gewesen, und er kannte ihn, seine Verhältnisse und Pläne reichlich so gut wie der junge Mann selbst. Auch jetzt, und ohne dass er ein Wort darüber gehört hätte, wusste Hanedoes, welchen letzten Gang sein Herr noch antreten wollte.

Van Heemsbergen nahm seine Handschuhe vom Tisch.

»Also auf Wiedersehen später an der Bahn, Tilenius,« sagte er, während er dem auf dem Sofa Wartenden zunickte.

Tilenius stand hastig auf.

»Ich – – ich begleite dich noch ein Stück, ich – wollte doch – ich muss noch in die Stadt,« sagte er stotternd.

Van Heemsbergen stand einen Augenblick unschlüssig da.

»Wie du willst,« sagte er dann ein wenig verdrießlich.

Sie gingen zusammen zur Tür hinaus.

Die Straße, still und leer, lag grau da im Lichte des Oktobermorgens. Vor einer geöffneten Haustür stand ein Dienstmädchen und scheuerte die Treppe, den Rock hoch aufgeschürzt und die Ärmel aufgestreift. Ein Milchmann kam daher, seinen Handkarren schiebend, auf dem die großen Messingkannen blitzten. Van Heemsbergens Schritt klang auf den Steinen.

Plötzlich sprach Tilenius im Ton eines Menschen, der sich trotz vernünftigen Besserwissens durch sein Gefühl hinreißen lässt:

»Es ist doch schade, Gys, ich kann mir nicht helfen, ich finde es schade, dass du nach Indien willst.«

Van Heemsbergen warf dem Sprecher einen ungeduldigen Blick zu.

»Das ist jetzt schon das dritte Mal, seit heute Nacht, als wir aus dem Klub kamen, jawohl, das dritte Mal ... früher hast du das nie gesagt, jetzt gerade am allerletzten Abend kommen wir zufällig mit so einem von drüben zusammen, der ein Protz ist und ein Hohlkopf, und jetzt tust du, als wären sie dort drüben alle so und als müsste ich als der einzig anständige Mensch zwischen all denen leben – oder am Ende gar selbst auch so werden.«

Tilenius antwortete hastig:

»Du weißt ganz gut, dass ich so etwas von dir nicht denke – unter keinen Umständen würdest du – ich meine nur, dass du hier ebenso gut Karriere machen könntest wie in Indien, besonders jetzt mit dem Werk von Professor de Grave.«

Er sprach von einem Werk über die Rechtszustände in Niederländisch-Indien, das der mitten in der Arbeit verstorbene Verfasser van Heemsbergen als dem begabtesten seiner Schüler zur Vollendung hinterlassen hatte.

»In ein paar Jahren bist du selbst Professor, sie sagen es alle.«

Der zart gebaute kleine Mann blickte auf seinen gut gewachsenen Kameraden mit der bewundernden Anhänglichkeit, die ein seiner Schwäche sich bewusster Schwacher dem Stärkeren entgegenbringt, seinem stellvertretenden Lebenshelden, in dem er seine Wünsche zu Taten werden sieht.

»Du könntest de Graves Nachfolger werden,« beharrte er.

Van Heemsbergen zuckte ungeduldig die Achseln.

»Professor – Professor – und dann mit viertausend Gulden jährlich sein ganzes Leben lang hier in Leyden –«

»Sechs doch, später,« sagte Tilenius.

Van Heemsbergen beachtete seine Worte nicht.

Er blickte die vornehme Straße hinunter, die, geräuschlos und ehrbar, an eine riesenhafte Bibliothek erinnerte, in der die Häuser wie Bücherschränke standen.

»Danke bestens, ich will leben.«

»Ich meinte, dass dir diese Arbeit …« begann der Kleine zögernd.

»Natürlich. Aber nicht auf diese Weise, wie ein Mönch in seiner Zelle – Du nimmst auch immer alles so buchstäblich, unter »leben« verstehe ich doch nicht nur … sich amüsieren, so wie es auch der erste beste Idiot kann, wenn er nur Geld genug hat, ich meine mitten darin stehen in allem, Lebenserfahrungen sammeln, handelnd in die Dinge eingreifen, und wenn alles drunter und drüber geht, mit den Händen in den Taschen danebenstehen und ruhig denken können: was liegt mir daran, jetzt fang' ich wieder mit etwas anderem an. Ich würde …«

Er sah Tilenius an mit einem Gesicht, in dem alles leuchtete, aber plötzlich:

»Nun eben …« murmelte er wieder mit einem Achselzucken … »das alles …« und er schwieg, während das leuchtende Licht in seinen Augen matter ward und langsam erlosch.

Der andere verstand, dass es ihm unangenehm war, seine Gefühle so preisgegeben zu haben, und sagte in sachlichem Ton irgendetwas über die Vorteile einer Karriere im juristischen Staatsdienst in Ostindien.

»Und übrigens ist es auch wohl wahr, was du neulich sagtest – dort drüben hat man ein weiteres Feld – »ein Land, das noch nicht urbar gemacht ist«, wie du dich ausdrücktest »jungfräulicher Boden«, während hier schon alles mit Beschlag belegt ist. Das ist wahr, man kann dort rascher Karriere machen und sich vielleicht auch einen berühmten Namen erwerben.«

»Nun ja,« sagte van Heemsbergen gleichgültig. Er blieb stehen.

»So, jetzt muss ich weiter, also auf Wiedersehen später.«

Tilenius hielt die flüchtig dargebotene Hand fest in einem Druck, der plötzlich etwas Krampfhaftes bekam. Er wurde rot bis über beide Ohren, und hastig, als fürchte er, dass der mühsam zusammengeraffte Mut ihm wieder entschwinden könne, noch bevor das große Wort gesprochen, sagte er:

»Wenn ich dir und Ada irgendwie nützlich sein kann, was immer es auch sein möge – du kannst auf mich rechnen.«

Und damit war er verschwunden.

Van Heemsbergen, der, schon halb abgewandt, verständnislos genickt hatte, begriff den Sinn der unklaren Worte erst nach einer Weile.

»Er hat von unserer Verlobung gehört,« dachte er stirnrunzelnd.

Er hatte um Ada de Graves Hand angehalten und ihr Jawort bekommen, aber der soeben erst ernannte Vormund, ein durch Spekulationen reich, hart und misstrauisch gewordener Kaufmann, gegen den van Heemsbergen schon bei seinem ersten Besuch jenen Widerwillen empfunden, der der unerklärlichen unüberbrückbaren Rassenantipathie der Charaktere entspringt, verweigerte seine Zustimmung. Der Gedanke, dass dies bekannt geworden, war ihm unangenehm. Während er die Treppe zu dem de Graveschen Hause hinaufging, dachte er: »In solchem Nest wie Leyden weiß auch jeder gleich alles.«

Die Tür wurde geöffnet, noch bevor er geklingelt hatte.

Seine Braut, blass und schmal in ihrer tiefen Trauer, lächelte ihm halb schmerzlich zu. Er nahm sie in seine Arme und küsste sie schweigend und ungestüm.

»Ich wusste, dass du kommen würdest, noch bevor ich deinen Brief hatte,« murmelte sie, »das war kein Abschied gestern.«

Sie zog seinen Arm fester um sich, während sie zusammen den langen schmalen Gang des altfränkischen Hauses durchschritten.

»Ins Studierzimmer?«

Van Heemsbergen fragte es wie jemand, der die Antwort auf seine Frage schon weiß.

Das Mädchen neigte den Kopf zum Zeichen der Bejahung.

»Da haben wir beide wenigstens ein Recht zu sein,« sagte sie gequält.

Die Tür des Wohnzimmers wurde geöffnet, und Frau de Grave trat heraus.

Sie blieb stehen, als ob sie etwas sagen wollte, während sie van Heemsbergen mit einem langen, gleichsam prüfenden und zweifelnden Blick ansah, aber nach kurzem Zögern, und ihn noch stets mit demselben eigentümlichen Blick messend, schritt sie ohne ein Wort zu sagen an dem jungen Paar vorüber und schüttelte den Kopf als Antwort auf ihre eigenen Gedanken.

Ada war so rot geworden, dass die Tränen ihr in die Augen traten. Es schien fast, als müsse die feurige Röte ihre Wangen schmerzen. Mit einer hastigen Bewegung zog sie ihren Bräutigam ins Studierzimmer.

»Mama ist sonst nicht so,« sagte sie schüchtern, »wirklich nicht, Gys. Sie war gleich damit einverstanden, als ich ihr heute Morgen sagte, dass du kommen würdest. Sie hat wohl Mitleid mit uns; aber sie hat nicht so recht den Mut wegen des Onkels.«

Sie sah ihn an mit Augen, die um Verzeihung baten.

»Sympathie lässt sich nicht erzwingen,« sagte er kurz, »ich werde schon wissen, wie ich ohne deinen Onkel fertig werde.«

Während er an den Schreibtisch trat, vor dem der Stuhl zurückgeschoben stand, gleich als wäre der, der dort gesessen, soeben aufgestanden, zog er einen mit feiner fließender Schrift bedeckten Bogen Papier aus einem Stapel schwarz bekritzelter Streifen und Zettel hervor.

»Ist das nicht das Kapitel über die Priesterräte?«

»Ja, – das, aus dem dir Papa vorgelesen hat, jenes – jenes letzte Mal,« sagte sie kaum hörbar, und die Tränen, die sie nicht länger zurückzuhalten vermochte, flossen ihr über die Wangen.

Er sah es und begriff, warum sie weinte. Der gezwungen gleichgültige Ausdruck verschwand aus seinen Augen.

»Weine nicht, Liebling,« sagte er innig. »Du siehst doch, ich nehme es mir nicht weiter zu Herzen, das kommt alles ganz von selbst in Ordnung ... komm, setz' dich her – hierher – auf deinen eigenen Platz ...«

Er zog sie neben sich auf die Fensterbank. Sie stützte den Kopf gegen das dunkle Holz des Rahmens; durch die Scheiben des altmodischen mit Blei eingefassten Fensters, das ein wilder Weinstock mit blutroten Ranken umkränzte, fiel das Licht mild auf ihre blumenhaft weiße Schläfe und überstreute ihre mattblonden Locken mit silbernen Glanzlichtern. So hatte er sie hunderte von Malen sitzen sehen, wenn er zu Professor de Grave kam. Er nahm ihre beiden schlanken Hände, die sich so kalt wie Schnee anfühlten, in die seinen, gleich als wolle er durch diese Umschließung seine eigene Ruhe auf sie übertragen, und sagte:

»Höre mich jetzt an, mein Mädchen; es ist nur für ein Jahr, dann bist du großjährig, und ich habe meine Ernennung, und wir heiraten. Wenn deine Mutter dann sieht, dass sie doch nichts daran ändern kann, wird sie schon einwilligen. So lange musst du dich zusammennehmen. Mein Gott, ein Jahr ist doch auch keine Ewigkeit. Du wirst sehen, dass du noch nicht einmal mit deiner Arbeit fertig bist, wenn es um ist,« fügte er scherzend hinzu, unwillkürlich lächelnd über das große Wort »Arbeit«, womit er ihr Kopieren von Professor de Graves unentzifferbarem Manuskript bezeichnete.

»Nun, Scriba,« – er gab ihr den Namen, bei dem ihr Vater sie halb neckend, halb liebkosend zu nennen pflegte, wenn er sie für das Lesbarmachen seiner Aufzeichnungen lobte, – »sagst du nichts?"

Sie hatte regungslos dagesessen und ihn mit einem zugleich zerstreuten und gespannten Blick angesehen, als suche sie seine Gedanken in seinen Augen, während sie seine Worte unbeachtet über sich hingehen ließ. Mit einem Ernst, der im Vergleich zu seinem leichten Ton seltsam klang, sagt sie plötzlich: »Das gehört uns jetzt, Vaters Buch, zusammen. Ich bin so stolz darauf, dass er es dir gegeben hat, Gys,« sie drückte seine Hände mit einer solchen Kraft, als wolle sie ein feierliches Gelübde zugleich ablegen und einfordern; »ich glaube, dass du sein Werk so gut zu Ende führen wirst, wie er es selbst getan haben würde. Du wirst alles das zustande bringen, was er sein ganzes Leben lang gewollt und gehofft hat. Tausende von Menschen werden durch dich glücklicher werden.«

Ihre Augen strahlten.

Van Heemsbergen fühlte unbestimmt, dass ihre Ekstase zu einer Höhe emporstieg, auf der er nicht stand und vielleicht auch niemals würde stehen können, und sagte daher absichtlich nüchtern: »Nun, die Javaner glücklich zu machen, darauf kommt es wohl nicht in erster Reihe an. Das heißt,« fuhr er fort, als er sah, wie sich ein Schatten über ihre Augen legte »indirekt natürlich wohl, es versteht sich von selbst, dass eine gute Rechtsprechung zu der Wohlfahrt eines Volkes beiträgt, zu seinem Glück, wenn du willst.«

»Ja, so meine ich es,« sagte sie dankbar, »daran wirst du arbeiten und so gut, wie es dir nur irgend möglich ist. Du weißt nicht, wie ich mich bemühen werde, genug zu lernen, um dir helfen zu können, Gys.«

Mit plötzlicher Heftigkeit umspannte er ihre beiden Pulse: »O Ada, und wenn sie dir nun alles mögliche erzählen, um dich von mir loszureißen, wirst du sie dann nur reden lassen, deine Familie und deinen Vormund und – alle, alle? Ich weiß genau, womit der Kerl dir kommen wird, Pfennigfuchserweisheit – dass ich so viel Geld vergeudet und dass ich sieben Jahre studiert habe und dass ich nur durch deinen Vater zum Arbeiten gekommen bin und dass ich in Indien schon lange zum Teufel sein werde, bevor wir ans Heiraten denken können, und dass ich dich niemals glücklich machen kann, – sag, wirst du dann nicht auf sie hören?«

Sie schüttelte immer wieder verneinend den Kopf, lächelnd, als sage er Ungereimtheiten, über die man nicht einmal nachdenken könne.

»Ich kenne dich doch,« sagte sie endlich glücklich und voll Vertrauen, und ihre ganze Seele kam ihm in ihrem Lächeln entgegen.

»Ja, nicht wahr? Du kennst mich, und ich kenne dich, wir wissen, dass wir zu einander gehören, wir sind Mann und Frau, sprich es mir nach, ich will es von dir hören.«

»Wir sind Mann und Frau,« wiederholte das junge Mädchen.

»Nächstes Jahr im August wirst du großjährig, dann werden wir die Verlobung veröffentlichen, und sobald ich Hilfsaktuar bin, heiraten wir. Wenn's nicht anders geht, dann eben mit einer notariellen Anfrage.«

»Ja, Gys.«

»Du hast das Recht, über dich selbst zu verfügen, bedenke das wohl. Du musst wissen, dass du mir gehörst, mir und keinem andern, auch nicht deiner Familie, nicht einmal deiner Mutter, wenn du sie auch noch so sehr liebst. Du bist ihnen gegenüber zu schwach, das habe ich dir schon so oft gesagt, du musst versuchen, selbständiger zu werden.«

»Ja, Gys.«

»Ich werde die Papiere ordnen, mein Bruder weiß um die Sache, wenn es soweit ist, depeschiere ich dir, und was sie dir dann sagen werden von »Kindespflicht« und »von mehr Erfahrung« und von »nur zu deinem eigenen Wohl« und all' solchen Unsinn mehr, das nimmst du dir alles gar nicht zu Herzen, hörst du? Du hältst dich an mich.«

»Ja, Gys,« sagte sie zum dritten Mal mit einer beinahe straffen Stimme.

Er sah sie an, wartend.

Aber sie rührte sich nicht, und als er ihre Hände losließ, sanken sie in ihren Schoß herab und lagen dort regungslos mit den weißen rotumränderten Striemen seines umspannenden Griffes.

Ein langsamer Männerschritt kam durch den Korridor, ein anderer leichterer folgte schnell. Sie machten einen Augenblick vor der Türe halt und kehrten zusammen wieder zurück.

Ada begann hastig zu sprechen.

»Ich werde dir Papas Manuskript schicken und die Notizen, sobald ich kann. Es geht so langsam, weil er so viel durchgestrichen hat und überall Verweisungszeichen stehen, nach denen ich dann lange suchen muss ... und natürlich schreibe ich auch das ab, was ich in den Zeitschriften für dich finden kann ... ich werde weiter regelmäßig in die Bibliothek gehen, so wie ich es zuletzt für Papa tat ... ich weiß schon, welche Blätter ... ja ... was war doch sonst noch?«

Sie presste die Handfläche gegen die Schläfen.

»Da war so viel, was ich dir zu sagen hatte, wo ist das jetzt nur hin?« fragte sie klagend. Sie schaute mit einem verlorenen Blick um sich her.

»Die Arbeit, immer die Arbeit,« dachte van Heemsbergen bitter, »kann sie denn so ein letztes Mal, da wir zusammen sind ...«

Er folgte den sich von ihm entfernenden Augen, immer tiefer verletzt durch eine Empfindung entrüsteten Schmerzes. Warum versuchte sie ihm so auszuweichen?

»Was wollte ich doch nur wieder?« wiederholte Ada, gleichsam unstet.

Mit einer gebieterischen Bewegung nahm er das abgewandte Gesicht zwischen seine beiden Hände und zwang es zu sich hin.

»Ada, sieh' mich mal an.«

Sie begann so zu zittern, dass er es sah.

Sie schloss die Augen unter seinem starren Blick und sagte mit einer Stimme, die fast keinen Klang mehr hatte:

»Nicht so ungestüm, Gys, ich bitte dich.«

Er ließ sie los.

»Was hat sie nur?" dachte er befremdet.

Es war, als werde sie sichtlich bleicher. Ihr Kopf lag kraftlos gegen den Fensterrahmen gelehnt.

»Es wäre vielleicht doch besser gewesen, wenn ich nicht gekommen wäre, was haben wir einander nun anders gesagt, als was wir uns schon hundert Mal gesagt haben? Es ist nur eine unnütze Quälerei,« dachte er.

Er warf einen Blick auf die Uhr, deren Zeiger nur um wenige Minuten von der 10 entfernt war.

Gleichviel, je eher die Sache ein Ende hatte, desto besser.

Er stand auf.

»Nun also – mein Mädchen.«

Sie erhob sich gleichfalls, so mechanisch, als habe seine Bewegung die ihrige verursacht.

»Musst du ... musst du fort?«

Ihr ganzes Gesicht veränderte sich, und es trat ein beinahe wilder Ausdruck in ihre Augen.

Plötzlich riss sie ihren Kragen auf und zog eine kleine Kette hervor, an der ein Medaillon hing.

»Da, da nimm es, es sind die ... die Veilchen, die du mir mitgebracht hast, damals ... aus ... aus Scherz, ich hatte es dir niemals sagen wollen, jetzt weißt du's, ich kann mir nicht helfen.«

Hilflos stand sie vor ihm, bleich wie eine Tote, mit starren Lippen.

Er blickte erstaunt auf ein silbernes Medaillon in seiner Hand, ein glanzloses kleines Ding mit vielen Beulen, das sie sicherlich als Kind getragen haben musste. An dem Glas klebten ein paar violett-bräunliche Blumenblättchen.

Und plötzlich, wie bei einem Blitzstrahl, durch den hunderte von dunklen Dingen eine Sekunde lang grell beleuchtet werden, sah er den Studentenball, dem sie im letzten Augenblick ferngeblieben, um ihrem Vater Gesellschaft zu leisten, der über Schmerzen klagte, seinen Besuch am nächsten Tage, als er ihr aus Scherz, wie sie jetzt sagte, ein für sie mitgebrachtes Kotillonbukett überreicht, ihr purpurnes Erröten, als sie die Blumen annahm.

Alles blitzte vor ihm auf in dieser einen Sekunde, während er von dem Medaillon in seiner Hand auf ihr weißes gleichsam versteinertes Gesicht blickte.

Ada machte eine unsichere Bewegung, suchte eine Stütze und wankte.

Er fing sie in seinen Armen auf.

»Mein Liebling, mein Schatz, Gott weiß, dass ich ... bis zu meinem Tode werde ich dir dafür dankbar bleiben, ... verzeih mir, verzeih mir ...«

Er sprach diese unzusammenhängenden Worte hastig, ohne selbst zu wissen, was er sagte, was er wollte, noch wofür er sie so leidenschaftlich immer und immer wieder um Verzeihung bat. Und plötzlich:

»Ich bleibe hier, Ada, ich gehe nicht fort von dir, ich würde nicht einen einzigen Tag aushalten. Hörst du, mein Mädchen, wir bleiben zusammen, ich kann in Holland auch Karriere machen.«

Er führte sie wieder nach der Fensternische und setzte sich neben sie.

»So, jetzt bleiben wir hier still so sitzen, bis du dich ganz beruhigt hast. Nur ein Viertelstündchen; dann ist der Zug fort, und ich erreiche das Schiff nicht mehr und die Sache ist dann ganz von selbst entschieden. Was sagst du dazu?« fragte er triumphierend, gleich als habe er dadurch plötzlich alles gewonnen.

»Nicht? Willst du doch nicht?«

Er neigte sich über sie, wie um sich Gewissheit zu verschaffen, dass sie wirklich verneinend den Kopf geschüttelt.

»Willst du, dass ich fortgehe? Doch? Ist das wirklich dein Ernst, Ada?«

Die Stunde schlug.

Er fühlte plötzlich ihre Wangen an den seinen und die krampfhafte Umklammerung ihrer Arme um seinen Nacken. Dann war es ihm, als würde er weggestoßen.

Eine Tür öffnete sich und fiel hinter ihm zu. Er stand auf der Straße, einem Mann gegenüber, der ihn erstaunt ansah.

Es kam eine Droschke dahergerasselt, ein bekanntes Gesicht erschien an dem geöffneten Fenster.

»Van Heemsbergen! – Halt, halt, Kutscher! Van Heemsbergen, du kommst zu spät, Mensch, steig ein, hier ist noch Platz.«

Der Freund packte ihn am Arm und zog ihn neben sich in den Wagen.

»Zum Bahnhof, – schnell!«

»Ich gehe also doch ...« dachte van Heemsbergen, »aber natürlich auch.«

Die Wirklichkeit drang zu ihm, wie plötzliches Tageslicht in die Augen eines Träumers.

»Wir haben noch zehn Minuten,« sagte er, indem er seine Uhr hervorzog.

Er traf gegen Abend, an einem stürmischen Südwest-Monsun-Tage in Batavia ein. Ringsum lag alles verschwommen in Dämmerung und Wolken. Der Regen rauschte in den düsteren Bäumen einer Allee, durch die er endlos lange fuhr. Dann erschienen plötzlich Lichter, und der Kutscher seines schaukelnden kleinen Wagens machte vor einem strahlenden Gebäude halt, das mit seiner stattlichen Säulenreihe und seinen Hallen aus weißem Marmor einem italienischen Palast der Renaissance glich.

Es war ein Hotel.

Ein Bedienter in einer Kleidung, die halb inländische Tracht, halb die Nachahmung einer Livree war, führte ihn in sein in einer Art von Galerie gelegenes Zimmer. In einer weiten Halle, zwischen deren Säulen die dunkle Nacht schwarze Flecken bildete, waren ein Dutzend andere, ebenso seltsam gekleidete Diener damit beschäftigt, einen langen Tisch zu decken, während sie auf nackten Füßen unhörbar hin und her gingen.

Van Heemsbergen fand Bekannte aus Leyden unter den Gästen, einige mit ihm zugleich hinausgeschickte, ihrer Ernennung gewärtige Beamte, die die Reise mit der holländischen Mail gemacht und sich sparsamkeitshalber schon in Amsterdam eingeschifft hatten. Mit einer gewissen Hochachtung begrüßten sie den eleganten van Heemsbergen, der auf der Akademie in allem tonangebend gewesen war, von den Manschettenknöpfen bis zu der politischen Meinung.

Das Gespräch begann sich sofort um die Audienz bei dem Direktor der Justiz zu drehen, die für den nächsten Tag angesetzt war, sowie um die Chancen einer Anstellung.

Einer der jungen Leute erzählte, dass er bei allen Autoritäten Besuche abgestattet und bei einigen der einflussreichsten Empfehlungsschreiben abgegeben habe.

»In Indien bringt man es ohne Protektion zu nichts,« sagte er in einem Ton unerschütterlicher Überzeugung, »und der Gedanke, in die Wüste geschickt zu werden, brr!«

Er hatte das Wort Wüste, mit dem die Städter das ganze übrige Java zu bezeichnen pflegen, bereits aufgefangen.

Ein anderer wollte sich schon damit begnügen, in dem Preanger zu sein, des Klimas wegen, wenn es nur in oder doch wenigstens dicht bei Bandong wäre, »wo es durch die Rennen doch ein wenig lustig sei,« und Solo würde dem allgemeinen Urteil zufolge auch noch ganz erträglich sein, wenngleich Samarang und Soerabaja natürlich bei weitem vorzuziehen wären. Einer, der soeben vom Urlaub zurückgekehrt war und die geschäftige Stadt gut kannte, erzählte viel von der dort herrschenden Fröhlichkeit und dem ungebundenen Leben.

»Was suchen die alle hier doch eigentlich,« dachte van Heemsbergen.

»Ich – nein, ich möchte gerade ins Innere des Landes«, antwortete er auf die Frage, die der Protektionssucher an ihn richtete.

Er dachte in jener Nacht, während er sich auf seinem harten Bett hin und her warf, lange darüber nach, was er dem Direktor der Justiz wohl sagen könnte, um sich als der zu erkennen zu geben, der er war, im Gegensatz zu jenen Dutzendmenschen, die nichts anderes mit nach Indien brachten als eine mäßige Bereitwilligkeit zur Arbeit im Austausch gegen ein möglichst hohes Gehalt und eine möglichst angenehme Lebensweise.

»Er wird es schon verstehen, wenn ich ihm sage, dass de Grave mich dazu ausersehen hat, sein Werk zu vollenden,« dachte er.

Ihm ging plötzlich ein Satz durch den Kopf, den der vom Urlaub Zurückgekehrte an jenem Abend ausgesprochen hatte:

»Es ist im juristischen Staatsdienst auch nicht mehr so wie früher, es gibt da eine Menge tüchtiger Leute, mit der Beförderung geht's heutzutage nur langsam.«

»Um so schlimmer für die Stümper,« dachte er flüchtig und nahm seine grübelnden Gedanken dann wieder auf. Er wollte eine Anstellung im Innern des Landes haben, inmitten der inländischen Bevölkerung, inmitten des inländischen Lebens, inmitten alles dessen, was er als Baumaterial zu seiner Arbeit gebrauchen konnte.

Die Nacht neigte sich schon beinahe ihrem Ende, als er in Schlaf fiel, diesen Gedanken mit sich hinunterziehend in die Tiefen der Vergessenheit. Und er war sogleich wieder lebendig in ihm in dem Augenblick, da ihn der feuerrote Schimmer des Sonnenaufgangs auf den weißen Wänden seines Zimmers wachleuchtete.

»Also heute,« dachte er.

Er machte noch sorgfältiger als sonst Toilette und ließ sich nach dem Justizgebäude führen.

An einer Gracht vorüber, in deren grünlichem Wasser halbentkleidete Frauen badeten, fuhr ihn der Sadoo-Kutscher[1] zu einem unscheinbaren hässlichen Häuschen, vor dem er haltmachte. Eintretend gewahrte er schon eine Anzahl Wartender.

Einige gingen auf und ab und richteten ihre ungeduldigen Blicke auf eine Tür, vor der zwei inländische Diener hockten. Andere standen in kleinen Gruppen plaudernd beisammen. Nur einige wenige saßen, und diese wenigen waren lauter ältere Männer.

Seine Kollegen waren auch schon da. Sie standen in einer Ecke zusammen und schauten mit einer gewissen Verlegenheit um sich.

Van Heemsbergen, der geglaubt hatte, früh zu sein, empfand eine leichte Verstimmung, als er sah, wie viele ihm schon zuvorgekommen. Er ignorierte die Bewegung des Platzmachers, durch die die Neulinge ihn stillschweigend zu sich einluden, und schritt durch den langen Gang auf das Fenster zu, das auf die Straße hinausging.

---

[1] Sadoo = ein zweirädriger Wagen, in dem Kutscher und Fahrgast sich gegenseitig den Rücken zukehren (dos-à-dos).

Und er schickte sich zum Warten an, während er, an den Fensterrahmen gelehnt, alle diese Männer musterte, die hierher gekommen waren, wie auf einen Markt der Intelligenz, jeder mit seiner eigenen Ware und seiner eigenen Bewertung dieser Ware. Jene Worte über einen überfüllten Markt und geringe Chancen, die er am Abend zuvor vernommen, gewannen plötzlich einen starken Klang in seinen Gedanken und einen greifbaren Inhalt.

Er fühlte, wie eine bisher unbekannte Empfindung in ihm aufstieg, etwas wie nörgelnde Eifersucht, wie Hass beinahe, während er die Gesichter und die Rücken all jener Männer musterte, die in dieser einen Sekunde seine Vorgesetzten, seine Nebenbuhler und seine Gegner wurden.

Sie waren da von jedem Alter, von jedem Schlage, ältliche, junge, selbstbewusste, nervöse, entschlossen dreinschauende. Einzelne, mit einer gewissen strengen Eleganz gekleidet, trugen eine kleine Rosette im Knopfloch und die Verantwortlichkeit ihres richterlichen Amtes auf den Zügen, andere zeigten eine absichtliche Nachlässigkeit in Haltung und Anzug, wie um ihr Feststehen auf einer eroberten Höhe, auf der sie aller Sorgen um ihr Äußeres überhoben waren, scharf zu betonen; wieder andere erschienen nur durch Müdigkeit gleichgültig gegen den Eindruck, den sie machten, vielleicht apathisch geworden während einer allzu langen Reihe aufreibender indischer Dienstjahre. Die meisten, die aus dem Binnenland kamen, waren kenntlich an etwas Altmodischem oder Ungeschicktem in dem Schnitt ihrer Kleider, an der Neuheit ihrer Stiefel, die den dieser Tracht sichtlich entwöhnten Fuß drückten, und an der Qual, die ihnen ein hoher, schon vom Angstschweiß durchweichter und schlaff gewordener Kragen zu verursachen schien.

Die vier oder fünf älteren Herren auf der Stuhlreihe an der Wand blickten gelassen und gelangweilt auf all diese Unruhigen. Es war einer unter ihnen, der von allen Kommenden und Gehenden mit besonderer Höflichkeit begrüßt wurde. Er sah die sich vor ihm Verneigenden mit einem Blick an, als müsse er noch rasch über die Konklusion eines in Gedanken über sie gehaltenen Plädoyers Für und Wider nachdenken. Und in seinem bejahenden Kopfnicken, in dem Ton, in dem er »Nun, und wie geht es Ihnen?« sagte, ja sogar in der Art und Weise, wie er seine gelben mageren Hände etwas fester um den goldenen Griff des Spazierstocks zwischen seinen Knien faltete, lag die Versicherung, dass sich an dieser Konklusion, nachdem er sie einmal formuliert, nie und unter keinen Umständen auch nur das allergeringste würde ändern lassen.

Er hatte einen Blick auf die Gruppe der Neulinge geworfen, die nicht weit von ihm standen und die durch das frische Rot und Weiß ihrer Wangen von all den blassen, fahlen, dürr braunen Gesichtern der Kolonisten abstachen. Er empfand zunächst nicht das geringste Interesse für all dies Rohmaterial. Van Heemsbergen indessen betrachtete er einige Augenblicke aufmerksam, als er ihn am Fenster stehen sah, und wandte sich an seinen Nachbarn mit einer Frage, die dieser mit einem Blick auf den jungen Mann und einem Achselzucken beantwortete.

Van Heemsbergen bemerkte es und wandte sich um, indem er in den Regen hinausstarrte, der dicht zu fallen begann.

Das Summen der Stimmen und der Klang der Schritte auf den Steinfliesen verstummte hin und wieder für einen Augenblick: und zwar jedes Mal, wenn sich die Tür des Direktorenzimmers vor einem Weggehenden öffnete. Der auf der Schwelle kauernde Bediente stand auf und suchte aus den Wartenden denjenigen heraus, der jetzt an der Reihe war, während er ihm eine kleine Tafel mit einem Griffel vorhielt. Dann gingen die beiden durch die belagerte Tür, der Boy mit der beschriebenen Tafel voran, der in dieser Weise durch seinen eigenen Namenszug Angemeldete hinterher, und das Summen und Warten der anderen begann von neuem.

Gelangweilt hatte van Heemsbergen angefangen, die Gespräche ringsumher zu belauschen.

Ein Mann, der ihm den Rücken zuwandte und einen kahlen Hinterkopf zeigte, der in dem kleinen Kranz dunkellockigen Haares wie ein riesengroßes Ei in einem schwarzen flaumigen Nestchen aussah, sagte:

»Es ist schon möglich, aber sein Chef lässt ihm freie Hand, und ich halte das für richtig. Wenn er doch zwischen den Rädern mehr leistet, als ein anderer am Schreibtisch! Ich sprach neulich noch mit Kollembrandt darüber, und der ist derselben Ansicht.«

»Was, dass Hendriks einer ist, der eine Zukunft hat?«

»Jawohl, und mit dem wir später zu rechnen haben werden: er meinte sogar, dass das jetzt schon anfinge, so jung wie der Kerl noch ist … ah – jawohl.«

Er kritzelte seinen Namen auf die Tafel, die der Bediente ihm vorhielt.

»Auf Wiedersehen, meine Herren.«

Van Heemsbergen hatte aufgeblickt, betroffen durch diesen Klang »Kollembrandt«, der wie eine Parole und wie ein Losungswort durch Professor de Graves Kollegien zu tönen pflegte; und dann hörte er den Namen »Hendriks«. Er blickte dem Fortgehenden nach.

»Hendriks,« dachte er, das musste der Sohn des Gymnasialpedellen aus Leyden sein, der vor ein paar Jahren sein Examen als Kolonialbeamter gemacht hatte. Er konnte sich nicht mehr auf das Gesicht besinnen, das ihm auf der Universität kaum von Ansehen bekannt gewesen war. So, also Kollembrandt prophezeite dem ein Karriere ...

Der Boy mit der Tafel erschien wieder und blieb vor einem Mann stehen, der einen schäbigen schwarzen Rock trug und sich mit einer nervösen Bewegung immerfort mit dem Taschentuch übers Gesicht fuhr. Statt die Tafel anzunehmen, wandte er sich mit einer Verbeugung zu dem Vielbegrüßten, der noch immer wartend auf seinem Stuhl saß.

»Darf ich Sie bitten, zuerst zu gehen, Herr Hulsvelt!«

Der also Geehrte nahm mit einem Kopfnicken den Achtungsbeweis an und schritt majestätisch hinein.

Van Heemsbergen warf einen verächtlichen Blick auf den Nervösen, der sich abermals die feuchte Stirn trocknete.

»Auch einer von denen, die lieber kriechen als gehen!«

Die Erinnerung daran ließ ihn den Kopf noch höher tragen, als endlich die Reihe an ihn kam.

Der Direktor, der die Tafel in der Hand hielt, blickte mit schräg zur Seite geneigtem Kopf und leicht gerunzelter Stirn auf den gekritzelten Namen und von diesem auf den eintretenden jungen Mann, als vergliche er Schrift und Schreiber:

»Setzen Sie sich, Herr – ah – Herr Vlaardingen.« »Van Heemsbergen,« sagte der Angeredete mit einer Bewegung des Rumpfes, die eine Verbeugung bedeuten konnte. »Als wäre ich in Leyden im Klub,« kritisierte er sich selbst, betroffen durch den Klang seiner eigenen Stimme –

»Ah, pardon, van Heemsbergen,« wiederholte der Direktor, während er die Brauen leicht runzelte, »nehmen Sie Platz, mein Herr.«

Van Heemsbergen zog den Stuhl mit einer entschlossenen Bewegung zu sich hin, setzte sich und sah den Mann mit dem gelben Gesicht, dem lang herabhängenden grauen Haar und den müden Augen hinter den Brillengläsern aufmerksam an.

»Haben Sie eine gute Überfahrt gehabt?«

Der Direktor sprach die Frage aus, ohne dass sie wie eine Frage klang.

»Eine sehr gute, ich danke Ihnen.« – »Bin ich hier etwa zum Tee?« dachte er bei sich.

Der Direktor seufzte, nahm ein Taschentuch, das groß war wie eine Serviette, von seinen Knien und putzte seine angelaufenen Brillengläser. Darauf klemmte er die Brille wieder hinter den Ohren fest und begann zwischen einem Haufen Papieren auf seinem Schreibtisch herumzusuchen. Ohne aufzublicken und wieder in demselben farblosen Ton, der die Frage zu einer beiläufig geäußerten Bemerkung machte, sagte er alsdann:

»Sie haben also die Absicht, hier in den juristischen Staatsdienst einzutreten ...«, er fand das Gesuchte, ein mit einer Reihe von Namen beschriebenes Blatt, sah den von van Heemsbergen obenan stehen und warf einen raschen forschenden Blick auf den jungen Juristen, dem seine Examinatoren diesen Rang zuerkannt hatten.

»Ich möchte gern im Innern des Landes eine Anstellung haben,« erklärte van Heemsbergen, »um die inländischen Verhältnisse so studieren zu können, wie ich es mir vorgenommen habe, im Geiste von Professor ...«

»Eine Anstellung im Innern des Landes bildet stets den Anfang der richterlichen Beamtenkarriere in Indien«, bemerkte der Direktor trocken, während er wieder in seinen Akten und Papieren zu blättern begann.

»Ahem – – die Kandidaten, die mir dieses Jahr zur Verfügung gestellt sind, werden sich wahrscheinlich eine Zeitlang gedulden müssen ... im Hinblick auf die Ansprüche der bereits angestellten ... und der ...« – er zog ein Dokument aus dem Stapel hervor und warf einen Blick hinein – »es sind drei Landratsvorsitzende vorzeitig vom Urlaub zurückgekehrt,« sagte er in entscheidendem Ton, indem er das Papier wieder hinlegte. »Man wird Ihnen den Beschluss des Departements mitteilen, Herr ... Ihr Namenszug ist nicht sehr deutlich ... van Heemsbergen? richtig, Herr van Heemsbergen.«

Van Heemsbergen begriff, dass die Audienz zu Ende war. Er stand auf, verneigte sich und ging. Das Gefühl, sich lächerlich gemacht zu haben, durchfuhr ihn prickelnd von den Schläfen bis zu den Fußsohlen.

Als er im Korridor einen der anderen Kandidaten mit einem erwartungsvoll gespannten Gesicht auf sich zukommen sah, eilte er hinaus und sprang in einen Sadoo. Der Kutscher setzte sich etwas bequemer auf seiner Bank zurecht.

»Wohin, Tuan[2]?« fragte er, ohne sich umzusehen.

»Hotel de l'Europe,« rief van Heemsbergen ärgerlich. »Fahr rascher, du Schlafmütze.«

Es regnete in Strömen. Gegen die heruntergelassenen Wachsvorhänge und auf die Kappe des Sadoo polterte es so laut, dass es den platschenden Hufschlag des Pferdchens beinahe übertönte. Ein grauer, dicht gestreifter Wasservorhang verhüllte die Aussicht. Die Räume und die Häuser schimmerten unbestimmt wie Wolken hindurch.

Van Heemsbergen blickte danach, ohne zu sehen. Das gelbe müde Gesicht des Direktors war zwischen seinem Denken und den Dingen, und er sah sich selbst wieder, wie er mit jenem Satz begann, über den er in der vergangenen Nacht so lange gegrübelt, und wie er dann stecken geblieben.

»Esel!« sagte er plötzlich laut. Er warf das Scheltwort auf gut Glück in eines jener beiden Gesichter.

Der Sadoo machte einen Ruck und blieb schief hängen.

»Es war ein Loch im Weg,« sagte der Kutscher in seinem singenden Malayisch.

Die breite Allee war überschwemmt, das Wasser reichte bis an die Achse der Räder, es sah aus, als wälze sich ein träger Fluss zwischen den hohen Bäumen.

Unter Schreien und Draufschlagen zog der Kutscher das verzweifelt ziehende Pferdchen und den Sadoo aus dem Loch heraus, kehrte um und suchte einen andern Weg nach dem Hotel.

---

[2] Tuan = Herr.

Langsam, Schritt für Schritt, ging es nun weiter durch Pfützen und Schlammgruben.

Der Ruck hatte van Heemsbergen wachgerüttelt aus seinen unliebsamen Grübeleien. Er warf einen Blick um sich her, auf jenes Batavia, das er zum ersten Mal sah, nachdem er während so vieler Jahre davon geträumt hatte.

Grau, von Nässe dampfend und beschmutzt, lag die Stadt unter dem klatschenden Regen. Es waren weder Farben noch Umrisse zu erkennen. Was weiß von Häusern gewesen war, grün von Bäumen und Gestrüpp, lichtgelb vom Boden, war durchweicht und verwässert, zu einer schmutzigen Fahlheit ineinander gelaufen. Mauern und Dächer standen mit stumpfen Ecken und verschwommenen Umrissen in dem Brodem, als ob der Stein, zu weichem Lehm geregnet, sich auflöse und langsam abtropfe. Die Häuser, in die der Regen durch die Säulenreihen hineinjagte, sahen verlassen aus wie Trümmer in einem Morast. Die Straßenzüge, die Umrisse von Plätzen ließen sich nur noch aus der Richtung träger brauner Kanäle erraten, aus der Breite eines unter dem Regen brodelnden Sees, aus dem von blauem Dampf eingehüllte Baumgruppen herausragten, die wie niedrige Hügel erschienen. Unter einer Brücke wälzte sich, gegen die Bogen sich stauend, ein trüber Fluss, von schmutzigem, gelblichem Schlamm bedeckt und befrachtet mit treibenden Inseln von Soden und Gestrüpp, Binsen, Kräutern und Gras, geknickten Stämmen, abgerissenen Zweigen und Sträuchern, die die nackten Wurzeln nach oben kehrten. Zusehends wuchs die Flut und staute ihre Schicht von Schaum und Schlamm an den hohen Uferbäumen hinauf, wo halbnackte Eingeborene, glänzend wie soeben gegossene Bronze, in einer Reihe hintereinander herliefen, während sie sich mit den Zehen an dem glatten Boden festklammerten.

Die Gesichter von Holländern, die aus vorbeifahrenden Wagen schauten, waren fahlbleich, wie vom Fieber. Die Luft war dumpf. Es roch nach Schlamm, nach Schmutz und nach Fäulnis.

Eine unaussprechliche Empfindung von Elend und Verlassenheit griff van Heemsbergen an die Seele. Batavia erschien ihm nicht wie eine Stadt, sondern wie die Leiche einer Stadt, schon halbwegs versunken in den Morast, in dem sie umgekommen war, und er fühlte sich selber, als ein Wesen des Willens und der Intelligenz, in diesem von den Elementen überwältigten Lande schon von vornherein überwunden und zum Untergang verdammt.

Er konnte sich den ganzen Tag nicht mehr von dem Druck befreien, der ihn in jenem Augenblick hinabgezwungen hatte.

Er blieb in seinem Zimmer, um das Berechnen der Chancen und das Plänemachen der andern nicht zu hören, die alle fröhlich zu sein schienen, gleich als hätten sie die glückliche Zukunft schon als unterschriebenen Kontrakt in der Tasche. Zwischen den kahlen Wänden auf und ab gehend, horchte er durch immer wieder vertriebene, immer wieder zurückkehrende Gedanken hindurch auf das Rauschen und Dröhnen des Regens. In den Teich, zu dem der Garten geworden war, stürzten aus den vier Ecken der Galerie vier Wasserfälle brausend hinunter. Ein Blechdach rasselte wie zwanzig zu gleicher Zeit gerührte Trommeln. Von irgendwoher erklang eine langsam ansteigende chromatische Skala, die höher und höher sang, bis sie plötzlich mit einem gurgelnden Laut abbrach.

Gegen Abend hörte es auf zu regnen.

Es fuhr wie ein aufseufzendes Rauschen durch das nasse schwere Laubwerk der Bäume, und am klarer werdenden Himmel begann, unsicher noch, hier und dort ein Stern zu schimmern.

Van Heemsbergen hörte eine bekannte Stimme an seiner Tür.

»Warum sitzen Sie hier im Dunklen? Kommen Sie mit nach dem Klub, ich sollte Sie ja doch mit meinem Vetter Bossing bekannt machen.«

Es war Hildens, ein vom Urlaub Zurückgekehrter, mit dem er die Überfahrt gemacht hatte.

Er stand unlustig auf.

»Also haben Sie hier doch auch einen Klub?«

»Natürlich, zwei sogar. Wie meinen Sie das?« fragte der andere verwundert.

»Ach, ich meine nur so ..., weil man hier so allmählich das Gefühl bekommt, als lebte man ganz außerhalb der zivilisierten Welt.«

»Was für ein Unsinn, kommen Sie jetzt.«

Es war voll im Klub. Über der Menge der Besucher – gewichtig dreinschauende Gruppen von Whistspielern, hier und dort einige Zeitungsleser, plaudernde an Marmortischen, auf denen die gefüllten Gläser ein Farbenspiel von Mattgelb und Orange bildeten, Billardspieler in

Hemdsärmeln mit dem Queue in der Hand, auf den Stoß blickend, der die Bälle über das hellerleuchtete grüne Tuch laufen ließ, – hing eine Atmosphäre der Behaglichkeit.

Van Heemsbergen war es, als sei er plötzlich aus der Fremde wieder heimgekehrt, als er, durch Hildens vorgestellt, in einem Kreise Platz nahm, in dem er zwei noch von dem Gymnasium her bekannte Gesichter erblickte.

Das Gespräch wurde lebhafter, man diskutierte über die neuesten Nachrichten »aus Europa«, die die »mail« gestern gebracht. Van Heemsbergen bemerkte mit leichter Verwunderung, wie gut diese Kolonisten, um deren Tun und Treiben sich selbst die Intellektuellen in dem Mutterlande wenig kümmerten, über die holländischen Zustände orientiert waren.

Bossing, der Vetter seines Begleiters, ein bekannter Advokat, der monatlich seine achttausend Gulden verdiente, wie ihm Hildens erzählt hatte, schien das Gespräch zu leiten, obgleich er nur wenig sagte. Die andern wandten sich jedes Mal an ihn.

»Ja,« sagte einer, indem er die Rede des Kolonialministers und die Stellungnahme der holländischen Blätter dazu besprach, »man scheint es in Holland nicht begreifen zu können, dass in Java Hungersnot herrscht. Die Idee, dass Indien ein Land sei, in dem Milch – Kokosnussmilch – und Honig fließt, ist geradezu unausrottbar.«

»Java ist ein Paradies, und die Javaner, das sind solch halbidyllische, halb tierische Wesen, – etwa ein Mittelding zwischen einem braun angestrichenen Hirten von Watteau und einem Orang-Utan, – die die Früchte von den Bäumen pflücken und im Schatten spielen,« antwortete Bossing.

»Aber das Land ist doch reich,« bemerkte van Heemsbergen, der trotz seiner theoretischen Kenntnisse über Indien mehr oder weniger diesen nämlichen überlieferten Begriff von Land und Leuten hegte.

»Jawohl, das Land ist reich, aber der Inländer bekommt den Reichtum nicht,« antwortete der erste Sprecher, ein Kaufmann, der eben erst von der Reise aus den östlichen Gegenden zurückgekehrt war, wo er im Auftrag einer Bank Reisplantagen inspiziert hatte. »Schlechte Bewässerung; und Chinesen und Araber; und wenn dann Missernten kommen –

ich habe dort drüben Dinge gesehen! eine Hölle voller Gräuel und E-lend!«

Er erzählte von dem ausgehungerten Land und von Menschen, die sterbend am Wege lagen.

»Das ist natürlich furchtbar, aber *eine* gute Reisernte, und alles ist wieder in Ordnung,« antwortete ein Optimist.

»Etwa auch für die Toten?«

»Boneman scheint gut für seine Residenz gesorgt zu haben. Man sagt, dass ihm ein Orden zugedacht sei.«

»Wie der Mensch Karriere macht!«

Das Gespräch kam auf persönliche Dinge.

Hildens, der glaubte, van Heemsbergen gegenüber die Honneurs für Indien wahrnehmen zu müssen, nannte ihm Namen von kolonialem Ruhm.

»Das war van Ryn, der da soeben vorüberging – der Ingenieur, der die neuen Kohlenminen entdeckt hat, an die anfangs niemand glauben wollte. Er hat fünf Jahre dafür gekämpft mit allen seinen Vorgesetzten, bis hinauf zum Direktor und Generalgouverneur und dann mit den Aktionären, die er zusammengetrommelt hatte – und dann mit einem englischen Konsortium, das ihm entgegenarbeitete – aber jetzt hat er sein Ziel erreicht ... Der Offizier da an dem Tischchen in der Ecke mit der hässlichen Narbe unterm Auge das ist Hasselaar, Dries Dollebotter, wie er in Atjeh genannt wird. Sie haben gewiss in den Zeitungen von ihm gelesen – was er getan hat, kann man mit noch so nüchternen Worten erzählen, und es klingt doch wie ein Roman – so einer, den nur ein rasender Roland geschrieben haben könnte. Der dicke Alte dort mit dem Bändchen im Knopfloch, das ist der Rat von Indien, Martens. Wussten Sie, dass hier nur die Räte von Indien einen Zylinder tragen? Gewöhnliche Sterbliche, so wie Sie und ich, müssen sich mit einem runden Hut begnügen. Ah, sehen Sie mal,« unterbrach er sich plötzlich, »da kommt eine Berühmtheit, da – er sieht sich gerade um – das ist Oliviers, der ganz Borneo durchquert hat und den man schon von den Eingeborenen ermordet glaubte.«

Ein großer, schmalschultriger, hagerer Mann, in dessen braun verbranntem Gesicht ein paar hellblaue Knabenaugen seltsam leuchteten, war eingetreten. Jemand im Saal rief ihn an, und er wandte sich zu ihm, die Augenbrauen leicht emporziehend mit einem Lächeln im Blick, wie über etwas Unerwartetes, etwas Freudiges. In seinem Gesicht, in seiner Gestalt, in seinen Bewegungen lag etwas Leichtes, Prickelndes wie eine fröhlich gespannte Erwartung eines jeden Augenblicks und ein Willkommen für alles, was ihm auch widerfahren möge, gleich als wäre die ganze Welt mit all ihren Chancen und all ihren Gefahren ein Fest für ihn und ein sicherer Triumph.

Van Heemsbergen richtete seinen Blick auf ihn. Das also war der Mann, dessen tollkühne Reise ins Unbekannte die Gelehrten aller Länder in Spannung, Angst, Hoffnung und Entzücken versetzt hatte! Der blaue Knabenblick traf den seinen, und plötzlich erschien ihm, über die Köpfe all jener friedlichen Plauderer und Weintrinker hinweg, in blitzartiger Erkenntnis alles das, was er bisher nicht gesehen, trotzdem er mitten darinnen stand – das wunderreiche, prächtige, gefährliche Indien, das unter Dunkelheit und Sternengeflimmer rings um jenen pseudo-holländischen Klubsaal verborgen lag.

Es war nur der aufblitzende Glanz einer Sekunde, und er hätte die Empfindung, die ihn durchfuhr, nicht in Worte fassen können, aber in ihm und um ihn hatte sich mit einem Schlage alles geändert: die Gesichter aller Menschen, die Bruchstücke der Gespräche hier und dort, die Haltung der barfüßigen Bedienten, seine eigene Stimmung. Der Schein des Heimischen, mit dem er sich einen Augenblick zuvor zu einer feigen Zufriedenheit beschwichtigt, war verflogen, und wie durch aufspringende Fenster und Türen kam von allen Seiten Weite und Größe. Es war alles neu und so unbekannt und fremd, dass es sich nicht einmal erraten ließ. Aber er hatte die plötzliche Überzeugung, dass es gut und herrlich sein würde.

Gleichzeitig, und wie es ihm schien, ohne irgendwelchen Zusammenhang mit jenen Gedanken, kamen ihm die Worte des kahlköpfigen Sprechers während der Audienz des Vormittags in den Sinn:

»Ich habe mit Kollembrandt darüber gesprochen.«

Kollembrandt, der Philosoph-Jurist, dessen Ideen ihn nach Indien gelockt hatten, wie Fackeln, an einem neuen Wege aufgepflanzt, einen nächtlichen Wanderer locken! Von ihm sprach jener Mann, wie von einem Bekannten, einem Kameraden.

Er tat seine Arbeit hier in Batavia, in diesem oder jenem dumpfigen Büro, in einem jener Häuser, die ihm am Vormittag erschienen waren wie Ruinen in einem Morast. Seit zwanzig Jahren verrichtete er dort eine Arbeit, die von den Besten als ein unerreichbares Vorbild angesehen wurde. »Dass ich daran nicht gedacht habe heute morgen, als alles so schrecklich war,« sagte er sich. »Es geht also *doch*.«

Es war spät, als er nach seinem Hotel zurückfuhr. Beim Aufbruch aus dem Klub hatte Dr. Bessing ihn und Hildens zum Essen eingeladen, indem er den bekannten Satz »les amis de nos amis« zitierte, der, wie er sagte, in Holland nur pro forma angewandt, in Indien aber stets in die Tat umgesetzt werde. Der Luxus in dem reichen Hause des Advokaten traf ihn durch seine besondere Schönheit, durch eine Vornehmheit, die nicht, wie es in Holland der Fall gewesen sein würde, dem intellektuellen Charakter der Bewohner zuzuschreiben war, sondern die in den Dingen selber lag, in der Umgebung, in dem Lande, in der vornehmen Pracht all jenes Marmors und jener stattlichen Säulen, in dem herrlichen Schwung der Palmen und der breitblättrigen Farnen in der Vordergalerie, die sich smaragden-leuchtend von dem dunklen Himmel da draußen abhoben, in dem Sternenglanz, dem Duft unsichtbarer Blumen und dem Geheimnis, das aus der weiten Nacht hineindrang.

Er dachte wieder an Italien und an die Renaissance. Der Anblick seiner schwarzen Stiefel auf dem edlen Weiß des Bodens störte ihn. Er wunderte sich beinahe darüber, als er sah, wie alle jene andern sich in dieser fürstlichen Umgebung heimisch fühlten.

Bei Tisch saß er zwischen zwei lustigen jungen Mädchen, die über Bälle und Picknicks plauderten und über alles mögliche lachten und kicherten, mit jener Begeisterung, die Neulinge dem Gesellschaftsleben entgegen zu bringen pflegen.

Nach einer Viertelstunde war es ihm, als hätte er sie beide schon längst gekannt.

Die Tafel, kostbar geschmückt wie zu einem Fest, war von gelben und orangefarbenen Blumen überstrahlt, die zwischen kristallklarem Weiß und düsterem Weinrot wie Funken brannten. In dem Lampenlicht, das ihre Blässe leicht vergoldete, sahen die jungen Frauen zart und frisch aus, lieblich in ihren duftigen Toiletten, auf denen Edelsteine blitzten. Das Weiß der Wände verschwand unter einem Regenbogenleuchten und einer Pfauenpracht von chinesischem Porzellan. In den Ecken hingen bunte Seidenlappen, mit seltsamen Schriftzeichen und Sinnbildern verziert – Fahnen, die bei Umzügen umhergetragen und lange in der Dämmerung irgendeines fernen Tempels aufbewahrt worden waren, und kleine Götzenbilder aus Elfenbein saßen still zwischen unförmig prächtigen Drachen, Vögeln und bronzenen Ungeheuern.

In sein Hotel zurückgekehrt, blieb van Heemsbergen noch lange in der Vordergalerie sitzen, starrte in das millionenfache Sternengefunkel über dem wolkigen Schwarz der Bäume und rauchte eine Zigarette nach der andern, während er versuchte, seine Gedanken und Eindrücke, die wie die bunten Fragmente in einem Kaleidoskop durcheinander geworfen waren, zu einem erkennbaren Bilde zusammenzufügen.

Der Tag, unendlich lang in seiner Rückerinnerung, begann einem Schauspiel zu gleichen, in dem Szenen aus dem Osten und dem Westen mit stets wechselnden Dekorationen sich folgten, sodass er oft nicht wusste, ob er in Holland war oder in Indien oder in einem dritten irgendwo zwischen diesen beiden Ländern gelegenen Landstrich. Der prasselnde Regen am Morgen über der halb ertrunkenen Stadt, die lichte Sternenherrlichkeit am Abend, hungerndes Elend, Reichtum, Verwahrlosung und Faulheit, heroische Existenzen, seine eigene Vergangenheit und selbsterwählte Zukunft, das alles brachte seine Gedanken in Verwirrung.

Um zur Ruhe zu kommen, begann er einen Brief an seine Braut.

Aber er musste immer wieder zu schreiben aufhören und gleichsam aus heranrollenden Wogen emportauchen und stets von neuem Atem schöpfen, bevor er wieder weiter konnte.

»... Es ist keine Kolonie, es ist eine Welt« – er sah, dass er das geschrieben hatte.

Acht Tage später hatte er eine Ernennung nach Soemberbaroe: »dem Präsidenten des Landrates daselbst als Aktuar zur Verfügung gestellt,« so lautete die Formel des offiziellen Dokumentes.

Soemberbaroe ist ein kleiner Ort in dem Cheribonschen Binnenland, weit ab vom großen Wege gelegen, auf der hügeligen Grenze der Berge, die hier, Gipfel über Gipfel, zu den Höhen des Preanger emporsteigen, und dem flachen Lande, das sich weit und breit nach dem Meere zu ausdehnt.

Unermesslich liegt die Ebene da, blaugrün bis zum Horizont, in der Regenzeit von dem Quecksilberglanz stehenden und fließenden Wassers, in den heißen Monaten von dem Golde reifen Reises durchglüht. An Nordost-Monsun-Tagen, wenn die Sonne in ihrem Zenit der weißglühenden Zunge einer rings umher emporschlagenden azurfarbenen Himmelsflamme gleicht, erscheint die Ebene selbst dem Auge wie ein Meer. Wie Wasser unter Wind vibriert der Boden in der vor Hitze zitternden Atmosphäre. Das Pflanzengrün, halb durchsichtig geschmolzen, liegt funkelnd und blitzend da, schwankend zwischen Blau und Gold. In dem Schatten vorübertreibender Wolken kommen kühlere Farben durch den Glanz zum Vorschein, das matte Graugrün von Bambusbüschen, das Braun von umgepflügter Erde, das Dächergrau eines kleinen Dorfes. Hier und dort leuchten grellweiße Blocks, über denen ein durchsichtiges Blau hängt: es sind Zuckerfabriken unter den Rauchwolken ihrer hohen Schornsteine. Eine Anzahl liegt da in der fruchtbaren Ebene, die entferntesten nur noch als unsichere Pünktchen erkennbar, die näher gelegenen deutlich und plastisch in ihrer steinernen Festigkeit. Von ihren Feldern aus sehen die Leute von Soemberbaroe sie wie harte Knoten in einem gelblichen Wegenetz. Durch die Maschen winden sich, schnaubend, kleine schwärzliche Dampfbahnen hin und her, und während der Erntezeit des Zuckerrohres kommen, gleich als wären es ganze Scharen von hellbraunen Raupen, die binnen weniger Stunden einen Baum kahl fressen, nicht enden wollende Reihen hochbeladener Karren auf jene viereckigen weißen Flecken zugekrochen und lassen den Boden nackt und braun zurück, dort wo sie darüber gegangen. Nach kurzer Zeit liegt dann die weite Ebene kahl und verarmt am Fuß der ewigen Berge.

In einem breit geschwungenen Halbkreis, dessen äußerste Enden zwischen dem Hellblau des Himmels und der Rundung von Wolken verschwinden, stehen sie hier majestätisch gegen den südlichen Himmel geschart, Gipfel neben leuchtendem Gipfel. Hinter der nördlichen Reihe, die, vom Fuß bis zum Gipfel, von der Ebene aus deutlich sichtbar ist, ragen in der Ferne höhere und dahinter wieder höhere und nochmals steilere Spitzen über jene Höhen hinaus, wie klare fein geschliffene Edelsteine in der Sonne leuchtend. Rings um den Tjeremai, dessen dreieckige Kuppe die Landschaft beherrscht, drängt sich eine Schar von Hügeln, breitrückig, mit glatten runden Köpfen und plumpen Flanken, die anschwellen und einsinken unter der grünen Last des Reises. Zahllos, Gruppe auf Gruppe, kommen sie aus der Ferne daher, eine gewaltige Herde von Riesentieren, aus der sich allmählich abrundenden Tiefe hinter dem Horizont emporgestiegen, wie aus einer Weltstromlawine, mit ihrem dunklen Grün, das schwärzlich ist von wolkenbildendem Nass. Und ihr himmelhoher Hirte, der Tjeremai, steht leuchtend.

Auf einem herabgleitenden Vorsprung der letzten Abhänge zwischen den Hügelhöhen und der weiten Ebene liegt Soemberbaroe. Das grüngoldene Lichtgefunkel der Rohrfelder und das Flimmern der heißen Luft spielt an den geflochtenen Schilfwänden der kleinen Hütten entlang, über die Dächer legt sich die feuchtriechende Kühle des Bergwaldes, und der Bach, der, weiß schäumend, aus der steilen Höhe hernieder schießt, erhält das Gewächs auf den Feldern üppig. Aus der Ferne gesehen, erscheint der kleine Ort wie ein bröckliger graubrauner Kern in einer unregelmäßigen Masse von Grün.

Wer über den Hügelpfad näher kommt, sieht zwischen dem Baum hier und dort etwas Weißes leuchten – die von Pfeilern gestützten Giebel einiger holländischer Häuser, die da weiß, hoch, breit und in geringer Anzahl zwischen den braunen Hütten stehen, wie die Fremdlinge selbst zwischen den dunklen Kindern des Landes in einer starken Minderheit.

Es wohnen in Soemberbaroe ungefähr fünfzig Holländer – Europäer, wie sie sich in Indien zu nennen pflegen – gleich als wollten sie alle geringfügigeren Nationalitätsunterschiede in jenen allgemeinen Namen zusammenfassen, um sich in um so breiterer Menge von dem Asiaten zu scheiden, um die weiße Rasse in einen um so schärferen Kontrast zu der braunen zu stellen.

Nur in den kühlen Stunden, kurz nach Aufgang, kurz nach Untergang der Sonne sind sie auf den Landwegen zu sehen, wie sie sich langsam fortbewegen in dem schräg gestreckten Schatten der Njamplungbäume, die von beiden Seiten ihre Zweige einander entgegenbreiten. Die Männer von den Schuhen bis zum Hut in Weiß, die Frauen meist in dem bunten Sarong, der weißen Kabaja, und den kleinen Schuhen an den nackten Füßen – der nur wenig veränderten Tracht der Eingeborenen.

Eine langsame aber niemals aufhörende Verschiebung – das Kommen und Gehen der Beamten, die durch den Regierungsdienst hierher geführt und nach ein paar Jahren wieder versetzt werden, verändert immer wieder die besonderen Züge jener Gruppe, deren allgemeiner Eindruck stets der gleiche bleibt. Es ist schon sehr viel, wenn dieselben Gesichter während vier oder fünf Jahren in dem Schatten dieser

Njamplungs zu sehen sind. Ein denkendes, aber von der Welt da draußen nichts ahnendes Wesen würde sie für einen Stamm von Menschen halten, die in Gruppen von Greisen, Jünglingen, Erwachsenen und Kindern geboren werden, die vier oder fünf Jahre leben, um dann wieder in Gruppen zu sterben, plötzlich erstanden, spurlos vergangen, sich immerfort erneuernd inmitten eines anders gearteten, anders gebauten, anders gefärbten, anders lebenden und anders sterbenden Volkes, das, seltsam! mit seinen vielen Hunderten jenen wenigen unterworfen war.

Das aus der Ferne erkannte Braun der inländischen Strohdächer verschwindet vor den Augen dessen, der das Dorf betritt.

Vom Wege aus unsichtbar, hinter einer mannshohen glattgeschorenen Hecke aus dunkelblättrigem Gewächs, das an der Spitze in flammend rote Blumen ausbricht, liegen ihre braunen Häuschen wie Vogelnester, zierlich aus Blättern, Fasern und Rohr geflochten, und wie Vogelnester wohl versteckt in der Dichtheit der Blüten und der Frucht tragenden Baumgruppen. Die Bewohner sind vom Beginn der ersten Morgendämmerung bis zum Aufblitzen der Sterne im Freien und suchen nur während der Mittagshitze Zuflucht in ihrer Behausung. Die Dorfstraße aber liegt auch in jener heißesten Stunde nicht ganz verlassen. Zu jeder Tageszeit sind dort halbnackte, braune, sich leicht bewegende Gestalten zu sehen. Niedliche Kinder trippeln hin und her, von dem einen Hause zum andern, durch die Öffnungen der hohen Blumenhecken. Eine Schar von Frauen, die eine hinter der andern, schreiten vorüber auf dem Wege nach einem Passar[3] in der Nähe; eine, schlank und hoch aufgerichtet unter der Last, trägt in einer flachen Reiswanne einen vielfarbigen Stapel von Früchten auf dem Kopf. Ihre Augen leuchten in dem Schlagschatten, der nach dem Rhythmus ihres wiegenden Ganges hin und her schwankt. Ein Knabe von etwa zehn Jahren treibt ein paar mächtig gehörnte Büffel vor sich her und schwippt einen langen wie einen Grashalm gebogenen Bambuszweig durch die Luft. Mit würdevoller Langsamkeit stapfen die beiden Tiere einher; sie kauen während des Gehens und stoßen den Atem in kleinen Wolken durch die weiten Nüstern aus. Unter dem Blätterdach einer kleinen Scheune steht eine Frau und stampft Reis, ihr Kind in dem schräg umgeschlagenen Slendang[4] auf dem Rücken tragend. Ein Mann kommt zurück von dem Ufer des Flus-

---

[3] Passar = Markt.
[4] Slendang = eine lange Schärpe.

ses, wo er Gras geschnitten hat. Das frische Grün hat er aufgehäuft in einer Art hohem und schmalem Käfig aus gerade aufsteigenden Bambusstäben. Zu beiden Seiten seines Schulterjochs hängt einer, übervoll. Der Träger sieht aus wie ein schwankender Grashügel, auf dem ein eigenartiger, pilzförmiger Hut liegt. Ein Landmann, vom Felde heimkehrend, geht neben seinem Büffelgespann, das, das dreieckige Joch auf dem Nacken, das Leitseil nach sich schleift. Er trägt seinen leichten hölzernen Pflug auf der Schulter.

Wenn es schon dunkel ist, erklingen noch immer singende Stimmen. Rings um das Feuer des Wächters, der jeden Vorübergehenden anruft, um die ewig gleiche Antwort »Prin« zu hören, hockt ein Kreis von Nachbarn. Ein Verkäufer von Früchten, Kuchen und süßen Getränken sitzt unweit davon mit einem Lichtchen, das seine leckere Ware bescheint, und Männer und Frauen kommen, dadurch angelockt, herbei. Irgendwo in der Dunkelheit sitzt ein Flötenspieler, seine Weise erklingt immer fort und fort, klagend und verliebt, und ein Mädchen schleicht klopfenden Herzens und mit angehaltenem Atem an der schilfgeflochtenen Wand des Hauses entlang, hinter der ihre Mutter noch nicht in Schlaf gefallen ist.

Wie alle Javaner, so leben auch die Leute in Soemberbaroe vom Landbau. Handwerk und Gewerbe kennen sie nicht, wenigstens nicht als Broterwerb; sie leben von, auf und mit ihrem Acker. Wer das Dasein und die Gewohnheiten der Gewächse kennt, kennt auch die ihrigen, und in dem Verhalten der Menschen sieht er, wie in einem Spiegel, den Stand des Feldes.

Ob der morastige Acker strichweise grüner wird von den sorgfältig gesetzten Reispflänzchen; ob das Unkraut, ausgejätet, verdorrend in den langen schmalen Furchen zwischen dem Zuchtgewächs liegt; ob der Ketella und die Katjangbohnen, kräftig wachsend, keiner Sorge mehr bedürfen; ob die Felder gelb sind vor Reife: das sieht er daran, dass die ganze Familie schon beim Morgengrauen das Haus verlässt und nur die allerkleinsten bei dem humpelnden Großmütterchen daheim bleiben; das sieht er an der nachlässigen Kleidung der Frauen, die müde und in gebückter Haltung den Weg entlang kommen, an der Ruhe, die die Männer, eine Zigarette rauchend, auf der Baleh vor dem Hause genießen, während sie das Heft eines Kris schnitzen, das sie mit der Handfläche polieren, oder allerhand Hausrat basteln, während die

Frauen stundenlang vor dem Webstuhl oder dem Batikrahmen[5] gekauert sitzen; an der festlichen Kleidung aller Dorfbewohner, der Blume in dem Kopftuch der jungen Männer, dem Reismesser, das als Zierrat in dem leicht geschlungenen Haarknoten der jungen Mädchen blitzt.

Wenn ein schlechtes Jahr nur wenige dünne Halme auf dem Felde hat emporschießen lassen oder wenn der Geldverleiher schon alle vollen weggeholt hat, verschwindet dieser oder jener eine Zeitlang aus dem Dorfe, und dann ist er im Tiefland zu finden, mit seiner Hacke über die klumpigen Zuckerrohrfelder gebückt, oder schwitzend zwischen den Kochpfannen der stinkenden Fabrik.

Wenn er aber, von der obersten Sprosse der Leiter herabschauend, den goldenen Haufen der Körner in der dunklen Reisscheune liegen sieht, dann gibt es Feste, dann ist viel Lärm vom Stampfen des Reises vernehmbar ringsum in den Häusern: in den rauchigen Küchen gehen die Feuer beinahe nie aus, die jungen Männer schleppen Holz und Wasser herbei, das sie in alten Petroleumkannen, an einem Joch schaukelnd, aus dem Fluss holen, und wer eine Flinte hat oder wer sich aus dem Stück einer Gasröhre und einem Holzklotz eine machen kann, der geht in die Berge und jagt Wild. Wenn er zurückkommt, ist er fröhlich und großsprecherisch. Er und seine Kameraden haben eine köstliche Last an dem sich biegenden Tragstock. Es wird gebraten und an Spießen aus grünem Holz geröstet, und Stücke blassroten Hirsch- und bräunlichen Wildschweinfleisches, das die Frauen mit scharfen Kräutern eingerieben haben, liegen noch lange danach zum Trocknen auf den Dächern, in dem grellen Sonnenschein immer dunkler werdend.

Ein Ausflug in die Hügel ist für die Leute von Soemberbaroe wie der Gang zu einem Feste, das mindeste und allergeringste wird als eine Veranlassung, als Grund und als dringende Ursache genommen, sich dorthin aufzumachen. Wenn kein Wild verlangt wird zu einer Hochzeit, einem Beschneidungsfest oder einem »Slamettan[6]«, dann ist doch sicherlich Bambus aus dem Bergwald nötig, um vor Beginn der Regenzeit das Dach des Hauses mit den gespaltenen Latten zu belegen, die in versetzten Reihen wie Dachpfannen aneinander schließen, oder Rotang um die geflochtenen Wandfächer, die sich an den Nähten zu lösen be-

---

[5] Batiken = Bemalen der Leinewand, aus der Kleidungsstücke angefertigt werden.
[6] Slamettan = halb-religiöses Fest, zur Weihe irgendeiner Handlung oder Feier irgendeines Ereignisses.

ginnen, wieder aneinander zu flechten oder Wildholz für die Balken, in die der Holzwurm gekommen. Oft auch ist an dem Lauf des Wassers durch die Ackerkanäle zu bemerken, dass an der Leitung oben etwas nicht in Ordnung ist; wer weiß, ob die Leute von Langean in dem Hügelland nicht einen versteckten Graben ausgehoben haben, um das Wasser von Soemberbaroe für ihre eigenen Felder zu stehlen? es ist also sehr nötig, dass der Wasser-Aufseher, und wen das sonst angeht, sich das dort einmal ansieht!

In regelmäßigen Zwischenräumen kommt dann auch Langean mit dem Passar an die Reihe; und alle Frauen aus Soemberbaroe müssen dahin, um Aren-Zucker zu kaufen, der im Walde aus den saftigen Blütenstängeln der Palmen gewonnen wird, und frische zartfarbige Berggemüse, die sie vor den Häusern der Holländer feilbieten wollen, oder graue Tonkannen, Schüsseln und Näpfe, die die Hügelbewohner anfertigen. Und sie selber wollen dort Früchte verkaufen aus ihrem Garten und Fische aus dem Dorfteich und die Sarongs und Slendangs, die so lange schon vom Webstuhl und Batikrahmen genommen sind.

Und zu allen Zeiten geht in die Hügel, wer Gott um Glück bitten oder den Teufel überreden will, ihn mit Unglück zu verschonen, denn in dem Walde ist ein heiliges Grab, und die Gebete, dort unter dem Darbringen von Opfergaben ausgesprochen, werden sicherlich erhört, und die Träume dessen, der auf dem Grabe die Nacht zubringt, sind untrügliche Anzeichen.

Aus allen diesen und noch anderen Gründen gehen die Männer und Frauen aus Soemberbaroe in das Hügelland. So vielerlei Namen geben sie der unwiderstehlichen Kraft, die sie immer wieder nach den Höhen lockt. Sie ziehen in das Flachland um des Geldes: aber in die Berge um der Freude willen.

So liegt denn Soemberbaroe mit seinem einheimischen Volk und seinen fremden Beherrschern, mit seinen Feldern, seinen Schlagschatten, mit seinem Sonnenglanz, seinen wilden Bergströmen, mit seinen Wolken, seinem Winde, der vom Meer herüberweht und seinen strömenden Regengüssen weltentlegen da zwischen den schatzreichen Ebenen und den glücklichen Hügeln.

Als ihm der Gartenjunge des kleinen bescheidenen Hotels, das das einzige im Orte ist, van Heemsbergens Brief überbrachte, saß der Präsident des Landrats bequem da, in Schlafhose und Kabaja und las den »Java Bode«, während er schlürfend seine dritte Tasse Tee trank.

Er war ein Mann von reichlich fünfzig Jahren, schon grauhaarig, mit einem Bürgermeisterbauch, einem Doppelkinn und der gelblichen Farbe eines Leberleidenden, die sogar seine auffallend kleinen wohlgepflegten Hände zeigten. Die bräunlichen Schatten unter den leicht hervortretenden grauen Augen, die dünne krumme Nase, die platten Hängebacken gaben dem Gesicht eine gewisse Ähnlichkeit mit einem riesengroßen blassen Papageienkopf. Während des Lesens zog er, um seinen Kneifer im Gleichgewicht zu halten, die Nase ein wenig herunter, sodass die vorstehende Oberlippe mit Schnurrbart dagegenstieß, mit genau derselben Bewegung, mit der der Vogel oft seine Backenfedern gegen den Schnabel aufsetzt. Das machte die Ähnlichkeit vollkommen.

Er erblickte den niederkauernden Inländer, legte seine Zeitung auf einen Stapel uneröffneter Dienstbriefe und Akten und nahm den Umschlag in Empfang, während er über seinen Kneifer hinweg die unbekannte Handschrift betrachtete.

»Das wird von ihm sein,« sagte er zu seiner Frau.

Die hagere Frau ihm gegenüber mit den allzu großen Augen in dem eingefallenen, welken Gesicht richtete sich hastig in dem Stuhl auf, in dem sie sich ruhelos geschaukelt hatte.

»Jawohl, heute Abend um sieben Uhr,« las der Richter vor.

Frau Oldenzeel stand hastig auf.

»Ich will mich rasch anziehen,« sagte sie, indem sie nach ihrem Schlüsselkorb griff.

Mit einem tiefen Seufzer trank Dr. Oldenzeel seinen Tee aus, kritzelte die Versicherung, dass Herrn van Heemsbergens Besuch ihm und seiner Frau außerordentlich angenehm sein würde, auf eine kleine Tafel, die der in kauernder Stellung Harrende mit einem Sembah[7] entgegennahm, und eilte in das Schlafzimmer, um Socken und Lackschuhe anzuziehen

---

[7] Sembah = feierlicher Akt der Begrüßung, bei dem der Inländer niederkauert und die zusammengelegten Hände an die Stirne führt.

und einen Rock und Stehkragen, bei deren bloßem Anblick ihm schon der Schweiß ausbrach.

Als er schwerfälligen Schrittes die Vordergalerie betrat, waren die Lampen bereits angezündet.

Frau Oldenzeel stand über die Balustrade geneigt und starrte hinaus, gleich als könne sie den schwarzen Wall der Dunkelheit mit ihren Augen durchdringen.

»Da ist er,« sagte sie plötzlich.

Einige Augenblicke vergingen, dann ertönte ein Schritt auf dem Kiespfad, und van Heemsbergen erschien.

Sie machte eine Bewegung zu ihm hin und versuchte vergeblich, etwas zu sagen, während er sich verneigte. Erst nachdem er ihr, mit ihrem Manne sprechend, eine Weile gegenübergesessen hatte, sah sie seine Züge deutlich.

Oldenzeel begann die Reihe von Fragen nach der Überfahrt, den ersten Eindrücken von Batavia und seinen Ansichten über das Klima, die van Heemsbergen schon so oft in genau derselben Reihenfolge und mit genau denselben Worten gehört hatte, dass er sie schon auswendig wusste wie das Einmaleins und sich hüten musste, nicht schon die dritte Frage zu beantworten, wenn erst die zweite an ihn gerichtet war. Indessen trat diesmal eine neue hinzu: Wie ihm Soemberbaroe gefalle? und er sagte lachend, dass er von dem »Ort« noch nichts anderes kenne als die kaffeebraune dicke Wirtin eines primitiven Hotels und eine unsichtbare Landstraße. »Aber der Fernblick von den Hügeln aus ist prachtvoll.«

»So, finden Sie?« Der Richter sah ihn an, verwundert wie über etwas noch nie Gehörtes.

»Während des Südwest-Monsuns, wenn das Wetter klarer ist, sieht man noch mehr davon,« fügte er hinzu, nachdem er einen Augenblick nachgedacht, »man kann sieben Fabriken in der Ebene liegen sehen, – lauter Zucker.«

Es entstand eine Pause.

Frau Oldenzeel blickte auf, als wollte sie etwas sagen, schwieg aber mit einem Blick auf ihren Mann und ballte das Taschentuch zwischen ihren dünnen unruhigen Fingern.

Der Richter hüstelte leicht; und sagte dann in einem Ton, als beginne er erst jetzt das eigentliche Gespräch:

»Und was meint man in Batavia zu dem Gorontalo? Speziell zu den Chancen im Hinblick auf die Arbeiterfrage, meine ich.«

Van Heemsbergen sah ihn an, ohne ihn zu verstehen.

»Das ist eine neue Gesellschaft zur Ausbeutung von Goldminen auf Celebes,« sagte Frau Oldenzeel schüchtern, als sie merkte, dass der Angekommene nicht wusste, was Gorontalo bedeutete.

»Ah so, ich habe nichts davon gehört.«

»Nichts davon gehört?«

Dr. Oldenzeel rückte seinen Kneifer näher an die vor Verwunderung rund gewordenen Augen.

»Wie ist das möglich?« fragte er. »Wie ist das möglich?«

»Herr van Heemsbergen hat gewiss nicht viel in kaufmännischen Kreisen verkehrt,« warf die Frau des Hauses wieder schüchtern ein.

»Ja so – dann allerdings. – Es ist sehr schade, dass die Beamten sich hier in Indien so scharf von den Kaufleuten trennen – sehr schade – sie würden sonst sehr viel nützliche Geschäfts-Informationen erlangen können.«

Der Präsident des Landrats sah seinen neuen Aktuar an, als müsse er ihn persönlich mit verantwortlich machen für diesen bedauernswerten Zustand und dessen Folgen. Dann ließ er den Kneifer wieder fallen.

»Aber in dem Klub doch sicher wohl ...? Dort auch nicht? Ach, was Sie nicht sagen! Hm, ich werde Ihnen auseinandersetzen, warum ich danach frage,« fuhr er nach einer kurzen Pause fort, nicht imstande, diesen einmal angeregten Gedanken zum Stillstand zu bringen, bloß weil ein solcher Neuling nicht über indische Zustände orientiert war. »Der Kurs steht nämlich nicht gut heute Abend.«

Er griff zwischen die Papiere, die van Heemsbergen für offizielle Akten gehalten hatte und die er jetzt als Prospekte und Berichte von allerlei Gesellschaften erkannte, und sagte, während er, die Brauen hochziehend, seinen Besucher scharf ansah:

»Um ganze elf Prozent gesunken, seit gestern. Und das kommt nur durch die Kulis – dadurch, dass sie nicht genug haben, wissen Sie. Das

Erz ist wundervoll, einfach wundervoll. Man hat es zur Untersuchung nach Europa geschickt, und es hat einen höheren Gehalt als das Erz der sämtlichen südafrikanischen Gesellschaften, durch das die Engländer reich geworden sind. Es stecken dort Millionen im Boden, – Millionen, sage ich Ihnen! Die Frage ist nur, wie man sie herausholt. Wir haben die besten Ingenieure, die zu haben sind, und einen Sachverständigen, der bei »de Beers« gewesen ist, und die neuesten Maschinen, – aber mit den Kulis, sehen Sie, da hapert's. Die Kerls reißen aus. Und die Regierung ...«

Nachdem er sein Steckenpferd einmal bei der Mähne gepackt, setzte sich Dr. Oldenzeel vierschrötig darauf und trabte davon, dass die Funken sprühten. »Gesetzesbestimmungen« wechselten ab mit »Kontraktsicherheit«, »Einwanderung«, »Bemühungen der Regierung«, »den wohlerwogenen Interessen des Inländers«.

»Wo will der Mann nur hin?« dachte van Heemsbergen.

Der Reiter brachte sein durchgegangenes Tier zum Stehen und kam in langsamem Trab zurück.

– »Ja, so steht die Sache jetzt – ganze Vermögen auf der Straße, aber keine Hände, um sie aufzulesen. Es ist, wie es ist, aber es ist nicht so, wie es sein sollte,« schloss er seufzend, »traurig, traurig.«

Er nahm sein Glas Whisky-Soda vom Tisch und trank, während er zerstreut auf die kleinen Blasen sah, die aus der mattfarbigen Flüssigkeit emporstiegen.

Van Heemsbergen, der nicht wusste, was er sagen sollte, schwieg.

Es entstand wiederum eine Pause.

Frau Oldenzeel raffte all ihren Mut zusammen.

»Sie haben in Leyden gewiss unseren Sohn gekannt, nicht wahr, Herr van Heemsbergen?«

Sie sah ihren Besucher mit flehendem Blick an, während ihre welken Wangen sich leicht röteten.

Van Heemsbergen, welcher den jungen Oldenzeel, der zu denen gehörte, von denen man selten etwas sieht und niemals etwas hört, nur von Ansehen kannte, hatte ihn zufällig kurz vor seiner Abreise im Hause eines Professors getroffen. Er erzählte das.

»Ach, bei Professor Geerlings?« Frau Oldenzeel lächelte strahlend. »Er verkehrt gewiss viel bei Professoren, nicht wahr? Er fühlt sich immer so glücklich in einem Familienkreis, der gute Junge.«

Sie wischte sich die Augen.

»Gibt es viel angenehmen Familienverkehr in Leyden, Herr van Heemsbergen, und nette junge Mädchen? Es wird gewiss viel ausgegangen, nicht wahr? Ich frage wohl ein bisschen viel auf einmal, aber Sie müssen bedenken, so in der Ferne und aus Briefen kann man eigentlich so wenig ... wenn dann ein guter Freund kommt, der etwas von seinem Tun und Treiben weiß ...« Sie lächelte »Hermanns Freund« durch von neuem aufquellende Tränen zu.

»Wie verbringt er seinen Tag so etwa? Ich versuche mir immer ein wenig vorzustellen, was er in jedem Augenblick treibt ... dann sehe ich auf die Uhr ... man muss dabei natürlich an den Zeitunterschied denken! –«

Ein wenig aus der Fassung gebracht durch diese erwartungsvoll freudigen Augen, murmelte van Heemsbergen etwas wie »nicht gerade allzu intim« und »in einem anderen Klub«.

»Ja, ja, das verstehe ich – Sie gehörten natürlich einem älteren Semester an.«

Der alte Herr wurde sichtlich ungeduldig.

»Das heißt, Hermann ist jetzt auch schon in seinem zwölften,« sagte er schroff.

Das Rot brannte heißer auf den Wangen von Hermanns Mutter.

In einem Ton, der beinahe scharf klang, erwiderte sie:

»Es ist eben heutzutage nicht mehr so leicht, das Examen wird immer schwerer, nicht wahr, Herr van Heemsbergen? ...«

Und nachdem sie aus seiner ausweichenden Antwort geschlossen, dass er selbst sieben Jahre studiert habe, warf sie ihrem Manne einen triumphierenden Blick zu.

Van Heemsbergen fing ihn auf. Ein wenig hastig erklärte er, dass er, nachdem er seine Studien schon beinahe beendet, eine andere Richtung eingeschlagen habe.

»Ich hatte Staatswissenschaft studiert, aber da erschien Professor de Graves Buch über die Rechtszustände in Indien, und ich lernte ihn auch persönlich kennen,« sagte er in dem Ton, in dem man über etwas spricht, das seine Erklärung in sich trägt.

Dr. Oldenzeel fragte langsam, ob Professor de Grave nicht »augenblicklich« in Leyden das indische Recht doziere? Er müsse den Namen schon irgendwo gelesen haben, meinte er.

Van Heemsbergen sah ihn an.

»Das ist schon möglich,« antwortete er ironisch.

»Ja, ja, ich habe etwas über ihn gelesen, aber wo?«

Der Doktor der Rechte und indische Beamte suchte in seinem Gedächtnis, die Stelle zwischen den Augenbrauen mit dem Finger reibend, als müsse es da sitzen, als könne er dort die Antwort finden.

»Es ist mir augenblicklich entfallen, aber ich weiß, dass ich etwas über ihn gelesen habe,« schloss er.

»In der Zeitschrift vielleicht, Mann?«

»Das ist schon möglich, ja natürlich, da muss es gewesen sein. Wissen Sie, Herr van Heemsbergen, ich bekomme regelmäßig die »Mitteilungen von dem Verbande indischer Juristen«, und in dem Lesezirkel bekommen wir auch hie und da etwas ... nur schade, dass man nicht alles verfolgen kann ... man muss doch auch den Staatsanzeiger lesen, wegen der Ernennungen, und die Tageszeitungen, wenn auch nur wegen der finanziellen Berichte, und in dem bisschen freier Zeit ... wir sind auf dem Büro mit Arbeit überhäuft. Sie werden es bald genug merken. Man muss schon dankbar sein, wenn man nicht allzu sehr im Rückstand ist."

»Das kann gut werden," dachte van Heemsbergen, indem er seinen Chef während dieser langen Tirade verwundert ansah, »er hat mal etwas gelesen über »de Grave« und den »Lesezirkel« und die »finanziellen Berichte in der Tageszeitung!«

»Um wie viel Uhr soll ich morgen auf der Kanzlei sein?« fragte er.

»Das Büro ist hier im Nebenhause,« antwortete der Präsident des Landrats gemütlich, »aber morgen haben wir gerade Sitzung, die findet in der Wohnung des Regenten statt, so gegen elf. Sie brauchen aber nicht dabei zu sein, wenn Sie etwa noch mit Ihrem Gepäck zu tun haben oder dergleichen, der Monat hat schon angefangen.«

»Wir haben morgen den Ersten,« antwortete van Heemsbergen erstaunt.

»Jawohl, jawohl, aber wenn man nicht eine Woche vorher auf dem Büro tätig gewesen ist, dann gilt dieser erste Monat nicht für das Gehalt, verstehen Sie? Aber wenn Sie trotzdem morgen gleich kommen wollen.«

Er sah seinen Hilfsaktuar mit runden zweifelnden Augen an.

Sich das Lachen verbeißend, antwortete van Heemsbergen, indem er gewollt feierlich die offizielle Formel wiederholte: »dass er gerne sofort mit den Aktuarsarbeiten belastet werden wolle.«

»Ah ... hm, so so ... hm ... das ist natürlich sehr schätzenswert ... Arbeitseifer bei den jungen Leuten ... die holländische Energie ...,« murmelte Dr. Oldenzeel, bezüglich der Bedeutung des Gesagten etwas irregeworden durch van Heemsbergens Gesichtsausdruck.

»Ich werde Sie also vor der Sitzung abholen, morgen um zehn ein halb Uhr.«

Van Heemsbergen stand auf.

»Ich werde Hermann noch heute Abend schreiben, dass Sie hier gewesen sind, ich hoffe, dass wir Sie oft bei uns sehen werden,« sagte Frau Oldenzeel, während sie ihm beide Hände entgegenstreckte.

»Ich werde sehr gerne ... gnädige Frau ...«

Van Heemsbergen verneigte sich und wandte sich dann an den Hausherrn.

»Könnte ich vielleicht die Akten zur Durchsicht mitbekommen?«

»Die Akten? Ach, für die morgige Sitzung, meinen Sie? O, das ist nicht nötig, durchaus nicht nötig, Herr van Heemsbergen, ein einfacher Fall, so wie er hier alle Tage vorkommt. Und das Büro ist jetzt auch geschlossen. Floris – mein bisheriger Aktuar, ein Sinjo[8] .... der weiß, wo alles liegt, aber ich, und noch dazu im Dunklen ... Also auf morgen, Herr van Heemsbergen ...«

Nachdem er den elastischen Schritt hatte verklingen hören, sagte Dr. Oldenzeel kopfschüttelnd:

»Wenn das nur gut geht mit dem jungen Menschen! Soviel Gelehrtheit ...«

---

[8] Sinjo = Halb-Blut. (Mischling).

Mechanisch strich er mit dem Finger über den Prospekt zur »Exploitierung der Gorontalo Goldminen«. Er dachte an den Sinjo, der die Arbeit aus dem ff verstand, der schrieb, als wäre es gemalt, und der nicht wusste, was das Wort »Rechtswissenschaft« bedeutete.

Frau Oldenzeel kam auf ihn zu, legte ihren Arm um seinen Nacken und küsste ihn auf die runzlige Stirn.

»Siehst du's nun wohl, Alterchen?«

Er verstand, was in den paar Worten und in dem Blick lag – die Hunderte von Trostreden, Versicherungen, Entschuldigungen und Versprechungen, die er schon so oft vernommen hatte, wenn Hermanns Name zwischen ihnen genannt wurde. Und er hatte nicht den Mut, ihr mit der Frage zu antworten, was sie denn eigentlich in van Heemsbergens wenigen Worten über ihn so besonders beruhigend gefunden habe.

Er stand auf und drehte mit seiner zur mechanischen Gewohnheit gewordenen Sparsamkeit die Lampe aus.

Sie nahm seinen Arm, ihren Schritt nach dem seinen regelnd, während sie nach der Hintergalerie gingen, wo der Boy den Tisch deckte.

»Eine gute Flasche heut Abend, Alter?« fragte sie und blickte beinahe schalkhaft zu ihm auf.

Er legte seine Hand auf die dünnen Finger, die er durch das Tuch hindurch auf seinem Arm brennen fühlte.

»Ja, ja, Mutterchen,« antwortete er mit einem Seufzer.

Van Heemsbergen erwachte am nächsten Morgen mit dem Gefühl von etwas Hässlichem und zugleich Lächerlichem; nach einer Weile erkannte er es als die Erinnerung an seinen Besuch bei dem Präsidenten des Landrats.

»Was für ein Idiot,« dachte er, während er verächtlich den blassen Papageienkopf betrachtete, den seine Phantasie ihm vorhielt. »Und den soll man nun zum Chef haben, während man wissenschaftliche Arbeiten machen will! Er hätte Börsianer werden sollen, der Kerl!«

Sein Boy kam mit einer kleinen Tafel herein. Dr. Oldenzeel schrieb ihm, dass er vor Beginn der Sitzung zu einer Auktion fahren müsse, und schlug van Heemsbergen vor, ihn zu begleiten – –

»Es ist eine gute Gelegenheit, die Menschen kennenzulernen, ganz Soemberbaroe wird da sein,« so endete das Gekritzel.

Van Heemsbergen nahm dankend an.

»Wir wollen uns das »ganze Soemberbaroe« mal ansehen,« dachte er, während er aufstand.

Als er auf die Galerie hinaus trat in die sonnenlos schwüle Luft des West-Monsun-Morgens tönten ihm die dröhnend durchdringenden Gong-Schläge entgegen, die die Käufer zur Versteigerung zusammenriefen. Auf der Straße vor dem Hotel begann es lebhaft zu werden.

Frau Janssen, die dicke Wirtin, die schon vom frühen Morgen an geschäftig gewesen war, grüßte ihn mit einem von Schweiß und Zufriedenheit glänzenden Gesicht. Ihr Sarong saß schief, der schwarze Haarknoten hing ihr halb in den Nacken hinunter, und sie verlor in der Eile beinahe die Pantoffeln von ihren bloßen Füßen.

»So viele Menschen noch zu der Versteigerung, ja Herr Cheemsberg!«

»Gibt's denn da so viel Schönes zu kaufen?« fragte er. »Eh' nein! Forst-Assistent de Marre, er arm, kassian, um ihm zu helfen nur!« antwortete die Dicke.

In ihrem stockenden gebrochenen Holländisch-Malayisch erzählte sie von dem Forst-Assistenten de Marre, einem jungen Beamten, der plötzlich schwer erkrankt sei und mit einem dringenden Attest nach Holland gemusst habe. Man hatte ihn in einer Sänfte nach dem in den Hügeln gelegenen Pasang Grahan gebracht, damit das kühle Klima das brennende Fieber lindern möge, von dem er verzehrt wurde. Seine junge Frau, noch schwach nach der Geburt ihres zweiten Kindes, war ganz abgestumpft, nicht imstande zu denken oder zu handeln.

Mit der herzlichen Hilfsbereitschaft, die der eine Holländer dem andern in Indien wie etwas Selbstverständliches entgegenbringt, gleich als fühlten sich diese Vereinzelten der Nation inmitten jener orientalischen Millionen, als Mitglied *einer* Familie, waren Freunde und Fremde den beiden zu Hilfe gekommen. Sie hatten die Koffer gepackt, die Kleider genäht, die Kabine bestellt, das Haus zur Versteigerung hergerichtet. Und jetzt kamen sie von allen Seiten, um die einfache Einrichtung in ihren zehnfachen Wert an klingender Münze umsetzen zu helfen.

Die Landstraße dröhnte unter den Rädern. Allerlei Fuhrwerk kam vorüber, Vehikel von jeder möglichen und unmöglichen Art und Größe, mit javanischen Zwergpferdchen, Batak-Ponys von den Inseln, feurigen Sandlewoods und einigen wenigen unter all den kleinen Tieren riesenhaft aussehenden Australiern bespannt. Wie langsame Käfer, krabbelnde »Sadoes«, viereckige Deelemans[9] mit ihren Zelten aus schwarzem Segeltuch, Viktorias, die unter der aufgeschlagenen Kappe einer in sich selbst gebogenen dunklen Muschel glichen, Reisewagen, geräumig und solide wie Häuser auf Rädern, für tagelange Reisen durch das Binnenland gebaut, flotte amerikanische Wägelchen und unglaubliche Vehikel von untaxierbarem Alter und unbeschreiblichem Aussehen, aus dieser oder jener chinesischen Zimmermannswerkstatt hervorgeholt. Ein Wagen, dessen Wände aus grünen Holzläden bestanden, hatte die Form einer Sänfte aus dem XVIII. Jahrhundert, ein anderer, außerordentlich zierlich, schien aus einem japanischen Lackkasten, wo er ganz klein gestanden hatte, aus feinem Holz und Bronze mit einem nackten, einen platten Hut tragenden Schnelläufer zwischen den Deichseln, in die Wirklichkeit hineingezaubert. Viele waren ganz mit Schlamm bespritzt. An diesem oder jenem waren die Pferde mit zusammengeknüpften Stricken angespannt. Von den beschwitzten Tieren trabten viele so langsam, als hätten sie schon einen langen Weg hinter sich. Frau Janssen sah auf dies Treiben mit dem freudig-erwartungsvollen Gesicht eines Kaufmanns, der die vollen Schiffe auf den Hafen lossteuern sieht.

»Massah – da ist der Administrator von Kalimas – Lah! und all die Forstassistenten« – sie blickte einigen Reitern nach, die laut rufend und lachend auf ihren schweißtriefenden Tieren vorbeigaloppierten, bis zu den Schutzhelmen mit Kot bespritzt.

»Wird kein Platz genug sein im Stall,« murmelte sie und schüttelte besorgt den dicken Kopf.

Van Heemsbergen, der sich vorzustellen versuchte, wie sie sich in ihrer Kabaja und ihrem straff gespannten Sarong in einen Wagen hinaufwinden würde, fragte sie, ob sie nicht auch hinginge.

»Eh', Damen gehen doch nicht zu Versteigerungen, nur Herren,« und nach ihrem sich lösenden Haarknoten greifend, den sie geschickt wieder befestigte, schrie sie plötzlich auf Sudanesisch:

---

[9] Deeleman = eine Art Break.

»Mian, Mi ... an, wo bleibst du doch mit den Hühnern?« Ein Junge von etwa zehn Jahren, nackt vom dunklen Kopf bis zu den Zehen, der rauchend auf der Baleh-Baleh vor dem Dienerzimmer saß, stand auf, schlenderte in den Garten und ging achtlos an einer Schar im Sande wühlender Hühner vorüber. Plötzlich packte er mit einer blitzartigen Bewegung zwei beim Schwanz, schleppte die lautgackernden Vögel, deren Federn umherstoben, fort und schlachtete sie, der Sitte gemäß, gleichmütig mit einem Schnitt halbwegs durch den Hals; und so wankten die blutenden Tiere noch eine Weile zuckend und taumelnd herum, bis sie endlich seitwärts niederfielen und still lagen.

»Den weißen Hahn auch!« rief die Wirtin ihm nach, »loh, da kommt auch der Prrräsident!«

Sie stürzte ins Haus.

»Wir kommen ein wenig spät,« sagte Dr. Oldenzeel, während er van Heemsbergen zu sich in seinen schiefgerutschten Wagen einlud, »aber es ist doch nur pro forma, ob man einen Schrank kauft oder eine Flasche Wein, man bezahlt dasselbe dafür. Die Zeiten sind schlecht,« fügte er seufzend hinzu, mit jenem tiefen Seufzer, den ihm der Gedanke an Geld stets abnötigte, »aber man kann doch solchen armen Teufel, der obendrein noch Frau und Kinder hat, nicht im Stich lassen.«

Er begann, bekümmert, die finanziellen Chancen der Forstassistenten-Familie zu berechnen, die Reise, die ja allerdings bis Holland von der Regierung bezahlt würde, die aber doch noch so viel extra kostete, die Kostspieligkeit eines Winters in »Europa«, die Zeit auf Wartegeld später.

»Aber wir werden schon dafür sorgen, dass die Versteigerung genug einbringt, um eine Weile davon zu leben. Wir müssen die Sache ein wenig animieren. Und der Resident hat für »Minoeman[10]« gesorgt. Er fuhr gerade an mir vorüber, als ich von Hause fortging. Meine Frau hat Sandwiches geschickt, jeder tut eben, was er kann ... wer kommt da hinter uns her?«

Er sah sich mit einer gewissen Angst um.

---

[10] Getränke, hauptsächlich Spirituosen.

Aus einem leichten Wägelchen, vor dem ein Sandlewood in tänzelndem Schritt trabte, grüßte ein Gesicht, das van Heemsbergen bekannt erschien.

»Der Kontrolleur,« murmelte Dr. Oldenzeel, und von dem vorübersausenden »Bendy« blickte er unruhig auf den Rücken seines Kutschers.

Er hatte das Wort noch nicht ausgesprochen, als der Inländer auch schon auf die Pferde einhieb, dass sie aus ihrem langsamen Trab aufsprangen, während er in lautem Selbstgespräch auf den Kutscher des Kontrolleurs schimpfte, einen in der Tat gar zu schlecht erzogenen Menschen, den seine Mutter und sein Vater sicherlich niemals in der feinen Lebensart unterwiesen, sonst hätte er nicht in solch einer geradezu unerhörten Art und Weise an einem Manne, der an Ansehen und Jahren seines Herrn Vorgesetzter war, vorüberfahren können. Noch einmal und zum dritten Mal ließ er die Peitsche auf die Pferdchen niedersausen, indem er sie mit lautem Zungenschnalzen anspornte. Und jetzt rasten sie im Galopp davon, während sie den kleinen Wagen holpernd über den durch den strömenden Regen ganz uneben gewordenen Weg schleiften. Oldenzeel griff mit der einen Hand nach seinem Hut und mit der andern krampfhaft nach der Wagenkappe. Ein plötzlicher Ruck warf ihn gegen van Heemsbergen. Scharf an der Deichsel vorbei jagten die Pferdchen an dem sich scheu zur Seite biegenden Sandlewood vorüber, einen Augenblick später trabten sie wieder ruhig eine freie Bahn hinunter.

Der Präsident wischte sich die Kotspuren von dem schweißtriefenden Gesicht.

»Das ist eine verdammte Angewohnheit von dem Kerl,« klagte er, während er seine etwas hervortretenden Augen, in denen der Schrecken noch saß, auf van Heemsbergen richtete. »Er würde uns lieber allesamt den Hals brechen lassen, als dass er einen anderen vorbei ließe. Ich kann da sagen, was ich will, es nützt nichts, und darum tue ich jetzt nur lieber, als bemerkte ich es gar nicht.«

»Das ist also schon der zweite Schrecken für Sie heute,« sagte van Heemsbergen unwillkürlich lachend.

»Wieso der zweite?«

»Sie sagten doch soeben, dass der Resident an Ihnen vorübergefahren sei.«

»O, aber der Resident, bei dem versucht er es natürlich nicht! ... Wir sind da, Gott sei Dank.«

An einer Reihe unbespannter Wagen vorbei, die mit hochaufgerichteten Deichseln zwischen den die Auffahrt einfassenden Sträuchern standen, und durch Gruppen von Kulis hindurch, die mit allerhand Hausrat schleppten, fuhren sie vor dem Hause des Forstmeisters vor. Ein inländischer Karren, schief auf seinen schweren Rädern, von denen eines bis an die Achse in den Schlamm des platt getretenen Rasens eingesunken war, wurde mit kreuz und quer durcheinander gestapelten Stühlen, einem Spiegel und einem Haufen zusammengebundener eingerahmter Bilder beladen, aus denen es wie zerbrochenes Glas klang. Ein gewaltig gehörnter Büffel stand mit stumpfsinnig gesenktem Kopf davor. Etwa sechs oder sieben Kulis schleppten, unter der Last wankend, einen großen Baumfarren in einem Zuber herbei: er schüttelte seine breit ausladenden Blätter über ihren Köpfen. Ein Stallknecht in einem blauen »Toro« führte ein schön gebautes australisches Pferd den Pfad auf und ab, an einer Gruppe kritisierender Zuschauer vorüber.

Die Vordergalerie des Hauses war leer, drei nackte Wände um einen nackten Boden, in der Mitte der gerippte Abdruck der Matte in dem Staub, der die roten Steine bedeckte, und darauf die Spuren von nackten Kulifüßen. Aus den geöffneten Türen und Fenstern des Hauses erklang eine malayische Zahlen ausschreiende Stentorstimme und darüber hinaus der dünne Schall einer Spieldose, die eine Opernmelodie ableierte. Dröhnende Stimmen sangen sie mit.

Dr. Oldenzeel warf seinem Kutscher einen vorwurfsvollen Blick zu, den der Inländer höchst gleichgültig aufnahm, und ließ sich aus dem Wagen gleiten.

»Du brauchst nicht auszuspannen,« sagte er in gekränktem Ton, »wir kommen gleich zurück.«

Er schritt van Heemsbergen voran nach der offen stehenden Tür der Innengalerie; diese wurde von einem Chinesen versperrt, der mit einer schlotternden Hose und einem schwarzen Röckchen bekleidet war, auf dem sein Zopf, der unter einem Filzhut hervorkam, einen fettigen Streifen gebildet hatte.

»Wir werden nicht durchkönnen,« sagte er, indem er einen Blick über die Schulter des Mongolen warf.

Da drinnen war es so voll, dass kein Fuß breit Platz mehr zu sein schien.

Schulter an Schulter standen die Käufer, Inländer, Chinesen und Araber, zwischen den Holländern verstreut, und umringten den Auktionator, dessen vom Schreien gerötetes Gesicht über die Köpfe hinweg leuchtete.

»Und zum zweiten und zum dritten! Niemand mehr? Für 25 Gulden an Dr. Verhoeff!« rief er, sich aufs äußerste anstrengend, um trotz des schreienden Gesanges und des Lärmens verstanden zu werden.

Der Mann mit der Spieldose stand oben auf einem Tisch, den vier seiner Kameraden nach dem Takt der Musik hin- und herzogen. Breitbeinig stand er da, um das Gleichgewicht zu halten, und spielte mit dem ernstesten Gesicht von der Welt. Er spielte unablässig ein- und dieselbe Melodie aus dem »Troubadour«. Und während sie bei jedem Ruck und Stoß eine Welle von Flüssigkeit aus einem Kranz von Gläsern springen ließen, die über die nasse Marmorplatte rutschten, brüllten die vier falschstimmig mit:

C'est trop longtemps, c'est trop longtemps souffrir!
Adieu! Eleono-o-o-re, adieu!

Dr. Oldenzeel gab seine vergeblichen Versuche auf, sich an dem dicken Chinesen vorbeizudrängen, der unbeweglich auf seinen mit groben weißen Strümpfen und Lackschuhen bekleideten Füßen dastand, und führte van Heemsbergen durch den Garten nach der Hintergalerie.

Hier hatte man augenscheinlich alles das zusammengetragen, was sonst nirgendwo einen Platz hatte finden können. Zaumzeug lag auf dem Boden neben einer Reihe von Stehlampen, irdenen Wasserkrügen und einem Haufen Kinderspielzeug.

Über Möbeln, die für die besondere Gelegenheit mit ein wenig Farbe und Firnis aufgefrischt waren, hingen weißleinene Männerkleider, Röcke, bunt geblümte Sarongs, ein paar Vorhänge. Ein Tisch mit wacklig aufgestapeltem Porzellan stand hinter einer Stuhlreihe und einer Nähmaschine verschanzt, an der ein Flobert-Gewehr lehnte. Und allerlei, auf den ersten Blick ganz undefinierbare Gegenstände lagen und standen durcheinander.

Mitten zwischen diesen Stücken und Brocken einer vernichteten Häuslichkeit saß eine Gruppe von Herren schnapstrinkend an einem Tisch.

Ein großer robuster Mann, dessen grobes Gesicht, feuerrot über dem blendenden Weiß seines Rockes, an eines jener plumpen Bilder erinnerte, wie sie früher häufig auf Schiffsteven prangten, ganz roh aus einem Stück Holz geschnitten und mit buntfarbigem Mennig getönt, beendete soeben eine Geschichte und schrie so laut, als spräche er zu jemandem an der gegenüberliegenden Seite eines Feldes. »Was dachten Sie wohl, Soetens, sage ich, als Sie da so plötzlich das Tigermaul vor sich hatten oben auf dem Kopf Ihres Pferdes? War Ihnen nicht bange? Nein, sagt er, bange ist mir erst geworden, als ich wieder zu Hause saß. Ich dachte nur, dass er so stank. Gott verdamm mich, wie stinkst du! dachte ich.«

Er warf sich in den Stuhl zurück, den sein gewaltiger Körper ganz mit Beschlag belegte, und lachte so, dass das Holz krachte.

»Sehen Sie nicht das ängstliche Gesicht von Soetens auf seinem Pferd und den Tiger, der vor ihm genau so erschrak wie er vor dem Tiger, und dann das »Gott verdamm mich, wie stinkst du,« rief er, während er sich die Tränen von den Backen wischte.

»Jawohl, lügen Sie jetzt nur nicht, Soetens, so ist's gewesen, Mensch! ...«

Er gab einem kleinen verlegen aussehenden Mann, der neben ihm saß, einen Schlag auf das Knie, dass er auffuhr, und wiederholte:

»So ist's gewesen!«

Und alle lachten mit.

Dr. Oldenzeel ging auf den laut Lachenden mit dem roten derben Gesicht zu, der ihn mit einem Ausruf über sein spätes Kommen und über die Geschichte empfing, die er nur halb gehört hatte, und machte ihn mit van Heemsbergen bekannt.

Alle blickten nun den neuen Bewohner von Soemberbaroe mit jenem kritischen Interesse an, das aus einer seit langem angespannten Erwartung entsteht.

Außer dem Riesen mit dem roten Gesicht und dem schüchternen Kleinen neben ihm saßen noch drei Männer in dem Kreise – ein Einarmiger mit dem Bändchen des militärischen Wilhelmsordens im Knopfloch, einem leeren Ärmel und einem so dunklen Teint, dass van Heemsbergen ihn für einen Mischling hielt; – ein schweigender Trinker, der sich, halb von der Gesellschaft abgewandt, als gehöre er nicht dazu, unaufhörlich mit den Fingern durch den ungepflegten Bart fuhr, in dem sein verdrießliches mit scharfen Runzeln wie mit einem Spinngewebe überzogenes Gesicht halbwegs verschwand, und ein hagerer Mann, der eine Brille trug, nervös die Stirn runzelte und ungeduldig auf den Tisch trommelte, während er unverwandt nach der geöffneten Tür blickte, durch die der Lärm der Versteigerung drang.

Der große Rote reichte Dr. Oldenzeel seine knochige Hand.

»De Bakker von Kalimas,« sagte er, während er van Heemsbergen zunickte. »Man hat Ihnen meine Fabrik sicher schon gezeigt drüben in der Ebene, sie ist die größte hier. He, Spada, Gläser und Stühle!«

Dr. Oldenzeel setzte sich mit dem befriedigten Gesicht eines Menschen, der mehr als genug zu der allgemeinen Unterhaltung beigetragen hat, und de Bakker nahm seine Geschichte wieder auf mit einem erneuten Ausfall auf den verlegenen kleinen Mann, den er »Pastor« nannte und der ein Missionär war.

»Aber ich habe das Wort doch nicht gesagt, Herr de Bakker,« versuchte der Kleine sich zu verteidigen. »Jawohl, Hochwürden, Sie sagten Gott verdamm mich! In Ihrem Schrecken sagten Sie es, Bruder in Christo, das ist ein hässlicher Posten auf der Debetseite Ihrer Rechnung mit den Leutchen da oben.«

Van Heemsbergen sah den Sprecher an. Er hatte kleine braune Augen und einen Blick, der stechend zwischen den beinahe unbewimperten leicht geschwollenen Augenlidern hervordrang: seine lange glatt rasierte Oberlippe bewegte sich während des Sprechens auf eigentümlich steife Art. Seine Hand mit den breiten weißlich durch die rotbraune Haut schimmernden Knöcheln und den kurzen Nägeln an den stumpfen Fingerspitzen umklammerte die Lehne des Schaukelstuhls, als wäre sie der Griff eines schweren Spatens. Er sprach in einem Tone unerschütterlicher Autorität, und der kleine Verlegene empfand seine Scherze augenscheinlich wie Knüppelhiebe.

»Was sagen Sie dazu, Kleiweg?« rief er dem Invaliden zu. »Haben wir etwa jemals was Schlimmeres gehört, während wir noch in der Kaserne waren?«

Der Einarmige grinste.

»Na!« sagte er nur.

»Und Sie, Salzpackhausmeister auf Urlaub, was sagen Sie dazu? So würden Sie nicht geflucht haben, was? und wenn auch ein ganzes Schiff mit Salz zum Teufel gegangen wäre?« sagte er, indem er dem andern, dem schweigenden Trinker, verständnisinnig zublinzelte. »Na sagen Sie doch auch mal was, Mensch.«

Der Salzpackhausmeister, der wegen betrügerischer Handlungen seine Entlassung bekommen hatte, antwortete nicht. De Bakker lachte um so lauter.

Der Doktor zog seine Uhr hervor.

»Weiß Gott, schon elf Uhr – und meine drei Operationspatienten, die auf mich warten,« sagte er ärgerlich, »wenn der Auktionator nicht sofort kommt, mache ich mich auf und davon, und ihr müsst mir dann einen Boten nach Sisiran schicken, ich kann hier nicht meinen ganzen Vormittag vertrödeln.«

Der Doktor, der in einem Umkreis von vierundzwanzig Stunden der einzige Arzt war, verbrachte seine Tage und seine halben Nächte in einem wie der Wind über Felder und Wege dahinsausenden Reisewagen. Alle Fabriken der Umgegend waren auf seine Arznei und Heilkunde abonniert. Wo er an der Auffahrt einen Fahnen schwingenden Inländer stehen sah, jagte er hinein. Hier lag ein Verunglückter bei den Maschinen, da phantasierte einer im Fieber, dort standen ängstliche Gesichter um ein Wochenbett.

Er operierte, diagnostizierte, entband, sprang wieder in den Wagen und wurde gleich einer Staubwolke weggewirbelt. Augenblicklich behandelte er de Marre, und da er dem ruhelosen Kranken versprochen, dass er ihm über die Auktion Bericht erstatten würde, hatte er den Auktionator bereits dreimal fragen lassen, wie es denn damit stände.

»Ihr müsst mir dann nur einen reitenden Boten nach Sisiran nachschicken,« wiederholte er, »ich gehe.«

Der Zuckerfabrikant wandte sich plötzlich an van Heemsbergen:

»Also Sie wollen unserem Freund Oldenzeel ein wenig helfen in der Fabrik – Recht und Gerechtigkeit mahlen für den braunen Bruder? Ihr mahlt zu fein, ihr Herren vom Gericht, es zerstäubt alles – puh, puh! – nichts mehr davon zu sehen, und was liegen bleibt, das mögen sie nicht. Nein Oldenzeel, alter Freund, sie mögen es nicht, sie mögen es nicht, Herr Doktor!« wiederholte er, während er das Wort »mögen« scharf artikulierte. Dabei zog er seine steife Lippe empor, sodass die großen vom Rauch gebräunten Zähne sichtbar wurden. »Sie sollten mal wissen, wie oft die Leute alles ruhig laufen lassen, lieber als dass sie sich an den Landrat wenden, sie pfeifen was auf ihr Recht. Was das Dessahhaupt verlangt, das gilt als Recht für die Dessahleute, und was der Assistent-Wedono verlangt, das gilt als Recht für das Dessahhaupt, und was der Wedono verlangt, das gilt als Recht für den Assistenten-Wedono, und was der Regent verlangt, das gilt als Recht für den Wedono und so weiter und so weiter bis zur obersten Sprosse der Leiter. Sie sind natürlich mit allerlei schönen Ideen hierher gekommen,« fuhr er fort, indem er sich wieder an van Heemsbergen wandte, »Humanität und die Bildung des Inländers und die Aufgaben des Mutterlandes und Fortschritt und der Teufel mag wissen, was sonst noch. So redet man in Holland, Blödsinn, sage ich Ihnen – lauter Blödsinn! Einen Eingeborenen können Sie nicht »bilden«, an dem ist nichts zu bilden, aber ihn faul machen und frech und noch aalglatter, als er schon ist, das können Sie. Die Boys bestehlen einen wie die Raben, und die Fabrikarbeiter laufen einem davon, mitten in der kritischen Zeit. Warum? Weil sie sehr gut wissen, dass man ihnen doch nichts anhaben kann, mit euren schönen Gesetzen. Versuchen Sie es mal – kommen Sie ihnen mal zu nahe. Dann gibt's sofort eine große Affäre, und man wird als Europäer verurteilt einem solchen Schuft gegenüber.«

Oldenzeel fühlte sich genötigt, die rechtlichen Institutionen der Kolonie zu verteidigen.

»Man kann doch das Faustrecht nicht proklamieren für die Holländer.«

»Wer spricht denn von proklamieren?« rief der andere, indem er auf den Tisch schlug, »das ist es ja gerade, all' die Formalitäten und der ganze Nonsens! Proklamieren Sie nichts und lassen Sie die praktischen Leute ruhig ihrer Wege gehen, so war es in den alten Zeiten und so war es gut. Wollen Sie einen Beweis haben? Dann sehen Sie sich mal die Zuckerfabrikation an. Wie stand es früher darum auf Java? Und wie steht es jetzt? das frage ich Sie nur!«

Er sah sich im Kreise um, und da er keine Antwort bekam, wiederholte er:

»Das frage ich Sie!«

Der Doktor sprang auf.

»Na, ich empfehle mich, meine Herren – so, da kommen sie!«

Dr. Oldenzeel ergriff mit der einen Hand sein Glas und mit der andern das Tablett mit Sandwiches, das der Bediente soeben herumreichte.

»Wir wollen sehen, dass wir uns ein wenig aus dem Gedränge halten, meine Herren.«

Die Schar der Käufer drängte sich hinein, den Auktionator umringend, der sich das erhitzte Gesicht mit einem riesengroßen Taschentuch abwischte. Der Jüngling, der an der Spieldose drehte, und seine Gefährten gingen voran und marschierten nach dem Takt:

>*»Voici le sabre, le sabre, le sabre,*
>*Voici le sabre, le sabre de papa!«*

Der Auktionator nickte Dr. Oldenzeel zu und kletterte auf den Stuhl, von dem dieser sich soeben erhoben hatte.

»Wie viel?« rief der Doktor. »Sagen Sie es nur annähernd, auf ein paar hundert kommt es nicht an.«

Der Auktionator schloss den schon aufgesperrten Mund wieder, warf einen Blick in sein Notizbuch und streckte vier Finger in die Höhe.

»Vier Tausend?« rief der Doktor.

Und der andere hatte noch kaum bejahend genickt, da stürzte er auch schon in den Garten, wo sein Wagen wartete.

Dr. Oldenzeel applaudierte:

»Bravo, bravo, sagen Sie de Marre, dass es fünf werden,« rief er hinaus.

Der Doktorwagen rasselte schon davon – seine drei Operationspatienten!

Der Auktionator goss ein fußhohes Glas Brandy und Soda hinunter, holte tief Atem und brüllte mit solcher Anstrengung, dass die Adern auf seinen Schläfen plötzlich blau anschwollen:

»Die Hintergalerie – meine Herren, ein Esstisch aus Djatiholz eingelegt, für zehn Gulden!«

Und das Bieten und Überbieten begann von neuem unter Rufen, Schreien und Gelächter.

Dr. Oldenzeel gab vierzig Gulden für einen Schaukelstuhl, de Bakker übertrumpfte die sechzig, zu denen sich der dicke Chinese für den Besitz der Spieldose hatte aufschrauben lassen, mit einem plötzlich ausgeschrienen »Hundert«, indem er versicherte, dass so »ne Spieldose was verdammt Nettes sei.«

Die Möbel, das Porzellan, das Zaumzeug, das Küchengerät, alles war, kaum ausgerufen, auch schon verkauft.

Dr. Oldenzeel strahlte.

»So geht's gut, vorwärts, meine Herren, jetzt müssen es sechs werden.«

Es kam jetzt allerhand durcheinander.

Die dicken Hände des Auktionators schwenkten eine Garnwinde, einen schmutzigen Kissenschoner, eine Flasche mit roten Fischchen in Öl, einen ausgestopften Paradiesvogel, einen Damenpantoffel, zu dem das Gegenstück nicht zu finden gewesen war, – und die auf malayisch ausgerufenen Zahlen flogen einander nach und kamen zurück wie Bälle beim Tennisspiel, während das bereits Verkaufte von neuem und zum dritten und vierten Mal eingesetzt und wieder verkauft wurde.

Die Eingeborenen, die nur aus Neugierde gekommen waren oder in der Hoffnung, einen guten Kauf zu machen, boten schon lange nicht mehr mit, aber für die Holländer war die Versteigerung zu einem Sport geworden, der unter allgemeiner Heiterkeit seinen Verlauf nahm.

Das gemütliche Beisammensein von so vielen sonst hier und dort verstreut wohnenden Bekannten, das lärmende Treiben, ungewohnt in der tödlich stillen Existenz des Binnenlandes, und der Brandy-Soda und die Schnäpse, das alles hatte dazu beigetragen, die mitleidige Stimmung, in der alle ohne Ausnahme zur Versteigerung gekommen waren, in eine ausgelassene Lustigkeit zu verwandeln. Es wurde jetzt ein Sport, sich gegenseitig zu überbieten, gerade bei den nutzlosesten hässlichsten Gegenständen, und nur um des Vergnügens willen in dem ausgelassenen Wettstreit den Sieg davon zu tragen.

Ein junger Forst-Assistent kaufte ein wollenes Schaf, das er über die Köpfe aller hinweg dem Auktionar aus den Händen riss und das er sofort blöcken ließ.

»Für den Fall, dass ich mich mal verheiraten sollte,« sagte er erklärend.

»Bis dahin darfst du selbst damit spielen, hörst du, mein Junge.«

»Schlaf Kindchen, schlaf, da draußen läuft ein Schaf,« brüllte der junge Mann, dem die Spieldose weggenommen war.

Ein alter Herr mit einem langen weißen Bart setzte einen mit Vergissmeinnicht geschmückten Damenhut auf und fragte ganz ernsthaft, ob der denn nicht dreißig Gulden wert sei.

Der Bediente, der mit einem Tablett voll Schnapsgläsern dastand, wurde in den Kreis gezogen.

»Hierher! Die Schnäpse sollen versteigert werden!«

In einem Augenblick waren die kleinen Kelche alle weggenommen.

»Fünf Gulden pro Stück.«

»Nein, sechs – sechs.«

»Sieben meinetwegen.«

De Bakker griff nach der beinahe leeren Geneverflasche.

»Zwanzig Gulden für den Schnapskrug.« Und den Krug ansetzend, trank er ihn aus unter dem Gelächter der Umstehenden.

Der fette Chinese grinste.

Ein vornehm aussehender Inländer, dessen zurückhaltendes Wesen von all diesen erhitzten und durch überlautes Lachen verzerrten Gesichtern seltsam abstach, sah schweigend zu.

Van Heemsbergen fing seinen Blick auf, er wand sich durch das Gedränge und ging hinaus.

Der Stallknecht mit dem Toro, den er bei der Anfahrt gesehen hatte, führte das Pferd gerade wieder in den Stall.

Das junge Tier, scheu geworden durch den ungewohnten Lärm, bewegte unruhig die feinen Ohren und rollte mit den Augen, sodass das Weiß unter dem glänzenden Braun zum Vorschein kam.

Der blonde Mann aus dem Bandy, mit dem Dr. Oldenzeel das unfreiwillige Rennen abgehalten, blickte ihm nach, während er lachend einem alten Inländer zuhörte, der mit viel Kehllauten und Zungenschnalzen den Haarwuchs auf dem Nacken des Tieres kritisierte.

»Allzu schlimm sind da die Unglückszeichen,« sagte er kopfschüttelnd, »wer wäre wohl so dumm, ein solches Tier zu kaufen? Eh', hat der vorige Besitzer nicht all sein Geld verloren, sodass er ein armer Mensch war, noch bevor er das Pferd nur einen Monat im Stall hatte? Und hat die Frau des Herrn Residenten, der es dann kaufte, sich nicht das Bein gebrochen im Badezimmer? Und der es jetzt hat, ist der nicht plötzlich krank geworden, sodass man ihn in einem Tragstuhl hinaufgebracht hat? Tè, tè, sogar der ungebildetste Mensch kann sehen, wie dieses Pferd gezeichnet ist, sodass es seinen Reiter zu Fall bringen muss und all die Seinen! Wäre es zu mir gekommen, ich würde die Spuren seiner Hufe wegwischen lassen von dem Pfade.«

»Was sagt er doch?« fragte van Heemsbergen. »Ist das Pferd verkauft? Ich hätte eigentlich wohl Lust, es zu kaufen.«

»Es ist noch zu haben,« antwortete der Stalljunge in gebrochenem Malayisch.

Da kam Dr. Oldenzeel mit hastig trippelnden Schritten.

»Herr van Heemsbergen, es ist hohe Zeit für die Sitzung, kommen Sie mit? Ah, guten Morgen, ich suchte Sie gerade!« Er reichte dem blonden Mann mit der Kontrolleurmütze die Hand. »Ihr Freund de Bakker sitzt da drinnen,« fügte er mit einem vielsagenden Blinzeln hinzu.

»Das kann man hier schon hören,« antwortete der Kontrolleur trocken. »Ich muss mich bei Ihnen entschuldigen, Herr Präsident, wegen vorhin – mein Kutscher hatte das Pferd nicht in der Gewalt.«

Der Richter machte eine abwehrende Bewegung.

»Das lässt sich nun einmal nicht ändern mit den Kerls. Die Herren kennen sich vielleicht noch von Leyden her,« sagte er und blickte von dem Kontrolleur zu van Heemsbergen hinüber.

Der blonde Mann grüßte steif.

»Nur von Ansehen, – Hendricks.«

Van Heemsbergen erkannte den Sohn des Pedellen aus Leyden, der seiner Zeit die Öfen in der Klasse zu heizen pflegte. Bei dieser Erinnerung sagte er unwillkürlich »Du«.

»Ich dachte schon, was für ein bekanntes Gesicht, aber ich konnte dich nicht recht unterbringen.«

»Sie sind hier, wie ich höre, im Landrat tätig, Herr van Heemsbergen,« sagte der andere, indem er den Nachdruck auf das »Sie« und den vollen

Namen legte. Ohne die Antwort abzuwarten, wandte er sich wieder an den Richter: »Also heute wird Pah-Tasmie sein Schicksal erfahren. Singadikrama oder nicht Singadikrama.« Mit einem Lächeln unter seinem blonden Schnurrbart nannte er den Namen eines Zeugen, dessen Aussage in der heute Vormittag zum Austrag kommenden Strafsache von Wichtigkeit und der seit einigen Monaten verschwunden war.

»Ja, der Kerl war nicht aufzufinden, gerade wie Sie es vorhergesagt hatten.«

»Attendez moi sous l'orme,« zitierte Hendricks. »Nicht als ob es so wichtig wäre. Singadikrama ist ja doch nur eine Strohpuppe von – na Sie wissen schon von wem.«

Dr. Oldenzeel schien nicht im mindesten verwundert zu sein über die Kenntnisse, die der junge Beamte in Rechtsdingen an den Tag legte.

»Meinen Sie?« fragte er vertrauensvoll.

»Ich zweifle keinen Augenblick daran,« meinte Hendricks, indem er grüßend fortging.

Der Kutscher fuhr vor.

Dr. Oldenzeel wand sich stöhnend in das Fuhrwerk.

Van Heemsbergen folgte ihm.

»Ein kolossal tüchtiger Mensch,« sagte er, »Gott mag wissen, wie es möglich ist – er fragt niemals etwas und weiß immer alles.«

Dr. Oldenzeel schwieg eine Weile und nickte ein paar Mal mit dem Kopfe wie zur Bestätigung seiner eigenen verwunderten Gedanken. Dann sagte er:

»So, jetzt haben Sie die Herren alle zusammen gesehen. Nur der Assistent Resident, der ist zu rasch wieder weggefahren. Ein sehr angenehmer Mann, wie Sie sehen werden – er tut viel für das gesellschaftliche Leben hier, aber sonst haben Sie sie jetzt alle kennen gelernt – ganz Soemberbaroe!« wiederholte er befriedigt.

»Gehört Herr de Bakker auch zu Soemberbaroe?«

Der Präsident blickte auf. »Warum fragt er das in so merkwürdigem Ton?« dachte er bei sich.

»Hm – eigentlich nicht, er wohnt in Kalimas, wissen Sie, aber er kommt viel hierher. Auch ein famoser Mensch – ein famoser Mensch, man muss ihn nur erst gut kennen. – Man muss sich ein wenig an seine Manieren gewöhnen, wissen Sie.«

»Aha!«

»Ja, man muss sich ein wenig daran gewöhnen … ich kenne ihn nun schon mehrere Jahre und ich stehe sehr gut mit ihm. Einmal in der Woche, wenn ich in Kaliwangi Sitzung habe – Sie wissen doch, dass Kaliwangi zu unserem Ressort gehört? ja – und Langean auch – das ist 'ne Expedition jede Woche! – na und wenn ich dann in Kaliwangi Sitzung habe, dann nehme ich immer den Reistisch in der Fabrik, eine feststehende Einladung. Er wollte Sie soeben einladen, das nächste Mal mitzukommen, aber wir konnten Sie nicht finden.«

Er wartete einen Augenblick auf eine Antwort, die nicht kam, und fuhr dann fort:

»Ein angenehmes Haus – sehr splendid, echt indische altmodische Gastfreundschaft … und Frau de Bakker …«

Oldenzeel führte Daumen und Zeigefinger an die gespitzten Lippen.

»Ein Frauchen! … Sie werden sie sehen, sie ist jetzt noch in Europa, sie geht öfters hin ihrer Gesundheit wegen, wissen Sie. – Um den Hut vor ihr zu ziehen! Sie ist viel feiner als er, mehr Dame – na, Sie verstehen schon, wie ich das meine« … unterbrach er sich, als er das Lächeln unter van Heemsbergens Schnurrbart gewahrte; »er ist ein Bauernjunge, der als Kolonist in dies Land gekommen ist, Sie haben es ihn ja selbst soeben sagen hören, er schämt sich dessen nicht.«

»In keiner Hinsicht,« sagte van Heemsbergen kühl. Er sah den Pflanzer vor sich in jenem Augenblick bei der Versteigerung, den roten Kopf in den Nacken geworfen und die Geneverflasche am Munde, während der vornehme Inländer und die grinsenden Chinesen ihn umringten.

»Und dabei sprechen wir noch von der Aufrechterhaltung unseres Ansehens dem Inländer gegenüber,« dachte er.

Dr. Oldenzeel sah ihn von der Seite an und schwieg.

Dann, nach einer Weile:

»So,« sagte er erleichtert, »da wären wir.«

Sie näherten sich einem Etwas, das einem inländischen Kampong[11] glich – von einem niederen Zaun eingefasst und von dem Schatten einiger hügelhoher Waringinbäume überdunkelt, ein Klumpen grau-brauner Dächer und Dächlein, wie zu einer Klette zusammengewachsene Pilze, dicht zusammengedrängt um den Fuß riesengroßer Bäume. Kindergeschrei, das schrill-süße Girren von Turteltauben und der Lärm von Stampfern in einem Reisblock klangen daraus hervor. Eine Frauenstimme rief etwas in gebieterischem Ton; und eine andere antwortete klagend-zänkisch.

»Gehört zum Hause des Regenten,« sagte Dr. Oldenzeel. »Der Eingang zum Hauptgebäude liegt dort, nach dem Aloen-Aloen zu.«

Der Wagen verließ den Rand der rauen Grasfläche, dem er längs zwei Seiten des weiten Vierecks gefolgt war, und schlug einen Weg ein, der bei dem dunklen Laubhügel mündete. Wie eine Höhle tat es sich darüber auf: und zwischen, hinter und unter Stamm-Gruppen, hängenden Blättermassen und faserigen Strähnen von Luftwurzeln kam ein auf weißen Pfeilern ruhendes Haus zum Vorschein. Herabgelassene Vorhänge aus Binsengewebe, mattgelb, mit roten und grünen Streifen bemalt, bildeten luftige Wandfächer zwischen den Säulen. Auf den rotsteinernen Stufen zu beiden Seiten einer Öffnung in der Mitte, durch die die Tiefe der Vordergalerie wegschimmerte, kauerten zwei Javaner unbeweglich wie Statuen.

Oldenzeel nickte einer Gruppe von Inländern zu, die am Fuße eines Waringin hockten.

»Das sind unsere Freunde, die Angeklagten und die Zeugen und alles, was sonst noch mit dazu gehört. »Und dort« – er starrte in die halb düstere Vordergalerie – »dort ist der Regent mit dem Wedono und dem Panghoeloe[12] – Donnerwetter,« er hatte seine Uhr gezogen, »schon nach zwölf – wahrhaftig.«

Seufzend ging er hinein.

In der Vordergalerie, der ein langer, mit einer grünen Decke bekleideter Tisch, auf dem eine Klingel, eine Wasserflasche und ein paar Gläser zwischen einigen Büchern und Aktenstapeln standen, eine Reihe Stühle und ein großer, bunt bemalter Wandschirm am Eingang zu dem ver-

---

11 Kampong = ein ausschließlich von Inländern bewohntes Viertel.
12 Panghoeloe = Priester.

borgenen Innenhause einen leisen Anstrich von europäischer Ordnung und europäischem Komfort verliehen, der seltsam mit dem echt inländischen Leben kontrastierte, das sich dahinter abspielte, saßen der Regent, ein ältlicher Mann mit einem dürren straffen Gesicht, sein Neffe, der Wedono, und der wohlgenährte Priester und warteten, mit dem unzerstörbaren Gleichmut des Inländers, für den der Begriff »Zeit« nicht besteht und für den Nichtstun eine Beschäftigung ist, angenehmer und anregender als irgendeine andere.

Der Djaksa, ein gut aussehender kleiner Kerl, der die schwarze mit goldener Tresse verzierte Beamtenmütze ein wenig schief trug, sah das Protokoll, das er später zu verlesen haben würde, noch einmal durch und murmelte die geschriebenen Sätze leise nach. Am Ende des langen Tisches saß der indo-europäische Aktuar und schrieb, hinter einem Aktenstapel verschanzt, einen Brief, der folgendermaßen begann:

»Ew. Hochwohlgeboren, sehr gestrenger Herr! Ich nehme mir die Freiheit Ew. Hochwohlgeboren sehr gestrengen« ... als er seinen Chef eintreten sah, schob er den Brief, ohne sich im geringsten zu beeilen, unter die Akten und ordnete den ungleichen Stapel mit seinen krummen, dünnen vom vielen Zigarettendrehen gelb gewordenen Fingern, während er van Heemsbergen, den der Regent und der Wedono feierlich begrüßten, neugierig musterte.

Oldenzeel verschwand hinter dem chinesischen Wandschirm und kam gleich darauf wieder zum Vorschein, breit, dunkel und würdevoll, mit Toga und Barett bekleidet. Er setzte sich, rückte ein paar Mal auf seinem Stuhl hin und her, zupfte an dem langen Gewand, das ihm unbequem war, und suchte mit den Augen nach dem Polizeiaufseher, der, sich tief verneigend, näher kam und sich hinter ihm niederkauerte; schob ein wenig an den Papieren, die der Indo vor ihn hingelegt hatte; setzte seinen Kneifer auf und erteilte Befehl, man solle den Angeklagten und die Zeugen vorführen.

Der Polizeiaufseher in seiner blauen, mit breiten kanariengelben Streifen verzierten Uniform ging hinaus, affektiert mit den Beinen schlenkernd, sodass die gelben Streifen an seiner Hose grell leuchteten, und kam mit den Inländern zurück, die wartend unter dem großen Waringin vor der Wohnung des Regenten gesessen hatten. Der Angeklagte, ein Mann von etwa zwanzig Jahren mit einem sanften Gesicht und beinahe kindlich offenen Blick wurde durch den Gefängniswärter vor den Tisch der Richter geführt, wo er sich, Sembah machend, nieder kauerte.

Die andern, Zeugen und aus Neugierde mitgekommene Freunde und Nachbarn, ließen sich am äußersten Rande der Pendoppo auf dem Boden nieder, den Schreibern des Präsidenten, die Papier und Federn in Ordnung brachten, gerade gegenüber. Allein, in stolzer Absonderung, erschien ein würdevoll einherschreitender Araber, aus dessen Gewändern ein Duft von Rosenöl betäubend süß aufstieg.

Der Präsident blickte von seinen Papieren auf, über den Kneifer weg, und stützte seine beiden Arme in den weiten Togaärmeln mit einer resignierten Bewegung auf den Tisch.

»Ahem ... Djaksa, verlesen Sie gefälligst die Anklage.«

Der gut aussehende junge Inländer mit der schwarzgoldenen »Kapjah[13]« auf dem einen Ohr richtete sich mit einer zierlichen Bewegung auf, warf den Kopf in den Nacken und begann in einem eintönigen singenden Ton hastig zu lesen.

Van Heemsbergen, der gut malayisch zu können glaubte, verstand kein Wort. Der eintönige Klangstrom rauschte an ihm vorüber, ohne dass er mehr als hin und wieder ein einzelnes Wort hätte herausgreifen können. Nur so viel schloss er aus einzelnen immer wiederkehrenden Silben, dass es sich um einen Fischteich handelte, den der Beklagte Pah-Tasmie von einem gewissen Natawadjana gepachtet oder gekauft und den er an den Araber, der Said Mohamad zu heißen schien, weiter verpachtet oder verkauft hatte. Aber das übrige konnte er nicht einmal erraten. Endlich gab er es auf.

»Ich wollte nur, dass dieses Geschwätz endlich ein Ende nehme und das Verhör beginne,« dachte er, »niemand scheint zuzuhören.«

Er warf einen Blick auf den Beklagten. Vor dem Wärter hingekauert, saß er noch in genau derselben Haltung, mit genau demselben Ausdruck oder besser gesagt, derselben Ermangelung jeglichen Ausdruckes in den Zügen wie soeben. Er ließ die lange Anklage über sich ergehen, als beträfe ihn kein Wort davon.

Ebenso gleichgültig-unbeweglich waren die Gesichter der übrigen Inländer. Nur durch ihre ärmliche Kleidung war die Gruppe von Pah-Tasmies Freunden und Anverwandten von dem Gefolge des Präsidenten zu unterscheiden, das an der andern Seite des Pendoppo kauerte.

---

[13] Kapjah = eine Fez-ähnliche Mütze aus schwarzer Seide, mit Gold verziert.

Kein Schatten einer Anteilnahme war in ihren ins Leere stierenden Augen zu entdecken.

Es war eine junge Frau dabei, die beim Hereinkommen dicht hinter Pah-Tasmie geblieben war und die nur flüchtig aufgeblickt hatte, als der Djaksa las:

»Naila, Frau von Pah-Tasmie.«

Sie schien sich ebenso wenig wie die andern um sein Schicksal zu kümmern.

Van Heemsbergens vorüberschweifender Blick wurde festgehalten durch das lichte Gelb ihres Antlitzes, das aus der Reihe jener dunklen Gesichter aufleuchtete. Er schaute sie aufmerksamer an.

Sie saß da, sittsam vor sich hinschauend, auf kreuzweise übereinander geschlagenen Beinen, deren Form sich von der Hüfte bis zu den feinen Knöcheln in dem straffen Sarong abzeichnete. Von dem kleinen hochgetragenen Kopf wogten die Linien anmutig an dem graden Nacken, den leuchtenden Schultern und den schlanken Armen hinunter. Die Hände lagen lässig im Schoß, offen, die mattrosige Fläche dem Licht zugekehrt. Die Stirne hob sich fast weiß von dem blau-schwarzen Haare ab. Ein Schein von frischem Blutrot brach durch das violettfarbene Oval der Lippen, über denen die dünnen Nasenflügel scharf zugespitzt standen, wie die eines Rehes. Die gesenkten Wimpern breiteten einen sammetweichen Schatten über das Mattgelb der Wangen. Es lag in ihrer ganzen Erscheinung etwas Schimmerndes und Feines, das an Gold und Blumen erinnerte.

Gleich als habe sie den Blick des jungen Mannes gefühlt, sah sie auf und enthüllte den Glanz ihrer schwarzen Augen, um die die Wimpern dunkel lagen. Aber gleich darauf schlug sie sie wieder nieder und wandte mit einer stillen anmutigen Bewegung den Kopf ab.

»Was für ein Prinzesschen, und dabei die Frau dieses Dummkopfes!« dachte van Heemsbergen. »Und die Gegenpartei?« Er warf einen Blick auf den Araber, der in geringschätziger Entfernung von den Eingeborenen an eine Säule gelehnt dastand. Aufmerksam, gleich als ob er jedes vorüberschwirrende Wort auffing und erkannte, sah er den Vorlesenden an. Seine aus Schattenhöhlen funkelnden Augen hielt er fest auf den Djaksa gerichtet. Starr wie aus Bronze gegossen war sein stolzes Gesicht mit den stark vorspringenden Augenbrauen und der Adlernase, in der weißen Umrahmung des Turbans. Während des Zuhörens fuhr er sich unaufhörlich über den blau-schwarzen Bart mit einer mageren wohlgeformten Hand, an der ein einziger Saphir blitzte.

»Said Mohamad bin Abdoelrachman bin Mohamad bin Djena Aljuffrie,« las jetzt der Djaksa. Er schnappte nach Atem und surrte dann wieder weiter.

»Noch nicht fertig? das ist ja zum Einschlafen,« dachte van Heemsbergen.

Der Indo neben ihm hatte den angefangenen Brief an den hochgestellten Beamten, dem er eine kleine Anstellung abbetteln wollte, wieder aus dem Aktenstapel zum Vorschein gezogen und blickte verstohlen und sehnsüchtig darauf, während er die Feder zwischen seinen mageren langen Fingern mit den gelben Nägeln hin- und herdrehte; aber er hatte des neuen Hilfsaktuars wegen nicht den Mut.

Dr. Oldenzeel blickte in die Ferne, starräugig und bekümmert.

Der Regent saß da, regungslos und feierlich wie ein Buddhabild, mit gesenkten Augen, die Hände flach auf die Knie gelegt, über die sein Sarong in langen geraden Falten herabfiel. Sehr widerwillig erfüllte er ausnahmsweise für dieses eine Mal die Richterpflicht, mit der er in der Regel einen seiner Untergebenen betraute. Das Amt war unbesoldet. Und was gingen ihn die Angelegenheiten jener geringen Leute denn eigentlich an? Aber er hielt seine Würde aufrecht. Durch seine unbeweglichen Züge und seine hierarchische Haltung gestaltete er die Sitzung zu einer ihm zu Ehren veranstalteten Feierlichkeit und einer seinem fürstlichen Blut gebührenden Huldigung. Sein Neffe, der Wedono, ahmte ihn in Wesen und Haltung nach wie ein Schatten die Gestalt, von der er geworfen wird.

Der wohlgenährte Panghoeloe, bekleidet mit dem Kaftan und dem Turban, die ihn seinen ehrfurchtsvollen Landsleuten als Mekka-Pilger kennzeichneten, hatte seine fleischigen Hände in den Schoß gelegt und blinzelte schläfrig mit den immer schwerer werdenden Augenlidern.

»Es ist keinem von ihnen auch nur ein Jota an der Sache gelegen, weder dem Beklagten noch den Zeugen, noch den Freunden, noch den Richtern, noch jenem fetten Priester,« dachte van Heemsbergen, »ist das etwa die inländische Gleichgültigkeit? Oder haben *wir* das hier erst eingeführt durch Institutionen, die für diese Menschen nicht – oder doch wenigstens noch nicht geeignet sind?«

Der Djaksa beendete seine Vorlesung:

»Der Beklagte, Pah-Tasmie, hat sich daher des Betruges schuldig gemacht.«

Er setzte sich und strich flüchtig mit der Hand über seinen Sarong.

Die plötzliche Stille weckte all diese Stumpfsinnigen. Der Regent und der Wedono blickten auf, der Panghoeloe öffnete die Augen weit, und Dr. Oldenzeel nahm seine Arme vom Tisch und richtete sich straffer auf.

»Haben Sie folgen können, Herr van Heemsbergen?« fragte er sehr familiär. »So, nicht allzu gut? Ja, es rappelt auch so. Nun, das Verhör geht von selbst langsamer wegen des Übersetzens, wissen Sie.«

»Wieso, übersetzen?«

»Ins Sundanesische natürlich, die Menschen verstehen hier doch kein Malayisch.«

»Was? der Beklagte versteht die Anklage nicht? Und die Zeugen« ...

»Aber nein, natürlich nicht! Wir sind hier doch auf den Sunda-Inseln[14]. Said Mohamad wohl, der kann malayisch, selbstverständlich.«

»Es ist ja wahr, die offizielle Sprache ist Malayisch, das habe ich doch auch gewusst,« dachte van Heemsbergen, »was für ein unmöglicher Zustand, und wenn sie jetzt auch jedes Wort übersetzen, die Gerichtssitzung wird auf diese Weise doch zu einer Komödie herabwürdigt, zu einer Farce! Dass es einem Menschen da Spaß machen kann, mitzumachen!« ...

Er blickte seinen Chef mit einem gewissen Widerwillen an.

Der Präsident befahl, dass sich die Zeugen und das Publikum zurückziehen und dass der Beklagte vorgeführt werden solle.

»Ahem ... kch, kch ...,« er suchte den Namen auf der Urkunde, die vor ihm lag. »Pah ... Pah-Tasmie.«

Das Verhör begann.

---

14 Hier ist der westliche Teil der Insel Java gemeint.

Der Präsident, der kein Sundanesisch verstand, richtete seine Fragen auf Malayisch an den Djaksa, und der Djaska übermittelte sie auf Sundanesisch dem Beklagten und den Zeugen, die kein Malayisch verstanden.

Es ging so langsam wie das Ausschenken aus einer Flasche, in deren Hals ein Kork steckt. Tropfenweise kamen die Worte und wurden übergossen und hin und her getragen, verschüttet und wieder eingefüllt. Es dauerte eine Weile, bevor van Heemsbergen durch Raten und Vermuten den Sachverhalt erfasst und vernommen hatte, wie Pah-Tasmie, der die Geburt seines ersten Sohnes mit einem Fest feiern musste, Said Mohamads, des Geldverleihers, Schuldner geworden war. Wie seine schon im voraus verpfändete Ernte sich als nicht ausreichend erwiesen hatte, um den Wucherer zu bezahlen, und er rechts und links verkauft, geliehen, gebettelt und verpfändet, wie er damit noch nicht genug hatte zusammenscharren können, um die in der Zwischenzeit immer größer gewordene Schuld auszugleichen; und wie er, in der Meinung, dass er wohl doch noch aus der Not geraten würde, wenn er nur den Fischteich von seiner Mutter Bruder, Natawadjana, während einiger Zeit ausbeuten könne, diesen Teich gepachtet, aber die ausbedungene Summe – hundert Gulden jährlich – nicht bezahlt hatte.

Der Präsident fragte Pah-Tasmie durch Vermittlung des Djaksa, ob er zugäbe, seinen gesetzlichen Verpflichtungen nicht nachgekommen zu sein?

»Ja,« ließ Pah-Tasmie durch den Djaksa antworten, »er gäbe das zu. Er habe aber nur so wenige ganz kleine Fischchen aus dem Teich geholt. Die Holländer wollten sie nicht kaufen, und die Menschen im Kampong gäben nur ein ganz klein wenig Geld dafür. Sie hätten gesagt, Pah-Tasmie müsse nicht mehr im Teich fischen, sondern er müsse den Teich ausbaggern und neue Teiche darin anlegen und guten Fisch pflanzen, wofür er Geld bekommen könne, wenn er ihn vor den Häusern feilböte, denn solche Fische wie jetzt darin seien, die wollte niemand kaufen! Und er, Pah-Tasmie, habe wohl gern den Teich säubern und guten Fisch hineinsetzen wollen, aber er habe gar kein Geld gehabt, und Natawadjana, seiner Mutter Bruder, sei ein sehr geiziger Mensch und habe ihm kein Geld leihen wollen, obgleich er ihn viele Male flehentlich darum gebeten. Darum sei er wieder zu Said Mohamad gegangen und habe gesagt: »Gib' mir dreihundert Gulden, ich gebe dir dafür den Teich zum Pfand.« Und Said Mohamad sei gekommen und habe sich den Teich angesehen und habe den Kopf geschüttelt und gesagt: »Die Sache ist schlecht, die Sache ist schlecht.« Und er habe gesagt: »Ich will kein Geld leihen auf den Teich, aber ich will den Teich kaufen für dreihundert Gulden, wenn du die beiden Bambushäuser dazu gibst, die du im Kampong stehen hast, und auch noch deine vier Büffel – in fünf Monaten kannst du alles wieder zurückkaufen.« – Da seien sie alle zum Notar gegangen und er, Pah-Tasmie, habe die Urkunde mitgenommen, in der alles über den Teich geschrieben stand.«

»Den Pachtvertrag mit Natawadjana?« fragte der Präsident.

»Ja, den Pachtvertrag mit Natawadjana, denn jetzt wolle er den Teich an Said Mohamad verkaufen, und das müsse der Notar in die Urkunde aufnehmen.«

»Pah-Tasmie,« begann der Präsident, »verkaufen kann man nur das, was man besitzt. Jener Teich aber war nicht dein Eigentum, sondern das deines Onkels Natawadjana. Wie kommt es denn, dass du ihn verkaufen wolltest?«

Pah-Tasmie blickte mit unschuldigen Augen auf.

»Ich musste Geld haben, um den Teich zu säubern und neue Dämme anzulegen, darum verkaufte ich den Teich für Geld.«

»Aber du konntest den Teich nicht verkaufen, denn er gehörte dir nicht, der Teich gehörte Natawadjana, du hattest ihn nur gepachtet und nicht einmal die Pacht bezahlt. Wie ist das, dass du etwas verkaufen wolltest, was einem andern gehört?«

Said Mohamad sah den Richter an mit dem Blick eines lange unterdrückten Menschen, der endlich Unrecht nennen hört und Hoffnung für die Zukunft schöpft.

»Wie ist das, Pah-Tasmie?« wiederholte der Präsident strenger.

Pah-Tasmie antwortete nicht. Er blickte hilflos vor sich hin. Dies war eine schwierige Sache, eine gar zu schwierige!

Nachdem er eine Weile gewartet, sprach der Richter seine Vermutung aus, dass der Notar die Transaktion als unausführbar erklärt haben müsse, und wurde in dieser Ansicht bestärkt, als er weiter vernahm, dass der Notar Pah-Tasmie erklärt habe, dieser müsse erst selbst den Fischteich kaufen.

Er fragte:

»Hast du die nötigen Schritte dazu getan, Pah-Tasmie?«

»Nein, das habe Pah-Tasmie nicht getan. Natawadjana sei ein sehr geiziger Mensch, er würde sicherlich den Fischteich nicht verkauft haben. Aber Singadikrama, ein sehr vernünftiger Mann, sei eines Abends gekommen und habe gesagt: »Dein Onkel Natawadjana ist krank, und auch seine beiden Beine sind lahm geworden, wie sollte er wohl zum Notar gehen können? Darum muss ein anderer zum Notar gehen und sagen: »Ich bin Natawadjana, und dieser hier ist mein Neffe Pah-Tasmie, der mir meinen Fischteich abkaufen will.« So wirst du tun können, was nötig ist. In dieser Sache will ich dir helfen und dir einen Dienst erweisen, denn dein Vater, der mein Freund war, hat mir, während er noch lebte, auch oftmals einen Dienst erwiesen. Es ziemt sich, dass ich das jetzt an seinem Sohn vergelte. Aber du musst Zeugen haben, dieselben, die deine Zeugen waren, als du den Fischteich von Natawadjana pachtetest.« Und Pah-Tasmie habe gesagt: »Wie ist das möglich? denn als ich den Teich pachtete, waren Natawadjanas Sohn Laitem und sein Schwiegersohn Djoedakerta Zeugen, und sicherlich werden die jetzt nicht Zeugen sein wollen.«

Aber Singadikrama antwortete und sagte: »So wie ich jetzt zum Notar gehen werde an Stelle des Natawadjana, so müssen zwei andere Menschen an Stelle seines Sohnes Laitem und seines Schwiegersohnes Djoedakerta gehen! Sicherlich hast du doch Freunde oder Blutverwandte, die gehen können. Ich selber werde dann Leute mitbringen, die der Notar kennt, damit sie erklären, dass die beiden wirklich Laitem und Djoedakerta sind.«

Da sei Pah-Tasmie herumgelaufen bei seinen Verwandten und bei den Verwandten seiner Frau, und sein Blutverwandter Pah-Djas und seines Weibes Blutverwandter Ngalipan hätten gesagt: »Es ist gut, wir werden mitgehen zu dem Notar.« Und da seien sie alle gegangen, er, Pah-Tasmie, und Pah Djas und Ngalipan und auch Singadikrama, der den Rat erteilt habe, und die beiden Freunde von Singadikrama und Said Mohamad.«

Er schwieg.

Der Präsident befahl dem Polizeiaufseher, ihn hinauszuführen, – aber nicht zu den andern Inländern: er müsse allein bleiben, unter dem Baume links – und Said Mohamad vorzuführen. »Wenn ich sie zusammen sein ließe, würden sich die Zeugen verständigen, verstehen Sie?« – so erklärte er van Heemsbergen seine Handlungsweise.

Der Araber trat vor, fürstlich in seinem langen, wallenden Gewande und von einer Atmosphäre von Wohlgerüchen umgeben. Hoch aufgerichtet blieb er vor dem Panhoeloe stehen, der ihm, sich auf den Zehen emporreckend, mit hochgestreckten Armen den Koran auf den Kopf zu legen versuchte, während er ihm die Worte der mohammedanischen Eidesformel vormurmelte. Mit geringschätziger Unachtsamkeit starrte Said Mohamad vor sich hin. Er wartete einen Augenblick, nachdem der inländische Priester sein Gemurmel beendet hatte, und sprach dann überlaut und mit Nachdruck die heiligen Worte:

»Bei Gott dem Großen! Bei Gott dem Großen! Bei Gott dem Großen! Und bei dem, was geschrieben steht in diesem Buch, dem Worte Gottes!«

Aus jeder Silbe ließ er seinen Stolz erklingen auf die Sprache, die seine Muttersprache, und auf den Gottesdienst, der der seines Volkes war, des auserwählten Volkes, aus dessen Mitte der Prophet erstanden war.

Mit verlegener Ehrfurcht blickte der Priester zu dem in Glaubensdingen Wohl-Unterrichteten auf, der den schweren Spruch so fließend hersagte.

Der Präsident vernahm Said Mohamad ohne Vermittlung des Dolmetschers. Er antwortete ruhig und mit Würde in einem Malayisch, das die Sprache des Präsidenten wie eine Pöbelsprache erscheinen ließ, und erklärte, dass er Pah-Tasmie für den rechtmäßigen Eigentümer des Fischteiches gehalten habe. Nachdem er wieder aus der Galerie herausgeführt war, traten Pah-Djas und Ngalipan vor, die die Verkaufsurkunde als Laitem und Djoedakerta unterzeichnet hatten.

Der Präsident warf einen Blick in die Dokumente und fragte beiläufig:

»Hat Pah Djas von dem Inhalt der Urkunde Kenntnis gehabt?«

Er blickte auf, als er ein deutliches: »Hanten!« vernahm. Das war eines von den zwei oder drei sundanesischen Worten, die er verstand; er wusste, dass Pah Djas »nein« geantwortet hatte.

Der Djaksa blieb einen Augenblick unschlüssig, dann aber begreifend, dass der Richter dieses eine Wort wirklich richtig verstanden hatte, wiederholte er:

»Nein.«

Dr. Oldenzeel runzelte die Brauen.

»Aus der Anklage geht hervor, dass der Inländer Pah ... ahem, ahem ..., dass der Inländer Pah-Djas zugegeben hat, dass ihm bekannt war, was in der ihm durch den Notar vorgelesenen Urkunde gestanden. Wie ist es damit, Djaksa?«

Der Djaksa antwortete nicht sogleich. Er ärgerte sich. Hatte er nicht den Angeklagten und die Zeugen alle ihre Antworten auswendig lernen und hersagen lassen, immer wieder von neuem, wie ein Kapitel aus dem Koran in der Schule? Gestern Abend noch hatte er sie überhört. Und es ging gut und alles klappte, sodass sie alle drei verurteilt werden konnten, so wie es sich gehörte, wenn der Herr Assistent-Resident Menschen vor die Anklagebank zitierte, und da sagte jetzt dieser Mann Pah-Djas, der sicherlich seine ganze Lebensart verloren hatte, »nein« anstatt »ja«. Jetzt war alles verdorben! Er war ein Mensch ohne Erziehung und Verstand, dieser Pah-Djas!

Der Djaksa murmelte ein paar verworrene Worte als Erklärung für den Widerspruch zwischen Pah-Djas' gesprochener und geschriebener Aussage, und indem er sich eine spätere Abrechnung mit dem Spielverderber vorbehielt, bequemte er sich vorläufig dazu, des Mannes Verteidigung zu übersetzen.

Das wurde eine lange Geschichte.

Erst sprach er von den Unterhandlungen zwischen Pah-Tasmie und Pah-Djas über einen Stier, den Pah-Tasmie nach langem Fordern und Bieten in der Theorie für 38 Gulden (die in der Praxis auf 26 ermäßigt waren) gekauft. Und dann von Pah-Tasmies Besuch bei seinem Gläubiger und seinem redlichen Anerbieten, vorläufig zwölf Gulden zu bezahlen. Erfreut habe Pah-Djas darauf Pah-Tasmie auf dem Wege begleitet, den er für dessen Heimweg hielt. Pah-Tasmie sei indessen nicht nach Haus gegangen, um das Geld zu holen, sondern er habe gesagt: »Ich muss zum Notar gehen, denn dort werde ich Geld bekommen von einem Araber, sehr viel – und davon werde ich dir die zwölf Gulden für den Büffel geben, wahrhaftig!«

Und sie seien zusammen zum Notar gegangen, und vor dem Hause des Notars hätten sie Said Mohamad und Ngalipan und einen alten Mann und noch einige andere Menschen getroffen, und Pah-Tasmie habe zu dem alten Mann gesagt: »Guten Tag, Natawadjana.« Da seien sie alle in das Haus des Notars gegangen, und der Notar habe eine Urkunde vorgelesen.

Der Richter fragte, was in der Urkunde gestanden habe?

Das wisse Pah-Djas nicht. Es sei Malayisch gewesen!

Da habe der Notar zu ihm gesagt: »Laitem, unterschreibe!« Und er sei erstaunt gewesen, denn er heiße Pah-Djas, aber nicht Laitem! Aber Singadikrama habe gesagt: »Hörst du nicht, was der Herr Notar sagt? Es ist nötig, dass du Laitem auf das Papier schreibst, dort wo der Schreiber seinen Zeigefinger hält! denn wenn du es nicht schreibst, dann kann Pah-Tasmie kein Geld von dem Araber bekommen, und wenn er kein Geld von dem Araber bekommt, dann kann er dir die zwölf Gulden für deinen Büffel nicht geben.« Und der alte Natawadjana habe es auch gesagt, sehr ärgerlich, und da habe er, Pah-Djas, geschrieben, dort wo der Schreiber des Notars mit seinem Finger hinzeigte. »Laitem« habe er geschrieben.

Der Richter blickte den zweiten Zeugen an, Ngalipan, den Schwager des Beklagten, der die Urkunde mit dem Namen Djoedakerta unterzeichnet hatte, und fragte, ob er gewusst habe, was in der Akte gestanden.

Ngalipan habe es nicht gewusst, es sei doch Malayisch gewesen. Aber der alte Mann, Natawadjana, habe ihm bedeutet, dass er, der doch nur ein junger Mann sei, nicht versuchen dürfe, nachdem Pah-Djas unterzeichnet habe, klüger zu sein als der so viel erfahrenere. Da habe er gesagt, es sei ihm recht, und weil er nicht schreiben könne, habe der Herr Notar den Schreiber schreiben lassen. »Djoedakerta« habe der Schreiber geschrieben.

Da habe Pah-Tasmie dem alten Mann Natawadjana Geld gegeben, und der alte Mann habe gesagt: »Mein Neffe Pah-Tasmie hat mir sechshundert Gulden für meinen Teich gegeben. Ihr alle seid Zeugen!« Und sie seien alle nach dem Warong[15] gegangen, zum Essen. Und nach einer Stunde seien sie zurückgekommen und der Notar habe wiederum eine Urkunde vorgelesen und sie hätten wieder ihren Namen unterschrieben, und da habe Said Mohamad gesagt: »Pah-Tasmie, hier sind dreihundert Gulden für den Fischteich und die zwei Häuser und die vier Büffel, und jetzt gehört das alles mir. Ihr seid Zeugen!«

---

[15] Warong = Wirtshaus für die Eingeborenen.

Der Richter fragte nach Singadikrama. Niemand wusste etwas von ihm.

Es stellte sich heraus, dass er zuletzt im Gespräch mit dem Araber gesehen worden, vor dem Warong, wo die anderen beim Essen saßen. Seither war er spurlos verschwunden.

Van Heemsbergen dachte an den jungen Kontrolleur und sein:

»*Attendez-moi sous l'orme!*«

Pah-Djas gestand im weiteren Verhör, dass er Geld von Pah-Tasmie empfangen habe. »Aber nicht zwölf Gulden, sondern nur acht Gulden,« sagte er betrübt.

Und Pah-Tasmie, wieder hereingerufen, legte Rechenschaft ab über die dreihundert, die er von Said Mohamad empfangen hatte. Vierzig Gulden an den Herrn Notar, weil er zweimal gelesen und zweimal geschrieben hatte, und fünfzehn Gulden an Singadikrama, der ihm einen guten Rat gegeben, und einen Taler an jeden von Singadikramas Freunden, und hundertsechzig Gulden an Said Mohamad für Schuld und Zinsen und fünfzig Gulden auch an Said Mohamad, als im voraus zu bezahlende Monats-Pacht für den Teich und die Büffel. Er habe jetzt nichts mehr, kein Geld, kein Vieh und keine Bambushäuser, und auch sei er in des Chinesen Schuld.

Der Djaksa übersetzte die klägliche Geschichte mit der Gelassenheit eines Mannes, der alles zum besten hatte ordnen wollen und es nun mit ansehen musste, wie die Sache in elfter Stunde durch Unverstand und Besserwisserei verdorben wurde.

Van Heemsbergen blickte die beiden Zeugen aufmerksam an.

»Es ist so klar wie die Sonne, dass die hereingefallen sind,« dachte er. »Und der andere? Pah-Tasmie oder wie er heißt?«

Der Beklagte saß da noch immer mit demselben gleichgültigen Gesicht. Er hatte auf alle Fragen geantwortet und alles eingestanden, ohne auch nur den Versuch zu machen, sich zu verteidigen oder zu entschuldigen oder irgendwelche Erklärung für sein Betragen abzugeben. Er ließ die Gerichtsverhandlung über sich ergehen wie ein Gewitter auf freiem Felde. Wie konnte ein Mensch sich dagegen wehren? Was geschehen musste, das geschah.

Erstaunt sah van Heemsbergen den arglosen Fälscher an. Was mochte in solchem Hirn vorgehen? Er hatte das Gefühl, als würde er, eine freie Bahn hinuntergehend, plötzlich durch die dünne Luft zurückgehalten. Eine unsichtbare und undurchdringliche Mauer hatte sich vor ihm aufgerichtet. Er konnte nicht weiter, da stand er.

In seinem Inneren vernahm er eine wohlbekannte Stimme, gleich als klinge sie vom Katheder herunter und als höre er sie von seinem gewöhnlichen Platz auf den Kollegienbänken aus:

»Wir müssen versuchen, uns auf den Standpunkt des Eingeborenen zu stellen, seinem Gedankengang zu folgen, das mitzuempfinden, was ihn betrübt oder erfreut, wollen wir jemals ein wirklich gerechtes Urteil über ihn fällen.«

»Ja, es mag sein, dass das der einzige Weg ist,« dachte er, »aber es ist unmöglich – ganz und gar unmöglich. Wie könnte ein logisch denkender Mensch denn wohl dem Gedankengang eines solchen Pah-Tasmie folgen? Das ist unmöglich ... Indessen, Hendricks scheint es gekonnt zu haben. Aber wie nur?«

Er sah sich die dunklen Gesichter an, als müsse er hinter jenen stumpfen verschlossenen Zügen und gleichgültig gesenkten Augenlidern den Gedanken entdecken können, jenen orientalischen Gedanken, der sich von seinem Denken unterschied, mehr noch, als sich die zarten braunen Körper von seiner kräftigen Gestalt unterschieden.

Der Präsident befahl, dass man den Beklagten und die Zeugen aus dem Saal entferne. Der Polizeiaufseher mit den kanariengelben Streifen kam hinter dem Tisch zum Vorschein, über dem nur sein Kopftuch sichtbar gewesen war, und auf die Gruppe der Eingeborenen zuschlendernd, hieß er sie aufstehen und hinausgehen.

Unter dem großen Waringin draußen hatte ein Händler mit Früchten und Süßigkeiten schon eine Zeitlang wartend zwischen seiner ausgestellten Ware gesessen. Sie umdrängten ihn und wählten zwischen den bunten Näschereien, die sie erst lange besahen, betasteten und berochen. Dann begannen sie, im Grase niederhockend, daran zu knabbern, während sie vor jedem Bissen die köstliche Leckerei erst noch einmal mit den Augen genossen.

Die Stimme des Präsidenten führte van Heemsbergens Gedanken wieder in den Gerichtssaal zurück.

»Und wie ist das Dafürhalten des Djaksa?« fragte er, indem er die offizielle Formel anwendete.

Der Djaksa erhob sich wieder mit einer anmutigen Bewegung und erklärte, dass er die Schuld des Beklagten an dem ihm zur Last gelegten als erwiesen erachte und dass er ihn dieserhalb verurteilt sehen wolle zu der Strafe von Zwangsarbeit in der Kette, für die Zeit von fünf Jahren und zu einer Geldbuße von dreihundert Gulden.

Nachdem er diese Worte in einem Ton der Zufriedenheit mit sich selbst und mit seinem Amt geäußert hatte, setzte er sich wieder.

Der Präsident griff unter die Falten seiner Toga, holte ein Taschentuch zum Vorschein, wischte sich damit über die Stirn und suchte dann ein trockenes Fleckchen, um seine Lorgnette zu putzen.

»Ahem – Panghoeloe,« sagte er gleichgültig.

Der Priester erhob sich, um sein stets von neuem eingeholtes und niemals befolgtes Urteil auszusprechen, das auf den Gesetzen des Propheten beruhte.

»Ich erachte die Schuld als erwiesen und bin der Meinung, dass der Betrüger damit gestraft werden muss, dass ihm seine rechte Hand abgehauen wird,« sagte er feierlich.

Der Präsident sah auf seine Uhr. Es war nahezu zwei. Er beeilte sich, die Folgerungen aus den Tatsachen festzustellen, damit seinen inländischen Amtsgenossen die Möglichkeit gegeben werde, ein Urteil darüber zu fällen.

Van Heemsbergen sah Pah-Tasmies Richter an: den robusten mit schwarzer Toga bekleideten Holländer, der seine Rechtsidee von den Römern ererbt hatte, von den Alten, die die Stadt erbauten, und von ihrem auf Korsika nachgeborenen Sohn; die zwei inländischen Edelleute, die daran gewöhnt waren, tastend nach dem Wege zu suchen in jenem Labyrinth von unverstandenen Vorschriften, unsicheren Überlieferungen und auf die bloße Autorität hin angenommenen Aussprüchen, das der »Adat« genannt wird, den als Araber verkleideten Priester, im Gerichtssaal eine Gliederpuppe, in der Dessa einer, dessen Worte mehr galten als alle Gesetze und der in den vom Wüstensand verstaubten Moscheen Mekkas sein Hirn von spitzfindigen Deutern des Koran hatte kneten und formen lassen.

Und ihm war es, als sähe er dort drei ungleiche Zivilisationen verkörpert, drei himmelweit voneinander entfernte Vergangenheiten, an diesem Ort und zu dieser Stunde zusammengekommen, wie ausländische Tyrannen der Gegenwart.

»So also steht die Sache,« schloss der Präsident.

Er wandte sich an den Wedana, der, als jüngster, sein Urteil zuerst aussprechen musste.

»Was wird er sagen?« dachte van Heemsbergen. »Sie werden diesen einfältigen Menschen doch nicht etwa wie einen Betrüger behandeln?«

Zugleich aber sagte ihm seine Kenntnis des Gesetzes, dass die Richter nicht anders würden handeln können.

»Also drei Jahre Zwangsarbeit ohne Kette und dreihundert Gulden Geldstrafe, eventuell sechs Wochen Zwangsarbeit.« Der Präsident wiederholte das Erkenntnis des Wedana und des Regenten.

Der Gelbfink holte den Beklagten und die Zeugen, auf, dass sie das Urteil vernähmen.

Mit vollkommenem Gleichmut hörte Pah-Tasmie es an, sein starres Gesicht schien zu sagen:

»Es hat so sein sollen.«

Aber als er aus der Übersetzung des zierlichen Djaksa sein Urteil vernommen, wurde das glänzende Braun seines Knabengesichtes grau.

Zweimal musste der Gefängniswärter ihn anstoßen, bevor er begriff, dass nun alles aus sei und dass er fort müsse, fort aus seinem Hause, fort aus der Dessah, vielleicht gar fort aus Java.

Mechanisch machte er sein »Sembah« und ging.

Van Heemsbergen hatte ihn voller Mitleid beobachtet. Aber da er die durch ewige Selbstüberwindung starr gewordene Physiognomie des Inländers noch nicht kannte, war es ihm entgangen, dass sich die Farbe in jenen völlig unbewegten Zügen verändert hatte.

»Die Strafe scheint mir zu dem Vergehen nicht im richtigen Verhältnis zu stehen. Aber ob er sie wohl überhaupt empfindet?«

Der Präsident hatte seine Toga und seine Feierlichkeit abgelegt und kam wieder hinter dem Wandschirm zum Vorschein, in seinem weißleinenen Rock, müde und vor Hunger gähnend. Sich der Worte erinnernd, die seine Frau ihm am Morgen noch beim Wegfahren nachgerufen, lud er van Heemsbergen zum Essen ein. Aber es war ihm nicht unangenehm, dass der junge Mann dankte, obgleich er sich mit leichten Gewissensbissen die leeren Schüsseln vorstellte, die die Besucher der Auktion wahrscheinlich auf dem Gasthaustisch zurückgelassen hatten. Um zugleich seinen Wunsch und sein Gewissen zu befriedigen, begleitete er seinen Aktuar nach Hause und lud ihn mit besonderer Herzlichkeit für ein anderes Mal ein, »er hoffe dann glücklicher zu sein.«

Von der Hintergalerie des Hotels her erklang die heisere Stimme des Auktionators und darauf ein dröhnendes Gelächter. Die Stimme des Pflanzers übertönte alle und alles. Van Heemsbergen schloss die Tür seines Zimmers hinter sich.

Jetzt habe ich wirklich »ganz Soemberbaroe« gesehen, dachte er. Das schmale weiße und das breite, braune Gesicht des »Januskopfes«.

Es lag ein Brief auf seinem Tisch, aus Batavia nachgeschickt, wie er am Poststempel sah.

Er war von Ada – ihr erster.

Van Heemsbergen riss den Umschlag auf und durchflog den Brief, wie ein Junge durch einen Wald roter Apfelbäume rennt in einem Lauf und Atem, nicht wissend, wohin er zuerst greifen soll, um dann endlich, still stehend und ruhiger geworden, bei jedem Schritt zu genießen. Er lachte vor Freude, während er las. Er machte halt bei all den lieben Worten, aus denen der Klang ihrer Stimme und der Blick ihrer offenen Augen ihm entgegenkam.

Er hatte zwei Mal von Anfang bis zu Ende alles gelesen, bevor er nachdenkend begriff, dass er eigentlich einen ganz anderen Brief von ihr erwartet hatte und dass es der große Unterschied war, der ihn so froh machte.

»War das Ada, die so lieb und so fröhlich schrieb?« Er sah sie vor sich, als habe sie soeben die Türe geöffnet, um ihm zuzulächeln. Das bleiche, starre Gesicht, das er seit dem Abschied immer wieder vor Augen gehabt hatte, war verschwunden, wie ein leichter weißer Nachtnebel vor der Morgensonne.

»Wie ist es nur möglich, dass ich sie jemals für melancholisch gehalten habe?« dachte er verwundert. »Als hörte man eine Lerche singen!

Kühl – das hatte ich damals schon gemerkt, dass sie 's nicht war ...« So wie schon unzählige Male, aber in einem ganz anderen Sinne jetzt, dachte er wiederum an so vieles, was sie getan und gesagt hatte und was hin und wieder aus ihren Augen gesprochen in jenen sorgenvollen Wochen zwischen der Verlobung und dem Abschied, während sie, soeben erst von ihrem Vater allein gelassen, allen trotzen musste um seinetwillen. Er fühlte zum ersten Mal, dass ihre angeborene Schüchternheit und das Überwältigende seiner Liebe ihr Herz, das im Begriff stand, sich zu öffnen, bedrückt hatten und dass jene plötzlich ausbrechende Leidenschaftlichkeit beim Abschiednehmen gewesen war gleich einem Gewitter, das nach einem unsicheren Frühjahr den Lenz ins Land lässt mit Bläue und einer Menge Blumen – an allen Seiten entknospenden Blumen!

Er sprang auf und lief ein paar Mal im Zimmer auf und ab, die Hände auf dem Rücken gekreuzt, lächelnd.

Dann nahm er den Brief wieder auf und suchte nach etwas, das ihm wie etwas Wichtiges vorschwebte, aber das er in seiner freudigen Hast doch beinahe übersehen hätte. Er fand es endlich in einem fein gekritzelten »P. S.«

»Soeben hat uns eine alte Freundin von Mama besucht, die gerade aus Indien zurückgekommen ist, Frau Meerhuys, deren Mann seiner Zeit Kontrolleur auf Soemberbaroe war – es ist ein kleiner Ort im Cheribon, wie ich auf der Karte gesehen habe. Sie erzählte so herrlich von der wundervollen Landschaft, ich sah sie vor mir – wenn Du dort einmal eine Anstellung bekämest – –!«

»Das ist aber doch wirklich ein ganz besonderer Zufall,« dachte van Heemsbergen. »Jemand, der an Telepathie und Ähnliches glaubt, würde sagen, sie müsste dem Justizdirektor suggeriert haben, dass er mich hierher schickt.«

Das gelbe Gesicht mit den müden Augen hinter den Brillengläsern und dieser Gedanke machten sich in seiner Vorstellung gegenseitig lächerlich.

»Sie hat etwas derartiges gedacht, als sie mein Telegramm erhielt, dessen bin ich sicher,« dachte er wieder lächelnd.

Er nahm ihr Bild in die Hand und betrachtete das feine schmale Gesicht mit dem sensitiven Mund.

»Kleine Sentimentale!« sagte er.

Dann breitete er die Akten vor sich aus, die er von der Gerichtssitzung mitgenommen hatte, und begann Pah-Tasmies Prozess abermals kritisch zu studieren.

Aber er blickte doch noch rasch auf, um Ada zuzunicken.

»Schau du nur zu mit deinem lieben Gesicht – das hilft.«

Er verbrachte ein paar Stunden mit dem Vergleichen von Tatsachen und Erklärungen, während er seine eigenen Vermutungen an dem Resultat erprobte; und gelangte endlich in dieser Sache zu einer Einsicht, die Hendricks Aussage von jenem Morgen über Singadikrama als Werkzeug in einer geübten Hand als das rechte Wort am rechten Platz erscheinen ließ. Da war kein Zweifel. Der Araber hatte die ganze Sache in Szene gesetzt, hatte von Anfang bis zu Ende alle Fäden in der Hand gehalten und Singadikrama, Pah-Tasmie, Pah-Djas, Ngalipan und sogar den Djaksa als Spulen hin und her geworfen in einem Gewebe, dessen Alpha und Omega Betrug war. Aber wie er auch suchte und suchte, er sah keine Möglichkeit, den Schlaukopf gesetzlich zu fassen.

»Er ist darin zu Hause, der Schurke – viel besser als mein Präsident, möchte ich fast sagen – er ist ihnen allen, mit Ausnahme von Hendricks, an Klugheit überlegen, wie es scheint. Ich muss doch sehen, dass ich den näher kennenlerne,« so lautete der Schluss seiner Erwägungen.

Er schob die Papiere bei Seite, stand auf und ging hinaus, während er seine Arme mit geschlossenen Fäusten aufreckte und mit einem tiefen Atemzug die frische Luft einsog.

Er war schon spät am Nachmittag. Die grauen Wolken, die den ganzen Tag über tief gehangen, hatten sich gelichtet. Aus dem Westen schien rötlich die Sonne.

»Da ist sie,« dachte er. Seit seiner Ankunft in Indien war es das erste Mal, dass er sie sah. Es erschien ihm wie ein Vorzeichen.

»Der Brief von Ada und meine erste Sitzung und die Sonne zum ersten Mal, das trifft sich gut ... Ah, wenn ich jetzt mal einen tüchtigen Ritt machen könnte!«

Er dachte an die Reitbahn in Leyden und an das schöne arabische Pferd auf der Auktion am Morgen. Ob das schon verkauft war?

Er schickte seinen Boy, um fragen zu lassen, ob der Auktionator noch im Hotel sei.

Einen Augenblick später kam der Mann zurück; der Bediente, der das gesattelte Pferd am Kopfzeug führte, folgte ihm. Einer der Forstassistenten habe es gekauft, sagte er, aber der wolle es gern wieder los sein.

»Ich denke mir, dass er es nicht regieren kann,« fügte er lächelnd hinzu.

Van Heemsbergen sah sich das schöne Tier an. Es gefiel ihm noch besser als am Morgen mit seinen feinen Beinen, der rötlichen Glut in seinen Nüstern, seinen feurigen Augen und jenem goldigen Glanz über seiner Haut, auf der die Sonne spielte. Es krümmte den Nacken mit stattlicher Grazie.

»Wie viel?« fragte er.

»Onnes hat fünfhundert dafür gegeben.«

Van Heemsbergen dachte einen Augenblick nach.

»Nun, es kommt auch nicht darauf an, ich nehme es.«

»Sie können es in Raten abzahlen, das ist hier so üblich.«

»Mir recht.«

Er ging hinein, um seinen Schutzhut, seine Reitpeitsche und seine Reitstiefel zu suchen, und fand sie, nachdem er hastig alles durcheinander geworfen, unten in einem Koffer. Er legte die Hand auf den Hals des Pferdes und schwang sich in den Sattel.

Der Australier bäumte sich, warf den Kopf zurück, machte ein paar Seitensprünge und trappelte schnaubend hin und her, unruhig unter dem fremden Sitz und der unbekannten Hand, die er am Zügel fühlte.

Der Toekan-Koedah in dem langen blauen Kittel kam angelaufen, aber van Heemsbergen hatte das Pferd schon in einem Handgalopp den Pfad rings um den Rasen hinauf zum Gitter hinaus und die Landstraße hinunter geführt; dort trabte es dahin.

Die Sonne war jetzt ganz durchgekommen. Alles glänzte, das junge gelbgrüne Laub der Bäume, die Hecke mit ihren feuerroten Blumen, das feuchte Gras am Wege. An der Bucht vorüber, wo die letzten indischen Hütten lagen, breiteten sich weit, links und rechts, die Reisfelder.

Das Wasser der sumpfigen Äcker leuchtete in Flecken und Streifen zwischen dem dünnen jungen Grün. Ein Pflüger, der mit seinen platschenden Büffeln von einem unter Wasser stehenden Felde kam, schien sich durch ein Meer von Licht zu bewegen. Die Hügelspitzen leuchteten.

Van Heemsbergen sah danach, ohne zu sehen, und empfand nur, wie das Rot und Gold etwas in ihm zum Leuchten brachte, so wie es die Hügel leuchten ließ und das spiegelnde Wasser auf den Reisfeldern.

Sein Pferd ging im Schritt den aufsteigenden Weg hinan. Er dachte daran, dass sein Lebenswerk jetzt begonnen habe, und er dachte es mit Freude.

Der Zweifel, den er an jenem Morgen den unenträtselbaren Inländer-Gesichtern gegenüber empfunden hatte, war geschwunden, so wie die dumpfe Grauheit des Tages vor der Glorie des Sonnenuntergangs geschwunden war.

Immer weiter, je höher er stieg, immer weiter wurde der Horizont um ihn her, immer weiter wurde das Feld für seinen Willen und seine Gedanken, für das neue Leben, das er jetzt, in diesem Augenblick, begann.

Jetzt ging es wieder hügelabwärts.

Sein Pferd setzte sich in Trab und schlug nach einem Augenblick in Galopp um.

Er gab sich der elastischen Bewegung des Auf und Nieder hin. Es lag etwas Ansteckendes in dieser schnellen Kraft.

Es durchfuhr ihn von den Spitzen seiner Füße, an denen er die Steigbügel fühlte, bis in seinen Kopf, in dem die Gedanken sprangen und galoppierten. Die sausende Luft rauschte um ihn her. Vor ihm, hoch gegen den rosigen Himmel, glänzte der Tjeremai. Er hatte das Gefühl, als müsse er die leuchtende Spitze mit der Hand greifen können, dass sie sich schüttelte. Wie ein Erbe durch seine neuen Kostbarkeiten, so ritt er durch das leuchtende Land.

»Vorwärts, dem Ziel entgegen!«

II.
Vielerlei Wege

Eine Zeit kraftbringenden Glückes begann jetzt für van Heemsbergen.

Er freute sich an seinem täglichen Leben und an seinem eigenen Tun und Denken zu jeder Stunde; was ihm widerfuhr, tat ihm wohl; schlafen und wachen; die Sonne, der hohe Himmel und die Wolken, die großen Bäume längs des Weges und die braunen Hüttchen und weißen Häuser; seine Arbeit mit all ihren neuen Schwierigkeiten und Widersprüchen, die eigentümliche Luft im Büro, die singende Stimme des Djaksa, dann das Heimkommen am Mittag und der Anblick des gutmütigen Gesichtes von »Mefrou« Janssen, aus dem die Zufriedenheit ihm entgegenleuchtete; der Reistisch, den sie für ihn zubereitet hatte; die Siestastunde, wenn er vor Müdigkeit sogleich in Schlaf fiel, darauf das kühle Bad und bei Sonnenuntergang der Ritt in die Hügel; die langen Abende mit den Papieren und Büchern beim Lampenschein – das waren lauter erfreuliche Dinge, jedes zu seiner eigenen Zeit und an seinem eigenen Platze; allein schon dadurch, dass sie ihm widerfuhren, waren sie angenehm. Er fühlte in seinem Blut, in den feinsten Fasern seines Hirns, durch die die Gedanken schnell und klar wie Funken schossen, bis in die äußersten Spitzen seiner Finger, die in jedem Augenblick bereit waren, fest zuzupacken, eine frohe Allgewalt, die sich nicht zur Geltung zu bringen brauchte, weil alles bereits so war, wie es sein sollte und wie es vollkommen gut war und schön, ein auf sich selber beruhendes Glück, beständig, jeden Tag sich erneuernd und lebensfroh und läuternd wie die reine Sonne selber. Und jene Macht und Herrlichkeit kamen weder von Menschen noch von Dingen zu ihm, sondern sie waren in ihm, und von ihm breiteten sie sich aus über alles und verschönten alles, so wie ein überfließender Quell ringsumher mit seinem Schimmer und seiner feuchten Frische das Land verschönt.

»Ich bin endlich dort angelangt, wo ich hin wollte, ich habe meinen Weg gefunden, endlich, endlich. So oft ich das früher glaubte, ist es mir jedes Mal wieder klar geworden, dass ich mich irrte, aber jetzt ist es so,« dachte er. Und wenn die Erinnerung daran in ihm auflebte, gedachte er zeitweise, nachsichtig und spöttisch zugleich, der vielen Irrfahrten, die sein jüngeres und unreiferes Ich durch Sackgassen gemacht hatte.

Anfangs hatte er Schriftsteller werden wollen. Alle Chancen und alle Möglichkeiten im Auge behaltend, hatte sein Vormund das Studium der Jura als die Bedingung gestellt, die ihn allein eine Zustimmung in der fernen Zukunft erhoffen ließe; und er war in den beiden ersten Jahren seiner Studentenzeit durch ein paar juristische Kollegien gebummelt, zwischen Perioden des Lesens und Perioden des Schriftstellerns hindurch. Er hörte auf die Paragraphen des Gesetzbuches, auf dessen Regeln und Ausnahmen, mit einem Kopf, in dem wie in einem Turmkämmerchen voll spielender Glocken der Klang von Versen zitterte und widerhallte; und an dem Rande des Diktats, das er mitschrieb, versuchte er Sätze zu konstruieren in dem Ton und Rhythmus desjenigen Schriftstellers, dessen Art ihm in jenem Augenblick am meisten zusagte. Er entwarf ein paar kurze Skizzen in einem harten gedrängten Stil, den er von Maupassant gelernt zu haben glaubte, und begann dann einen Roman, bei dem er sich halb unbewusst, halb absichtlich, Dostojewskis Einfluss hingab. Da er indessen die Welt nicht anders sehen konnte als mit Gysbert van Heemsbergens Augen, noch sie anders empfinden als mit dessen Gemüt, wurde die Darstellung, die er auf diese Weise von ihr zu geben versuchte, wie eine Hülle um einen luftleeren Raum. Mitten in dem breit angelegten Roman blieb er stecken und kam weder durch Kritisieren, noch durch Grübeln oder Träumen weiter. Als er endlich einsah, dass er zu Werke gegangen war wie ein Mensch, der ohne Empfängnis, ohne Schwangerschaft und ohne Geburt aus ein paar zerknitterten Kleidchen ein Kind erhofft, schloss er seine Bücher weg und versuchte aus eigner Kraft zu produzieren. Und es dauerte nicht lange, bis er das, was er für Kraft gehalten, als Unfähigkeit erkannte. Wie er auch versuchte, dies Bewusstwissen mit Wünschen und Glauben zu bekämpfen, das Ende war doch ein Bekenntnis vor sich selber; er hatte kein Talent. Eine Zeitlang drückte ihn dieses Bewusstsein. Es lag etwas Erniedrigendes darin, etwas, das ihn zugleich anklagte und verspottete; er war ihm als sei er, wohl wissend, dass er nur wenig begütert war, als Millionär aufgetreten und habe als solcher Versprechungen gemacht, die sich jetzt in nicht zu tilgende Schulden verwandelten. Um die Forderung nicht auf jedem bekannten Gesicht zu sehen, schloss er sich in seinen vier Wänden ein, lief bei einbrechender Dunkelheit durch die Straßen, blickte von weitem nach dem hellerleuchteten Klub und verschlief den halben Tag im Bett. Bis er eines schönen Morgens, als ein leuchtendes Blau durch sein Fenster grüßte und die Dächer an der gegenüberliegenden Seite der Straße ihm wie schimmernde Mohnblüten erschienen, plötzlich wieder eine Aufwallung von Lebenslust in sich fühlte und, die Decken von sich werfend, laut ausrief:

»Was für ein Unsinn! Als ob Romane schreiben das einzige in der Welt wäre!«

Er zündete mit seinem Manuskript ein Freudenfeuer an, eilte zu ein paar Freunden und bestellte sich einen Haufen Bücher, die er bei ihnen mit Randbemerkungen voll gekritzelt gesehen und deren Titel er bis zum heutigen Tage noch nicht einmal gekannt hatte.

Von den juristischen Kollegien, die er jetzt eifrig zu besuchen begann, reizten ihn von allem die, welche die Rechtswissenschaft als eine Sache der Moral und der Seele behandelten. Eine halb unbewusste Erinnerung an die Schemen, die in jenem missglückten Roman den Platz von Männern und Frauen eingenommen hatten, trieb ihn in jene Richtung; all' sein Heil erwartete er jetzt von dem Studium der menschlichen Seele. Er las unzählige Werke von Schriftstellern aus der deutschen, französischen und englischen Schule, vertiefte sich in Lombroso, besuchte Gefängnisse, Hospitäler, Irrenhäuser und machte Vivisektionen an seiner eigenen Seele und an der seiner Freunde und Bekannten.

Aber auf die Begeisterung über eine neue Theorie folgte die Niedergeschlagenheit über eine neuere Kritik und den neuesten Gegenbeweis. Es schien ihm nach einer Weile, als sei hier noch keine Basis gefunden, die fest genug wäre, um ein Haus darauf zu bauen, und die Wunden, die Plagen und die Übel, die ihm von allen Seiten entgegengrinsten aus jenem Lazarett von Seelen, in das er die Welt sich allmählich wandeln sah, erfüllten ihn mit schauerndem Entsetzen; für solche Schmerzen konnte er der Wundarzt nicht werden. Er gab die Arbeit auf, die andern keinen Nutzen und ihm selber nur Schaden bringen würde.

Als er kurze Zeit darauf nach Paris ging, um die Hochzeit eines seiner Vettern mitzufeiern, eines jungen Diplomaten, der eine Erbin französischer Millionen heiratete, fühlte er sich durch den Kontrast mit jenem Elend zu dem Glanz des Luxuslebens umso mehr hingezogen. Der vornehme und ruhige Reichtum im Hause der Braut entzückte ihn. Die Männer und Frauen, die dort zusammenkamen, alle mit zierlichen Manieren und angenehm anzusehen, hatten jeder für sich irgend einen Reiz, durch Schönheit, durch lebhaftes Sprechen, durch den Illusionen erweckenden Klang eines historischen Namens, durch Talente, die sie in weiten Kreisen vieler Länder bekannt und geehrt gemacht hatten. Er fühlte sich an seinem Platz in diesem polyglotten Kreise von Lebensgenießern; er nahm sich gut darin aus. Beim Abschiednehmen fragte man ihn, ob er nicht – in jeder Hinsicht – dem Beispiel seines Vetters folgen und sobald wie möglich wiederkommen wolle. Er dachte ernstlich genug daran, voller Begeisterung an das Studium des Staatsrechts zu gehen, nachdem er das lang hinausgeschobene Doktorexamen bestanden und seine Bekannten, seinen besorgten Blutsverwandten und gewesenen Vormund und eigentlich auch sich selber mit einem »cum laude« überrascht hatte. Er arbeitete schon an einer Dissertation, die ihm als Geleitschreiben für die diplomatische Karriere dienen sollte, als er Professor de Grave, den Indologen, kennen lernte.

Da wurde alles anders. Was ihm bis dahin begehrenswert und einfach unentbehrlich erschienen war, wurde nun wertlos und gering in seinen Augen, Tand und Flitter, vergoldete Kinkerlitzchen, Spielzeug für erwachsene Kinder. Aber Dinge, die zu seinen Füßen gelegen hatten und über die er achtlos hingegangen war, wie über das Pflaster der täglichen Straße, stiegen empor und wuchsen prächtig in eine Sonnenhöhe hinein. Das Leben strahlte in ihrem Licht. Und er brauchte bloß die Hände auszustrecken, um das leuchtende Glück, das er wie eine Fatahmorgana durch Wüstenweiten gesucht hatte, so viele Jahre lang, zu tasten, zu greifen, zu packen und fest zu halten.

Professor de Grave sprach über Indien. Er saß in dem Hörsaal, in dem so viele Gesichter – junge und glatte – durch das Leben sorgfältig gemodelte, in kritischer Nachdenklichkeit verschlossene, vor Begeisterung strahlende, in immer weiter werdender Beobachtung wachsende, knospende, blühende Gesichter – auf das *eine* Gesicht gerichtet waren, das sie alle bestrahlte; und er fühlte in sich selber all' das Nachdenken, all' das Wachstum, all' den Triumph von jedem einzelnen und von allen.

Und er lauschte in dem Studierzimmer, in der wohlumfriedeten Einsamkeit, in der Ideen wie lebende Wesen vor ihm standen und in den Augenblicken zufriedener Ruhe Gedanken hörbar wurden, jenen zartesten, innerlichsten und intimsten Regungen, die von Seele zu Seele klingen. Wenn er wieder auf die Straße kam, erschienen ihm die Häuser mit ihren Treppen, auf denen sich Kinder tummelten, erschienen ihm die Laternen seltsam und die »Gracht« mit ihrem schwärzlich-spiegelnden Glanz und die Menschen in ihren Alltags-Kleidern.

Er eilte in sein Zimmer, um mit dem mitgenommenen Buch seines Lehrmeisters wieder zurückzukehren in die Welt, die er jetzt als die seine erkannte – nach Indien, demselben Indien, an das er bisher nur gedacht hatte in Verbindung mit allzu rasch erworbenen Vermögen, dem Atjehkrieg und leberkranken Pensionierten, und das ihm jetzt wie das Wunderland des Orients erschien.

Ganze Nächte hindurch las er: Übersetzungen antiker Heldengedichte, Gesetze und Satzungen, Feldschlachten, Seezüge, Traktate, naiv unverschämte Gewinn- und Verlust-Tabellen der Ostindischen Gesellschaft, Hofgebräuche, Unterdrückung und Revolution, das Entstehen und Untergehen von Herrschergeschlechtern, stets wieder erneute Anstürme von unersättlichen Reichtumsuchern, Religionen, die zu den Waffen griffen und die weder überwindend herrschten, noch überwunden wichen. Es war Morgen, wenn er aufhörte: um ihn her alles rot und gold, Blutfarbe, Reichtumsfarbe, Sonnenaufgangsfarbe. Er sah nach dem prächtigen Himmel im Osten und dachte an das Morgenland; die Inselmenge im indischen Meer lag darin wie ein Gefilde treibender Gärten.

Woher kam doch dies Verlangen? Das Jahrhunderte alte, bis zum heutigen Tage noch nicht gestillte Verlangen des Abendländers nach dem Orient, halb verstanden und unwiderstehlich wie Heimweh, wie eine vorgeburtliche Erinnerung an die Wiege der Völker. Seht den Zug der Nationen, seht die Könige, die Helden und die Weisen aus dem Okzident dort hinziehen, wie sehnsuchtsvoll! Hin nach dem Orient, dem purpurnen Orient, dem Sonnenquell, der Völkerwohlfahrt, dem Ursprung von Religionen und Weisheiten, der Fontäne von Phantasien, wolkenhoch aufspringend! Alle suchen sie ihn, alle, die unter Kälte und Kargheit gelitten haben und unter dem Gedränge der Allzuvielen auf einem allzu kleinen Fleck und dem Zwang von notwendig harten Gesetzen und dem niemals zu schlichtenden Kampf gegen alles und alle, nur um der Existenz willen und der unerträglichen Eintönigkeit und der trübseligen Mühsal. Die Freude suchen sie, den prächtigen Reichtum, die Mannigfaltigkeit aller Dinge, die Weite, die Willkür ... Voller Leidenschaft und Begeisterung suchen sie. Haben nicht Griechen ihre Lehren und ihre Genügsamkeit vergessen auf Zügen nach der asiatischen Küste, wohin der Wein vergießende Gott auf seinem Pantherwagen triumphierend aus dem Osten gefahren kam? Konnte Alexander ruhen, bevor er die Sonne in Persien gesehen? Die Kreuzfahrer, die gingen, um das Grab ihres Heilandes zu befreien, sie wussten es wohl, dass sie ihre eigene Befreiung schufen aus Gräbern von gemauertem Stein und Leichentüchern aus Panzerstahl. Nicht allein um Seide und Gold, um Spezereien und Waffen von Damaskus segelten die Flotten von

Venedig und dem nebelumhüllten Brügge aus, nicht allein darauf warteten die Hansastädte in langen Winternächten.

Mit der Fahrt nach Indien feierten Portugal, Spanien, Holland, Frankreich, England ihre Mündigkeit. Wenn Napoleon nur an die Kanonen und Gesetze der Republik gedacht hätte, würde er dann jemals einen Turban aufgesetzt und versucht haben, wie ein Kaftan auf seinen Schultern saß, statt der straffen Generalsuniform? Sie wissen es wohl – nicht mit dem Verstande, aber doch mit voller Gewissheit im Innersten ihres wenig gekannten Gemütes, – dass sie in Indien noch etwas anderes finden werden als reiche Ernten und hohe Gehälter, alle die Männer und Frauen aus unserer Zeit und aus unserem Lande, die dort hinziehen. Wenn sie das nicht wüssten, zu wie viel Dutzenden würden dann die Tausende zusammenschrumpfen? Und die ungezählten Mengen, die lebenslang auf dem Fleck verbleiben, auf dem sie entstanden, lassen sie nicht ihre Gedanken und Träume nach dem Morgenland ziehen? Wertlose Dinge, denen noch ein halbverflogener Wohlgeruch, ein halb verblichenes Farbenspiel anhaftet aus dem ursprünglichen orientalischen Reichtum, erscheinen ihnen wie Kleinodien. Nach dem Orient wie nach einem niemals gesehenen, niemals vergessenen Vorvaterland sehnt sich das, was in ihnen am schönsten ist, das, was träumt und wagt, was auf Abenteuer auszieht und stille Wunder erlebt, was auf des Sultans Lieblingsschimmel durch gefährliche Einsamkeiten galoppiert, die Geister umschließende Vase an die Brust gedrückt. Das, was heimgeht durch die schwarzmarmornen mit blutroten Rosen umkränzten Tore aus Tausendundeiner Nacht. Bis an die äußersten Grenzen und Strande der abendländischen Zivilisation wohnen stille Männer, die aus ihrer Bibliothek eine Welt gemacht haben; ihr Körper kommt nicht aus den Stadtwällen hinaus; aber sie suchen den Orient mit der Seele. Geduldig ein fremd klingendes Wort nach dem andern sammelnd, fügen sie die Sprache dieses oder jenes wilden Bergvolks zusammen, das plündert und totschlägt und das, in stinkende Schaffelle gehüllt, auf einem mittelasiatischen Hochplateau unter dem Sternenhimmel schläft. Sie verzeichnen die Taten von mächtigen Fürsten, die grausamer waren als Tiger und prächtig wie die Mittagssonne; sie kennen den Sinn von Zeremonien und Gebeten in den Tempeln des Buddha, des sanftmütigen Gottes. Und in den Dynamo-Stationen abendländischer Energie, in Neuyork, Chicago, London, Paris wandeln Träumer orientalischer Träume mit Zylindern auf dem Kopf und in europäischer Kleidung und gehen an der lärmenden Börse vorüber und an dem Hause, aus dem die

Musik eines Balles ertönt, um auf einen zu hören, der orientalische Tiefsinnigkeiten, Okkultismus und Theosophie predigt ...

Van Heemsbergen blickte auf in die rote Morgenstunde, die das offene Buch in seiner Hand färbte. Nun hatte sie auch ihn befallen, die uralte, allgegenwärtige Sehnsucht. Er würde seinen Platz einnehmen in den unabsehbaren Reihen, er schritt mit im gleichen Schritt mit sichtbaren und unsichtbaren Reisegefährten auf dem Völkermarsch nach dem Orient. Und wie die vielen vor ihm und um ihn ihr Verlangen Kriegslust nannten oder Handelsgeist oder Entdeckungstrieb oder Frömmigkeit oder Energie oder Pflichtbewusstsein oder Neigung zum Bekehren, zum Zivilisieren, zum Regieren, so nannte er es seine Begierde nach Kenntnissen und nach der Rechtswissenschaft.

Nach Indien gehend, glaubte er als Jurist zu gehen.

Jetzt erschien ihm Indien, das Land, die Menschen und seine eigene Arbeit wohl als etwas ganz anderes, als er sich vorgestellt hatte, so völlig anders, dass diese Erkenntnis ihn sicherlich davon ferngehalten haben würde zurzeit eines begeisterten Entschlusses. Aber die neue Kraft, die über ihn gekommen war, trug ihn über alles das, was früher Steine des Anstoßes und Hindernisse für ihn bedeutet hatte, hinüber, so hoch, dass er es nicht einmal sah.

Nach den sieben langen Jahren der Vorbereitung, nach Annehmen und Empfangen aus der Hand geistig Überlegener, nach dem Zehren von Ideen, nach dem Leben aus zweiter Hand, war er in die Wirklichkeit, in die starke Zeit des Handelns hinübergetreten.

Schon am ersten Tage auf dem Büro hatte Dr. Oldenzeel, der als Präsident des Landrats von Soemberbaroe auch die wöchentlichen Sitzungen an den Hauptorten der beiden angrenzenden Ortschaften, Kaliwangi und Langean leitete, seinem neuen Hilfsaktuar klar gemacht, dass er nicht verpflichtet sei, den Sitzungen beizuwohnen.

Van Heemsbergen, der in seinem Eifer nicht genug zu tun bekommen konnte, antwortete, dass er auch ohne ausdrückliche Verpflichtung seinen Chef gerne sowohl nach dem Hauptort in den Hügeln als auch nach den »Kaboepaten[16]« der Strandgegend begleiten wolle; alles was er bei den Sitzungen über die Gebräuche, die Zustände, die Sitten und den Charakter der Eingeborenen vernähme, bedeute für ihn einen Gewinn.

»Ich stehe in der Steingrube, jetzt kommt es darauf an, dass ich so viel Blöcke für den Bau meines Hauses aushaue, wie ich nur irgend kann,« sagte er.

»Wie Sie wollen,« antwortete der Präsident nachgiebig. »Es gibt sonst wahrhaftig schon genug zu tun – Sie werden binnen kurzem schon die Erfahrung machen. Aber kommen Sie nur, kommen Sie nur!«

Jetzt ging van Heemsbergen regelmäßig mit. Der Weg war lang, sowohl in die Hügel hinein wie auch in die Ebene. Dr. Oldenzeel pflegte bei dem eintönigen Hufgeklapper des Pferdchens meistens langsam einzuschlafen.

Nach Kaliwangi war es zwei und eine halbe Stunde die Landstraße hinunter bis zu dem schlammigen, braunen Pfuhl, zu dem sich der von den Hügeln niederbrausende Fluss beim Ausströmen in die Ebene träge verbreiterte. Ein ganz primitiv zusammengefügtes Floß erwartete den Reisenden mit Wagen und Pferd, und der nackte Fährmann, der sich meist von seiner Familie und einem von hier oder dort aus dem Felde herbeigerufenen Helfer unterstützen ließ, stieß und zerrte es nach der gegenüberliegenden Seite.

Hier lag die Fabrik von de Bakker, Kalimas, und das inländische kleine Dorf, dem sie den Grund zum Fortbestehen und den Namen verlieh, ein Haufen schmutziger Hütten, provisorisch zusammengeworfen von dem Arbeitervolk, das in seinen freien Stunden dort aß und schlief und faulenzte.

Eine Strecke weiter die Landstraße hinunter dunkelten die hohen Waringins, die Kaliwangi überschatteten.

Um den Regenten von Kaliwangi, einen kränklichen alten Mann, der ein sehr kleines Haus bewohnte, nicht zu belästigen, hielt Dr. Oldenzeel die Sitzungen statt in der Wohnung des Regenten in einem chinesischen Toko[17] ab.

---

[16] Kaboepaten = Wohnung des inländischen Hauptes, in der die Sitzungen abgehalten werden.
[17] Toko = Laden.

Breit und viereckig, mit gekalkten Steinmauern und einem mit geteerten hölzernen Pfannen bedeckten Dach, mit Fensterscheiben und einer Tür, die mit einer Klinke und einem soliden Schloss versehen war, stand das Haus des Chinesen zwischen den leicht zerbrechlichen, aus Blättern und Schilf geflochtenen Inländerhüttchen. Vorne war der Toko, ein viereckiger Raum, mit einem Ladentisch in der Mitte, und ringsum, an allen Wänden entlang aufgestapelt, in Kisten verstaut, an Nägeln aufgehängt, in Vasen und Krügen und Blechbüchsen wohl verwahrt, ein mit hunderten von Namen nicht zu nennender Vorrat von allerhand, zwischen dem sich Käufer und Verkäufer nur mühsam bewegen konnten. Hinten befand sich der Raum, in dem der Chinese früher seine Familie hatte wohnen lassen, aber den er jetzt an die Regierung vermietete als Lokal für die Landratssitzungen. In seiner Kabaja, seiner Pluderhose und seinen dick besohlten Schuhen stand er, sich verneigend, auf der Schwelle und rieb sich lächelnd die Hände, wenn der kleine Wagen des Präsidenten angefahren kam.

Die Sitzungen auf Kaliwangi erwiesen sich als eintönig; immer und immer wieder handelte es sich um gebrochene Karrenkontrakte, die die Fabrik mit Inländern geschlossen; sie hatten den zum Ankauf von Zugtieren und Karren ausgezahlten Vorschuss für Kleider oder Festessen ausgegeben und waren, wenn die Erntezeit anbrach und das geschnittene Rohr des Transportes harrte, nicht gekommen. Das dunkle nachlässig gekleidete Volk der Beklagten mit den platten, stumpfen Gesichtern hörte gleichgültig die schon hundert Mal vernommene Verurteilung an.

Nach Ablauf der Sitzung kam der Chinese nochmals, um sein Kompliment zu machen.

Ob das Apollinaris-Wasser, das er durch den Boy hineingeschickt, dem Geschmack des Herrn Präsidenten entsprochen habe? Ob der Toewan[18] ihm gestatten wolle vorzuzeigen, was im Lauf dieser Woche angekommen – eingemachte Wildpasteten aus Lübeck, Champagner von Mumm, französische Kattune, dünne chinesische Seide, Zaumzeug, eine Eismaschine, Spiegel, Parfüms? Falls die Njonja[19] Präsident irgendetwas brauche – er habe es – er habe alles! Die »Njonja Besar«[20] von Kalimas ließe

---

[18] Toewan = Herr.
[19] Njonja = Frau.
[20] Njonja Besar = die große Dame. (Respektvolle Bezeichnung).

nichts mehr aus Cheribon kommen, nachdem er seinen Toko so vergrößert habe. Er verneigte sich noch lange, nachdem Dr. Oldenzeels Wagen auf dem Wege zur Fabrik verschwunden war.

Van Heemsbergen wollte nach Soemberbaroe zurück; der Chinese vermietete ihm seinen funkelnagelneuen »Buggy« mit einem Sidnier zwischen den Deichseln, der reichlich so schön war wie das Pferd von de Marre.

Nach Langean war es nicht sehr weit, aber die Anhöhen hinauf wurde die Fahrt doch schwieriger. Der Präsident konnte nicht daran denken, ohne zu seufzen: er schob des Morgens den Moment des Einsteigens immer wieder um fünf Minuten hinaus. Noch in Schlafhose und Kabaja, die entfaltete Zeitung in der Hand, tat er, als sähe er den kleinen Wagen mit dem kopfhängerisch träumenden Pferdchen und dem eingeschlafenen Kutscher gar nicht. Dann kam van Heemsbergen mit seinen großen festen Schritten, die über den Weg tönten; hastig stand der Präsident auf und ging in sein Ankleidezimmer. Wenn er dann zurückkam und an den Ärmeln des Singaporeschen Jacketts zupfte, die ihm schon jetzt an den feuchten Armen klebten, saß seine Frau meist mütterlich lächelnd da und plauderte mit »Hermanns Freund«.

Der fest eingeschlafene Kutscher wurde wach gerufen. Er schnalzte mit der Zunge und fuhr vor.

»Dann nur los in Gottes Namen,« dachte der Präsident, »jetzt fängt die Rüttelei von neuem an.«

Er tat sein Möglichstes, um so sitzen zu bleiben, dass er das Stoßen und Rucken auf dem immer steiler ansteigenden Wege nicht allzu sehr fühlte. An den steilsten Stellen stieg van Heemsbergen aus.

»Die Pferdchen haben sonst wohl allzu schwer zu ziehen.«

Er suchte sich eine Stelle aus, die er für Ada photographieren wollte, und pflückte eine zartblättrige Rose oder eine Orchidee, weiß und flaumig wie eine Schneeflocke mit einem blutigen Tropfen Karmin im Herzen, um sie in seinen Brief zu legen.

Dr. Oldenzeel sah sich den langbeinigen Spaziergänger an und gedachte mit einem Seufzer der Tage, da er selbst noch Taille hatte und »hitzefest« war.

Der Weg nach Langean gleicht einem wilden unartigen Kind, das, heimlich davongelaufen, sich rasch umsieht und dann zu rennen anfängt, sobald es um die nächste Ecke ist. Eine Zeitlang nähert er sich langsam den Hügeln. Rechts und links liegen, in breiten Stufen emporsteigend, die besäten Abhänge, auf denen das stehende und das absickernde Wasser zwischen dem jungen Reis leuchtet, und funkeln wie grünkristallne Terrassen im Sonnenschein; sie nähern sich einander, bis sie einer schimmernden gläsernen Wand gleichen, gegen die der aufsteigende Weg wie eine Sackgasse auslaufen muss; aber ganz schmal windet er sich hindurch und nimmt seinen Lauf, klimmt, klettert, gleitet aus, springt wieder auf, hastet weiter, weg von der Ebene und den Feldern, in die Hügel hinein, Anhöhen hinauf, Anhöhen hinunter, bis zu der steilen Höhe von Tjadas Ratoe, wo die Wälder beginnen. Hier ist es noch kühl, wenn die grün-blaue Ebene dort unten schon unter der Morgensonne erglüht. Eine reine dünne Luft fährt schaudernd durch das Laubwerk. In Quellen, in kleinen Fällen, in starken Strahlen sprudelt und spritzt weißes schaumiges Wasser hervor. Die Hügelspitzen in der Ferne und der Horizont haben Färbungen so kühl und so klar wie strahlende Edelsteine: Opal, Amethyst, Beryll, Saphir, Topas. Und der Sonnenschein ist nicht Hitze, sondern nur ein klares, gelbes Funkeln.

Von diesem Gipfel steigt der Weg wieder hinab, aber jetzt ganz sanft, und er schlängelt sich durch ein Dorf, wo die Häuser zwischen leuchtend blühenden Zitronen und purpurroten Djamboebäumen stehen; an der Wohnung des Regenten entlang, die, zierlich und neu, an der Stelle der abgebrannten Kaboepaten sich erhebt und nach einem verlassenen Landgut und dem kleinen Pavillon vor der Auffahrt, wo der Landrat seit jenem Brande seine Sitzungen abzuhalten pflegte.

Es war seinerzeit eine Beamtenwohnung gewesen, die von den inländischen Bewohnern, so gut und so schlecht wie es gehen wollte, in Stand gehalten worden war, während die andern ringsherum zerfielen, eine nach der anderen untergraben durch weiße Ameisen, weich geworden durch die Regen des Westmonsuns, geschüttelt und endlich umgeworfen von den Kenteringstürmen. Von dem Hauptgebäude, das mit seinen geschlossenen Läden in einem immer dichter und höher wachsenden Walde stand, den der Wind gesät hatte und die Vögel, hatten Fledermäuse Besitz genommen. Von weitem schon konnte man ihre Schildwachen und ihre Posten sehen, die Bäume sahen ganz dunkel aus. Den Körper und die gewaltigen Flügel zu schwarzen Klumpen geballt, hingen sie, den Kopf gesenkt, mit der Klaue an einem Zweige, wie seltsame hässliche Früchte.

Die nach Jahr und Tag aufgetauchten entfernten Anverwandten des Sonderlings, der durch Kaffeeplantagen nutzlos reich geworden und einsam gestorben war, hatten wohl versucht, die Fledermäuse von dem Grundstück zu verjagen, auf das sie von ihrem hinterwäldlerischen Nest aus Anspruch erhoben hatten; aber die Kalongs hatten sich ihnen als zu stark erwiesen.

Der erste, der durch die aufgesprengte Tür eindrang, brach auf der Stelle zusammen, überwältigt von dem pestartigen Gestank, der ihm entgegenschlug. Nur zwangsweise konnten die Eingeborenen dazu gebracht werden, sich so dicht heranzuwagen, dass sie die Tür wieder zuwerfen konnten. Dann hatten sie durch die Fensterläden blindlings hineingeschossen, und ganze Hagelladungen auf die zusammenhockenden, schlafenden Tiere abgeschickt. Kreischend, zu zwanzigen und hunderten zugleich, brachen sie jetzt durch die Breschen des halb eingestürzten Daches. Eine jammernde Wolke stieg aus dem Hause auf. Die ganze Umgegend wurde heimgesucht von einer Plage schwerfällig niedersinkender Ungeheuer, die die Fruchtbäume wie mit schwarzen Tüchern behingen und bei ihrem Wegfliegen nichts als kahle, schmutztriefende Zweige hinterließen. Und nichtsdestoweniger schien es, als hätten in dem verlassenen unzugänglichen Hause noch Tausende Stand gehalten, nachdem schon Tausende daraus entwichen waren, in Schutt und Dreck nistend, Junge werfend und sich mit jedem Tage vermehrend. Allmählich kamen auch die verjagten zurück, in größeren Schwärmen und von neuen Schwärmen begleitet. Endlich mussten die Erben den Kampf aufgeben. Sie räumten das indische Feld, überließen das Hauptgebäude den Fledermäusen und versuchten sich mit dem kleinen Pavillon zu trösten, den sie für einen exorbitanten Preis an die Regierung vermieteten.

Dr. Oldenzeel hielt sich ungern dort auf. Er fühlte bei dem wärmsten Wetter Kälte und Durchzug, und es roch nach Schimmel. Wenn er den Rheumatismus, den er so sehr fürchtete, wirklich bekäme, dann würden die Sitzungen auf Langean Schuld daran sein. Er erledigte die Arbeit stets so rasch wie möglich. Gleich nach Ausspruch des Urteils stieg er wieder in seinen Wagen und fuhr nach Soemberbaroe zurück.

Van Heemsbergen dagegen hielt sich gern in der dünnen, feinen Luft auf den Hügeln auf. Er freute sich an dem blütenreichen Dörfchen, an der zierlichen Tracht der Dessahleute, an ihrem elastischen Gang und ihren hellen Augen. Was er in den Sitzungen von ihrem Charakter und ihrer Lebensweise kennenlernte, war ihm sympathisch. Es lag etwas Kühnes und eigentlich Unschuldiges, sogar in ihren Freveltaten. Sie zogen zum Stehlen aus, wie sie zum Jagen auszogen, wohlgemut, nicht ohne vorhergehende Großsprecherei und stark im Vertrauen auf ihre Schutzgeister, die sie in seltsam klingenden Beschwörungen anriefen. Staunend bemerkte van Heemsbergen, wie hier in den Hügeln die Körper und die Seelen so viel frischer waren als in der Ebene, wo die Fabrik lag. Er äußerte das eines Tages Dr. Oldenzeel gegenüber:

»Es wäre interessant, das einmal auf seine Ursachen und Folgen hin zu prüfen – eine vergleichende Studie der verschiedenen Milieus zu machen und zu sehen, inwiefern sich der Unterschied in den Sitten und Gebräuchen und vor allem im Gewohnheitsrecht dadurch erklären ließe,« sagte er, unwillkürlich die Worte wiederholend, die er soeben erst in einem Brief an seine Braut niedergeschrieben hatte.

Der Präsident blickte unruhig von dem Urteil auf, das er schwitzend und seufzend aufzustellen versuchte.

»Das inländische Gewohnheitsrecht, das ist so was, hm –« er machte eine unbestimmte Bewegung, die Unsicherheit andeuten sollte ... »hier ist es so, und dort ist es anders ...«

»Natürlich, ich möchte aber gerade gern wissen, warum und aus welchen Gründen es hier so und dort anders ist,« antwortete van Heemsbergen. »In seinem Werk über die Unterschiede in den Rechtszuständen auf Java – ich glaube in der Einleitung, sagt de Grave ...«

»Jawohl, jawohl, ich weiß, das ist der Mann, über den ich mal etwas gelesen habe in irgendeiner Zeitschrift. Alles sehr gut und schön – aber hier haben wir für solche Liebhabereien keine Zeit – hm! – Studien, Studien, wenn Sie wollen, aber doch lauter Theorien. – Zimmergelehrtheit, wissen Sie. Dazu ist Indien nicht das Land. Und dann hier auf Soemberbaroe! Ich habe noch nirgends so viel zu tun gehabt wie hier!«

Dr. Oldenzeel hatte seinerzeit, als er in Tjisoemi und in Madjik und in Mangoendjaja und in Tjilengka als Hilfsaktuar angestellt war, genau dasselbe gedacht. Aber das wusste er schon längst nicht mehr. Und jetzt war er vollkommen davon überzeugt, dass es auf ganz Java nirgends mehr zu tun gab als in Soemberbaroe. Allen, die es hören wollten, versicherte er, dass »hier in der Gegend«, mehr gestohlen, geraubt, geplündert, Opium geschmuggelt, Kontrakt gebrochen und mit Messern gestochen würde als sonst irgendwo in Indien, und dass man noch dazu mit einer solchen Virtuosität lügt, dass für jedes Verbrechen mindestens ein Monat Untersuchung und drei Sitzungen nötig seien, um dem Schuldigen seine Tat nachweisen zu können. Und auf Langean und Kalimas sei die Moral nicht viel besser, das differiere nur um ein paar Schurkenstreiche monatlich. Es sei für den Richter ganz unerträglich.

»Ich habe schon mal von den Rückständen gesprochen, die ich hier vorgefunden habe, ein Haufen Arbeit, abgesehen von dem, was wir sonst noch zu tun haben, – haben Sie sich das schon mal angesehen, Herr van Heemsbergen? ... Stegemans, geben Sie die Akten mal her, dort vom obersten Brett.«

Der Schreiber kletterte auf einen Stuhl, griff mit beiden Armen in einen Schrank hinein und brachte einen Stapel Akten zum Vorschein, aus denen eine braune Staubwolke aufstieg, als er sie auf den Tisch warf.

»Sehen Sie bloß mal her,« sagte Dr. Oldenzeel – er nahm das oberste Blatt in die Hände und ließ es wieder los, während er sich den Staub von den Fingern blies – »da haben wir jetzt Sachen von ...« er hob vorsichtig die vergilbten Blätter auf, zwischen die die Bücherbienen schon überall ihre mikroskopischen Nester geklebt hatten, und schielte hinein: – »von vor ein bis zwei ... von vor vier Jahren sind dabei, da heißt es zugreifen – eine reizende Erbschaft, die ich da bei meiner Ankunft von meinem Vorgänger vorgefunden habe.«

Van Heemsbergen besah sich den Stapel.

»Erblasser von dieser Sorte müssten pensioniert werden, bevor sie es zu einem solchen Inventar gebracht haben,« sagte er kurz.

»Sie haben gut reden – dafür kann niemand etwas – er hat auch keine reine Bahn gefunden, als er kam.«

Van Heemsbergen hatte jetzt seinerseits den Stapel durchblättert, mit der raschen und resoluten Bewegung eines Menschen, der genau weiß, was er sucht und wie er es zu suchen hat. Es waren lauter Zivilsachen, die da auf ein nach dem inländischen Gewohnheitsrecht ausgesprochenes Urteil warteten, gerade die Arbeit, die er sich wegen des Studiums in diesem Recht von Anfang an gewünscht und die er bisher noch nicht, oder doch kaum zu tun bekommen hatte.

Dr. Oldenzeel war unlösbar an die Gewohnheit gekettet, die die unter das holländische Recht fallenden Strafsachen vorgehen lässt.

»Wenn ich mal« ... begann er.

Der Präsident fiel ihm ins Wort.

»Vorläufig nicht, vorläufig nicht – wir haben zu viel, was sogleich erledigt werden muss – alles zu seiner Zeit! Ich wollte es Ihnen nur mal zeigen, damit Sie einen Begriff bekämen von dem, was wir noch zu tun haben – es brauchen wahrhaftig keine Extrasachen mehr hinzu zu kommen! Stegemans, legen Sie den ganzen Plunder mal in die Sonne, damit er auslüftet. Es kommen Tiere hinein, wie ich sehe, und wenn wir nicht aufpassen, werden sie alles aufgefressen haben, bevor wir überhaupt damit anfangen können. Und dann wieder an den alten Platz, hören Sie, da ganz hinten, aufs oberste Brett!«

Der Präsident hatte diesen gut versteckten Aufbewahrungsort ein paar Monate nach seiner Ankunft in Soemberbaroe ausgesucht, als es ihm klar geworden war, dass er sich der rückständigen Arbeit fürs erste doch nicht würde widmen können. Warum sollte er denn ein vorläufig nicht aus der Welt zu schaffendes Ärgernis stets vor Augen haben?

Zwar hatte er immer wieder seufzend zu van Heemsbergens Vorgänger, Floris, gesagt:

»Wir müssen sehen, dass wir in dieser Woche ein gut Teil davon erledigen,« und der Indo hatte ihm jedes Mal wieder geantwortet: »Jawohl, Herr.«

Aber im Laufe der sechs mit Sitzungen und Büroarbeiten überlasteten Tage war in seinen willigen Gedanken »das gute Teil«' stets zu ein paar Akten, manchmal zu einer einzigen und oft genug zu nichts zusammengeschmolzen. Und während dessen hatte man neue Sachen auf den alten Haufen gestapelt, die somit gleichfalls rückständig wurden. Es ging damit wie mit den gelben Lehmtürmchen der weißen Ameisen, die überall aus den Fugen der Steine in seiner Vorratskammer hervorstaken; wenn man sie in einer Ecke zertrat und Petroleum in die Löcher goss, um die wühlenden Insekten zu vertreiben, waren sie am nächsten Morgen um so zahlreicher in einer anderen Ecke zu finden. Die Unausrottbarkeit von weißen Ameisen und von Rückständen hatte der Präsident allmählich als ein Naturgesetz anzusehen gelernt, das in seinem Wesen unergründlich, in seiner Wirkung aber mit absoluter Sicherheit zu berechnen war. Und endlich hatte er sich darein ergeben. Mehr als sein Möglichstes konnte niemand tun, und dass sich Eisen nicht mit Händen brechen ließ, das war eine längst feststehende Tatsache. Er trug nicht die Schuld an dem Rückstand; so wie er ihn von seinem Vorgänger übernommen hatte, so würde ihn sein Nachfolger von ihm übernehmen – an einen jeden kam die Reihe!

Das versuchte er seinem neuen Hilfsaktuar klarzumachen. Dass es ihm nicht gelang, das machte er der Unerfahrenheit des jungen Mannes im amtlichen Leben und seinem unbesonnenen Glauben an die eigene Kraft zum Vorwurf.

»Der akademische Wein ist in ihm noch nicht ausgegoren,« sagte er, indem er einen Ausspruch wiederholte, den der Doktor über den neuen Bewohner von Soemberbaroe getan hatte.

Mit diesem nämlichen Zustand jugendlicher Unreife erklärte der Präsident auch van Heemsbergens Widerspenstigkeit gegen alte Gebräuche und Gewohnheiten, die festen Reifen um so viele Fässer voll schäumenden Saftes. Immer wieder versuchte er aus den eisernen Bändern zu springen. Der Präsident konnte ihm nur selten die gewünschten Aufklärungen geben, nach denen er selber nie gesucht hatte, weil er niemals das Bedürfnis danach empfunden. Mit dem Worte »Gebrauch« hatte er sich von Jugend an begnügt; »Gebrauch«, das war sein sicherer Steg über Ströme und Tiefen, seine Mauer und sein Dach, in den wildesten Stürmen eine verlässliche Ruhe, seine Scheuklappen, die ihm auf seinem Wege das verhüllten, was fremd und beängstigend sein mochte. Es fiel ihm schwer zu verstehen, wie ein vernünftiger Mensch solchen Hort als eine Last empfinden und wie er den Wunsch hegen konnte, unbeschützt vorwärts zu stürmen. Aber er rechnete darauf, dass die indischen Jahre auch van Heemsbergens Ungestüm wohl in Ruhe wandeln würden.

Inzwischen begann ihn das Zügeln dieses Ungestüms allmählich ein wenig zu ermüden und zu verdrießen.

Er hatte van Heemsbergen »zur Übung«, wie er ihm und sich selber sagte, aufgetragen, die Urteile zu konzipieren, um sie dann später unterweisend mit ihm durchzusehen.

Aber es dauerte nicht lange, so wünschte er sich die ihm schon zur Gewohnheit gewordene Mühe der Urteilsaufstellung zurück, anstatt dieser neuen, die ihn zwang, bis ins Unendliche zu erklären, oftmals zu widerlegen und an der Form zu modeln, dort wo es nicht geraten erschien, etwas am Inhalt zu ändern.

Er nahm van Heemsbergens Sätze, die scharf umrissen und knapp aufgestellt waren wie die Unterteile einer Maschine, auseinander, verunstaltete sie durch viel dazwischen geflickte »in Anbetracht dessen«, »nichtsdestoweniger«, »unter dieser Voraussetzung« und dergleichen, und pflegte dann, »da dies nun einmal ein dringendes Erfordernis sei,« um größte Ausführlichkeit zu bitten.

Van Heemsbergen nahm das hier und dort bekritzelte Manuskript in Empfang, meist ohne ein Wort zu erwidern. Und der Präsident fühlte sich diesem äußerlich respektvollen Schweigen gegenüber ein wenig unsicher.

Bei der Reistafel war er wortkarg, wenn des Morgens auf dem Büro etwas derartiges vorgefallen war, und während des Mittagsschläfchens hörte seine Frau, wie er sich seufzend auf dem krachenden Bett umher warf, bevor er mit einem verdrießlichen Zug um den halbgeöffneten Mund einschlief. Sie fragte niemals etwas, sie wusste genug. Und in solchen Tagen vermied sie es, Hermanns Namen zu nennen oder in ihrem Schlüsselkörbchen den letzten seiner seltenen Briefe zu zeigen, deren Postskripta stets etwas über Geldmangel, unerwartete Ausgaben oder lästige Gläubiger enthielten. Wenn sie ihren Mann ansah, während er, in seinen Prospekten und Jahresberichten blätternd, zerstreut über die Papiere hinstarrte, wusste sie, woran er dachte. Sie fühlte Tränen aufsteigen, weil sie nicht den Mut hatte, ihm vorzuschlagen, er solle während der Poeasa[21] doch einmal in Tosari Erholung suchen.

»Nur noch drei Jahre,« damit versuchte sie sich dann zu trösten, dann hat »er« doch sicherlich seinen Doktor gemacht, und wir können uns pensionieren lassen.«

Wenn sie die Lampe löschten, um zu Bett zu gehen, sahen sie in der dunklen Ferne van Heemsbergens Vordergalerie noch erleuchtet.

»Er ist sonst ein tüchtiger Mensch,« sagte der Präsident, »und sehr gescheit; aber er ist zu hitzig«. Er seufzte. In seinen heraustretenden Augen mit dem gelblichen Weiß lag der Blick, mit dem ein altes Zugpferd, das schwer beladene Torfschiff an der Leine, den Pfad am Kanal entlang schleicht und einem ungezähmten entsprungenen Vollblut nachsieht,

---

[21] Poeasa = Urlaub.

das mit fliegendem Schweif und mit flatternder Mähne dahinstürmt, aus roten Nüstern schnaubend, während unter seinem widerhallenden Galopp die Funken aus den Steinen sprühen.

»Wir müssten sehen, dass wir ihn ein wenig von seiner Arbeit abbringen, das würde ihm gut tun,« antwortete Frau Oldenzeel.

Sie hatte van Heemsbergen gern – nicht nur als den schemenhaften »Freund Hermanns«, der er zuerst für sie gewesen war, sondern um seiner selbst willen; denn der hübsche junge Mann mit den leicht gerunzelten Augenbrauen, den nervösen Fingern, der schroffen Art zu sprechen und jenem nur in seltenen vertraulichen Augenblicken halb zum Vorschein kommenden Blick von Träumerei und Verlangen in den in die Ferne starrenden Augen – lilafarbene Iris unter dem Schwarz von Wimpern und Brauen – war ihr sympathisch. Mit ihrem weiblichen Instinkt hätte sie auch ohne den flüchtigen Blick, den sie eines Tages auf eine Mädchenphotographie in seiner Brieftasche geworfen, die Ursache jener Weichheit erraten, die kein anderer an ihm kannte.

»Er müsste ein wenig mehr unter Menschen gehen – aber das lässt sich hier zu schwer bewerkstelligen.«

Van Heemsbergen wusste es aus Erfahrung. Von den fünfzig »Europäern«, die die offizielle Statistik auf Soemberbaroe nachwies, war die übergroße Majorität nur im offiziellen Sinne europäisch – in jedem andern aber Inländer durch und durch, die ihren holländischen Familiennamen mit umschichtiger Verwechslung der Hs und Gs aussprachen und mit der Betonung auf der verkehrten Silbe, und die an »Europa« dachten, wie an einen Planeten in einem andern Sonnensystem. Die andern, Vollbluthölländer, waren keine Vollgeisthölländer mehr. In der fahlgelben Farbe, die ihren Körper, ihre Glieder und ihr welkendes Gesicht überzogen hatte, der Langsamkeit ihrer Bewegungen und der Art und Weise ihrer täglichen Tracht kam die Denationalisierung ihrer Seele zum Ausdruck, in der das morgenländische Fatalitätsbewusstsein den Platz der abendländischen Initiative eingenommen zu haben schien.

Der durch unermüdliche Muskel- und Gehirnanspannung elastisch gebliebene Doktor und der Kontrolleur Hendricks mit seiner jungen Frau, für die jeder Tag das Wiederbeginnen an einer sie mit Befriedigung erfüllenden Arbeit bedeutete, bildeten Ausnahmen.

Aber der Doktor, »die fliegende Medizinflasche« – wie de Bakker ihn getauft hatte – war nur bei Nacht und Unzeit zu finden.

Und Hendricks blieb sehr zurückhaltend – zur aufrichtigen und einigermaßen peinlichen Verwunderung seines Annäherung suchenden Ex-Kommilitonen – längst waren sie vergessen, die Tage seiner Absonderung in einem hohen Turm, von dessen Höhe es sich seltsam herabblicken ließ auf das Gewimmel dort unten. Wenn er sein Waschwasser auch hin und wieder über die Balustrade ausgegossen hatte – niemals hatte es in seiner Absicht gelegen, diesen oder jenen damit zu kränken.

Kurz nach seiner Ankunft war van Heemsbergen, einer Studentengewohnheit folgend, ein paar Mal in den Klub gegangen, wo das »ganze Soemberbaroe«, das er von der Versteigerung her kannte, zusammensaß. Er hatte dort den ordengeschmückten Invaliden als den Mann einer inländischen Frau kennengelernt, die das Kasernenleben mit ihm geteilt hatte und auf einem Atjehschen Schlachtfeld seine Retterin gewesen war, und als Vater von fünfzehn Kindern, die Kopf an Kopf auf dem mit Matratzen bedeckten Fußboden in einem einzigen Zimmer schliefen, auf Namen aus den Romanen von Alexander Dumas hörten und in Hemden und Affenhosen unter den Bananenbäumen der elterlichen Besitzung umherliefen.

Der Präsident und der Assistent-Resident besprachen die jüngsten Ernennungen, zerbrachen sich den Kopf darüber, warum dieser oder jener wohl den »Oranje-Nassau-Orden« bekommen, und berechneten die Chancen der auf Beförderung Wartenden.

Der aus dem Dienst entlassene Salzpackhausmeister, der wohl einmal gehört hatte, dass van Heemsbergen sich in Paris sehr heimisch gefühlt, erzählte Abenteuer, die ihm seiner Ansicht nach in der galanten Stadt das geistige Bürgerschaftsrecht sicherten. Im Vergleich mit seinen Auffassungen und der Sprache, in der er diese Auffassungen äußerte, erschienen gewisse Kneipengespräche, deren van Heemsbergen sich von Leyden her erinnerte, wie eine gewählte Unterhaltung; es war der Unterschied zwischen einem Wildbraten mit allzu viel haut goût und einem halb verfaulten Matrosenessen. Mit Rücksicht auf seinen sich ekelnden Magen hielt er sich »Die einzig mögliche Geselligkeit hier ist das Alleinsein«, schrieb er Ada.

Die Korrespondenz mit seiner Braut war für ihn, als käme er in andere Luft; er schrieb nicht Dinge und Geschehnisse, sondern sich selbst und wurde schon ein anderes Selbst, während er ihr schrieb:

»Ich bin auf den Bergen, wenn ich an Dich denke,« schrieb er ihr mehr als einmal, und ihre Briefe kamen zu ihm, frisch wie der Wind von den Bergen und wie Bergströme voll fröhlicher Erquickung.

War das das Leben in Leyden, von dem sie all diese lieben frohen Dinge erzählte, das Leben in dem altmodischen Hause auf dem stillen Ryn, in den Straßen, wo stets dieselben Menschen kamen und gingen, in der von Büchern dunklen Universitätsbibliothek?

»Jetzt habe ich etwas Schönes für dich gefunden.«

Es war ein Zitat, ein Exzerpt, ein aus irgend einer Zeitschrift abgeschriebener Artikel, den sie mit der fleißigen Kopie von ihres Vaters Manuskript mitschickte, eine Broschüre, ein soeben erst erschienenes Buch mit getrockneten Blumen als Lesezeichen darin. Ein paar Mal schon war es geschehen, dass sie das, um was er sie bat, schon geschickt hatte, noch ehe die Bitte sie erreicht haben konnte. Er war verwundert über die instinktive Sicherheit, mit der sie wusste, was er brauchte, und sie schien unersättlich zu sein in der Begierde sich alles anzueignen, was ihn, sein Leben und seine Arbeit betraf.

»Ich muss alles wissen, alles,« schrieb sie und fragte nach Dingen, von denen er kaum wusste, dass sie bestanden. Wie lebte das inländische Volk, wie arbeitete und wie spielte es? Was aßen und tranken die Menschen? In was für Häusern wohnten sie? Was für Namen gaben sie ihren Kindern? Er musste ihr erzählen, wie es Pah-Tasmie ergangen, diesem armen Mann, und was aus Naila geworden, nun da sie mit ihrem Kindchen allein und ohne Stütze zurückgeblieben war. Van Heemsbergen dachte nach – hatte er Pah-Tasmie nicht gesehen vor acht Tagen, wie er in der Reihe braun gekleideter Zwangsarbeiter marschierte, die zwischen zwei Stricken, an den Armen des ersten und des letzten befestigt, des Morgens zur Arbeit gingen? Es schwebte ihm etwas davon vor.

Von der schönen Naila hatte er seit der Sitzung nichts mehr gehört oder gesehen.

Und das Dessavolk, von dem Ada so viel wissen wollte, kannte er nicht anders als so, wie es sich auf dem Landratsbüro vortat, oder so, wie er es ein einzelnes Mal beim Baden im Fluss gesehen hatte. Dass Ada auch gerade nach jenen Menschen fragte! Er entsann sich einer kleinen Szene, die sich jüngst vor seinen Augen abgespielt.

Ein etwa zehnjähriges Mädel kommt daher, trägt mit beiden Händen behutsam einen kleinen Napf mit einer grünen Flüssigkeit und hält die Augen fest auf das hin- und herschwankende Nass gerichtet.

Am Rande des Weges kauert eine Frau, die ihr lose hängendes Haar durch die hinter ihr hockende Freundin vom Ungeziefer säubern lässt.

»Was trägst du da?« fragt sie die Kleine. Und das Kind, ohne aufzublicken:

»Sajoer-lodeh.[22]«

Sie geht weiter, an dem Eingang eines holländischen Hauses vorüber, wo ein Bedienter damit beschäftigt ist, die Pfosten des Zaunes zu tünchen.

»Was trägst du da?« fragte der Tüncher neugierig, und die Kleine wieder:

»Sajoer-lodeh.«

»Loh,« ruft der Tüncher erschrocken aus: ein Klumpen Kalk war von seinem Quast in den Sajoer geflogen.

Das Mädchen steht still, im Begriff in Tränen auszubrechen. Der Tüncher blickt hilflos von seiner Leiter herab. Die beiden Frauen eilen rufend und schreiend herbei, während die eine ihr lose hängendes Haar zusammenrafft, zerquetscht die andere etwas auf ihrem Nagel und greift gleich darauf in die Suppe, um den Kalkklumpen herauszufischen.

Zufrieden geht das kleine Mädchen weiter, auf ihren Vater zu, der bei seiner Arbeit wartend das alles mit angesehen hat.

»Was trägst du da?« fragt er.

Und sie zum dritten Mal:

»Sajoer-lodeh.«

Worauf er mit Appetit zugreift.

»So etwas müsste ich ihr eigentlich mal schreiben,« dachte van Heemsbergen; »das wäre nicht schlecht für meine kleine Sentimentale.«

---

[22] Sajoer-lodeh = eine Art Gemüsesuppe.

Er wusste nicht, wo die halb unwirsche Stimmung plötzlich herrührte, die ihm den Gedanken eingab.

Sie überkam ihn in der letzten Zeit so hin und wieder.

»Eigentlich sogar ziemlich oft,« meinte er nachdenklich.

Während sie an jenem Sonnabendvormittag zur Sitzung nach Kaliwangi fuhren, fragte Dr. Oldenzeel van Heemsbergen:

»Möchten Sie heute nicht mal mit mir in die Fabrik kommen? De Bakker hat schon ein paar Mal nach Ihnen gefragt, ich glaube, er wundert sich darüber, dass Sie gar nicht kommen.«

Van Heemsbergen sprach die abschlägige Antwort, die ihm auf der Zunge schwebte, nicht aus. Die Einsamkeit, an der er sich anfangs so sehr erfreut hatte, schien ihm seit einiger Zeit mit jedem Tage grauer und öder zu werden, keine Stille mehr, sondern eine Leere. Er überlegte sich, dass der Tag in der Wohnung des Verwalters sich leicht angenehmer gestalten könnte als in seinem ungemütlichen Hotelzimmer, wo er auf eine schmutzig gewordene, einstmals weißgetünchte Decke und ebensolche Wände blickte, und dass sogar die Gesellschaft des Pflanzers weniger unerträglich sein würde als eine absolute Einsamkeit.

Dr. Oldenzeel fuhr fort:

»Frau de Bakkers Heimkehr wird dieser Tage erwartet, und dann wird es Ihnen gewiss angenehmer sein, wenn Sie Ihren Besuch schon gemacht haben. Sie kommt in Begleitung eines Pariser Malers, den sie auf Reisen kennengelernt, erzählte mir de Bakker kürzlich. Wenn sie auf der Fabrik ist, sind immer interessante Menschen da.«

Van Heemsbergen zögerte noch einen Augenblick. Um Zeit zu gewinnen, fragte er:

»Wissen Sie vielleicht auch, wie der Maler heißt? ich kenne ziemlich viel Pariser Künstler.«

»De Bakker hat mir den Namen wohl genannt, aber – halt mal – Bruton, ist das möglich?«

»Bruneton!« rief van Heemsbergen aus, »mit dem war ich oft zusammen.«

»Ja, ja, das war es, Bruneton, Bruneton, richtig!«

Van Heemsbergen sagte lebhaft:

»Ich werde Sie sehr gern begleiten.«

Zur großen Verwunderung des Chinesen, der den »Buggy« schon hatte einspannen lassen, fuhr der Aktuar nach beendeter Sitzung mit dem Präsidenten nach Kalimas.

Der Tag, noch kühl und feucht von einem verdampfenden Regenschauer, begann in strahlendem Sonnenlicht aufzuleben. Die Riedfelder lagen leuchtend da. Rings umher war alles Laub ein von Glanz gebadeter Schimmer, und dazwischen regten und rührten sich die braunen Sonnenhüte und die blaubekleideten Schultern von zahllosen Arbeitern. Bis in weite Fernen, wo sie, immer kleiner und kleiner werdend, mählich verschwanden, war das endlose Halmgrün von den unruhigen braunen und blauen Tupfen übersprenkelt. Der feurig blaue Himmel mit seinen weißen und schimmernd grauen Wolkenschichten stand über der grünen Ebene wie eine saphirne Kuppel mit Wandelgängen und Bogen aus lauterem Alabaster über einem Boden aus Malachit.

Mitten zwischen diesem leuchtenden Glanz von Land und Himmel tat sich düster eine hohe und breite Kenari-Allee auf, die von dem großen Wege aus nach dem Landhause führte. Die grellen Felder zu beiden Seiten, hier die dichtgedrängten Arbeiterhütten und dort die Fabrikgebäude an den drei Seiten eines weiten Platzes wurden dem, der in die schwarzgrüne Tiefe hineinging, nur wie leuchtende, glänzende Punkte und Flächen sichtbar. Die schweren Stämme trugen ihre Massen dichten, dunklen Laubwerkes auf breiten Zweigen. Wie ein grüner Baldachin hing es, mit schweren Falten und Zipfeln den Boden berührend, königlich über dem Wege. Ganz am Ende schimmerte das Landhaus und hob sich grellweiß vom Blau des Himmels ab.

Es stand auf einer langsam ansteigenden Höhe, breit ausgebaut mit einem Giebel auf hohen Pfeilern, einem Säulengang rechts und links und luftigen Pavillons. Über die Bäume, die Fabrik, das Arbeiterdorf, die Felder, den Fluss und die ganze Umgegend weithin leuchtend, erschien es wie ein königliches Lustschloss, das in triumphierender Schönheit emporgestiegen war aus der Fruchtbarkeit des Bodens, den beherrschten Kräften von Feuer, Stahl und Wasser, und der Arbeit eines Volkes.

Der Wagen hielt vor den Marmorstufen der Terrasse. Behände wie ein Jüngling eilte Dr. Oldenzeel hinauf; van Heemsbergen folgte ihm.

In der Vordergalerie, wo die Gäste in weitem Kreise um den Tisch saßen, kam ihnen der Pflanzer entgegen. Er hielt ein Glas Champagner in der Hand.

»Ah, Oldenzeel, alter Freund – und sieh da, auch Herr van Heemsbergen,« sagte er, sichtlich erfreut. »Sie kommen wie gerufen, meine Herren, wir feiern gerade die Heimkehr der Reisenden.«

Eine schlanke, rotblonde Frau, aus deren völlig farblosem Antlitz dunkle Augen leuchteten, erhob sich mit einer Bewegung, die gleichzeitig graziös und außerordentlich abgemessen war, und lächelte Dr. Oldenzeel, der mit beiden Händen die ihrigen ergriff, flüchtig zu, während sie über seine Schulter weg mit einer gewissen Neugierde zu van Heemsbergen hinüber blickte. Sie reichte ihm eine schlanke, mit kostbaren Ringen geschmückte Hand, von der an einer kleinen Kette ein Fächer aus Pfauenfedern herabhing, und sagte auf Französisch:

»Ich habe schon viel von Ihnen gehört, Herr van Heemsbergen – durch meinen Vetter Bossing aus Batavia. Jetzt sind wir Pariser hier schon zu dritt, Sie und ich und Monsieur Bruneton.«

Sie schaute lächelnd auf einen dunkelhaarigen Mann, der eine Art Arbeitskittel und ein buntseidenes Halstuch trug.

Van Heemsbergen sagte, gleichfalls auf Französisch:

»Ich kenne Monsieur Bruneton bereits. Wie ist es Ihnen ergangen, seit wir uns zuletzt bei den Hauterives gesehen haben?«

Der forschende Blick, mit dem der Maler in van Heemsbergens Zügen gesucht hatte, verschwand.

»Ah, jawohl, bei den Hauterives, dem holländischen Diplomaten.« Und über die Antwort, in der er zwei Vettern miteinander verwechselte, hinwegsprechend, schüttelte er van Heemsbergen die Hand.

»Also Sie sind auch hierher gekommen, um Studien – natürlich ethnologische Studien – an diesen liebenswürdigen Wilden zu machen?«

Die Hausfrau sprach lachend von ihren vergeblichen Bemühungen, den Pariser von der Idee zurückzubringen, dass die Javaner Menschenfresser seien, und indem sie an ihn eine Antwort und beinahe gleichzeitig an van Heemsbergen eine Frage richtete, brachte sie ein Gespräch in Fluss, wie es in einem Pariser Salon beinah genau so hätte geführt werden können.

Die Damen der Gesellschaft – Frauen von Fabrikbeamten und die zwei stillen, nicht eben schönen Töchter des Assistent-Residenten von Soemberbaroe – versuchten sich anfangs daran zu beteiligen, indem sie linkisch nach diesem oder jenem Wort haschten, das wie ein von einem Rakett geschleuderter Ball an ihnen vorüber flog. Aber sie gerieten in Verwirrung, wurden verlegen und gaben es alsbald auf, um untereinander ein banales Gespräch über die Wärme zu beginnen. Und während sie sich heftig fächelten und an den Ärmeln und Kragen der zu Hause angefertigten Kleider zupften, in die sie sich statt der täglichen Sarongs und Kabajas seufzend hineingezwängt, schauten sie verstohlen auf die Toilette der Wirtin – eine luftige Falte über der anderen, aus einem matt heliotropfarbenem Gewebe, das sie mit seinem Glanz und seinen Lichtreflexen wie eine Wolke umfing.

Die beringten Hände, die nachlässig mit dem Fächer aus Pfauenfedern spielten, der etwas allzu magere Hals und das von rotgoldenen Locken und Haarwellen umrahmte Antlitz kamen in durchsichtiger Weise daraus zum Vorschein. Ihre Augen, die, aus der Nähe betrachtet, hell erschienen – rings um eine übergroße Pupille lag ein schmaler grauer Ring – leuchteten immer lebhafter aus ihrem farblosen Antlitz, aus dem die Wimpern und Augenbrauen fast verschwanden. Jedes Mal, wenn sie den Kopf von dem einen zum andern der beiden jungen Männer wandte, leuchtete ein trüber Beryll auf, der in dem Grübchen ihres Halses ruhte.

Einer der Herren – ein Rat von Indien, der auf dem Wege nach Tosari, wo er seine leidende Frau besuchen wollte, Frau de Bakker in der Bahn getroffen und sie begleitet hatte – beteiligte sich steif und korrekt an dem Wortspiel.

Der Pflanzer, der kein Wort Französisch verstand, sah hin und wieder auf seine Frau mit einem Blick, als betrachte er sich ein seltsames Kleinod, mit dem er selbst allerdings nichts Rechtes anzufangen wusste, um das ihn aber ein jeder bewundernd beneidete. Und immer von neuem goss er die Sektgläser bis an den Rand voll.

Einer der Diener, ein aus Kairo mitgeschleppter etwa dreizehnjähriger Abessinier, glattschwarz wie Ebenholz in seiner safranfarbigen Tunika, meldete, dass die Tafel bereit sei.

Frau de Bakker stand auf und legte ihre Hand auf den Arm des Rates von Indien, während sie bei dieser ungewohnten Formalität lächelnd sagte, dass sie vollendete Formen im täglichen Verkehr sehr liebe. Und der Rat von Indien, der sich in Batavia über das, was er »lächerliche Kaufmanns-airs« nannte, sehr zu ereifern pflegte, beeilte sich ihr beizupflichten.

Die Mahlzeit, – kein Reistisch, sondern ein sehr opulentes Gabelfrühstück – war mit allerlei Finessen zubereitet und angerichtet, die mit Ausnahme von van Heemsbergen und dem Pariser, keiner so recht zu kennen schien. Sie merkten es einander an – es war wie das Geheimzeichen, an dem der eine Freimaurer den andern erkennt, – und lachten gleichzeitig. Der Maler begann im Boulevard-Argot über Paris, Pariser Menschen und Pariser Verhältnisse zu sprechen und nannte die Frau des Hauses eine Pariserin vom reinsten Wasser, die nur irrtümlich in Holland geboren sei. Übrigens gehöre auch van Heemsbergen nach Paris, meinte er, und nachdem er endlich begriffen hatte, dass dieser in Indien sein und bleiben wolle, fragte er verwundert, was für einen Grund das denn habe. Van Heemsbergen erklärte ihm die Wandlung in seiner Denkungsart, die ihm den Richterdienst interessanter erscheinen lasse als eine noch so aussichtsreiche diplomatische Karriere.

Mitten in seiner lebhaften Beweisführung fuhr ihm der Gedanke durch den Kopf:

»Wie komme ich denn eigentlich dazu, mit einem Menschen, den ich kaum kenne, über solche intimen Dinge zu sprechen ...? Nun, eigentlich ist es ja auch ganz gleichgültig ...«

Er fragte den Pariser nach seinem Urteil über einen Artikel, der der holländischen Kolonial-Politik gewidmet und kürzlich in der »Revue des deux mondes« erschienen war. Bruneton, der den Artikel nicht gelesen hatte, kannte den Autor persönlich und begann über den zerstreuten Gelehrten Anekdoten zu erzählen mit einer Mimik und einem Tonfall, die die Geschichte zu einer kleinen Komödie machten.

Van Heemsbergen lachte so herzlich, wie er es seit Monaten nicht mehr getan.

»Ich bin ganz trunken von ›Parisine!‹« sagte er.

Als man sich von der Tafel erhob, legte er seinen Arm in den des Malers, und fast wollte es ihm scheinen, als bekräftige er durch diese Gebärde ein offensives und defensives Bündnis, das soeben schweigend geschlossen worden.

»Gegen wen oder was eigentlich?« fuhr es ihm flüchtig durch den Sinn.

Aber er dachte nicht weiter nach über die unbestimmte Empfindung einer Gegnerschaft.

Nach der Siesta, während der Tee in kleinen Tassen aus durchsichtigem japanischen Porzellan serviert wurde, fuhr der Besitzer einer benachbarten Plantage vor. Er brachte eine andere Wendung in das Gespräch, das eine Zeitlang zwischen Romanen der allerneuesten französischen Schule und von Frau de Bakker aus Ägypten mitgebrachten, behutsam gezeigten Kuriositäten hin und her gependelt war.

Der Pflanzer war in seinem Element.

Er begann von einer neuen Maschine zu erzählen, die er gerade installierte.

»Damit mache ich sie alle tot!« rief er. Er forderte jeden, der Lust hatte, dazu auf – van Heemsbergen nannte er ausdrücklich – mit nach dem Mühlenhaus zu kommen.

In dem hohen Raum war es dämmerig und still; alles schlief in Erwartung der Kampagne. Ein paar Inländer kratzten und scheuerten an einer der großen Kochpfannen herum. Von der Maschine, die erst teilweise ausgepackt war, lagen Stücke und Teile am Boden; einem unkundigen Auge erschien das alles wie eine heillose Verwirrung.

Der Pflanzer zeigte und erklärte, während er die Stücke zusammenfügte, sodass man sich den Rumpf und die ringsum verstreuten Glieder als den schweren schwarzen eisernen Kolossalkörper vorstellen konnte, der das Werk von hunderten von Menschenkörpern verrichten würde. Seine plumpen Hände wurden geschickt und beweglich, während er die schweren Stücke hantierte. Endlich richtete er sich mit stark gerötetem Gesicht wieder aus seiner gebückten Haltung auf und wischte sich die rostigen und bestaubten Finger an den Kleidern ab.

»Ja, wenn wir alle Arbeit mit den Maschinen machen könnten, dann würden wir bald reich sein. Aber so lange wir von dem Pack abhängig sind ...«

Er warf einen Blick auf die Inländer, die bei seinem Eintreten eifriger zu arbeiten begonnen hatten.

Plötzlich:

»He, Kasan, dummer Hund, siehst du denn nicht –!«

Er ging auf den am Boden kauernden Kuli zu und versetzte ihm einen Schlag ins Gesicht, dass der Mann taumelte, während er ihm laut schreiend ein Versehen zum Vorwurf machte. Der Inländer ließ die Flut von Flüchen und Schimpfworten über sich ergehen, während er sich verstohlen die Backe rieb. Endlich sagte er ein paar Mal unterwürfig »ja«.

De Bakker kam zu seinen Gästen zurück, während der Zorn noch immer in seinen scharfen braunen Augen funkelte.

»Man hat nichts als Ärger mit dem Pack – zu dumm, um vor dem Teufel zu tanzen. Darum kann ich's auch nicht ausstehen, wenn Menschen wie der Kontrolleur von Soemberbaroe anfangen, von den Rechten des Inländers zu faseln – Rechte meines alten Pantoffels! – Bei uns auf dem Land weiß ein zehnjähriges Kind besser, was ihm dienlich ist, als solch ein Inländer, Gott straf mich! Jemand, der für ihn denkt, der ihm sagt, so, und so soll es sein und nicht anders, und der einfach dreinhaut, wenn er's nicht tut, das ist's, was der Inländer braucht, und wenn man von Rechten sprechen will, so ist es sein Recht, dass er so einen Herrn bekommt!«

Die Beamten der Fabrik schwiegen wie bei dem Vernehmen einer Wahrheit, die ihnen schon so und so oft verkündet worden und der sie schon so oft rückhaltlos beigepflichtet, dass sie keiner Antwort mehr bedurfte.

Van Heemsbergen sagte ein wenig kühl: »Das ist ein Standpunkt, den kolonisierende Nationen schon lange eingenommen haben.«

Sie verließen das Mühlenhaus. Die Sonne ging unter, es begann kühler zu werden. Der Pflanzer schlug einen Spaziergang nach einem der Felder vor, das auf ganz besondere Art und Weise bearbeitet wurde.

»Ein Experiment,« sagte er.

Er begann sachlich und in anschaulichen Worten, so wie er soeben die Konstruktion der neuen Maschine erklärt hatte, über die Arbeit auf den Zuckerrohrfeldern zu sprechen – über das Öffnen des hart und klumpig gewordenen Bodens, in dem die Reisähren der verflossenen Jahreszeit hoch und voll geworden, über die Anlage von Leisten und Rinnen, die das Wasser bei den jungen Wurzeln aufhalten, über das Umringen der aufschießenden Stängel mit Erde, die Wachsamkeit und die Sorge bis zur Zeit der Ernte.

Mit seinem Stock über die Ebene weisend, zeigte er auf den fernen Hügeln die kühlen Pflanzstätten des Rohres und die Wege der langsamen Büffelkarren, die die jungen Steckreiser, gegen die Infizierung durch leicht übertragbare Krankheitskeime an beiden Enden mit Teer verdichtet, nach der Ebene tragen, auf die Äcker, wo das Volk der Pflanzer ihrer harrt.

Er nannte Zahlen und Ausdehnungen, er sprach von zwanzig- und dreißigtausenden, an einem Tage ausgegeben, von Vermögen an Verlust und Gewinn, von Feldern, gleich ganzen Provinzen und Heerscharen von Arbeitern. An dem fernen flimmernden Glanz längs der Hügel und weit über die Ebene hin zeigte er den Lauf der Wasserleitungen, die er angelegt hatte, um die befruchtende Kraft der Wolken und der Quellen zu vereinen und sie in die empfänglichen Furchen zu gießen. Dann zeichnete er in den Staub des Weges zwei eckige Figuren und sprach:

»Sehen Sie mal, dies kleine hier, das ist der Grundriss der Fabrik, wie sie war, als ich Verwalter wurde, und dies andere – beinahe zweimal so groß, wie Sie sehen – das ist ihr Grundriss, so wie sie jetzt ist – so wie ich sie habe umbauen lassen. Er bezeichnete mit einer breiten Armbewegung die weißen Steinkomplexe in der Ferne.

Vieldächerig wie eine Stadt, mit dem hohen und breiten Mühlenhaus, mit dem Wasserturm, mit den Scheunen und Packhäusern und den Hütten und der Brückenwaage vor der weiten Einfahrt, mit der doppelten Reihe der Beamtenwohnungen und dem hohen Schornstein, der weit darüber hinausragte, lag dort die Fabrik.

Van Heemsbergen warf einen Blick auf den Pflanzer, auf das stumpfe Profil, den gewaltigen Brustkasten, auf die Hand, die den Stock umfasste wie eine Keule, auf die breiten Füße. Er war ein anderer hier inmitten dieses riesenhaften Werkes, das er dank seinen eigenen Händen und seinem eigenen Kopf hatte erstehen lassen, als in dem allzu luxuriösen Haus neben jener in Nichtstun verfeinerten Schönheit. Eine gewisse rohe Würde, eine plumpe Größe offenbarte sich in diesem Manne.

Infolge einer Ideenverbindung, über die er sich im Augenblick keine Rechenschaft abzulegen vermochte, gedachte van Heemsbergen Pizarros als eines charakteristischen Vertreters des Geschlechtes, dem jener vierschrötige Kolonialmillionär da vor ihm angehörte.

»Eroberertypus,« dachte er, und die Szene im Mühlenhaus erschien ihm plötzlich in anderem Lichte.

Als die Spaziergänger das Haus wieder erreichten, wartete Dr. Oldenzeels Wagen bereits.

Der Pflanzer forderte van Heemsbergen auf, zu bleiben. Von den zwanzig Fremdenzimmern könne er sich eines auswählen. Es sei für den nächsten Tag eine Ausfahrt in die Berge und ein Picknick am See geplant. Montag in aller Frühe werde ihn dann der Phaeton mit den englischen Rennern nach Soemberbaroe zurückbringen.

»Bleiben Sie,« sagte der Maler, »ich habe auf Sie als Führer gerechnet bei meinem Zug durch das orientalische Schönheitsland.«

Van Heemsbergen dachte flüchtig an eine angefangene Arbeit, der er den Sonntag hatte widmen wollen, blieb aber dennoch nach kurzem Zaudern.

Er kam und blieb auch am folgenden Sonnabend, obgleich er es gar nicht beabsichtigt hatte.

Und von dem Augenblick an wurde er ein ständiger Sonntagsgast auf Kalimas.

Von der durch eigene Kraft aufgeschichteten Höhe seiner Reichtümer blickte Kees de Bakker unergründlich tief herab auf die engen ausgetretenen Pfade, auf denen die Beamten des Landes, jeder genau in dem ihm zugewiesenen Rang und alle im vorgeschriebenen Rhythmus, auf eine bescheidene in der Ferne winkende Pension losmarschierten.

Er hatte von den Offizieren dieses national-ökonomischen Heeres keine allzu hohe Meinung. Allein schon die Tatsache, dass sie sich ihm freiwillig eingereiht, war für ihn bestimmend zur Abschätzung ihres inneren Wertes.

Wer, der auf festen Beinen steht, bände sich denn wohl selber an ein Gängelband, und wer, der nehmen kann, ließe sich kärglich zuteilen?

Auf Grund dieser Ideen stand er van Heemsbergen wie einem Rätsel gegenüber, einem Rätsel, das umso unerklärlicher ward, je besser er die Ausdrücke verstehen lernte, in denen es verfasst war. Mit jedem Tage wuchs die hohe Meinung, die er schon gleich von van Heemsbergens Tüchtigkeit gehegt. Mit jedem Tage ward ihm der Gegensatz zwischen dieser Tüchtigkeit und dem Ziel, dem van Heemsbergen entgegensteuerte, unbegreiflicher – eine Karriere im richterlichen Beruf! Wenn er daran dachte, konnte er in sprachloser Verwunderung und größtem Ärger den Kopf schütteln; und der Ärger war mit Bedauern vermischt: am liebsten hätte er den jungen Juristen selber mit Beschlag belegt.

Vor einigen Jahren war ein Vetter von Frau de Bakker gestorben, der sein sehr beträchtliches Vermögen, das die Familie bereits als ihr gehörig betrachtet, dem Sohn seiner inländischen Haushälterin hinterlassen hatte, den er in zwölfter Stunde als den seinen anerkannt. Zu Erziehungszwecken nach Holland gebracht, war der Junge dort schwindsüchtig geworden. De Bakker, der ihn aufs schärfste kontrollieren ließ, wusste, dass es mit ihm nicht lange mehr dauern konnte; schon wollte ihm die Chance, das bereits verloren geglaubte Vermögen doch noch zu retten, günstig erscheinen, als er plötzlich erfuhr, dass die längst tot und begraben geglaubte Mutter noch immer am Leben sei. Unter dem anderen Namen, den sie, den herrschenden Gebräuchen entsprechend, bei der Geburt eines jüngeren Sohne angenommen, lebte sie mit ihrer inländischen Familie in einer abgelegenen Dessah des Distriktes.

Dr. Bossing, Advokat in Batavia, der mit dem bis dahin als Erblasser Angesehenen in demselben Grade verwandt war wie Frau de Bakker, wurde in seiner doppelten Eigenschaft als Jurist und Mitinteressent konsultiert. Er erklärte die Rechte der Inländerin für unantastbar; die Mutter müsse den Sohn beerben. Indessen: war die Frau, die sich dafür ausgab, wohl wirklich die Mutter? Diese Frage eröffnete den holländischen Blutsverwandten eine Chance – die einzige, um zwei Millionen zu retten.

Von diesem Augenblick an hatte de Bakker die feste Überzeugung gewonnen, dass diese inländische Frau eine Betrügerin sei, aller Wahrscheinlichkeit nach sogar eine betrogene Betrügerin, das Werkzeug in den Händen eines Schlaukopfs, der, nachdem er Pieter Heuvelinks Erbschaft in Sicherheit gebracht, die als Pieter Heuvelinks Mutter fungierende Kampongfrau wieder in jener Dunkelheit verschwinden lassen würde, aus der man sie einst hervorgezogen.

Nun galt es indessen, diese persönliche Überzeugung zu bekräftigen und durch eine völlig unantastbare Tatsache zu bestätigen. Das konnte nur ein Jurist tun, und der es unternähme, müsste ein junger Jurist sein, ehrgeizig genug, um sich einem schwierigen Fall zu widmen, und frei genug, um sich während vieler Monate in Soemberbaroe aufzuhalten und so längs vielfach verschlungenen kleinen Kampongpfaden die Spuren der Intriganten aufzufinden.

Van Heemsbergen war dazu der gegebene Mann. Aber seine unbegreifliche Vorliebe für die Regierungskarriere stand einem Abkommen, das seinem eigenen Interesse ebenso sehr gedient haben würde wie dem des Pflanzers, hindernd im Wege.

»Wir müssen ruhig abwarten,« das war immer wieder das Ende von de Bakkers Erwägungen. »Eines Tages wird so ein tüchtiger Kerl wie er doch wohl einsehen, dass ein Landratsbüro für ihn nicht der geeignete Platz ist.«

Er wartete also.

Aber das dauerte lange und schien vergeblich zu sein, und er begann bereits an einer Einsicht zu zweifeln, die ihn bisher noch nie betrogen hatte, als ein von Dr. Oldenzeel hingeworfenes Wort über seinen Aktuar ihm sein Selbstvertrauen wiedergab. Der Tag konnte nicht mehr fern sein.

Sie saßen zusammen, er und der Präsident bei einer vertraulich stimmenden guten Flasche, zur gewohnten Sonnabend-Nachmittagsstunde.

Dr. Oldenzeel, der auffallend still aus der Sitzung gekommen war, lebte nach dem ersten Schluck auf, wie eine welke Pflanze nach dem Regen.

»Alter Burgunder,« erklärte er strahlend.

Der Pflanzer nickte »Clos-du-Roi, achtziger Probe. Ich habe mir ein paar Dutzend davon angeschafft zur Feier unserer kupfernen Hochzeit in diesem Jahre. Also er schmeckt Ihnen?«

Dr. Oldenzeel bejahte schweigend und tatkräftig. Dann auf einem Purpurstrom vom Stapel laufend, segelte er durch alle Weinländer Europas, indem er Marken und Ernten nannte: er dachte an Festessen und an Fröhlichkeit, kam auf seine Jugend zu sprechen und trank auf die selige Studentenzeit.

»Man sollte fast meinen, dass es heutzutage an der Akademie anders zugeht,« bemerkte de Bakker »nicht als ob ich etwas davon wüsste, ich bin Gott sei Dank gar nicht in der Gelehrtheit zu Hause, aber wenn man van Heemsbergen so sprechen hört, möchte man fast glauben, dass er immer nur gebüffelt hat.«

Über die soeben aufgeklärten Züge seines Gegenüber breitete sich von neuem ein Schatten.

»Ja ..., van Heemsbergen ... und überhaupt heutzutage ...« Dr. Oldenzeel schüttelte besorgt und missbilligend den Kopf. – »Ich kann nicht behaupten, dass mir der neue Kurs sehr sympathisch ist, diese vergleichenden Rechtsstudien und die Entwicklung des Rechts bei den unzivilisierten Völkern und die ethischen Rechtsstudien usw. usw. Gott mag wissen, was sonst noch ... Damit pfropft man den jungen Leuten die Köpfe voll. Und was haben sie dann davon, wenn sie hierher kommen?«

Er schob das volle Weinglas zur Seite und beugte sich über den Tisch zu seinem Gastherrn herüber, um dessen Urteil einzuholen.

»Vorausgesetzt, ich komme hierher – randvoll –,« er hielt zur Illustration seine Hand über die Augen – »randvoll mit Gelehrtheit. Gut! Nun kommen unsere Freunde vor den Landrat – Wartan, der Opium geschmuggelt hat, und Djembar, der Sapin wegen eines Tanzmädchens einen Stoß mit seinem Dolch versetzte, oder Ardangi, der seinen Karrenkontrakt gebrochen hat – soll ich diese Sachen dann etwa an der Hand der vergleichenden Geschichte des Rechts erledigen? – Herrgott, nein, mein Herr, das muss ich an der Hand meines inländischen Reglements tun! Das habe ich zu kennen – was ich kennen nenne, wohl verstanden! – Denn es gibt auch viele solcher Käuze, die es von A bis Z hersagen können – aber wenn sie es in Anwendung bringen sollen! – Und darauf kommt es doch nur an, auf die Anwendung, auf die Praxis, auf die Gerechtigkeit – die Gerechtigkeit!« Dr. Oldenzeel wiederholte das majestätische Wort, während er mit dem Zeigefinger einer im argen liegenden und die Ungerechtigkeit suchenden Welt drohte. »Was der Inländer braucht, das ist ein vir justus atque bonus ...«

»Kein Küchenlatein,« mahnte der Pflanzer, »sprechen Sie doch Ihre Muttersprache, Mensch!«

Dr. Oldenzeel, der aus dem anstandshalber von seinem Aktuar entliehenen und zwischen Reistisch und Schläfchen gähnend durchblätterten Buch von de Grave den Satz aufgegriffen und ihn seiner eigenen Auffassung des indischen Richteramtes angepasst hatte, setzte sich zur Wehr.

»Sie verstehen mich schon – »ein guter und gerechter Mann« – es ist nur ein Zitat aus jenem Buch, mit dem sie einem – und das ist noch das schönste an der Sache! – dann immer ins Gesicht springen!«

De Bakker lachte.

»So, ist van Heemsbergen einer von *der* Sorte? So, so! – trinken Sie mal aus, Sie lassen Ihren Wein warm werden.«

»Nein, nein,« – Dr. Oldenzeel protestierte, erschreckt durch den Gedanken an üble Nachrede, »so meine ich es nicht – gar so schlimm ist's nicht, überhaupt ... ich will nichts gesagt haben! Aber ...«

De Bakker hielt, das eine Auge zukneifend, die Flasche schräg vor das andere und blinzelte seinem Gast zu. Dr. Oldenzeel trank aus und ließ sich von neuem eingießen. Aber er blieb in Gedanken versunken da sitzen, den Fuß des Glases zwischen Zeige- und Mittelfinger, und starrte auf das Stück Eis, das kristallbleich durch das Rot schimmerte, das er in seiner Zerstreutheit den Diener hatte in sein Glas tun lassen und das leise in dem Kelch klirrte, während er ihn auf der glatten Marmorplatte hin- und herschob.

Nach einer Weile hub er wieder an:

»Nein, nein, ich will nichts gesagt haben, gar nichts. Van Heemsbergen ist ein sehr anständiger Kerl und ein sehr gescheiter Mensch obendrein, aber ... ich habe das auch schon zu meiner Frau gesagt – er ist zu hitzig – das ist sein Fehler, sehen Sie!«

Kees de Bakker blickte den also Grübelnden mit seinen scharfen braunen Augen forschend an.

»Zu hitzig für dich,« dachte er, »das ist weiß Gott kein Wunder, du kämst am liebsten gar nicht aus dem Stall heraus – aus der Staatskrippe knabbern und schlafen, das wäre dein Fall.«

»Dann muss der Renner nur mal geritten werden,« sagte er laut, »und zwar ein bisschen forsch.«

Und in Gedanken sah er sich selbst als Reiter. Er leerte sein Glas in schweigendem Toast auf seine Pläne und Hoffnungen.

»Wir wollen es mal versuchen heute, ganz sachte, damit er sich nicht bäumt, wenn man ihm das Kopfzeug anlegt,« dachte er.

Nach dem Tee, als Frau de Bakker aufstand, um sich zum Diner umzuziehen, und die Gäste einer nach dem andern die Galerie verließen, ging er auf van Heemsbergen zu und trug ihm die Angelegenheit vor.

»Ich denke,« schloss er, »dass da der eine oder andere dahintersteckt, der der Person ein paar hundert Gulden versprochen hat und der sich selbst den Rest sichern will. Von selbst kommt ein Inländer gar nicht auf so was. Die Person – sie behauptet, dass sie Rattem heißt, und sie wohnt da irgendwo in einem kleinen Häuschen am Fuß des Berges – ist ebenso wenig Pieter Heuvelinks Mutter wie Sie oder ich.«

Van Heemsbergen hatte sich aus seiner trägen Haltung aufgerichtet; in ihm erwachte der Jurist.

»Das ist ja ein interessanter Fall,« sagte er, während er seine Zigarre wegwarf. »Frau Rattem erbt – daran ist nicht zu rühren – wenn sie wirklich Frau Rattem ist, Sie werden also die Identität anzweifeln müssen.«

»So etwas Ähnliches sagte Bossing auch.«

»Bossing aus Batavia? Führt der die Sache?«

»Ich hätte nichts dagegen, weiß Gott! Aber er tut's leider nicht, obgleich er selbst ebenso stark dabei interessiert ist wie meine Frau; er gehört nämlich auch zu der Verwandtschaft, müssen Sie wissen. Aber das muss irgendjemand in die Hand nehmen, der hier am Ort ansässig ist und in aller Ruhe die ganze Pfuscherei in der Dessa aufstöbern kann. Und er kann nicht aus Batavia fort.«

Van Heemsbergen schwieg. Er ließ seine Voraussetzungen und Vermutungen laufen wie Hasen und Windhunde, in dem einen Augenblick selbst das Wild, in dem anderen sein eigener Verfolger, um dann wieder wie ein wartender Jäger beider Auftauchen und Verschwinden zu beobachten. Der Pflanzer, der sein Schweigen anders deutete, sagte:

»Es würde Ihnen keine Windeier legen – wenn eine Sache wie diese zur Teilung gelangt, fällt auch ein ganz ansehnliches Sümmchen für den Anwalt ab. Und übrigens – in Bossings Büro wird eine Anstellung frei – und so etwas würde schon die beste Empfehlung sein. Sie könnten das eventuell zur Bedingung machen für den Fall, dass Sie den Prozess gewännen. – Es werden dort monatlich achttausend Gulden verdient, wie Sie wissen.«

»Wie meinen Sie das?« fragte van Heemsbergen. Sein Ton machte den Pflanzer auf seine Übereilung aufmerksam.

»Nun, dass es eine schöne Sache wäre für den, der es wagt – der wäre mit einem Schlage ein gemachter Mann. Ich sagte »Sie«, wie man das so manchmal sagt, – ich meinte natürlich »man«.

»Ah so,« sagte van Heemsbergen.

Es wurde an jenem Tage nicht mehr über die Sache gesprochen. Er selbst glaubte sie vergessen zu haben. Aber am nächsten Montag kam sie ihm, während er durch den silbernen Frührotnebel nach Soemberbaroe fuhr, wieder in den Sinn und setzte sich dort fest. Er begriff, dass der Pflanzer ihm die Sache hatte übertragen wollen.

»Vom finanziellen Standpunkt aus würde das famos sein,« dachte er. »Und dann später Bossings Kompagnon!« Jenes Haus am Konings-Plein stieg vor ihm auf wie eine Phantasmagorie. Die prächtigen Pferde trabten, vor die Victoria gespannt, die Auffahrt hinauf, der alte Wein tränkte mit seinem düster-prächtigen Rot die farblose Klarheit des Kristalls auf dem Tisch, das Farbenspiel der Edelsteine blitzte längs Wangen, an Pulsen und an entblößten Nacken.

»Saphire für sie? Nein, Perlen – so etwas Gedämpftes, Verhaltenes, Jungfräuliches ...«

Er hielt inne und lächelte beim Gedanken an die immateriellen Kleinodien, die er Ada soeben um den Hals schlingen wollte.

»Zukunftsperlen, vorläufig nur in der Idee bestehend ... Aber nichtsdestoweniger, ... es würde wunderbar sein!«

Er dachte es mit einem Seufzer.

Als er, eine halbe Stunde später als sonst, das Büro betrat, sah er noch gerade, wie die beiden Schreiber ein Spiel chinesischer Karten unter dem Tisch verschwinden ließen.

»Eine liegt am Boden, Stegemans, unter Ihrem Stuhl,« sagte er spöttisch.

Der Schreiber bückte sich verlegen.

Ohne sich weiter nach ihm umzusehen, suchte van Heemsbergen seine Papiere zusammen und ging an die Arbeit.

Es war eine Klage eingelaufen von Said Mohamad gegen den Inländer Kertawidoera, der auf Unterpfand seines Hauses Geld erhoben hatte und sich jetzt weigerte, nachdem das Haus durch seine Nichtzahlung dem Geldverleiher verfallen war, sein Erbe zu räumen, da er, wie er sagte, wohl seine selbst gebaute Wohnung, nicht aber den Grund und Boden, der das teure Erbteil seiner Väter sei, in Pfand gegeben habe.

Es war ein Fall, wie er van Heemsbergen, der so eifrig die inländischen Gesetze und Institutionen studierte, unter anderen Umständen sehr willkommen gewesen wäre. Heute aber weckte er nur unwillige Gedanken in ihm.

»Said Mohamad ist ein Schurke – sein Rosenölgestank schlägt einem aus allem entgegen, was hier in der Umgegend gepfuscht und im geheimen gebraut wird – aber die Inländer sind nicht um ein Haar besser,« dachte er. »Und Kertawidoera scheint zu seiner inländischen Sorglosigkeit jetzt auch noch die Streiche des Arabers hinzugelernt zu haben.«

Er arbeitete unlustig.

Es war warm im Büro – feuchtwarm, so wie es nach anhaltendem Regen an sonnenlosen Tagen sein kann. So spät im Jahr, jetzt, da die Passatwinde schon eingesetzt haben müssten, lag in dieser schwülen Hitze etwas Unnatürliches, das die Nerven wie Saiten anspannte, fast zum Zerspringen. Die roten Steine des Fußbodens waren feucht; die Wände schwitzten, es lag wie ein Reif auf dem Wachstuch des Tisches und dem glatten Holz der Stühle; während van Heemsbergen schrieb, wurde das Papier unter seinen Fingern so feucht, dass die Buchstaben ineinander flossen.

Mit einer zornigen Bewegung warf er seinen Rock ab und streifte die Hemdsärmel bis über die Ellenbogen auf.

Eine Viertelstunde vor Büroschluss trat Dr. Oldenzeel ein, in Schlafhose und Kabaja, noch feuchthaarig vom Bad. Er sah bedrückt aus.

»Haben Sie schon gehört, dass van Ryn so krank ist?«

Van Heemsbergen verneinte kurz. Der Gesundheitszustand Dr. van Ryns, des Landratsvorsitzenden von Njadas, war ihm um so gleichgültiger, als er wusste, dass der Mann sich systematisch ruinierte mit Gargantua-Mahlzeiten von fetttriefenden und brennendscharfen indischen Speisen, die er mit fußhohen Gläsern Brandy-Soda herunterspülte.

»Ja« – wiederholte Dr. Oldenzeel – »er scheint schlimm dran zu sein. Er ist in die Berge hinauf, mit vier Wochen Urlaub. Ich gönne ihm das natürlich von Herzen, aber für uns wird's recht unbequem sein!«

Van Heemsbergen blickte auf.

»Was haben wir damit zu tun?«

»Nun, Njadas liegt doch als Landratsdistrikt Soemberbaroe am nächsten. Wenn van Ryn hinaufgeht, ist es selbstverständlich, dass wir ihn vertreten müssen.«

»Selbstverständlich?« fuhr van Heemsbergen auf. »Das ist ja eine merkwürdige »Selbstverständlichkeit«, die einen mäßigen Menschen für einen Säufer und Vielfraß aufkommen lässt.«

Erschreckt blickte Dr. Oldenzeel in das vor Zorn gerötete Gesicht.

»Das müssen Sie nun nicht sagen, Herr van Heemsbergen, das ist denn doch ein wenig allzu krass – bloß weil van Ryn es sich gern gut schmecken lässt. Sie müssen immer bedenken, dass es für ihn doch am schlimmsten ist.«

Van Heemsbergen fragte ironisch:

»Was ist für ihn am schlimmsten? – dass er sich überisst oder dass ein anderer sich überarbeitet?«

Dr. Oldenzeel antwortete nicht. Mit einem unsicheren Blick auf die beiden über ihre Papiere gebeugten Schreiber murmelte er etwas wie »gleich zurückkommen« zwischen den Zähnen und verließ schlürfenden Schrittes das Büro.

Van Heemsbergen schob seinen Stuhl mit einem Ruck zurück und warf die Akten über die Kertawidoera-Sache, die er sich schon zurechtgelegt, um sie mit nach Hause zu nehmen, über den Tisch, dass sie rechts und links auf die Erde fielen, griff nach seinem Rock und seinem Helmhut und warf die Tür dröhnend hinter sich zu.

Stegemans, der seinen Kollegen schon unter dem Tisch angestoßen hatte, sah ihn an, und die beiden Schreiber kritzelten eifrig, bis sie die Räder von van Heemsbergens Wagen über den Kies rollen hörten. Dann brachen sie in ein lautes Gelächter aus.

Van Heemsbergen saß barhäuptig im Wagen und ließ seine pochenden Schläfen von der Luft umspielen. Seine rechte Hand lag zur Faust geballt auf seinem Knie; er hatte ein Gefühl, als würde es ihn erleichtern, wenn er sie auf etwas oder auf jemanden niedersausen lassen könnte.

Als er vor dem Gasthaus ausstieg, streckte Frau Janssen ihre beiden dicken Arme in die Höhe.

»Te massa – Herrrrrre – Cheemsberg – allah so frrrüh – essen – noch nicht ferrrtig – mian – mi – an.«

Van Heemsbergen sagte barsch:

»Bringen Sie, was da ist, es wird wohl nicht ungarer sein als gewöhnlich, ich muss fort.«

Er war plötzlich auf den Gedanken gekommen, Hendricks aufzusuchen. Was er eigentlich von ihm erwartete, hätte er nicht zu sagen vermocht. Aber etwas, das sicherer und zwingender drängte als jede Überlegung, trieb ihn zu jenem Manne.

Vor dem Hause des Kontrolleurs angelangt, fand er es leer und vernahm, dass beide, Hendricks und seine Frau, nach Langean gegangen und dort in dem Pasang-Grahan[23] abgestiegen seien. Er spornte sein Pferd an und schlug den Weg nach den Hügeln ein. Je mehr der steile Pfad anstieg, desto intensiver fühlte er, wie er aus der weichlich lauen Luftschicht, die über der Ebene brütete, hinaus und in eine immer kühlere und klarere Atmosphäre gelangte. Ein leichter Kräuterduft belebte die reine Luft, Glanz lag über dem Grase und auf den Felsblöcken, auf den hohen Farren und auf den Blätterbüscheln, die über seinem Pfade hingen. Überall flossen junge Bächlein.

Während er sich dem Pasang-Grahan näherte, einem luftigen Landhäuschen, das dort zwischen Sträuchern und schlankem Bambusgewächs aus der Lichtung aufstieg, als wäre es dort so gewachsen, sah er Frau Hendricks stehen.

»Ich warte auf meinen Mann,« sagte sie, indem sie seinen Gruß erwiderte. »Er ist um halb sechs ausgeritten. Ich fürchte, dass etwas mit dem Deich geschehen ist. Das hat er schon geahnt, als wir es heute Nacht so gießen hörten ... ah, da kommt er.«

---

[23] Pasang-Grahan = Hotel für Beamte.

Der Kontrolleur wurde an der Biegung des Weges auf einem beschwitzten, träge gehenden Zwergpferdchen sichtbar. Er machte eine Bewegung mit der Reitpeitsche und lächelte seiner Frau zu.

Van Heemsbergen blickte ihn an. Er saß zu Pferde wie jemand, der es zu spät gelernt hat, aber alles an dem Mann – sein blondes, kläräugiges Holländergesicht, seine starken Schultern, die Art und Weise, wie er mit der einen Hand die Zügel hielt, während er die andere schräg auf den Oberschenkel stützte, ja sogar die Schlammspritzer, die ihm bis ins Gesicht und an den Helmhut geflogen waren, – das alles drückte die ruhige Kraft des Menschen aus, für den Müssen und Wollen eins sind.

»Ich habe gut daran getan, herzukommen,« dachte er.

Hendricks stieg vom Pferde und klopfte dem müden Tierchen auf Hals und Rücken, bevor er dem Stalljungen die Zügel zuwarf. »Es war nur ein Riss, noch keine Bresche,« sagte er, während er die Galerie betrat, »was vorläufig zu tun war, ist geschehen, – jetzt können sie morgen an die Arbeit gehen – ah – guten Tag, Herr van Heemsbergen.«

Van Heemsbergen schüttelte ihm die Hand mit einer Herzlichkeit, die die lichtblauen Augen erstaunt aufblicken ließ.

»Ich wollte mir ein wenig Frische holen – moralische und physische – es war da unten nicht mehr zum Aushalten,« erklärte er.

Die junge Frau sah ihren Mann an.

»Du siehst aus!« sagte sie lachend.

Er ließ den Blick an seiner Gestalt heruntergleiten.

»Ja, wahrhaftig, du hast recht – ich werde mich umziehen müssen – sind sie schon da?«

»Die meisten wohl, glaube ich, wenigstens war's eben schon ziemlich voll. Der Demang[24] ist soeben vorbeigegangen, aber den Regenten habe ich noch nicht kommen sehen.«

»Schön, ich werde mich beeilen.«

Die junge Frau wandte sich zu van Heemsbergen:

---

[24] Demang = Inländischer Distriktsvorsteher.

»Mein Mann hat die Dessahleute von Langean zusammenkommen lassen, um ihnen zu erklären, warum und auf welche Weise die neue Wasserleitung angelegt werden soll. Die jetzt bestehende ist nämlich so steil, dass das Wasser bei dem geringsten Regen herunterschießt. Jetzt ist der Boden vollständig ausgespült, und es kommt fast gar kein Wasser mehr auf die Felder. Und jetzt wird er gewiss auch gleich über den Deich sprechen und die Arbeitslöhne vorher auszahlen lassen, dann arbeiten sie nämlich viel besser,« fügte sie erklärend hinzu.

»Lässt er das selber tun?« fragte van Heemsbergen. »Ich glaubte, dass die Häupter ...«

»Jawohl, aber ...,« die junge Frau zögerte einen Augenblick. »Er ist nicht sicher, dass das Geld dann wirklich in die Hände derjenigen gelangt, die es zu beanspruchen haben. Der Demang ist ja wohl ehrlich, aber die beiden Söhne des Regenten« ... sie unterbrach sich.

Der Regent war in Sicht, gefolgt von einem Diener, der ihm einen grünweiß-goldenen Pajong[25] über den Kopf hielt.

Der Kontrolleur trat gerade aus seinem Zimmer. Er eilte dem Ankömmling entgegen und begrüßte ihn auf eine Weise, die bei aller Freundschaftlichkeit etwas Zeremonielles an sich hatte.

Van Heemsbergen, der den Präsidenten von der Landratsitzung von Langean her kannte, verneigte sich leicht. Frau Hendricks reichte ihm die Hand. Der Regent hielt sie, sich vor ihr verbeugend, einen Augenblick zwischen seinen beiden ausgestreckten Händen.

»Die Karte?« sagte Hendricks im Vorübergehen.

»Auf dem großen Tisch in der hinteren Galerie – ich habe den Demang schon darüber studieren sehen,« antwortete sie.

Dann zu van Heemsbergen gewandt:

»Er hat es gern, wenn ich zuhöre, und es kann, glaube ich, nichts schaden, wenn Sie ...«

Und sie ging ihm voran nach der sich um das Haus hinziehenden Veranda, von wo sie, hinter einem Wandschirm versteckt, die auf der Galerie Versammelten hören und zum Teil auch sehen konnte.

---

[25] Pajong: eine Art Sonnenschirm, der den Rang seines jeweiligen Besitzers anzeigt.

»Sehen Sie!« sagte sie, während sie vorsichtig einen Blick um den Wandschirm warf. »Da sitzen sie nun alle beieinander.«

Jetzt blickte auch van Heemsbergen hinüber.

An dem mitten in der Galerie stehenden Tisch saß der Kontrolleur zwischen dem Regenten und dem Demang, dem er auf der vor ihm ausgebreiteten Karte etwas erklärte.

»Wenn wir den Riss nun auf diese Weise dichten, sehen Sie – so – Sie haben mich doch wohl richtig verstanden?« fragte er und blickte in das aufmerksame braune Gesicht ihm gegenüber.

Der Demang nickte.

»Ich habe es gut verstanden, so wie der Herr Kontrolleur es erklärt hat.«

»Nun also – dann kann der Fluss weiter keinen Schaden anrichten, und die Reispflanzerinnen können morgen auf dem Feld von Wirja Winagoen mit ihrer Arbeit beginnen. Er braucht weder Überschwemmung noch Fortspülen zu fürchten. Ich sah soeben, wie die Frauen den Reis der Zuchtbeete dorthin brachten.«

»Jawohl, Herr,« antwortete das inländische Haupt.

Hendricks sah den Regenten an.

»Möchte der Herr Regent nicht anordnen, dass das Haupt der Dessah, das ich dort sitzen sehe, und all' die Dessaleute hereinkommen?«

Der Diener, der ihm den »Pajong« getragen hatte, stand, einer Bewegung des Regenten folgend, auf und ging, während er sich tief bückte, an der Mauer entlang, an ihm vorüber und hinaus, wo eine Menge Inländer beieinander hockten. Ihrem Anführer folgend, betraten sie die Veranda und hockten dort nieder.

Aus einer dreidoppelten Reihe von Gesichtern blickten aufmerksame Augen den Kontrolleur an, der langsam in scharf akzentuiertem Sundanesisch zu sprechen begann.

Das aufmerksame Nachdenken über das, was er sagte, und der seinen Schlussreden gezollte Beifall waren in jenen Blicken zu lesen, wie in einem aufgeschlagenen Buch.

»... Darum muss der Deich morgen rechtzeitig gestützt und gedichtet und der Damm an die Stelle verlegt werden, die der Herr Regent anweisen wird,« schloss er. »Diejenigen, die bereit sind, diese Arbeit zu verrichten, sollen hierher kommen, um ihren Lohn im voraus in Empfang zu nehmen.«

Es entstand eine leichte Bewegung unter den Dessahleuten: Flüstern, Kopfschütteln und Zaudern. Aber einen Augenblick später stand doch einer auf, näherte sich tief vorn übergeneigt dem Beamten und den beiden Häuptern und kauerte sich, ein »Sembah« machend, vor sie hin.

Hendricks gab dem Demang durch einen Wink zu verstehen, er solle dem Niederkauernden das Geld in die Hände legen.

»Du siehst Kariomedjo – und der Herr Regent und all' die Dessahleute haben es gesehen – der Demang gibt dir deinen abgepassten Lohn. Hast du deinen Sohn Sidin nicht mitgebracht, damit er auch bei der Arbeit helfen kann?«

»Ich habe ihn mitgebracht, Herr, er sitzt dort,« antwortete der Inländer, indem er sich umsah. Sidin kam und nahm jetzt seinerseits seinen Lohn in Empfang. Jetzt folgten die anderen, freimütiger.

Einer nach dem andern niederhockend, nahmen sie das Geld in Empfang, das der Demang einer auf dem Tisch aufgestellten Blechbüchse entnahm, und entfernten sich darauf in gebückter Haltung.

»Freiwillige genug, nun da sie ihres Lohnes gewiss sind,« murmelte die junge Frau, die den Ereignissen mit gespannter Aufmerksamkeit folgte. »Ah – er auch?«

Ein Mann in einer schmutzigen weißen Hose, zerrissenem »badjoe« und fettigem Kopftuch hatte sich dem Kontrolleur genähert.

»Nein, Soedarmoe,« sagte Hendricks. »Dich will ich nicht bei der Arbeit haben. Du meinst wohl, ich hätte ganz vergessen, wie du im vergangenen Jahr bei der Anlage des Waldweges gefaulenzt hast. Es soll nicht mehr geschehen, dass andere mehr tun, als ihnen obliegt, weil du weniger tust.«

Der Inländer murmelte eine klagende Entschuldigung.

»Wirklich? Bedenke wohl, wie viele hier sind, die es dich sagen hören, und dass der Herr Regent dich hört und der Demang.«

Soedarmoe wiederholte sein Gemurmel und machte einmal nach dem anderen Sembah.

Nach einer Weile antwortete der Beamte:

»Gut, ich will dir glauben. Hier hast du die Hälfte des Lohnes. Ich werde aufpassen, wie du arbeitest, ich werde alles wissen, zweifle nicht daran! Und wenn du deine Sache gut gemacht hast, dann werde ich dir auch den Rest geben.«

Der Mann entfernte sich, während er die Münzen fest mit der Hand umklammerte.

Einen Augenblick später kam der Abgesandte des Regenten hastig an der Stelle vorbei, wo van Heemsbergen und Frau Hendricks saßen, und kehrte mit den beiden Inländern zurück, die sich als erste zur Arbeit gemeldet hatten. Sie blickten verlegen vor sich hin.

»Ach, das habe ich schon gefürchtet,« murmelte die Frau des Kontrolleurs. Sie horchte gespannt, was wohl ihr Mann sagen würde.

»Es scheint, dass ich dir nicht genug gegeben habe Kariomedjo und dir, Sidin, wohl auch nicht? ... also doch? – wie kommt es denn, dass ihr beide nur so wenig habt? Ihr könnt es in so kurzer Zeit nicht ausgegeben haben und noch dazu hier, wo nicht einmal ein Warong ist.«

Kariomedjo stotterte eine Antwort.

Der Regent blickte über ihn weg in die Ferne. Es lag ein Ausdruck von Scham und Hilflosigkeit auf den alten Zügen.

»So – also verloren? Es ist recht unbequem, wenn so viel verloren geht, das weiß ich wohl. Seht, damit das nun nicht wieder geschehe, habe ich auf dieses Geld, das ich euch jetzt gebe, ein Zeichen gemacht – sehen Sie sich das Zeichen an, Herr Regent und Sie, Demang, und seht es euch alle an, ihr Leute, hier an diesem Stück, das ich in meiner Hand halte, – so wird es leicht zurückzufinden sein, wenn es verloren gehen sollte – aber ich bin fest davon überzeugt, dass es nicht verloren gehen wird.«

Die Inländer blickten mit einem gewissen neugierigen Respekt zuerst den Beamten und dann einander an, um sich schweigend zu erzählen, dass der Holländer die List der beiden Regentensöhne durchschaut habe, die den heimkehrenden Arbeitern den Lohn abgenommen, unverschämt geworden durch die Sicherheit, dass die unterwürfigen Leute nicht den Mut haben würden zu klagen. Und die am weitesten hinten saßen, flüsterten einander zu, was alle dachten – dass das Merkmal an den Geldstücken nicht nur zur Abschreckung der mit Entdeckung bedrohten Diebe diene, sondern dass es ein Zauberzeichen sei, durch das der Kontrolleur auch in der Ferne seinen Willen geschehen lassen könne an dem, der sich das Geld auf unrechtmäßige Weise aneignen würde.

So noch ein einziger Freigeist unter ihnen gewesen, der die durch Übung in den geheimen Wissenschaften erworbene Macht und Kenntnis des Beamten anzweifelte, – in diesem Augenblick wurde er bekehrt.

Ehrerbietig, so wie sie es sonst nur einem Priester gegenüber zu tun pflegen, machten die Dessahleute beim Fortgehen ihr Sembah vor ihm; und auch Frau Hendricks grüßten sie respektvoll.

Der Regent erschien erst nach einer Weile. Er ging langsam, den Kopf trug er gebeugt unter dem weiß-grün-goldenen Pajong.

Frau Hendricks erhob sich mit einer hastigen Bewegung und folgte ihm. Die beiden sprachen eine Weile zusammen. Der Regent blickte sich um nach dem Platz, wo van Heemsbergen saß, schüttelte den Kopf und verabschiedete sich von der jungen Frau, während er mit seinen langsamen Schritten weiterging. Und sie kehrte mit einem besorgten Ausdruck in den Augen wieder an ihren Platz zurück.

Hendricks' mit Sommersprossen bedeckte kräftige Hand wurde am Rand des Wandschirmes sichtbar und schob ihn zur Seite.

»Nein,« sagte er, indem er auf seine Frau zuging, »er wollte nicht bleiben, ich hatte ihn schon gebeten. Aber es ist sehr gut, dass du es auch noch mal getan hast. – Sieh' mal, Annie, hier hast du einen Fehler gemacht.«

Er breitete die Karte aus und zeichnete darauf mit einem Bleistift eine geschweifte Linie. – »Der kleine Fluss läuft so – siehst du – und dann ist hier die Stelle, wo wir den neuen Damm hinbauen werden.«

Er neigte sich über sie. Sie folgte seiner zeichnenden Hand mit gespannter Aufmerksamkeit.

Van Heemsbergen hatte die Empfindung, als werde eine Türe vor ihm geschlossen. Er beeilte sich rasch noch einzutreten.

»Ich glaubte, dass die Bewässerung von den öffentlichen Werken ausginge,« sagte er mit einem fragenden Blick auf Hendricks.

»Jawohl, das ist auch so, aber dies ist nur eine Verbesserung ganz im kleinen, die ich mit dem Regenten und den Dessahleuten hier aus der Umgegend geplant habe, sonst bekommt das Volk dies Jahr nicht genug Wasser auf die Sawahs, wenn noch lange damit gewartet wird.«

Hendricks sprach ein wenig kühl, mit sichtlicher Zurückhaltung. Aber van Heemsbergen fragte nach Einzelheiten; und während der andere von seiner Arbeit sprach, geriet er in Feuer und vergaß seine unangenehmen Leydener Erinnerungen. Immer ausführlicher beschrieb er die Fehler des Bewässerungssystems in dem Hügellande und die Folgen, die diese Fehler notgedrungen nach sich ziehen mussten: – die Dürre des verdursteten Bodens, die Verarmung des Volkes, das auf und von diesem Boden lebte, die langsame Abnahme seiner physischen, moralischen und intellektuellen Kräfte und sein endlicher Untergang, herbeigeführt durch arabische und chinesische Geldverleiher, die sich aussaugend an das geschwächte Volkswesen klammerten, wie Schmarotzerpflanzen an einen geschwächten Baum.

Jedes Mal, und namentlich, wenn er von dem Wohl und Wehe der Frauen neben dem der Männer sprach, wandte er sich an seine Frau mit einem:

»Wie war das doch gleich, Annie?«

Und sie antwortete ihm aufs ausführlichste:

»Auf dem Passar von Njadas habe ich den Chinesen an einer Nähmaschine sitzen sehen, um die Sarongs und Kabajas zu fertigen, zu denen die Frauen den Stoff bei ihm gekauft hatten. In Soembertinggih kenne ich nur noch drei Frauen, die selbst weben und »batiken[26]«. Die alte Sarinah arbeitet auch schon in der Fabrik – Djassin sitzt am Wege und bäckt Kuchen des Morgens in der Frühe, wenn die Männer zur Arbeit gehen – und Arti hat nicht nur all ihre Ornamente, sondern auch ihr Batikgestell und ihre Geräte ins Pfandhaus getragen.«

Van Heemsbergen hörte zu und wurde je länger desto ungeduldiger. Seine Missstimmung wuchs mit jedem Augenblick.

»Wie ist es nur möglich,« dachte er, »dass er für solche Nichtigkeiten auch nur das geringste Interesse hat – Dorfgeschwätz, Geldfragen, Geschacher, – das Tun und Treiben von Menschen, die, ohne irgend welchen Gedanken im Kopf zu haben, wie die Eintagsfliegen dahin leben.«

Endlich vermochte er nicht mehr an sich zu halten.

»Interessiert Sie das nun wirklich?« fragte er schroff.

---

[26] Batiken: eine besondere Prozedur zum Bemalen gewebter Stoffe.

Die junge Frau errötete.

Hendricks sah ihn verwundert an.

»Es ist meine Arbeit,« sagte er nach einem Augenblick, und sein Ton war wieder kühl; »und die ihrige auch, scheint mir,« fügte er hinzu.

»Die meinige?« rief van Heemsbergen aus.

»Ja, allerdings, wenn Sie die Absicht haben, inländische Rechtszustände zu studieren.«

»Natürlich habe ich die Absicht, – dazu bin ich nach Indien gekommen.«

»Dann müssen Sie auch den Inländer in seinem alltäglichen Tun und Treiben kennenlernen.«

Van Heemsbergen sprang auf.

»Wie stellen Sie sich das denn vor? Den Inländer in seinem alltäglichen Tun und Treiben kennen lernen? Soll ich mich etwa neben Kromo oder Troeno auf die Baleh-Baleh setzen und eine Zigarette mit ihnen rauchen? Oder soll ich mit Sidin die Büffel nach dem Kraal treiben? Oder soll ich gar mit ihnen im Fluss baden?«

»Das ist nicht nötig, das würde sogar nicht einmal nützlich sein,« begann Hendricks, »aber …«

Jedoch van Heemsbergen unterbrach ihn. Er konnte jetzt nicht zuhören, er verlangte auch keine Antwort, er sprach nur, um gehört zu werden, nur, weil er sprechen musste, und um endlich die Enttäuschung, die Unsicherheit und den Ärger, die er schon allzu lange mit sich herumgetragen, in Worte zu fassen.

»Ich bin mit den besten Vorsätzen hierher gekommen, ich habe nicht daran gedacht, nein, niemals habe ich das getan! so und soviel im Monat zu verdienen und vorwärts zu kommen und Karriere zu machen und Menschen zu zertreten und Direktor zu werden, Rat von Indien, Generalgouverneur, meinetwegen. Wenn ich von Ehrgeiz spreche, so meine ich ganz was anderes! Aber nicht einmal *den* Ehrgeiz habe ich gehabt. Ich wollte etwas Tüchtiges leisten, eine Arbeit, die bleibenden Wert haben sollte, auf der andere später fortbauen könnten und die fest stünde, unerschütterlich fest, noch lange nachdem ich tot und begraben sein würde, – das wollte ich! – aber *kann* ich das?«

Er hatte angefangen auf der Galerie hin- und herzugehen, so wie er es in Augenblicken starker Erregung stets zu tun pflegte. Plötzlich blieb er vor Hendricks stehen und wiederholte leidenschaftlich:

»Kann ich das? Ich bin an Händen und Füßen gebunden, ich habe einen Klotz am Bein. Wissen Sie, was das für ein Mann ist, mein Präsident? Man muss ja wohl annehmen, dass er seinerzeit studiert hat. Aber er weiß nichts, noch weniger als nichts! Ein Student aus dem zweiten Semester behandelt Dinge, die für ihn etwas Unerhörtes bedeuten, als etwas ganz Selbstverständliches. Er torkelt von einer schläfrigen Sitzung in die andere. Und mit einem solchen Menschen muss ich zusammen arbeiten! Ich kenne den Verlauf der Dinge jetzt schon so genau, wie ein Steinträger das Brett kennt, über das er seinen gefüllten Schubkarren schleppt, vom Morgen bis zum Abend und Tag ein, Tag aus. Es ist immer wieder dasselbe dumme, stumpfe, mechanische Geschreibsel, das die inländischen Schreiber ebenso gut besorgen könnten wie ich. Ich bin in dem halben Jahr hier um keinen Schritt vorwärtsgekommen. Und währenddessen sitzt vielleicht hier oder dort ein anderer, der meine Arbeit tut. Wenn ich daran denke, könnte ich den Verstand verlieren!«

Er blieb stehen, blass, mit funkelnden Augen.

Die beiden sahen ihn an, der Mann mit einem Erstaunen, das mit leichter Missbilligung untermischt war, die Frau mit einem gewissen furchtsamen Mitleid.

»Aber können Sie denn nicht ...,« begann sie leise, und stockte dann, indem sie vor Erregung leicht errötete. »Sag' du doch mal, Jan, wie soll Herr van Heemsbergen ... wie denkst du dir das?«

Sie fragte es in dem Ton eines Menschen der, an das höchste Gericht appellierend, des Urteils schon im voraus gewiss ist.

Van Heemsbergen sah den Kontrolleur an.

»Sollte er mir »das« wirklich sagen können?« dachte er.

Mit einer halb ungeduldigen, halb gelassenen Bewegung zuckte Hendricks die Achseln.

»Ich bin kein Jurist, aber mir will es scheinen, als müsse man, um die Rechtsbegriffe eines Volkes kennenzulernen, erst das Volk selbst kennen. Lassen Sie den Präsidenten doch sein, wie er will – Sie können doch wohl auf eigene Faust Untersuchungen anstellen. Sie brauchen bloß in die Dessah zu gehen. Etwas anderes kann ich Ihnen auch nicht raten.«

Van Heemsbergen wandte sich missmutig ab.

»In die Dessah gehen! – Das habe ich einmal getan, – weil meine Braut – ich meine – na ja, – ich habe es einmal getan – die Menschen laufen einem entweder davon oder sie denken, dass man ihnen was Böses antun will.«

»Sie kennen Sie wahrscheinlich noch nicht.«

»Aber der Wedana von Soemberbaroe, der kennt mich doch wohl – er sieht mich wöchentlich dreimal. Zu Anfang habe ich ihn nach diesem und jenem bezüglich des Gewohnheitsrechtes hier in der Gegend gefragt, – es lag doch auf der Hand, dass er das wissen musste, sollte man meinen. Aber niemals habe ich ein vernünftiges Wort aus ihm herausholen können. Ja und Amen auf alles, was ich sagte, wenn es hoch kam – »das ist Adat![27]« Und wenn ich die Sache dann näher untersuchte, dann war es die reine Willkür oder ein Fall, der sich einmal vorgetan hatte und der nun ganz einfach als Präzedenzfall angesehen wurde. Einmal sogar ein unsinniger Befehl eines Residenten aus der Zeit, da die Residenten noch die Vorsitzenden der Landräte waren – solch ein Blödsinn!«

Er war, während er sprach, wieder heftiger geworden.

Hendricks sagte:

»Der Wedana von Soemberbaroe ist ein ganz unbedeutender Mann, er hat das Amt bekommen, weil er der Neffe des Regenten ist, aber er eignet sich nicht im mindesten dazu – er gehört zu dem Schlage, den das Volk hier – »Blume im Topf« – nennt – schön anzusehen, aber sonst von keinerlei Nutzen. Da ist der Demang hier am Ort doch eine ganz andere Persönlichkeit – der könnte Ihnen sicherlich genug sagen – aber die Hauptsache bleibt doch immer – selbst beobachten, nicht fragen, sondern sehen und hören, mit einem Wort: in den Kampong gehen. Einen andern Weg wüsste ich nicht.«

»Aber ich sagte Ihnen doch soeben, dass ich das getan habe und dass es nichts nützt!« rief van Heemsbergen aus. »Ihnen wird es eben besonders leicht, mit diesem Menschen umzugehen – das liegt vielleicht an der Art

---

[27] Adat = Gewohnheit.

Ihrer Tätigkeit,« fügte er gleich darauf hinzu, während ihm der Gedanke kam, dass es wohl mehr an Herrn Hendricks' Herkunft und Erziehung läge, durch die er jenen primitiven Menschen näher stand, als es *ihm* jemals möglich sein würde. »Sie haben sich um ihr häusliches Leben zu kümmern, aber ich nicht. Ich brauche nicht zu wissen, wovon er sich nährt und womit er sich kleidet – ich muss wissen, was er – d. h. nicht der Inländer im allgemeinen, denn das ist es ja gerade, es ist für einen gebildeten Menschen unmöglich, einen Gedankenaustausch herbeizuführen – sondern was die einzelnen Fortgeschritteneren unter ihnen als Gesetz und Recht erachten – was ein Mann wie der Regent von Sangitan z. B. als solches erachtet. Das interessiert mich. Ich suche nicht den Inländer als solchen, ich suche ihn als den Träger eines ganz besonderen Rechtsbegriffes.«

»Schön; aber gerade das Volk – die Masse jener Menschen, mit denen, Ihrer Ansicht nach, ein gebildeter Mensch keinen Gedankenaustausch pflegen kann – gerade das Volk ist der Träger der Rechtsbegriffe – allerdings unwillkürlich und unbewusst, das gebe ich zu.«

Van Heemsbergen fragte sarkastisch:

»*Vox* populi vox dei?«

»In diesem Sinne, ja.«

Diesen Worten folgte eine momentane Stille. Plötzlich neigte sich Hendricks horchend vor.

»Ist da jemand?«

Ein leises Hüsteln ließ sich zum zweiten Male vernehmen.

»Nur herein, wer es auch sein möge!«

Ein alter Mann mit hohlen runzligen Zügen kauerte sich auf die Stufen der Galerie hin, machte Sambah und begann, nochmals gefragt, in klagendem Ton zu sprechen.

»Ja, davor hatte ich dich ja auch gewarnt,« antwortete Hendricks auf sundanesisch.

»Hast du das Arzneikästchen da?« fragte er seine Frau in derselben Sprache.

»Ich will es holen. – Ich komme zu dir, Pah-Sidin,« sagte sie, während sie dem Inländer freundlich zunickte, »warte nur einen Augenblick.«

Nachdem sie gegangen, stand ein starres Schweigen, gleich einer Wand, zwischen den beiden Männern. Die Frau kam gleich darauf zurück und trug unter dem Arm ein Holzkistchen, das einen starken Jodoformgeruch verbreitete. Hendricks stand auf und nahm ihr das Kistchen ab, während er gleichzeitig nach seinem Tropenhelm griff. Trotz der Fülle der Gedanken, die in seinem Kopf wirbelten, bemerkte van Heemsbergen, dass der Kontrolleur nicht die galonierte Mütze trug, die die Beamten als sichtbares Zeichen ihres Anrechts auf die Ehrerbietung der inländischen Bevölkerung vorzuziehen pflegen.

»Gehen Sie vielleicht mit?« fragte die junge Frau ein wenig schüchtern, aber freundlich.

Er nahm den Vorwand einer Arbeit, die er noch fertig zu machen habe, zu Hilfe, um sich entschuldigen zu können.

Während das junge Paar den Weg nach der Dessa einschlug, von dem Inländer gefolgt, der hastig auf sie einredete, schaute er ihnen einen Augenblick mit gerunzelten Brauen nach; dann lächelte er spöttisch und zuckte die Achseln. Er sah ein, dass er aus seinem eigenen Bedürfnis an der Sympathie gerade dieses Mannes ohne weiteres Nachdenken das Bestehen dieser Sympathie gefolgert und dass er sich auf eine geradezu lächerliche Weise geirrt habe.

»Wie bin ich eigentlich dazu gekommen, Hilfe von ihm zu erwarten? Dazu ist *er* gerade der Rechte ... Obgleich – Nein! – Keiner kann dem anderen helfen! Jeder ist sich selbst der einzige Freund, der Berater und Helfer aus der Not – und der meine ist van Heemsbergen, d. h. er sollte es sein, aber er ist es nicht.«

Er blieb sitzen in der Dämmerung und dem Dunkel, während es in ihm immer dunkler und dunkler ward.

Als er endlich die Stimmen des zurückkehrenden Paares hörte, ging er in sein Zimmer, um ihnen auszuweichen. Die Vorstellung von Hendricks Gesicht war ihm jetzt unangenehm. Er begriff nicht mehr, wie er dazu gekommen war, vor diesem Fremden sein Innerstes so bloßzulegen. Und er empfand einen Groll gegen Hendricks, gleich als wäre seine eigene halb unwillkürliche Offenherzigkeit eine Unzartheit des andern gewesen, – ein geheimer Vertrauensdiebstahl und eine Seelenschändung.

Um ihn am nächsten Tage nicht zu sehen, ließ er noch vor dem Morgengrauen sein Pferd von dem schläfrigen Stalljungen satteln und ritt nach Soemberbaroe zurück.

In ärgerem Zwiespalt mit sich selber als je zuvor kehrte er heim. Als er sein Zimmer betrat, sah er einen Haufen Mailbriefe auf dem Tisch liegen – einen von Ada obenauf. Den hielt er einen Augenblick in der Hand, zögernd, und verwahrte ihn dann, da er jetzt nicht in der Stimmung war, um auf ihre Gedanken einzugehen. Er warf ein paar Briefe zur Seite, die er nicht zu öffnen brauchte, um zu wissen, dass sie Rechnungen enthielten, und riss dann das Streifband von einer Broschüre, deren Titel »Über den Begriff der elterlichen Macht« von ein paar Zeilen gefolgt wurde, die besagten, dass der Aufsatz die gekrönte Antwort auf eine seitens der Zeitschrift »Recht und Gesetz« ausgeschriebene Preisfrage sei. Wie ein Funke blitzte ihm der Name des Verfassers ins Gesicht: Dr. I. W. Tilenius.

»Donnerwetter noch mal, Donnerwetter ...!«

Er sagte es laut, in seinem Erstaunen, und fand keine anderen Worte. Dann schleuderte er das Heftchen plötzlich auf die Fliesen: »Aber das willst du ja auch, Dummkopf, der du bist! das willst du ja auch! Warum grübelst du dich denn so stumpf? Was sitzest du da ewig und brütest?«

Er schalt sich selbst. War er denn zeitweise wie sinnlos gewesen, lahm und blind? Da lag der Weg, dort winkte das Ziel! Er hob die Broschüre wieder auf und begann zu lesen, während er in seinen Reitstiefeln, mit dem Hut auf dem Kopf dastand, beschmutzt und schwitzend. Aber nach einem Augenblick warf er das Buch wieder hin, zu sehr erfüllt von aufstrebenden Wünschen und Kräften, um die Gedanken eines anderen in sich aufnehmen zu können.

»Dieser Tilenius, weiß Gott! – Und währenddessen sitze ich hier, und niemand hört oder sieht etwas von mir! Ich könnte ebenso gut tot und begraben sein. Ja, aber halt mal! Wir sind auch noch da! Jetzt ist es aus mit dem Trödeln und Faulenzen. Jetzt werden wir mal zeigen, was wir können!«

Er warf seinen Rock ab und zog rasch die Stiefel aus, als ob das der Anfang des Handelns wäre, eilte an seinen Schreibtisch und blieb stehen.

»Ja, natürlich, aber wie denn? – ha – zu dumm!«

Die Empfindung von ausbrechendem Schweiß und unerträglicher Hitze brachte ihn zur Besinnung. Er ging in das Badezimmer, um sich zu kühlen. Dann, ruhiger geworden, begann er zu denken und zu überlegen.

»Auf die Art, wie ich angefangen habe, bringe ich es zu nichts,« grübelte er. »So kann ich im besten Falle in zwanzig Jahren ein großes Werk schreiben, aber in der Zwischenzeit komme ich zu nichts. Während ich hier still sitze, überholen sie mich alle. Ich müsste etwas von aktuellem Interesse finden, worüber noch nichts oder doch wenigstens noch nichts Erschöpfendes geschrieben ist. Meiner Karriere würde das natürlich auch nützen. Die Wissenschaft um der Wissenschaft halber, das ist ja alles recht gut und schön – aber namentlich hier in Indien kommt man damit nicht weiter.«

Im Büro dachte er den ganzen Vormittag über die *eine* Frage nach: wie, durch welche Behändigkeit oder Kraft des Geistes er die Schar der Konkurrenten wohl überflügeln könnte, um allen voraneilend, als einziger das in der Ferne winkende Ziel zu erreichen.

Er konnte die Gedanken nicht auf seine Arbeit konzentrieren; das fiel sogar Dr. Oldenzeel auf, obgleich er selbst an jenem Morgen zerstreut und von sorgenvollen Gedanken erfüllt war, ganz unglücklich über den Brief seines Sohnes, der durch sein Doktor-Examen gefallen war. Zweimal fragte er van Heemsbergen, ob er »auch« schlechte Nachrichten aus Holland erhalten habe? Und nach dem »Nein« des jungen Mannes seufzte er, gleich als hätte die Antwort bejahend gelautet.

»Sagten Sie nicht neulich mal, die auf den Grund und den Grundbesitz bezüglichen Gesetze seien hier in der Provinz sehr mangelhaft definiert?« fragte van Heemsbergen plötzlich.

»Ich?« Dr. Oldenzeels Augen verrieten das größte Erstaunen. »Nein, das kann ich nicht gesagt haben, – ich weiß nichts von der Sache.«

»Nein, jetzt fällt mir's eben ein, es war ein anderer, und er sagte es auch anders.«

Die Worte, mit denen Hendricks über den Zustand des individuellen und kommunalen Grundbesitzes in dieser Gegend gesprochen, waren ihm wieder eingefallen.

»Das würde ein schönes Thema sein,« dachte er erfreut.

Und noch an dem nämlichen Tage begann er die vorbereitenden Arbeiten.

Es zeigte sich, dass das schwerer war, als er es sich gedacht; es war nicht leicht, des einschlägigen Materials habhaft zu werden. Er musste danach suchen, hier und dort und überall, zwischen alten Akten des Landrates, in Staatsblättern, in Steuerzetteln, in Gouvernement-Beschlüssen, auf Karten und in vor langer Zeit vorgenommenen Messungen. Vieles von dem, was er brauchte, war auch dort nicht zu finden; er sah ein, dass er die Hilfe der Dessahäupter nicht würde entbehren können. Aber die zu erlangen, war beinahe unmöglich. Er konnte nicht direkt mit den Sundanesen sprechen, und der Dolmetscher, der ihnen seine Fragen übermittelte, tat es so unbeholfen, dass die gefragten – man sah das an ihren erstaunten Mienen – selbst nicht begriffen, wonach man sie eigentlich fragte. Er stand machtlos dabei, vom Kopf bis zu den Füßen zitternd vor Ungeduld, während der Dolmetscher in endlos-langatmigen Sätzen und umständlichen Redewendungen seine Worte übersetzte. Das Dessahaupt hörte zu, begriff nichts von der Sache und antwortete endlich mit einem höflichen Lächeln:

»Ohne Zweifel ist dies alles so, wie der Herr Aktuar es sagt.«

Das Dessahaupt blickte scheu in das zornige Gesicht, schlug die Augen nieder und sagte unterwürfig:

»Ja, Herr! so ist es!«

Und wieder übersetzte der Dolmetscher:

»Er sagt, dass das wahr ist, Herr.«

Und van Heemsbergen hielt die geballten Fäuste in seinen Taschen, um nicht der Lust nachzugeben, die beiden beim Kragen zu packen und das eine schläfrige Gesicht gegen das andere zu stoßen. Er ritt zurück durch die brennende Sonne und kam missmutig und ermüdet nach Hause, mit einem marternden Kopfschmerz als dem einzigen Resultat seiner Exkursion. Überzeugt davon, dass dabei für ihn nichts herauskommen könne, gab er endlich diese vergeblichen Bemühungen auf und begnügte sich mit dem Material, das er aus offiziellen Urkunden schöpfte.

Er hatte deren eine Menge; und jetzt galt es, den Stapel zu sichten und jede Tatsache einzeln auf ihren positiven Wert hin einzuschätzen.

Er hatte Ada von dem Plan geschrieben und sie durch ein paar flüchtige Zeilen darauf vorbereitet, dass sie vorerst keine längeren Briefe von ihm erwarten solle; und die »Aktuars-Arbeiten« erledigte er, so rasch es gehen wollte, während er den Schreibern überließ, was ihnen nur irgend überlassen werden konnte, so seiner auf das allernotwendigste beschränkten Pflicht das bescheidenste Maß an Zeit und Kräften widmend: er konnte beides nun besser verwerten. Die Sitzungen auf Langean und Kaliwangi ließ er im Stich. Und in Kalimas war er schon mehrere Sonntage nicht gewesen.

Frau de Bakker fragte nach ihm.

»Er arbeitet an der Geschichte des Grundbesitzes in Cheribon oder etwas Ähnlichem,« antwortete der Präsident verdrießlich. Selbst ihm, dem van Heemsbergens Arbeitslust bisher stets zu groß gewesen, erschien sie jetzt zu gering.

Er sagte zu seiner Frau:

»Es scheint mir doch eigentlich nicht richtig, dass so ein junger Mann um seiner eigenen Liebhabereien willen den Dienst ganz einfach vernachlässigt.«

Und Frau Oldenzeel antwortete nicht viel. Sie konnte aus ihrem Günstling nicht mehr klug werden.

Van Heemsbergen arbeitete mit heftigem Eifer. Er wollte fertig sein, bevor dieser essende und trinkende kranke van Ryn, der um Urlaub nach Holland eingekommen war, wie um ein letztes Rettungsmittel für sein teures Leben, eine freie Stelle und damit eine Chance auf Beförderung entstehen ließ. Er konnte darauf rechnen, dass man ihn, so wie er in der Reihe der Beförderungsberechtigten fungierte, mit der Wahrnehmung des Landratspräsidiums zu Tjadas betrauen und dass das für ihn den Anfang zu weiterer Beförderung bedeuten würde. Aber es bereitete seinem Ehrgeiz eine gewisse Genugtuung, sich durch eine gut geschriebene Arbeit dieses Vorranges doppelt würdig zu zeigen. Ob der Aspirant-Aktuar van Heemsbergen oder der Verfasser von »Ein Grundriss der Geschichte des Grundbesitzes in Cheribon« befördert wurde, das war längst nicht ein und dasselbe.

Während der ganzen »Poeasa« arbeitete er angestrengt und schlug eine Einladung der de Bakkers auf ihre oberhalb Langean gelegene Villa aus, so sehr er auch das Bedürfnis nach frischer Luft empfand. Er war bei

Ablauf der Ferien noch nicht fertig. Aber noch eine Woche beinahe ununterbrochenen Weiterhastens und nach dem Tage, den er als den letzten gerechnet, noch eine Nacht, und er war am Ziel. Bei dem rötlichen Licht des Sonnenaufgangs schrieb er seine Schlussfolgerungen nieder. Er stand auf, fröstelnd, mit steifen Gliedern und brennenden Schläfen und blies das mattgelb gewordene Lampenlicht aus.

Ein letzter Zweifel stieg in ihm auf:

Er war der angeführten Tatsachen nicht ganz sicher, aber schließlich waren sie auch nicht so wichtig – jedenfalls nicht von wesentlicher Bedeutung in Bezug auf die Formulierung seines Endergebnisses.

Er las die letzte Seite noch einmal mit lauter Stimme. Sein Stil, der kurz, klar und einigermaßen scharf war, hatte einen kräftigen Klang. Es erschien ihm, als erinnere er unwillkürlich an sicher geführte rasche Hammerschläge. Er wiederholte den Schluss-Satz, um den metallenen Klang noch einmal zu hören. Voller Genugtuung schrieb er seinen Namenszug darunter. Er adressierte das Manuskript an die Redaktion der »Zeitschrift für vergleichende Rechtswissenschaften« zu Batavia – der Weg zu einem holländischen Blatt war jetzt zu lang – und durch den kühl-gelben Morgensonnenschein brachte er es selbst zur Post, um es dort einschreiben zu lassen.

Er ging langsam zurück und fühlte und genoss bei jedem Schritt die Erholung nach der allzu angestrengten Arbeit.

»Jetzt kann es noch acht, zehn – ich will mal sagen, vierzehn Tage dauern – nein, vierzehn ist zu lang. Aber – für alle Sicherheit – sagen wir mal vierzehn. Noch vierzehn Tage, und ich habe Antwort und vielleicht gar schon die Korrekturbogen.«

Er malte sich aus, wie die Abhandlung gelesen, wie sie durch die Schärfe der Formulierung zum Widerspruch reizen, und darauf freute er sich ganz besonders, – wie sie durch die unantastbare Beweisführung diesem Widerspruch von vornherein die Spitze bieten würde. Er sah sie schon in den Händen von Kollembrandt. Die holländischen Fachblätter nahmen Notiz davon.

»Wenn es nicht von so rein lokalem Interesse wäre, würde es gut gewesen sein, für eine Übersetzung zu sorgen – die »Revue Coloniale« vielleicht? Auch vom finanziellen Standpunkt aus – aber übrigens wird die Redaktion das schon besorgen.

Die dünnen Geschäftsbriefe waren in der letzten Zeit wieder in großer Menge eingelaufen, und das ärgerte ihn, nicht so sehr wegen der Tatsache an sich – die Lieferanten sorgten schon dafür, dass sie nicht zu kurz kamen – als wegen der Bedeutung, die Adas Vormund diesem Umstand beimessen würde. Er glaubte die schmälende Stimme aus der Ferne zu hören.

»Was habe ich dir gesagt? ein Windhund und ein Verschwender!«

Jetzt begann das Warten.

Es machte ihn nervöser, als er anfangs geglaubt hatte, oder wenigstens, als er jetzt zugeben wollte. Alles irritierte ihn; die Berührung mit den täglichen Dingen, die er früher kaum empfunden, ward ihm zum Schmerz, die fleckigen Wände seines Zimmers, die Haufen weißer Ameisen zwischen den Steinen, die Risse in den Bettvorhängen, durch die die Mücken des Nachts hereinsummten, das alles bemerkte er mit plötzlicher Entrüstung. Er nahm Anstoß an dem indischen Akzent seiner Wirtin, an ihrem wackelnden Gang, an den Sarongs und Kabajas und Leibchen, die sie im Garten zum Trocknen über ein straff gespanntes Seil hing. Dr. Oldenzeels Eigentümlichkeiten dünkten ihm plötzlich unerträglich bei einem Menschen, der von guter Herkunft und entsprechend erzogen war. Und er war so ungeduldig, dass ihm sogar das, was ihm früher angenehm gewesen war, jetzt gleichgültig und lästig ward.

Ada hatte sich schon zweimal nach einem Detail bezüglich des javanischen Erntefestes erkundigt, und in ihrem Verlangen, sofort Antwort zu bekommen, augenscheinlich gar nicht daran gedacht, dass das ja unmöglich sei. Als die Frage zum dritten Mal kam, reizte sie ihn derartig, dass er den Brief wegwarf; und er musste erst ein paar Mal im Zimmer auf und abgehen, bevor er sich dazu entschließen konnte, ihn wieder zur Hand zu nehmen und zu Ende zu lesen.

So wartete er drei Wochen.

Endlich beschloss er, da er diese Unsicherheit nicht länger ertragen konnte, telegraphisch anzufragen, ob das Manuskript wohl richtig eingetroffen sei.

Als er das Postamt betrat – er hatte seinem Bedienten das Telegramm nicht anvertraut – legte der Beamte den »Java-bode« hin, den er, bevor er ihn dem Adressaten zustellen ließ, erst durchzubuchstabieren pflegte, und nahm dem wartenden Postboten ein Paket ab.

»Für Sie, Herr van Heemsbergen, Korrekturbogen, wie mir scheint.«

Van Heemsbergen riss das Papier auf. Es war sein Manuskript. Mit einem Begleitschreiben der Redaktion. Er hatte eine eigentümliche Empfindung von Kälte und Steifheit in den Armen, während er las.

Sein Artikel war nicht angenommen.

Der Beamte bückte sich dienstfertig nach den Papieren, die auf den Boden geglitten waren. Er wollte seine Chancen auf ein kleines Gespräch ausnützen und gab daher die soeben erfahrenen Neuigkeiten zum besten.

»Der Landrat-Präsident van Ryn geht mit Urlaub nach Europa, und der Aspirant Aktuar Barkmans von Sitoe ist zum stellvertretenden Präsidenten ernannt worden. Ist der nicht zugleich mit Ihnen herausgekommen, Herr van Heemsbergen?«

»Die Auffassung des Themas und die Entwicklung der verschiedenen Thesen verraten ein ungewöhnliches Talent. Aber eine mangelnde Kenntnis inländischer Zustände hat Sie zu falschen Schlussfolgerungen verleitet, und daher sieht sich die Redaktion leider außerstande ...« las van Heemsbergen jetzt schon zum dritten Mal.

Er nahm mechanisch die Papiere in Empfang, die der Beamte ihm reichte.

»Wussten Sie es schon, Herr van Heemsbergen?« fragte der Mann.

»Was?«

»Dass Bartmans stellvertretender Präsident auf Tjadas wird.«

»Was? nicht möglich!«

»Jawohl, es steht unter den Ernennungen in dem »Java-Bode« von heute, ich habe es soeben selbst gelesen,« der Beamte verteidigte die Glaubwürdigkeit der Nachricht. »He, Kitjil! gib mal die Zeitung des Herrn Landrat-Präsidenten her!« Er entfaltete die Zeitung und zeigte van Heemsbergen die beiden Namen in der Rubrik »Ernennungen und Beschlüsse«.

»Sehen Sie? da!«

Ohne zu antworten schritt van Heemsbergen zur Tür.

Auf der Schwelle stieß er mit jemandem zusammen.

»Da hab' ich aber Glück – bin eben bei Ihnen gewesen. – Was haben Sie denn? Sie sind ja so blass?«

Der Eintretende hielt van Heemsbergen am Arm fest.

»Ah, Herr de Bakker!«

»Was haben Sie?« wiederholte der Pflanzer, während er ihn scharf ansah.

»Ich? Nichts, die Hitze, denke ich.«

»So? Nun, dann kommen Sie mal einen Augenblick mit, ich muss Sie sprechen. Nur gleich in meinen Wagen. Nach dem Hotel, Kutscher!«

Er legte seine schwere Hand auf van Heemsbergens Knie.

»Sie müssen jetzt nicht gleich wieder nein sagen; nehmen Sie sich erst mal die Zeit, ruhig darüber nachzudenken. Hören Sie zu?«

Van Heemsbergen blickte den Pflanzer an.

»Die Sache, von der ich Ihnen neulich sprach, die von dem Vetter meiner Frau und der Inländerin, die sich für seine Mutter ausgibt, muss jetzt in Angriff genommen werden. Er ist gestorben – doch noch ziemlich plötzlich. – Heute morgen das Telegramm erhalten – ich hatte dem Mann, der mich geschäftlich vertritt, Ordre gegeben, verstehen Sie! – Jetzt – jetzt müssen sofort die nötigen Schritte getan werden, damit die Person, oder die Menschen, die sie aufhetzen, uns nicht zuvorkommen. Würden Sie ...? Sie brauchen den Dienst deshalb nicht zu quittieren, Sie können sich ja ohne Gehalt auf ein Jahr beurlauben lassen. Damit ist nichts verloren; und inzwischen können Sie ein schönes Stück Geld verdienen.«

»Ich tue es!« sagte van Heemsbergen.

De Bakker sah ihn überrascht an.

– »Wahrhaftig? na, das freut mich aber, weiß Gott! Und so schlankweg ein Ja, ohne viel hin und herreden. Über die Geldfrage werden wir uns schon einigen, denke ich. Ich bin nicht knauserig. Wollen wir jetzt alles gleich regeln?«

Der Wagen hielt vor dem Hotel.

»Noch eins, van Heemsbergen. Wann ... gedenken Sie, die Sache in die Hand zu nehmen? Wir haben keine Zeit zu verlieren. Können Sie in einer Woche alles hier in Ordnung gebracht haben und bei mir sein?«

Ohne auch nur einen Augenblick nachzudenken, antwortete van Heemsbergen: »Ja.«

Kalimas war gänzlich auf den Kopf gestellt. Es wurde ein Doppelfest gefeiert; im Landhause die kupferne Hochzeit und in der Fabrik das Einholen der Ernte.

Vom frühen Morgen bis in die Nacht hinein und tagtäglich herrschte dort jetzt eine Geschäftigkeit, die immer größere Kreise und immer mehr Menschen in ihren Bann zog. Ringsumher wurde alles dadurch in Aufruhr versetzt.

Der Pflanzer hatte über zweihundert Gäste zu dem Fest geladen. Um die hundertfünfzig, für die in den langen Reihen der Fremdenzimmer in dem Landhause und den Nebengebäuden kein Platz mehr war, zu beherbergen, ließ er im Garten eine kleine Stadt aus leichten Hütten erbauen.

Der Bambus wurde in großen Karren von den Hügeln heruntergefahren; ein ganzes Heer von Zimmerleuten war zwischen Gebüschen und blühenden Beeten bei der Arbeit. In dem leeren Packhaus, das in eine Werkstatt umgewandelt war, sägten, hobelten und hämmerten die chinesischen Möbelmacher. Etwa zwanzig Frauen saßen, Vorhänge und Laken nähend, zwischen luftigen Bergen Musselin und Baumwollballen.

Schon seit einer Woche kam aus allen chinesischen Tokos der Umgegend, vom Bahnhof und aus der Hafenstadt, der Proviant. Die schweren inländischen Karren, die über die Auffahrt rollten, wankten unter den festgestauten Warenstapeln. Es stand schon ein ganzes Bollwerk von Weinfässern und Kisten voll Mineralwasser in der großen Schauer, und grau schimmernde Eisklumpen hielten das kühl, was die Hitze nicht vertrug. Unaufhörlich schleppten Inländer Jagdbeute herbei: in der Schlinge gefangene Hirsche, in die Falle gegangene Wildschweine, ganze Haufen Enten und Schnepfen und enorme Quantitäten Fisch. Die Frauen von Langean brachten ganze Stapel hellfarbiger Berg-Gemüse und prächtige bunte Früchte in den sich gleichmäßig auf ihren Köpfen wiegenden Wannen. Ein Restaurateur aus Batavia, der ein halbes Dutzend Köche mitgebracht, notierte gewichtig alles, was angebracht wurde.

Auf einem abgelegeneren Teil des Grundstücks wurde im Schatten eines kleinen Wäldchens ein Schwimmbassin angelegt. Es sah aus wie ein Meer, von steinernen Ufern umgeben. Die Wasserleitung nach der Fabrik war zu dem Zweck verlegt worden, und über eine Bettung von Kies und Holzkohle, die das schnelle Wasser läuterte, wurde ein auf den Hügeln entsprungener Bach dorthin gestaut. Der brausende schäumende Wasserfall ließ den Sonnenstaub tanzen.

In dem Maschinengebäude und ringsumher dröhnte der Lärm. Der Maschinist war mit seinen »Mandoers«[28] und seinen Arbeitern damit beschäftigt, die elektrische Kraft des Dynamo in großen und kleinen Strömen über das ganze Grundstück zu verteilen. Bei hereinbrechender Dämmerung erstrahlten die Scheunen, das Packhaus und die Hüttenstadt in der Pracht unzähliger Funken. Die Leitung für die Illumination war fertig. Überall, an den Bäumen, an den Wänden, den langen Säulenreihen und den Dächern zogen sich eiserne Strähnen entlang, die in ausschießende Zweige und Ranken ausliefen. Es war wie ein vieltausendästiger Weinstock, der während dieser ganzen Festwoche in feuriger Blüte stehen würde.

Unzählige Gäste waren schon im Landhaus eingetroffen, aber es wurden noch immer mehr erwartet, und auf dem endlos sich hinstreckenden Weg von Kalimas nach dem Bahnhof war es ein unaufhörliches Kommen und Gehen. Die Stalljungen trabten mit Herden kleiner Pferde zu den verschiedenen Zügen, und der Chinese aus Kaliwangi wusste kaum noch, wie er das Futter für all die stationierten Tiere beschaffen sollte.

Währenddessen herrschte in der Fabrik, wo alles für das Fest hergerichtet wurde, eine ebensolche Geschäftigkeit.

Die neue Maschine war aufgestellt. Der Mandoer, der sehr stolz darauf war, hatte den Stahl und das Kupfer so geputzt, dass es bei jedem Sonnenstrahl in hundert Lichtern erglänzte. An den hohen Wänden hatten die Tüncher nicht eine Handbreit Raum vergessen; alles prangte jetzt in weißem Glanz. Der steinerne Boden war vollständig sauber gemacht. Ströme von Wasser hatten die Rinnen gereinigt, durch die der süße Saft

---

[28] Mandoer = inländischer Aufseher.

laufen sollte. Schon waren die Maschinen ausprobiert worden, fest und sicher griff alles ineinander. Der große eiserne Körper, der starke Arbeiter, der Zuckerrohrzerquetscher und Süßigkeitszubereiter, erwachte aus seinem monatelangen Schlaf. Er füllte tief aufatmend die Lungen mit Dampf, spannte seine stählernen Sehnen und Muskeln an und erprobte seine Gelenke.

Inzwischen liefen die Mandoers durch alle Dessas der Umgegend, um die Männer anzuspornen, die mit ihren Büffelkarren das Rohr vom Felde holen mussten. Sie inspizierten die schwerfälligen Karren, ob auch nichts fehle an Rädern oder Deichseln, und ließen die Büffel, für deren Ankauf Kalimas das Geld vorgeschossen, aus dem Moor treiben, in dem sie sich wälzten. Mit grünlich braunem Schlamm bedeckt, stapften die schwerfälligen Tiere daher, langsam, ob der kleine Hirt auch noch so laut schrie und sie mit seinem Bambuszweig auch noch so sehr antrieb.

Die Dessaleute begannen sich nun auch zum Fest zu rüsten, denn es galt ihnen ebenso gut wie den Europäern. Hier kam es nicht auf eine spezielle Einladung an, die ganze Umgegend war auf Kalimas zu Gast, und wer kam, der war willkommen. Die Frauen holten ihre Festgewänder aus der bemalten Truhe, wo sie in dem Duft von Blumen und »Akar-Wangi-Wurzeln« ruhten; und wer sie in das Pfandhaus getragen, verkaufte Hausrat und Feldgeräte, um sie wieder einzulösen. Der Goldschmied hatte viel zu tun mit dem Reparieren von Ohrringen und Busennadeln; die Männer saßen des Abends auf der »Baleh-Baleh« und putzten die Scheide ihres Kris blank und den zierlich geschnitzten Griff. Es wurde viel Reis geweicht und zu Pulver fein gerieben.

Im Umkreis einer Tagesreise freuten sich die Waronghalter und Süßigkeitsverkäufer zugleich auf das Vergnügen und auf den Verdienst. Sie kamen die Wege entlang zu Fuß und in schaukelnden kleinen Karren, um unweit des Landsitzes ihre Zelte aufzuschlagen.

Ein Dalang, der berühmt war wegen seiner Redegewandtheit, seiner Klugheit und wegen der Fertigkeit, mit der er, ohne ein einziges Mal steckenzubleiben, die vielhundertzeiligen Verse der alten Wayang-Dramen sprach, wurde erwartet. Und ihm voran eilte die Mär von der Kostbarkeit seiner vielen vergoldeten und bemalten Puppen, von dem vollen Klang seines von geschickten Musikanten bespielten »Gamelan« und von der Schönheit seiner Tänzerinnen in ihren vielfarbigen Gewändern.

Van Heemsbergen fühlte sich von diesem lärmenden üppigen Leben vollkommen überwältigt, wie von einem Ausbruch der Elemente: er begriff zum ersten Mal, welch eine gewaltige Macht das Geld verkörpert. Bisher war das für ihn nur eine unbestimmte Vorstellung gewesen. Als Student hatte er, der vorsichtigen Aufsicht seines Vormundes erst einmal entronnen, sein Erbteil mutwillig vergeudet. Und sei es nun in der Form einer reichen Heirat oder in der einer guten Anstellung oder durch das »Vabanquespielen« mit seinen Talenten: kommen würde das Geld später doch, dessen war er gewiss. Mit dieser Sicherheit in seinen Gedanken ließ er sich weiter wenig daran gelegen sein. Seine Sehnsucht zielte nach anderen Dingen. Indessen war der Reichtum, wie er ihn hier jetzt sah, nicht mehr eine Bequemlichkeit, ein persönliches Vergnügen für den Besitzer, sondern eine wirtschaftliche Macht. Er stand ihm gegenüber wie ein Bewohner grüner Landstriche, der in seinem Leben wohl einmal etwas über die Macht des vulkanischen Feuers gehört hat, einem eruptiven Vulkan gegenüberstehen würde. Die Natur der Dinge, die ganze Gestaltung der menschlichen Gesellschaft wurde dadurch eine andere in seiner Vorstellung. Er fragte sich erstaunt, wie er so lange zwischen Hirngespinsten gleichwie zwischen wirklichen Dingen hatte leben können.

Nach dem dreimal zerrissenen und dreimal von neuem begonnenen Brief, in dem er Ada sein Abweichen von dem mit ihr gemeinsam erwählten Wege erklärte, schrieb er einen triumphierenden zweiten, ein Loblied auf den Pflanzer, auf Kalimas, auf die Advokatur, auf den Reichtum, der dem Mutigen winkt.

Eine der Beamtenwohnungen war für ihn eingerichtet. Von seinem Zimmer aus konnte er den unaufhörlichen Strom von Menschen und Dingen sich nach dem Landhaus stauen sehen. Er sah alles in einer Geschäftigkeit wie auf einem Markt oder einem Löschplatz: die gebückten Lastträger keuchend und schwankenden Schrittes, das Einhertraben der Arbeiter und Aufseher, die Ankunft von Scharen festlich eingeholter Gäste.

Wenn er nach Kaliwangi ging, nach Soemberbaroe und Langean und in die Dessas der Umgegend, wo er in des Pflanzers Angelegenheit Gewissheit suchte, sah er ein ganzes Volk sich zur Freude rüsten. Und von den Hügeln herab sah er, wie sich das Land ringsumher, die Höhen, die Ebene, die Küste nach Kalimas zu bewegte.

Das Unternehmen dehnte sich in seinen Betrachtungen zu einem weiten Reich. Der Pflanzer ward zum König, zu einem prächtigen orientalischen Fürsten. Und was seine Augen sahen, das war sein: die Menschen, denn sie arbeiteten in seinem Dienst, mit ihrem Kopf oder mit ihrem Körper oder mit ihrem Gelde, und sie empfingen ihr Brot oder ihre Freude aus seiner Hand; die Tiere, denn sie zogen seine Lasten und pflügten seinen Schatz; die Erde, denn sie musste sein Zuckerrohr tragen; der Fluss, denn er musste seine Maschinen treiben. Schien es nicht fast, als sei selbst die Sonne, die den Boden läutert, die Dämpfe aufsaugt, die süße Reife bringt, seine zinspflichtige Bundesgenossin?

Jetzt öffnete der König seine Pforten, und über das ganze Land strömte seine Macht in Freude aus.

»Reichtum ist in unserer Zeit, was die fürstliche Macht im Mittelalter war und die Anführerschaft von Kriegsbanden zu Beginn unserer Kultur – das äußere Merkmal des geistig Überlegenen. Der kraft seiner selbst reich gewordene Reiche ist wie der König, und der Kriegsmann, der Herrscher, der Held, der zeitlich höchste Typus der Rasse, der älteste Sohn des Lebens.« Das war der Gedanke, den er in jener ersten Woche seines Lebens auf Kalimas in sich entsprießen, aufkeimen und wachsen fühlte, bis er alles andere überschattete.

Die Feste auf Kalimas hatten ihren Anfang genommen.

In der ungeheuren, durch angebaute ringsumher laufende Bogengänge bis ins Unendliche vergrößerten Hintergalerie des Landhauses, wo Wände und Säulen hinter blühenden Orangenbäumen, Palmen, Farnkräutern und Lianen verschwanden, wo der Marmorboden überflutet war von rosenroten Blättern, wo von den langen Reihen der Kronleuchter Wolken strahlend weißer, goldgelber, scharlachroter und purpurfarbener Orchideen herabhingen, war allabendlich die Festtafel für die hunderte von Gästen mit prächtigem Überfluss beladen. Die Tanzmusik erscholl die Nächte hindurch in den Sälen und in den langen Galerien unter den Bäumen, wo hunderte von Lichtkugeln, wie glänzendes Wunderobst in dem Blätterwerk prangend, Tageshelle verbreiteten. Es war eine Ruderpartie unternommen in einer Menge zierlicher mit Sonnensegeln bespannter, mit kühlen Matten bedeckter, mit Wimpeln und Kränzen lustig geschmückter Bote, den Fluss hinunter nach der Bai zu, von wo aus das weite grüne Land mit seinem halbkreisförmigen Hintergrund und der umwölkten Spitze des Tjeremai in der Ferne zu sehen war. In der Morgenkühle war eine lange Wagenreihe, von Reiterscharen umringt, den Weg nach dem Hügelwald hinaufgefahren, um die Ruinen eines Hindutempels zu sehen, die von einem schweigenden Alten bewachten Gräber von Muslim-Heiligen dort ringsumher und die Mengen grauer Affen, die ihm zahm die Früchte aus der Hand nahmen. Es wurden unaufhörlich Jagden veranstaltet, und bei dem Klang schmetternder Trompeten trabte die ganze Jägerschar die Auffahrt hinunter nach der Landstraße zu. Dann schlug ein Trupp die Richtung nach dem Fluss ein, nach den schilfreichen Buchten, wo die wilden Enten nisten; dort lagen die Flöße und warteten auf die geduldigen Späher. Ein zweiter ritt in die Ebene, um Schnepfen zu schießen. Ein dritter zerstreute sich im Wald, von inländischen Treibern geführt, die Wildschweine und Hirsche aufgejagt hatten. Ein vierter erklomm die rau bewachsenen Hügel, wo die schrillen, dem Miauen von Katzen ähnlichen Schreie von Pfauen in dem frühen Morgen erklangen, während ihr prächtiges Gefieder wie rasch aufblitzende Regenbogen durch das Laubwerk schimmerte.

Die Organisation dieses Lebens voller Freude war so vollkommen, dass man sie gar nicht bemerkte. Es schien, als geschähe alles von selbst in dem täglichen Verlauf eines Fürstendaseins, oder ganz plötzlich wie die Eingebung eines lachenden Augenblicks.

Die Eingeborenen feierten das Fest auf ihre Weise mit. Zu beiden Seiten der großen Auffahrt, am Landwege entlang und auf dem Fabrikplatz standen überall kleine Zelte und Buden, um die es vom Morgen bis zum Abend von festlich bunt gekleideten Männern, Frauen und Kindern wimmelte. Die feiernden Fabrikarbeiter hatten ihre Verwandten und ihre Freunde zu Gast. Die Bevölkerung von den umliegenden Dessas ließ sich's auf Kalimas wohl sein.

Unter einem halben Dutzend luftiger auf frisch gekappte und noch duftende Bambusstämme gestützter Laubdächer war Tag und Nacht das Mahl bereitet. Zu dem, was der Pflanzer darbot, fügten die wohlerzogenen Gäste das ihrige. In jeder Dessa hatte der »Verein für die Zubereitung von Festen« schon lange vorher eifrigst neue Matten, Ton und Küchengerät angeschafft. Jetzt wetteiferten sie miteinander in dem zierlichen Anrichten des Mahles, das die Frauen und Mädchen umständlich bereiteten, während die jungen Männer unter dem Vorwand, Brennholz und Wasser anzubringen, mit ihnen scherzten und hin und wieder hinter dem Rücken einer mürrischen Alten etwas zu naschen bekamen.

In dem Schatten der Kenaribäume wurden Hahnenkämpfe abgehalten; die dichtgedrängten Kreise der Zuschauer erneuerten sich immer wieder. Es waren für gewandte Kletterer Masten mit einem am Gipfel winkenden Preise aufgerichtet. Abend für Abend spielte der Wayang, wo ein Drama aufgeführt wurde, so lange, dass der Zeitraum einer ganzen Woche für all die Heldentaten, Wunder, Geburten, Liebesabenteuer und Triumphe kaum ausreichend war. Die dichten Scharen der Zuschauer vergaßen den mitgebrachten Schmaus über dem Anblick all der schlanken, steifen oder ungeheuerlichen Figuren, die Könige, Helden, Nymphen und böse Riesen darstellten, lauschten voller Genuss den unendlich oft gehörten Versen und freuten sich über die Anspielungen, mit denen der Dalang die Holländer von seinen Puppen zum Narren halten ließ. Die Frauen saßen dabei und hielten ihre in Schlaf gefallenen Kleinen im Slendang oder auf dem Schoß. Der Gamelan begann zu spielen, die Tänzerinnen erschienen, einander an der Hand haltend, sangen lange Lieder, breiteten ihre Schärpen vor das Gesicht und wiegten sich, ihren geschmeidigen Körper biegend und drehend, auf stillstehenden Füßen. Bei Sonnenaufgang war es noch nicht zu Ende. Halb widerstrebend gingen die Zuschauer heim. Rings umher, in den Scheunen und Buden, in dem Bretterhaus, das der Pflanzer hatte bauen lassen, und überall unter Bäumen und zwischen Strauchgewächs erwachten Schläfer, die dem Licht entgegenblinzelten. Schon stieg der Rauch wieder auf von kleinen Reisfeuern, die am Boden hockende Frauen mit ihren Fächern aus Palmwedeln anfachten. Rings um die Pfannen der Waronghalter verbreitete sich der Qualm von heißem Kokosnussöl, die Mandoers der Fabrik schleppten Säcke voller Reis und Mais und mit gedörrtem Fisch gefüllte Wannen herbei; von neuem begann ein fröhlicher Tag. Der elegante Djaksa von Soemberbaroe, der mit unter den Festfeiernden war, meinte, Kalimas sei in Wahrheit was sein Name besage: ein goldener Fluss. – Ein Strom von Reichtum, ein brausender Überfluss, Verschwendung und Übermut trugen auf ihren leuchtenden Wogen die Menschen und die Dinge.

Van Heemsbergen schwamm mitten in diesem brausenden Strom, er hatte sich nicht davon mitreißen lassen so wie die andern – sondern war Hals über Kopf hineingesprungen, mit einem heftigen Anlauf. Er fühlte sich in einer Glut, die er immer wieder mit neuer Freude begoss, um die knisternde Flamme emporschlagen zu fühlen durch seine Gedanken, und das üppige Fest feierte er mit solch einer Willensanspannung, solch einem herausfordernden Trotz und fast zornigem Triumph, als ließe er, indem er sich ganz und gar dem Vergnügen hingab, ein lang bekämpftes Recht zur Geltung kommen, und als wolle er zu gleicher Zeit erlittene Entbehrungen wettmachen und erduldetes Unrecht rächen. Er wusste jetzt durch Dr. Oldenzeel, der ihm harmlos-gutmütig die Neuigkeiten von Soemberbaroe erzählte, dass Barkmans Ernennung, die aus ganz unwesentlichen Gründen erfolgt war, kein Übergehen seiner Persönlichkeit bedeutete, und dass sogar seine Beförderung vor der Tür gestanden hatte, die er – ein wenig schroff – hinter sich zugeworfen. Auch die Wunde, die ihm die Redaktion der »Zeitschrift für vergleichende Rechtswissenschaften« geschlagen, war in seinem doch sonst nicht allzu leicht heilenden Fleisch schon beinahe wieder vernarbt. Nachdem er es endlich über sich vermocht hatte, Arbeit und Kritik noch einmal vergleichend durchzulesen, hatte er in kaltblütigem Urteil die der Arbeit zuteilgewordene Kritik anerkannt. Und außerdem wurde es ihm erst jetzt klar, wie viel mehr und Wichtigeres der Kritiker gelobt als getadelt hatte. Aber nichtsdestoweniger und trotz aller Vernünftelei schmerzte ihn die Empfindung des Besiegtseins noch immer heimlich, und jetzt musste er über Regierungsbevollmächtigte und inländische Rechtsgelehrte triumphieren, in jener festlichen Macht des Reichtums, in der er, wenn auch vorderhand nur noch einer von der Besatzung, doch in nicht allzu langer Zeit ein Befehlshaber sein würde. Wie herrlich würde er dann seine Fahne flattern lassen über dem eroberten Lande! Er feierte diesen Triumph schon jetzt im voraus. Und wenn der unzählige Trauben tragende Flammenweinberg des Abends über Kalimas erblühte, dann sah er seinen neuen Weg von diesem Freudenschimmer überglüht.

Endlich, eines Abends, – der wievielte des Festes es war, das wusste niemand mehr – hielt der Pflanzer einen Toast, in dem er die Hochzeitsfeierlichkeiten für beendet erklärte und für den nächsten Tag das tagelang währende große Fest der Fabrik verkündete, den Neujahrstag des Arbeitsjahres, an dem die Kampagne, feierlich und fröhlich so wie die Eingeborenen, denen zu Ehren das Fest gefeiert wird, es lieben, mit dem Ausziehen der ersten Zuckerrohre unter Gebeten und Beschwörungen, mit Volksspielen aller Art, mit einer von dem Priester präsidierten Mahlzeit für die Männer und einer Wayangaufführung und dem Wiegen und Schweben der Tänzerinnen bei den Klängen des Gamelan während der ganzen Nacht eingeweiht wird. Wer das Aufstellen des Zuges sehen wolle, der das Rohr einhole, der möge bei Sonnenaufgang auf dem Fabrikplatz sein.

Einige junge Leute, die bei Tisch in van Heemsbergens Nähe saßen und die während eines langen Aufenthaltes in dem Binnenlande das Interesse an derlei Festen längst verloren hatten, machten sich gegenseitig den Vorschlag, diesen letzten Tag lieber durch eine Jagd in den Wäldern zu feiern; er pflichtete ihnen bei, in der Überzeugung, dass das Mahlfest als eine Veranstaltung für die Eingeborenen dem Europäer nur kindisch und langweilig erscheinen könne. Und der französische Maler, der auf dem Rückweg nach Batavia in Kalimas angekommen war, wollte mit, um eine angefangene Skizze des Waldsees zu vollenden.

Sie ritten am nächsten Morgen davon, ehe es allzu heiß zu werden begann; der Zug war schon längst von Kalimas aufgebrochen.

Durch die Sprache, in der sie ihr Gespräch führten, von den andern abgesondert, trabten van Heemsbergen und Bruneton den langsam ansteigenden Weg hinauf. Der Franzose hörte zerstreut auf die Geschichte des Prozesses Heuvelink, während er mit seinem Malerauge die Eigentümlichkeiten der Landschaft erfasste – die geschwungene Linie der Hügel gerade vor ihnen, eine Baumgruppe am Wege, das reiche Blaugrün eines Zuckerrohrfeldes. Plötzlich rief er: »Was ist das dort? das Bunte, das an der einen Seite so weiß leuchtet?«

Und auch die andern, vor ihnen, blickten danach.

»Das ist der Zug,« sagte einer, gleichgültig. Und er ritt weiter.

Aber der Maler hatte sein Pferd schon gewandt und galoppierte quer über ein stoppeliges Reisfeld auf das bunte Leuchten zu, das sich jetzt, immer größer und klarer werdend, als eine Reiterschar erkennen ließ, die von zwei mit wogendem Grün geschmückten Büffelkarren gefolgt wurde.

Voran ritten die Beamten in ihren weißleinenen Anzügen und weißen Helmen, die grell leuchteten. Dunkelbunt folgte die breite und lange Reihe der Mandoers in funkelnagelneuen steifen und glänzenden Gewändern, den braunen, mattblauen oder rot und grün karierten Sarong hoch aufgeschürzt, um die Knie beim Reiten frei zu haben, das gelbe Kopftuch zierlich um die Schläfen gewunden.

Hinter ihnen her trotteten langsam die beiden Büffelgespanne, die den duftig verzierten Karren zogen. Bei jedem wuchtigen Schritt entsandten sie einen vierfachen Sonnenblitz aus den kupfernen Kugeln, die auf der Spitze ihrer klafterbreit ausgebogenen Hörner funkelten, Kränze lagen ihnen um den Nacken, und auf den gewaltigen Schulterblättern trugen sie Schabracken aus roten, gelben, purpurfarbenen und grellgrünen Fetzen, die von Metallstickerei zu einer Franse verknüpften Stückchen Spiegelglas und allerlei Blitzendem überleuchtet wurden. Der vordere, noch leer, wartete auf das Rohr. Auf dem nächsten saßen die Tänzerinnen. Sie waren in ihrem prächtigen Staat, ein Mieder aus mattrotem Samt über der vielfältig regenbogenfarbig seidenen Schärpe, die ihre Taille umschloss, Spangen und Bänder an den von der Schulter bis zur Fingerspitze nackten Armen und eine das Gesicht wie eine Aureole breit umleuchtende Krone im Haar, von der, an kleinen spiralförmigen Stielen zitternd, über ihrer geschminkten Stirne, eine Menge Blumen und Sterne herabhingen. Zwischen den Zweigen und den Kränzen und den Gewinden, mit denen der Karren verziert war, saßen sie dort dicht aneinander gedrängt, wie eine Schar mit zitternden Flügeln niedergestrichener Schmetterlinge und Kolibris auf einem blühenden Strauch. Halb verborgen unter dem Grün ließen Musikanten weiche Instrumente erklingen, die schmelzende und sanfte Töne entsandten. Es war wie ein Garten voller Blumen und Vögel, der wunderseltsam dahinglitt und jetzt wie mit einem leichten Ruck, einem Neigen und Sich-wiederaufrichten von all' jenen Farben und all' jenem Blühen, an dem Rande eines Zuckerrohrfeldes halt machte!

Die Mandoers stiegen vom Pferde, folgten einem alten gebückten Mann in Priestertracht, der ein Büschel Reisstroh in der Hand trug, und hockten sich am Rande des Feldes nieder, wo rund um die Wurzeln viel starke Pflanzen aus der Erde losgelöst waren. Der Priester streute etwas auf das Büschel, erhob seine unsichere dünne Stimme und begann ein langes Gebet, das er in eintöniger Deklamation halb sang, halb hersagte, indem er mit einer Unmenge von Namen Götter und Göttinnen, die Geister der Luft, des Windes und der Erde anrief.

Mit tiefen Verneigungen nach den vier Windstrichen rief er:

»Kommt alle, alle, und dass auch nicht einer fortbleibe! Versammelt auch eure Kinder und Kindeskinder, so viele, wie ihrer hier in den vier Kalimas zunächst gelegenen Dessas unsichtbar wohnen. Alle unsere Gebete erflehen eure freundliche Gunst!«

Und er bedrohte die bösen Dämonen.

»Stört uns nicht in unserer Arbeit und verderbt nicht, was wir so lange vorbereitet haben, ihr Zornigen! Wenn ihr es tut, wenn ihr diese Ernte vernichten wollt, so werde ich euch mit einem Zauberschwert den Schädel spalten!«

Dann beschloss er endlich mit einem »Amin« die Beschwörung, steckte das mit Weihrauch besprengte Büschel Reisholz in Brand und sandte den wolkigen Duft nach den vier Ecken des Feldes und über die Köpfe der niederkauernden Schnitter hinweg, die vor sich hinblickten, still, als fühlten sie das Herannahen der Unsichtbaren in dem kaum fühlbaren Atem der Morgenkühle und in dem Sonnenschein über dem Felde.

Der Franzose, der wohl zurückdenken mochte an längst vergangene Johannistage und Prozessionen an blühenden Kornfeldern entlang, hatte instinktiv eine Bewegung gemacht, um den Kopf zu entblößen, besann sich aber und ließ die Hand wieder sinken.

Jetzt brachen alle die Instrumente, die bei der Beschwörung des Priesters ehrfurchtsvoll geschwiegen, in jubelnde Musik aus, während die Beamten die Hand an ein hohes wogendes Zuckerrohr legten, gleich als wollten sie es ausziehen, und die Mandoers, gemeinsam zufassend, den Stiel mit Wurzel und Scholle losrissen aus der bröckligen Erde. Sie beugten sich unter der Last, als sie die von Saft, Laub und Blüten vollen Halme nach dem Karren trugen. Die Beamten sprangen wieder in den Sattel. Die Erstlinge des reichen Jahres umdrängend, brachte die farbenprächtige jubelnde Schar sie triumphierend nach der Fabrik.

Die Jäger waren Bruneton nachgeritten und murrten über die Hitze und über den Zeitverlust. Jetzt standen sie ungeduldig wartend da. Ein junger Mann von etwa zwanzig Jahren, mit lustigen Augen und vollen frischen roten Lippen – es war derselbe, der bei der de Marreschen Versteigerung oben auf einem Tisch die Spieldose gedreht hatte – sah nach dem Wagen der Tänzerinnen. In einem Ton, als werde ihm persönlich ein Unrecht angetan, sagte er: »Und wenn man sie dann aus der Nähe – ah, die eine, was für eine Prinzessin!« rief er plötzlich aus, »die war gestern Abend nicht da. Wie mag so etwas nur unter die »Ronggengs[29]« geraten?«

Die Tänzerin, die seinen Ausruf verstanden haben musste, ließ ihm ihre strahlend schwarzen Augen eine Sekunde lang unter halb gesenkten Wimpern entgegenfunkeln, während sie mit einer ruhigen, anmutigen Bewegung den Kopf abwandte.

---

[29] Ronggeng = Straßentänzerin.

Eine unbestimmte Erinnerung erwachte in van Heemsbergen: er sah die erste Landratsitzung in Soemberbaroe, den Araber in seinem langen Kaftan und den einfältigen zur Zwangsarbeit verurteilten Eingeborenen und die reizendschöne junge Frau, die seinem Blick mit genau derselben Bewegung ausgewichen war: Es war Naila.

Der blonde Jüngling griff im Vorübergehen nach ihrer Schärpe:

»Eh, Sarina, Aminah, Djassia, wie heißt du?« rief er lachend.

Sie neigte sich zur Seite und zog ihm ihre Schärpe aus den Fingern.

Van Heemsbergen sagte kurz:

»Wollen wir weiterreiten?«

Der Blonde warf einen zugleich schüchternen und ärgerlichen Blick auf das unbeweglich ernste Gesicht, und mit einem unzufriedenen Achselzucken spornte er sein Pferd an, während er etwas wie »lächerliches Getue« und »den braven Heinrich spielen«, vor sich hin brummte.

»In zehn Minuten dort bei den Bäumen!« schrie er. »Wer wettet? De Bruin, sehen Sie nach der Uhr.«

Er war, drei andere hinter ihm her, in einer Staubwolke weggewirbelt.

»Er will sich zeigen,« sagte Bruneton lachend. »Sie war schön, die eine; ein Prinzesschen, ganz wie er sagte. Und der hellgelbe Teint – ist das nicht ein Zeichen von aristokratischem Blut?«

Van Heemsbergen antwortete mit leichtem Widerstreben, während ihm Adas wiederholtes Fragen nach der Verlassenen einfiel.

»Sie ist eine ehrbare Frau aus der Dessa, ich verstehe gar nicht, wie sie in solche Gesellschaft geraten ist.«

»Aber warum denn? Sie ist zum Tanzen wie geschaffen. Was für Linien!« Der Maler folgte mit seinem Finger in der Luft dem Profil der schlanken Gestalt.

»Wie ich höre, werden Tänzerinnen – Ronggengs, nicht wahr? – unter den Eingeborenen nicht verachtet. Das sieht mir beinahe aus wie ein Beweis von höherer Zivilisation – etwas Griechisches, möchte ich fast sagen,« meinte er lachend.

»Und doch lässt ein ordentlicher Mensch seine Tochter niemals eine Ronggeng werden,« antwortete van Heembergen. »Das ist ungefähr so, wie wenn eine Wirtschafterin bei einem Europäer wird.«

»Na, gegen die ihrige wird aber wohl niemand etwas einwenden können,« antwortete Bruneton, und machte ein Gesicht, als koste er Essig – »brr der unglückliche Kerl, der mit ihr verheiratet ist! Ich hatte sie für Ihre Großmutter gehalten.«

»Ich habe einen besonderen Grund,« begann van Heemsbergen, langsam errötend, »aber abgesehen davon – ich würde ein solches Verhältnis nicht wünschen.«

Er erriet ein Wort auf den Lippen des Malers und kam ihm zuvor. »Nein, nicht aus Puritanismus! Für mich ist es eine Frage von – na ja, – von gutem Geschmack in sittlicher Beziehung, von etwas, das man vielleicht wohl moralische Eleganz nennen könnte, dass sich ein Mann, der der überwindenden Rasse angehört, nicht auf solche Weise mit einer Frau einlässt, die der überwundenen entstammt.«

»Ach was! – Überwinden! – Überwundene! – das ist schon so lange her.«

»Sind wir und Sie denn etwa als etwas anderes hier?« rief van Heemsbergen aus.

»Wenn nun aber die »Überwundenen« nichts lieber wollen? he?«

»Und unsere eigne Würde? leidet die etwa nicht darunter, wenn wir jene demoralisieren? Sie machen mir zum Vorwurf, dass ich mich nicht genügend für den Eingeborenen interessiere ...«

Bruneton blickte erstaunt auf.

»Ich? ... ich mache Ihnen zum Vorwurf, dass Sie kein ...«

Na ja, dann nicht Sie, sondern ein anderer, andere ... kurzum »man«. Van Heemsbergen suchte ungeduldig nach einer allgemein gebräuchlichen Bezeichnung für jene Tadler, deren Stimme er in sich hörte und die er so rasch nicht mit Namen zu nennen oder von den andern zu unterscheiden wusste. »Es ist auch wohl möglich, dass ich es nicht tue – ich kann sie bis jetzt noch nicht interessant finden, aber in jedem Fall ist Gleichgültigkeit denn doch noch besser als dies ...«

Bruneton sah ihn von der Seite an.

»Warum mag er so gereizt sein?« dachte er.

Van Heemsbergen schlug sein Pferd mit der Peitsche.

»Die andern warten auf uns, wir wollen uns ein wenig dran halten!«

Er galoppierte auf den Wald zu, den der voraus getrabte Trupp bereits erreicht hatte.

Von den mit schwerem Laub bewachsenen Hügeln in der Ferne herabgesunken, mit langsam niedergleitenden Falten und breitem Rande von großblättrigen Palmen, wildem Pisang und dunklem rauem Strauchgewächs lag es da, schwärzlich auf dem leuchtenden Grün der Ebene, wie die Schleppe eines dunkelsamtnen Königsmantels auf marmornen Fliesen. Es war wie ein Anfang der Herrschaft der Höhen inmitten des reichen Tieflandes. Die Zuckerpflanzer aus der Umgegend hatten einer nach dem andern versucht, den riesenhaften Keil fruchtbaren Bodens, der dort unter Zweigen, Stämmen und Wurzeln begraben lag, von der Jahrhunderte alten Last zu befreien und sie unter der belebenden Sonne bloßzulegen, um ihr Rohr darauf wachsen zu lassen. Aber die Ruinen des Hindutempels und die Gräber der Muslim-Heiligen machten den ganzen Wald bis zu diesem äußersten Saum den Eingeborenen heilig.

Und jeder gefällte Baum wurde durch so viel Unglück gerächt – durch einen schweren Schaden an den Maschinen, das Eintrocknen von Wasserleitungen, Steinwurf von unsichtbarer Hand und das Ausbleiben von Arbeitern mitten in der Kampagne – dass keiner von allen seine ersten Versuche in diesem Kampf abendländischer Gewinnsucht gegen morgenländische Frömmigkeit wiederholt hatte. De Bakker, durch anderer Schaden klug geworden, ließ den Wald jetzt unberührt inmitten seiner Zuckerrohrfelder.

Als van Heemsbergen und Bruneton anlangten, fanden sie die andern in Beratung mit den vorausgegangenen inländischen Treibern. Es wurde verabredet, dass man sich um die Mittagszeit an dem Kleinen See versammeln solle, wo Bruneton seine Skizze fertigmachen wollte. Als van Heemsbergen den Jungen erkannte, der ihn schon bei früheren Gelegenheiten begleitet hatte und der sein gebrochenes Sudanesisch verstand, bedeutete er ihm, dass er sich von den andern entfernen wolle. Und sie gingen in die Einsamkeit.

Van Heemsbergen war kein guter Jäger, er wurde gleich erregt und schoss dann zu früh und vorbei; trotzdem liebte er die Jagd leidenschaftlich um ihrer prickelnden Erregung, um der von verborgenem Leben wimmelnden Einsamkeit des Waldes und der plötzlichen starken, herrlichen Gedanken willen, die ihm durch den Kopf fuhren, wenn er ganz allein in jener unbekannten Welt stand.

»Tiefer in den Wald hinein!« rief er seinem inländischen Führer zu.

Der Junge wandte ihm sein dunkles Gesicht zu.

»An den Bach, wohin die Hirsche zum Trinken kommen?«

»Ja, das ist gut.«

Eine Zeitlang folgten sie einem fast unsichtbaren Pfade. Die Bäume standen hier dünn, hoch gewachsen an offenen Stellen, wo sich die Strünken des gefällten Holzes, schon länger verfault, in kleine Hügel aus Farrenkräutern und riesenhaften Pilzen verwandelt hatten. Aber allmählich ward es enger und dunkler um sie her; zwischen Stämmen, nackt und kahl wie Säulen, verdrängten sich wirres Gesträuch und junger Aufschlag, und der Boden war übersponnen mit den zähen stachligen Maschen von allerhand Schlinggewächs. Der Eingeborene, der geschmeidig wie eine Schlange und behände wie ein Vogel überall hindurchkroch und hinübergelangte, stand hin und wieder still, um mit seinem Kappmesser eine Bresche in dem Wall zu weiten. Van Heemsbergen fühlte mit Genuss, wie kühlblättrige Zweige an ihm vorüberschnellten, wie die Schlingen dorniger Pflanzen seine Kleider zerrissen, wie die schwere Schicht fauler Blätter unter seinen Füßen einsank. Ab und zu vernahm er ein Knistern und Knacken in den Zweigen, und er sah, wie sein Führer sich lauernd vornüberneigte und lauschte. Aber er griff nicht einmal nach dem Gewehr, das ihm schwer auf dem Rücken hing und mit dem Riemen seine Schulter striemte. An das Tier, dessen Nähe er vernahm, dachte er nicht so, wie ein Jäger daran denken würde mit dem Verlangen, es zu meistern, sondern er fühlte nur eine eigenartige halb wilde Freude, eine prickelnde Lebensfülle, gleich als wären die Flinkheit und die Stärke all jener ungezähmten Geschöpfe sein, und als würde er sich seiner eigenen Muskelkraft, seines freien Atems und seiner heißblütigen Adern erst durch sie völlig bewusst.

Nachdem er sich so einige Zeit durch eine luftige Blätterfülle vorwärts getastet, roch er jenen eigenartigen Duft von Wasser, das über Steine rinnt. Beinahe gänzlich verborgen unter überhängenden Zweigen und den breitblättrigen Farren seiner Ufer floss hier der Bach. Etwas weiter hinauf war das Kraut zertreten, durch dünne Baumwipfel drang Sonnenlicht, das Blau des Himmels ließ das kleine Wässerlein schimmern. Zu beiden Seiten des Baches, der hier breiter ward, waren die feingespaltenen kleinen Rehhufe in dem schlammigen Boden zu sehen.

»Hier ist es,« sagte der Junge, »hier kommen sie des Abends her, um zu trinken, heute Nacht noch habe ich sie gesehen. Ich habe mit meinem Knüppel nach ihnen geworfen, aber ich habe nicht eines getroffen; sie stoben alle davon.«

Die menschliche Stimme klang seltsam hier, sie weckte van Heemsbergen aus seiner gedankenlosen Ekstase.

»Was braucht er so zu rufen?« dachte er und blickte unzufrieden auf den Inländer, »das sehe ich selbst doch auch, dass hier Rehe gewesen sind.«

Er setzte sich auf einen gefällten Baum und nahm das Gewehr ab. Der Junge hockte sich auf den Boden hin, beugte sich vornüber und schöpfte ein wenig Bachwasser in ein Blatt, aus dem er geschickt einen kleinen Becher gemacht hatte. Van Heemsbergen schaute auf ihn, während er trank, am Rande des grünen Kelches schlürfend, den er mit beiden Händen umschloss.

»Warum tust du das – mit einem Knüppel nach den Rehen werfen?« fragte er streng.

Der Junge richtete sein feuchtes Gesicht empor.

»Ich hatte kein Gewehr,« sagte er mit einem begehrlichen Blick auf van Heemsbergens Flobert.

»Du hast kein Gewehr? Nun – und weiter?«

»Jetzt jage ich mit einem Knüppel,« sagte der Junge verlegen lächelnd, »daran sitzt ein Knopf aus Blei, wenn der die Pfoten des Rehes trifft, dann zerbrechen sie, und es kann nicht davonlaufen, und dann kann ich es greifen und töten.«

»So,« dachte van Heemsbergen, während er mit Abscheu auf den Jungen blickte, »das ist typisch. Jetzt soll mir bloß noch mal jemand von der Gutherzigkeit des Inländers sprechen!«

Und er dachte an Ada.

Ihm fiel ein Satz aus ihrem letzten Brief ein.

»Kennst du auch die Geschichten vom Zwerghirsch?« fragte er.

Der Junge gab die aus Bescheidenheit ungewiss ausgesprochene Antwort, die der Eingeborene einem höher Stehenden gegenüber statt »ja« gebraucht.

»Vielleicht,« sagte er.

»Erzähl' mir mal eine,« befahl van Heemsbergen.

»Es gibt so viele ...«

»Na ja, welche du willst, es kommt nicht drauf an.«

Der Inländer dachte an die Märchen, die des Abends rings um das qualmende Ölflämmchen in der dämmrigen Hütte erzählt werden von dem zierlichsten Tierchen des Waldes, so zart und schwach, dass es, wie man sagt, durch einen plötzlichen Schrecken, ja sogar durch ein lautes Geräusch oder ein grelles Licht getötet wird, das aber durch seine Klugheit das plumpe Nashorn, den grausamen Tiger und das gefräßige Krokodil, die ihm alle nach dem Leben trachten, immer wieder überlistet. Er hätte sie gerne erzählt, aber das unwirsche Gesicht jenes Holländers machte ihn furchtsam. Niedergekauert, die Hände zwischen den Knien herabhängend, blickte er verlegen auf das Wasser.

»Nun, los!« spornte ihn van Heemsbergen ungeduldig an.

»Er ist sehr klein, der Zwerghirsch ... und er ist so klug, eh, so sehr klug ... es gibt auch einen Zwergbüffel, aber niemand hat den jemals gesehen, nur seine Spuren auf dem Boden ...«

Er stockte.

»Nun, so erzähle mir eine Geschichte vom Zwergbüffel. Solche gibt es doch gewiss auch.«

Der Junge beharrte auf seinem Schweigen und murmelte dann endlich:

»Ich weiß nicht.«

»Nein,« dachte van Heemsbergen, »da ist nichts heraus zu bekommen. Was will Ada doch eigentlich? Sie denkt sich, dass es hier so geht wie in Holland – mit der Waschfrau und der Reinmachefrau und dem Milchmann hinter dem Karren und mit allen schmutzigen Kindern, die sie von der Straße ins Haus holt, schließt sie Freundschaft, und jetzt möchte sie, dass ich's hier auch so machte mit solch einem halbmenschlichen Inländer. Man soll ihn nur so dasitzen sehen ... und es ist nicht, dass er es nicht wüsste, nein, er will ganz einfach nicht – immer dasselbe Misstrauen – und den Rehen wirft er mit einem Knüppel die Füße kaputt. Sie sind im Grunde grausam, diese Inländer, zum mindesten gefühllos – vollständig ohne Herz. Wie könnte solch eine Person sonst wohl ihr Kind im Stich lassen, um Tanzmädchen zu werden? Nein, es hätte nichts geholfen, wenn ich ihr auch damals Geld gegeben hätte – darüber brauche ich mir nicht solche Vorwürfe zu machen! ... Und übrigens kann ich es ja heute Abend, wenn wir nach Hause kommen, immer noch tun – und dem Dalang natürlich auch – sonst lässt er sie nicht gehen – sie ist auf alle Fälle die schönste aus seiner Truppe. Ich werde ihr so viel geben, dass sie nach ihrer Dessa zurück kann und vorläufig genug hat – dann bin ich die Verantwortung los, wenn Ada mich später mal nach ihr fragen sollte,« so schloss er seine Erwägungen.

Er stand auf und gab dem Jungen sein Gewehr zu tragen.

»Wohin?« fragte dieser scheu.

»Ach, meinetwegen am Bach entlang, es ist ganz gleich.«

Eine geraume Zeit folgte er der braunen halbnackten Gestalt, die leichtfüßig vor ihm her lief.

Der Bach schimmerte und dunkelte. Hier und dort schoss er, als weißer Schaum unten anlangend, von einer kleinen Anhöhe in sein Bett hinunter, und um die Spitzen unzähliger herausragender Steine floss das Wasser murmelnd in vielfarbigem Licht. Er blickte mechanisch danach mit der unbestimmten Empfindung, dass da etwas sei, worüber er nachdenken müsse, aber er konnte nicht finden, was es war. Der Lebensrausch, der ihn soeben noch durchglüht hatte, war verflogen, und stattdessen fühlte er eine bleierne Schwere in seinen Gliedern und Gedanken.

Die grüne Dunkelheit zwischen den Bäumen, der Geruch des Wassers und vor allem der braune Rücken da vor ihm, ward ihm plötzlich unerträglich. Er befahl dem Führer, ihn nach dem kleinen am Eingang des Waldes gelegenen See zurückzuführen.

»Ich hoffe, dass Bruneton allein ist,« dachte er.

Das »offensive und defensive Bündnis,« das bei jener ersten Begegnung schweigend geschlossen wurde, hatte sich seither befestigt.

Noch war keiner der anderen da, als er die Ufer des kleinen Teiches erreichte. Bruneton saß da und malte, augenscheinlich ganz in seine Arbeit versunken.

Er ging auf ihn zu.

»Hier ist es frischer als im Walde!« rief er.

Der Maler sah auf mit einem gänzlich zerstreuten Blick unter gerunzelten Brauen. Kurz und mürrisch, wie zu einem unbescheidenen Fremden, sagte er:

»Später.«

Und während er mit der Hand, die den Pinsel festhielt, eine Gebärde heftiger Abwehr machte, nahm er seine Arbeit wieder auf.

Van Heemsbergen war stehen geblieben, aber mit einem Blick auf das angespannte Gesicht da vor ihm, wandte er sich um und suchte im Schatten ein Fleckchen, wo er von dem Maler ungesehen sein würde.

Und nun schaute er sich seinerseits einmal das an, was den anderen so sehr begeisterte. Das Wasser, durchsichtig dunkel in dem weit überfallenden Schatten der Bäume, die breiten runden Kronen, aus der Dunkelheit hinaufklimmend in den Sonnenschein, als bläulich schwarzer Wall, leuchtend grün und golden an der Spitze, und darüber der feuerblaue Himmel.

»Ja, es ist wohl schön – aber was nützt das?«

Seine Gedanken verloren sich in missmutigen Erwägungen, schweiften zu allerlei ihm scheinbar ohne jeden inneren Zusammenhang plötzlich in den Kopf kommenden Dingen, – der Forderung zur Abgabe der Erbschaft an die Blutverwandten väterlicherseits, Pieter Heuvelinks Vormund gegenüber geltend zu machen – einem Ausspruch ohne Sinn und Verstand, von einer dunkeläugigen jungen Frau getan, mit der er am Tage zuvor getanzt hatte – dem gedrückten Ton in Adas letzten Briefen – nein, gedrückt eigentlich nicht, das war nicht das richtige Wort, es war nicht, als habe sie selber Kummer, sondern als litte sie unter dem Gedanken, dass er ihn habe, weil nicht alles so ging, wie er es sich wohl gewünscht hätte. Sie sprach es mit keinem Wort aus, und doch stand es in ihrem Brief. Was für eine Idee von ihr, bei der Frau Meerhuys das Batiken zu lernen! Was würde sie wohl von seinem Urlaubsgesuch denken? Was für eine Bruthitze! und die verfluchten Mücken! ...«

Brunetons Stimme schrie:

»Hallo, wo sind Sie? Kommen Sie mal her!«

Aus seinem Gedankenwirrwarr erwachend, stand er auf und ging auf seinen Freund zu.

Bruneton hielt seine Skizze um Armeslänge von sich und betrachtete sie mit strahlendem Gesicht.

»Sehen Sie mal!« rief er.

Van Heemsbergen sah das, was ihm zuerst wie Flecken und Striche erschienen war, aber dann kam Leben hinein, das Wasser blitzte, und die Bäume zeigten Grün und Schatten.

»Nun? Ist das nicht famos? Sehen Sie mal den Effekt dort, wie das Licht funkelt! – Herrlich!«

Leuchtenden Auges blickte der Maler darauf hin. Er war ein anderer als der, der soeben noch atemlos und für alles verloren, die Natur auf jenem Stück Leinewand festgehalten hatte. Und jener andere, sein alltägliches Ich, das van Heemsbergen und die Gäste auf Kalimas und so viele andere kannten, empfing voller Stolz und mit entzückter Dankbarkeit das königliche Geschenk seines seltsamen Gefährten.

»Herrlich!« wiederholte er.

Er stellte die Skizze behutsam gegen den Baumstamm, und seinen Hut durch die Luft schwenkend, begann er zu tanzen und mit den Fingern zu schnalzen, als schlüge er den fröhlichen Takt mit Kastagnetten.

Van Heemsbergen konnte die Frage nicht zurückhalten, die sich ihm auf die Lippen drängte:

»Was tun Sie nur, um immer so glücklich zu sein?«

»Ich? – Nichts! – Ich male.«

Ein Lärmen von Lachen und durcheinander rufenden Stimmen kam näher. Es waren die andern: ›Sie hätten alle zusammen nur ein Reh gefangen, und das säße in der Schlinge, die die Inländer am Abend zuvor ausgelegt hätten,‹ rief einer. Der blonde Jüngling warf triumphierend einen prachtvollen Pfau auf die Erde. Der kleine mit einem feinen Krönchen geschmückte Kopf, der schlaff zur Seite hing, der Rücken und der lange Schwanz blitzten wie in Gold gefasste Smaragden.

»Da!« rief er, während er seine Hände, an denen geronnenes Blut klebte, in die Seiten stemmte. Er blickte triumphierend um sich, gleich als ob die unvergleichliche Pracht sein Verdienst noch erhöhe.

Van Heemsbergen wurde seiner leeren Hände wegen ausgelacht.

»Sie haben nicht mal geschossen, wir haben aufgepasst!«

»Ja, wo sind Sie denn eigentlich gewesen?«

»So ganz allein, sagen Sie mal?«

»Wenn hier ein weibliches Wesen im Walde wäre, würde ich auf ein Schäferstündchen wetten!«

Sie schrien alle durcheinander und wurden angesichts seiner finsteren Züge immer fröhlicher.

Die Körbe, die Frau de Bakker den Jägern nachgeschickt hatte, wurden ausgepackt, und man richtete in der Laubhütte, die noch vom vorigen Feste her dastand, einen wohlbesetzten Tisch her. Die Jäger stürzten sich darauf. Knallend losspringende Pfropfen flogen ins Wasser, und im nächsten Augenblick purzelten leere Flaschen hinterher.

Bruneton schob seinen breitrandigen Hut in den Nacken, schlug das Hemd über der Brust auf, und indem er eine Serviette wie eine Schärpe umknüpfte, legte er seinen weißen Malerschirm über die Knie und begann seine Finger darüber hinspielen zu lassen, wie über die Saiten einer Zither. Abwechselnd eine Begleitung summend und aus vollem Halse schreiend, sang er spanische Volkslieder.

Es hallte und widerhallte über dem Wasser:

»Señor Alcalde Major, Señor Alcalde Major!« usw.

»Was singt er?«

Einer, der auf den Philippinen gewesen war, antwortete:

»Herr Bürgermeister, warum fasst Ihr die Diebe nicht? Denn Ihr habt eine Tochter, die die Herzen stiehlt.« – »Niña de mi enrazon!« summte er mit.

Bei der dritten Strophe fiel der blonde Jüngling ein; er sang die zweite Stimme. Sein Bariton trug den Tenor des Malers, wie ein schlanker Knabe ein Mädchen. Er wusste vor Ausgelassenheit nicht mehr, was er tun sollte.

Als niemand mehr etwas zu singen wusste, warf er seine Kleider ab, sprang ins Wasser und schwamm den schaukelnden Flaschen nach, die er mit seinen starken weißen Zähnen beim Halse packte und an Land apportierte wie ein Jagdhund eine Ente. Er rief, man solle ihm noch einige zuwerfen. Die andern konnten ihn nur mit Mühe überreden, aus dem Wasser zu kommen und in seine Kleider zu schlüpfen, da sie nach Kalimas zurück mussten.

Nach dem Souper sollte als Abschluss der Festlichkeiten ein Wayang-Drama, diesmal nicht von Puppen, sondern von Männern und Frauen dargestellt, auf dem Platz vor dem Hause aufgeführt werden. Als die Jäger eintrafen, brannten die Lichter schon in dem als Bühne aufgestellten Zelt. Der Dalang stand da und unterhielt sich mit dem eleganten Djaksa von Soemberbaroe; beim Näherkommen fing van Heemsbergen den Namen Naila auf.

»Also sie ist erst jetzt Tänzerin geworden?«

Er nahm die beiden mit nach Haus, und mit dem Djaksa als Dolmetscher und Zeuge erklärte er dem Dalang, was er bezüglich Naila wünsche, und gab ihm zugleich mit dem Geld, womit die junge Frau in ihre Dessa zurückkehren und wovon sie ein paar Wochen leben konnte, die als Ersatz für ihren Verlust geforderte Summe.

Bruneton kam, um ihn zum Souper abzuholen. Er zog mit einem Seufzer seinen »Smoking« an.

»Ich bliebe reichlich so gern hier. Wenn ich nicht wüsste, dass Frau de Bakker nach mir fragen lassen würde ... ich habe mehr als genug von der ganzen Bande.«

»Was für eine Idee! Was haben Sie denn dagegen?« »Zunächst mal, dass es eine Bande ist. Eine Menge als solche ist mir etwas Unerträgliches – all' diese Menschengesichter um mich her! Ist es nicht, als würde etwas in einem zurückgedrängt und gedrückt oder mit Füßen getreten?«

»Aber nein! Je größer die Menge, desto ausgelassener die Fröhlichkeit. Was haben Sie doch eigentlich heute?«

Bruneton zog ihn mit hinaus.

»Ich will Ihnen mal was sagen. Sie machen aus Ihrem Aufenthalt hier nicht das, was sich daraus machen ließe. Sie leben wie ein Bettler inmitten von Schätzen! Ich habe mich in diesen drei Monaten für mein ganzes Leben reich gesehen, Sie sind ein Jahr hier und haben nichts. Darüber habe ich mich schon all' die Zeit gewundert. Auch heute morgen, als gesagt wurde, der Zug sei gar nicht sehenswert – und dabei war er einzig schön! Ihr seht nichts von Indien – ein Volk von Schönheitsblinden! Sie hatte ich doch wenigstens für einen Einäugigen gehalten! aber nein, auch Sie haben den Star.«

Van Heemsbergen schwieg. Nach einer Weile sagte er: »Was hat das damit zu tun?«

»Womit? Mit dem Glück? Was für eine Frage! das Schöne der schönen Welt zu sehen, das ist Glück, – sehen Sie z. B. dies mal!«

Sie standen in der dunklen Kenari-Allee. Er deutete auf das Landhaus.

Mit seinem Glanz von zahllosen Lichtern hing es dort wie ein unermessliches neu am Horizont erschienenes Sternbild und erhellte die Dunkelheit ringsumher.

»Sehen Sie mal,« wiederholte der Maler, »dafür hat unser Freund de Bakker einige zehntausende ausgegeben – eine halbe Tonne Goldes kostet ihn das Fest, hat er mir gesagt; und außerdem hat er ein paar Millionen auf jenen Feldern und in dieser und jener Bank. Hat er von all' dem zusammengenommen während seines ganzen Lebens jemals das genossen, was ich in diesem einen Augenblick genieße, nun, da ich sehe, dass es schön ist? Dieu! que Rothschild est pauvre!«

Sie schwiegen beide, während sie ins Haus traten und ihre Plätze an der Tafel einnahmen.

Die Stimmung unter den zum letzten Mal so fürstlich miteinander Tafelnden stieg schnell und hoch. Die Gesichter wurden purpurrot über den Reihen funkelnder gefüllter Gläser, die Stimmen klangen beinahe wie Gesang, aus dem Lächeln wurde ein schallendes Gelächter. Hinter dem ersichtlich nachlassenden Zwang der guten Manieren war wie hinter den weichenden Dauben eines Fasses das Brausen des jungen Mostes, das Sich-aufdrängen der ausgelassenen Fröhlichkeit zu spüren, die ganze während so vieler überreicher Etmale gepflückte Freudenernte, die jetzt, gärend, alles auseinanderzusprengen drohte, was da hemmte.

»Es wird ein Bacchanal,« dachte van Heemsbergen.

Die dunkeläugige junge Frau vom vorigen Abend, die ihm gegenüber saß, hielt ihm lachend ihr Champagnerglas entgegen.

»Auf Ihre Fröhlichkeit!« sagte sie.

Er verneigte sich, selbst fühlend, wie herb das Lächeln war, mit dem er ihr zu danken versuchte. Sie sah ihn mit weitgeöffneten Augen an und wandte sich zu ihrem Nachbarn.

»Nein, das wird lächerlich,« dachte er. »Was es auch sein möge, jetzt muss es aus sein!«

Er ergriff das volle Glas, das vor ihm stand; es war der Clos-du-Roi, den de Bakker, als den besten, für zuletzt aufgehoben hatte. Wie eine duftende Flamme durchfuhr es ihn, während er trank. Das drückende Gefühl, als pressten ihm eiserne Finger das Hirn zusammen, löste sich, zerschmolz, verflog, und ein Nebel, der von jenem plötzlichen Augenblick im Walde an schon den ganzen Tag über zwischen ihm und den Dingen gewesen war, zerfloss. Er goss sich nochmals ein und trank und fühlte, wie alles jetzt leicht ward, wohlig und angenehm.

Mit dem ersten Wort, das ihm auf die Lippen sprang, hatte er die dunkeläugige junge Frau wieder versöhnt und zu lachendem Kokettieren gebracht. Im nächsten Augenblick hatte er so viel Zuhörer wie Tischgenossen um sich her. Einer der jungen Leute flüsterte ihm etwas ins Ohr.

»Wie ist es mit dem Toast? Sie sind doch die angewiesene Persönlichkeit dazu, als Advokat – der älteste Beamte sagt, dass er es nicht tun will.«

Er stand auf und hielt eine Rede auf die indische Industrie, die zunächst, das war auf allen Gesichtern zu lesen – verblüffend wirkte, dann aber, zum Schluss ein: Hurra, hurra, hurra – auslöste, das weit hinaus über die Felder ertönte. Auf den Pflanzer ausgebracht, galt es eigentlich dem Redner. De Bakker kam, um mit ihm anzustoßen.

»Das war verdammt schön – verdammt schön, van Heemsbergen! ...« er zerdrückte van Heemsbergens Hand beinahe, »kommen Sie mit! meine Frau will Ihnen auch danken.«

Sie stand schon vor ihm, das Glas in ihrer Edelstein geschmückten Hand, einen Schimmer von Tränen in ihren meergrünen, dunkel leuchtenden Augen.

»So,« dachte er, während er sich wieder setzte, »das ist eine Weisheit, die ich schon von meiner Gymnasiastenzeit her gekannt und von der ich doch niemals Gebrauch gemacht habe – genieße den Tag! Nicht zurückdenken und nicht vorwärts – und alles gehen lassen, wie es geht, – wie sollte ein Mensch das Leben sonst auch wohl ertragen können!«

Er trank weiter, ohne zu wissen, wie viel und wie vielerlei. Als er aufstand, war es ihm, als ginge er nicht, als ließe er sich treiben – treiben durch ein leuchtendes unsicheres und doch zuverlässiges Element, das ihn irgendwohin trug, wo es herrlich sein musste.

Als die sich staunende Menge um ihn her halt machte, blieb auch er stehen und erkannte die Vordergalerie, wo hinter herabhängenden Blütendolden die Lampen matt brannten wie kleine, rot untergehende Sonnen hinter purpurnen Wolken. Ein Bedienter, der auf einen Stuhl geklettert war, drehte eine aus, und er sah, wie sich die magere braune Hand scharf abhob von der weißen Kuppel. Es begann zu dämmern. Aber auf dem Platz da draußen erglühte ein helles Licht, und darinnen begannen seltsame Gestalten sich hin und her zu bewegen.

Den Klingklang von Gamelan-Musik übertönte eine Stimme, die auf Javanisch sagte: »Das Drama von Senti Jaki, dem Helden, der der Sohn des Fürsten Dono Loko und der Lehrling des heiligen Eremiten Sakso Kentjono ist.«

Eine feuerrote Gestalt, auf deren Rücken ein spitzer goldener, wie eine Muschel geschweifter, in einem Kamm von Finnen und Stacheln ausstrahlender Schild festgewachsen zu sein schien, trat mit steifen, langsamen Schritten näher. Ein goldener Helm, aus dem ein schwarzer Kegel emporragte, blitzte über den straffen Zügen. Um die nackten Arme krochen Bänder und Ringe, die geflügelten Schlangen glichen. Mit den Fingerspitzen beider Hände eine Schärpe anfassend und ausbreitend, auf deren purpurnem Grunde weiße Sterne leuchteten, machte das strahlende Wesen in dem Licht halt.

Jetzt erschienen andere, kleiner und zarter, drei Frauen, in mattem Rot die eine, die zweite in Braun, in düsterem Blau die dritte, alle von den Zehen bis zu der Stirne mit Steinen übersät und in Gold gefasst.

Tief gebückt näherten sie sich dem roten Fürsten und kauerten vor ihm nieder, während sie die linke Hand, mit der Handfläche nach außen und die aneinandergeschlossenen Finger emporgestreckt, auf dem gebeugten Knie ruhen ließen und mit der rechten winkten. Drei Männer, in heliotropfarbene Samtkittel und gelbliche, vorn in einer spitzen Falte herabhängende Sarongs gekleidet, die auf Stockpferden ritten, gehorchten diesem Wink. Sie waren die Anführer der Heere des roten Fürsten, gekommen, um seine Befehle zu vernehmen. Die Hände an die Zügel ihres Stockpferdes gelegt, trippelten sie um den Fürsten und seine drei Gemahlinnen herum. Der Fürst befahl ihnen, in fernen Gegenden Krieg zu führen. Sie verschwanden mit einem Sprung, der die Falten ihres Sarongs wie Flügel auseinander wehen ließ.

Der rote Fürst und seine Gemahlinnen verschwanden, und an ihre Stelle traten, während sie breitbeinig daherschritten, die Hände hin und her drehten und ihre Arme weit ausgestreckt hielten, zwei Prinzen in Rot und Grün, von einer Schar Ehrenjungfrauen umgeben und von monströsen Kriegern gefolgt, die goldene Hauzähne hatten und lange lockige Bärte. Die Stockpferdreiter kamen wieder dahergetrabt, und sie und die Ungeheuer mit den Hauzähnen kämpften miteinander. Aber der Eremit, dem von der anderen Seite eine gekrönte Fürstin entgegentrat, trennte die Kämpfenden. Gleich darauf indessen bedrohten alle einander mit Pfeilen, Lanzen und Prisen, und die Gamelanmusik dröhnte laut und schrill. Der rote Fürst streckte, aus dem Waffengewirr emporsteigend, seinen Arm aus und ließ seine Finger erzittern; und Schritt für Schritt wichen die Ungeheuer und die Heeranführer zurück, während die ängstlich niedergekauerten Frauen aufstanden und, sich biegend und windend, zu tanzen begannen.

Jetzt erklang plötzlich eine andere Weise und ein neuer Rhythmus, die Musik schwoll an und schwieg, setzte von neuem ein mit einem noch halb unterdrückten Jauchzen, und eine Gestalt, silberngrün wie Mondenschein im Walde und schlank wie ein Mondenstrahl, glitt zum Vorschein. In ihrem bleichen Gesicht funkelten die Augen, über denen die breitgemalten Brauen wie zwei dunkle Pforten standen. Ein goldenes Stirnband folgte dieser zwiefach wogenden Linie, und darüber thronte ein schwarzer wie eine phrygische Mütze überhängender Helm. Die Ohren verschwanden unter flügelgleich ausgebreiteten Verzierungen. Auf ihrer Brust blitzten in absteigender Reihe drei silberne Halbmonde.

Sie schlang eine dünne weiße Schärpe um und stand da wie ein lichter Nachthimmel zwischen zarten Wölkchen.

Durch die Reihen der Gäste, die sich in der Vordergalerie aufhielten, ging ein Murmeln der Bewunderung.

Jetzt begann sie zu tanzen, sehr langsam und ohne die Füße zu bewegen, während sie ihren schlanken Körper in Schlangenlinien hin und her wand. Sie hielt den Kopf sehr hoch aufgerichtet und die Augenlider wie im Schlaf geschlossen. Aber mit einer träumerischen Bewegung öffnete sie sie jetzt langsam und blickte nach der Stelle in der Galerie, wo van Heemsbergen saß. Er fühlte ihren Blick wie eine Berührung seiner Augäpfel.

Es war Naila.

Von jenem Augenblick an vermochte er nichts anderes mehr zu sehen. Sie streckte die Arme aus und bewegte die Hände auf und nieder, auf und nieder, gleich als winke, winke sie. Dann streckte sie die Finger einen nach dem andern aus, bog sie scharf und ließ die Hände an den Pulsen und zugleich den ganzen Rumpf auf den Hüften sich drehen. Jede Linie des biegsamen Körpers lebte. Silberglanz und das Funkeln von Edelsteinen umhüllten sie.

Er atmete kaum, völlig befangen in dem nämlichen Gefühl, das ihn in der leben-pochenden Einsamkeit des Waldes zu überfallen pflegte, wenn er auf das Geraschel unsichtbarer Tiere hörte.

Jede Bewegung jenes lebenglühenden Geschöpfes, das ihn mit ihren schwarzen Augen bannte, empfand er, als mache er sie mit seinem eigenen Körper, mit seinen eigenen Gliedern. Es wurde unerträglich, er hätte wohl schreien mögen, dass sie aufhören solle, aber seine Kehle war wie zugeschnürt, und er vermochte nicht einmal mehr etwas zu wollen.

Ihm war es, als ob sein Leben von ihm wegfließe, ihr entgegen, als ob es an ihr festhinge, an ihren Armen, an ihrer Brust, zwischen jenen Falten, die in so berauschender Schönheit ihre Glieder umwogten.

Sie verschwand.

Er eilte die dunklen Treppen hinunter und ihr nach.

Mattes Mondenlicht lag über die Erde gebreitet zwischen den schweren schwarzen Schatten der Baumreihen. War das Mondenschein dort an dem Stamm? Seine ausgestreckten Hände fühlten ein seidenartiges Gewebe und darunter eine kühle glatte Schulter.

Er ergriff sie.

Die goldene Flut hatte sich auf Kalimas herniedergesenkt und war wieder abgeflossen. Und wie nach einer Überschwemmung das wieder trocken werdende Land bedeckt ist mit zertrümmertem Menschenwerk und ausgerissenem Gesträuch, das das Wasser in seinem rasenden Lauf erst mitgeschleppt und dann wieder ausgeworfen hat, so waren Menschen und Dinge auf Kalimas mit dem Bodensatz des Festes bedeckt, sichtbar und unsichtbar.

Das Landhaus schien von mutwilligen Händen zerstört zu sein, so viel Scherben, Stücke und Fetzen wurden überall gefunden, so viel Kostbares war verstümmelt. Modrige Haufen Abfall, die einst Rosen, Orchideen und Lilien gewesen, lagen aufgestapelt im Garten, wohin sie die Kulis träge warfen. Und die Stelle, wo die luftige Hüttenstadt gestanden, war an den verstreuten Bambussplittern und den Stücken Netzwerk zu erkennen, an den in den Schmutz getretenen Lappen und Fetzen, den leeren Blechbüchsen, zerbrochenen Flaschen und Unrat aller Art inmitten eines Kreises zertretener Rasenflächen und geknickter, mit ihren gelb gewordenen Zweigen und halbverwelkten Blumen im Sande daniederliegender Sträucher. Die Bäume trugen schwarze Brandwunden von der Illumination. Der Kutscher klagte über hinkende Pferde.

In dem Fabrikdorf, in Kaliwangi und den Dessas rings umher lagen überall Kranke auf den Baleh-Balehs. Es standen Häuser so leer, als habe ein »Bandjir«[30] Hausrat, Kleider, Essen und alles daraus hinweggespült. Und bei Said Mohamad und im Pfandhause, wo sich der fette Chinese vergnügt die Hände rieb, wuchsen die Stapel beliehener und verschleuderter Gegenstände.

Die Gäste, die sich nach links und rechts über ganz Java verbreiteten, trugen, der eine mehr, der andere weniger Festabfall mit sich: Neid, Enttäuschung, Groll, griesgrämige Erinnerungen an ein beendetes, Übermut zum Fortsetzen eines begonnenen Abenteuers, Beschuldigungen, die nicht bewiesen, Urteile, die nicht widerrufen werden konnten, das alles lag, ihnen selbst vielfach unbewusst, im Tiefinnersten ihres Herzens verborgen, ein von den Höhen herabgespülter Strom, der die ebenen Felder ihres täglichen Daseins noch lange unfruchtbar machen würde.

---

30 Bandjir = Überschwemmung.

Herr und Frau de Bakker und ihre Gäste, die auf Kalimas blieben, empfanden eine eigenartige Verstimmung, eine Unzufriedenheit mit allem und allen und namentlich mit sich selber. Es lag etwas beinahe Feindliches in dem Gefühl jedes einzelnen gegen alle, als ob ein jeder dem andern an einer nicht leicht zu vergessenden Enttäuschung oder gar an einem angetanen Unrecht die Schuld beimesse und deswegen einen Groll hegte, der, durch die Unmöglichkeit zu bestimmen, worin jenes Unrecht oder jene Enttäuschung eigentlich bestand, nicht geringer wurde. Alle, ohne Ausnahme, vom Pflanzer und seiner Frau bis zu dem jüngsten Beamten und den Bedienten des Hauses, den Kulis in der Fabrik und den Kindern in der Dessa hatten sich den Genuss zuwider genossen, und jeder begriff auf seine Art, dass es nicht das war, was er sich davon versprochen oder was er erhofft hatte, jeder sehnte sich auf seine Art nach etwas Besserem.

De Bakker hatte als erster von allen seinen gewöhnlichen Lebensgang wieder aufgenommen. Der Sekt schäumte noch in den Abschiedsgläsern, als er schon wieder in der Fabrik stand, bei den Kochpfannen und den Maschinen, dem Chemiker im Laboratorium, der mit der Analyse des Saftes beschäftigt war, über die Schulter sah und das leichte Wägelchen, mit dem er durch die Gärten zu fahren pflegte, anspannen ließ, um einmal nachzuschauen, wie die Schnitter auf dem sengend heißen Felde vorwärts kamen. Der Elastizität ihres Charakters entsprechend, folgten seine Beamten schneller oder langsamer; physisch vom ersten Augenblick an schon auf dem Posten, erschienen sie dort auch allmählich einer nach dem andern mit dem Geiste. Der gewaltige, Tag und Nacht weiter rollende Gang des Werkes hatte innerhalb weniger Tage auch den Trägsten und Schlaffsten mitgeschleppt.

Frau de Bakker indessen konnte sich nicht so schnell wieder erholen. Außerhalb des Bereiches jener unerbittlichen Macht, in der kühlen Stille ihres Zimmers mit den sorgfältig geschlossenen Läden, wo sie Pastillen brennen und Essenzen sprengen ließ, um den durch die Ritzen eindringenden Zuckerqualm zu übertäuben, lag sie tagelang unbeweglich dort, wo die langsam verlaufende Ebbe des Festes sie hatte niedersinken lassen. In einem weiten Gewand lag sie da, während ihr rotgoldenes Haar über die Lehne der Chaiselongue herabwallte, und schaute manchmal träumend, manchmal zerstreut von gleichgültiger Lektüre auf. Das zerknitterte Buch glitt ihr aus den Händen. Sie befahl ihrer Dienerin, dass sie alle während des Festes getragenen Kleider vor ihr ausbreiten solle. Die Stühle, das Sofa, der Wandschirm, der Toilettentisch, der große

Spiegel, das ganze Zimmer hing voll, und sie blickte auf die Hüllen, die die Umrisse ihres Körpers, ihrer Glieder noch trugen, gleich als habe sie in jedem einen Teil ihrer Persönlichkeit zurückgelassen und als wisse sie jetzt nicht mehr, was und wie viel ihr noch geblieben.

Auch van Heemsbergen fiel es schwer, sich den so lange außer Gebrauch gestellten und durch von außen kommende Anregungen ersetzten Willen wieder dienstbar zu machen.

Schon einige Male hatte er den ermüdenden Ritt nach einer Dessa in der Umgegend, wo Blutverwandte der inländischen Frau wohnten, die sich für Pieter Heuvelinks Mutter ausgab, hinausgeschoben. Und wenn die aus ihren Dörfern entbotenen Eingeborenen, von denen er Einzelheiten über sie zu erfahren versucht hatte, mit tiefer Verneigung sein Studierzimmer wieder verließen, blieb er oftmals, eine Zigarette nach der andern rauchend, untätig und gedankenlos zwischen Notizen und Briefen da sitzen und lauschte zerstreut dem Rascheln von Nailas Sarong.

Er hatte sie in ihre Dessa zurückschicken wollen an dem ersten Morgen, sie aber hatte bitterlich zu weinen begonnen. Warum? War er unzufrieden mit ihr? War sie ihm nicht in allem gehorsam gewesen? War sie nicht gleich gekommen, als er sie hatte rufen lassen, anstatt erst nach dem Mühlenhaus zu gehen, wo der Djaksa von Soemberbaroe nach ihr gefragt?

Er sah sie erstaunt an.

»Rufen lassen? Ich habe dich nicht rufen lassen.«

Sie aber beharrte. Der Dalang habe ihr das Geld von dem Herrn gegeben, und darum wäre sie nach seinem Hause gegangen, gleich nachdem sie von dem Wajang habe wegkommen können.

Er erkannte plötzlich und sehr klar ihre falsche Auffassung seines Gedankens, und jetzt in der Erinnerung gewann auch jener Blick, der ihn unter den dunklen geschweiften Brauen und dem schwarz goldenen Stirnband mit dem Taumel des Rätselhaften umfangen hatte, eine völlig andere Bedeutung. Aber er begriff zugleich, dass sein Wunsch, sie sich selber zurückzugeben, missverstanden werden musste von einer Frau ihrer Rasse einem Manne wie ihm gegenüber, beinahe unvermeidlich, und das Bewusstsein seines eigenen passiven Anteiles an der Schuld eines ganzen Volkes nahm ihn hilflos gefangen in jener Schlinge, die der verhängnisvolle Zufall um ihn geworfen.

Naila schöpfte Mut aus seinem Schweigen und wiederholte kläglich ihre bittende Frage: ob sie ihm denn nicht in allem gehorsam gewesen? Hatte sie auch nur im mindesten widerstrebt, als er sie in der dunklen Allee in seine Arme genommen?

Er sprang auf von dem Stuhl, neben dem sie herabgeglitten war. Sie begann zu schluchzen, erst leise, dann immer heftiger. Er hörte es da, wo er, zum Zimmer hinausgeeilt, noch stand. In die Türe zurücktretend, sah er sie da ganz unglücklich am Boden liegen, den Körper vom Schluchzen erschüttert.

Zögernd sagte er:

»Ich werde dafür sorgen, dass du keine Armut zu leiden hast; du willst doch wohl zu deinen Eltern zurück und zu – zu deinem Kinde?«

»Meine Eltern werden mich nicht mehr im Hause haben wollen, und mein Kind, das ist ja – tot,« sagte Naila schluchzend, »wo soll ich denn jetzt hingehen?« Van Heemsbergen sah sie an und biss sich auf die Lippen.

Sie gewahrte den Ausdruck in seinen Augen.

Auf ihren Knien zu ihm hinrutschend, legte sie mit der feierlich flehenden Gebärde des Inländers ihre beiden Hände um seinen Fuß und presste die Handflächen an ihre Stirn; und sie schmiegte sich an ihn, während sie ihr verweintes Gesicht und ihre Augen, die durch die Tränen hindurch wie Sterne blitzten, zu ihm aufrichtete.

Beinahe zornig half er ihr auf.

Von jenem Augenblick an hatte er von Wegschicken nicht mehr gesprochen.

Es war auch, als ob Naila durch ihre ganze Art und Weise, wie sie war und was sie tat, besonders aber dadurch, wie sie nicht war und was sie nicht tat, diesem energischen Beschluss jede Grundlage raubte; gleich als hätte sie es noch immer, als in van Heemsbergens Gedanken lebend, erraten, zwar eingeschlafen aber durch das geringste wieder aufzuwecken – und dann würde es unerbittlich sein – war sie in seinem Hause, als ob sie nicht da war. Ihr Dasein war ein immerwährendes Verschwinden. Unhörbar bewegten sich ihre nackten Füße über die Fliesen, den Laut ihrer Stimme, das Geräusch ihrer Hantierungen vernahm er nicht. Dass sie hier oder dort gewesen, bemerkte er nur an der zierlichen

Ordnung der Dinge und an der Sauberkeit. Das schmackhaft bereitete Essen stand mit dem Glockenschlage auf dem Tisch, die Getränke waren kühl in einer soeben aus dem Eis geholten Flasche, seine Kleider waren in tadelloser Ordnung; wenn er ins Badezimmer kam, fand er dort, was er brauchte; der Staub, dessen Berührung er nicht ertragen konnte, war niemals auf seinem Schreibtisch oder auf seinen Papieren zu spüren.

Aber weder sah noch hörte er sie, es sei denn, dass er nach ihr rief. Unmerklich näher gekommen, stand sie dann da, die Augen niedergeschlagen. Sie hatte auf alles, was er sagte, nur die eine leise ausgesprochene Antwort:

»Ja, Herr!«

Und war sogleich wieder verschwunden, während sie einen leichten Blumenduft hinterließ, der vielleicht dem perlengleich aus dem Blauschwarz ihres Haarknotens aufleuchtenden Jasminkränzchen entströmte, vielleicht auch den dünnen Gewändern, unter denen sich die feinen Umrisse ihrer zartgliedrigen Gestalt abzeichneten.

Schnell vergehend und lieblich wie dieser Duft war, widerstand er van Heemsbergen doch schon vom ersten Tage an. Aber allmählich gewöhnte er sich daran. Und nicht lange dauerte es, so atmete er freudig den weichen Duft ein, wenn er ihm ein einziges Mal zwischen den schweren Wellen ekelhaft süßlichen Sirupgestankes begegnete, der aus den geöffneten Pforten und Türen der Fabrik drang.

Einmal aber, als er Adas Bild, das auf seinem Schreibtisch stand, in den Händen hielt, bemerkte er auch daran einen schwachen Amberduft. Das machte ihn ganz krank. Gleich als habe er sich verbrannt, ließ er das Stückchen Pappe fallen. Dann nahm er es wieder auf, und ohne die Augen ansehen zu können, die ihm daraus entgegenblickten, schleuderte er es heftig hin und her und schloss es ein.

Es kam ein Brief von ihr, an demselben Nachmittag. Er ging damit zum Hause hinaus, durch den Garten und an der Biegung der Landstraße vorüber. Dort, wo von Kalimas, hinter Bäumen verschwunden, kein Schimmer mehr zu sehen war, erbrach er den Brief.

Sie antwortete auf seine damalige Klage über allzu wenig Zeit, als er an seinem Essay arbeitete. Jetzt waren darüber schon zwei Monate verstrichen.

»Darum kann ich mich auch so danach sehnen verheiratet zu sein, ich würde dir all die kleinen Arbeiten abnehmen, die du den Schreibern nicht anvertrauen kannst, ich übe mich schon jetzt darin.«

Er mochte jetzt nicht nach Hause zurückkehren. Vom Toko des Chinesen aus schickte er nach seinem Diener, er solle ihm seinen Handkoffer und seine Leibwäsche bringen, und ritt nach Soembarbaroe, wo er eine Woche im Hotel blieb und Frau Oldenzeel dadurch in Erstaunen setzte, dass er Abend für Abend zum Tee kam und schweigend ihr Gerede über Hermann anhörte, mit jener Runzel zwischen den Brauen, die sie schon längst an ihm kannte. Als er mit dem Präsidenten nach Kalimas zurückritt, war er mit sich selber darüber einig geworden, dass der Umgang mit einem indischen Mädchen in seinen Verhältnissen fast eine zwingende Notwendigkeit sei und mit seiner Liebe zu Ada auch nicht das geringste zu schaffen habe.

»Das ist wie Essen und Trinken, das einen Menschen in seiner Gehirntätigkeit und seinem Gemütsleben nicht stört,« sagte er laut zu sich selber, endlich die Formel findend, in der sich Widersprüche erklärend auflösen ließen – etwas guten Willen seitens des Formulierenden vorausgesetzt.

Nichtsdestoweniger mied er Naila nach seiner Rückkehr.

Und als ihm ein paar Tage darauf das Faktotum des Pflanzers berichtete, er habe in Langean Menschen gefunden, die über die inländische Frau Rattem und den Haushalt des alten Heuvelink, so wie er vor zwanzig Jahren gewesen, Bescheid wüssten, nahm er dies zum Vorwand, um für eine Weile in das Hügeldorf zu ziehen. Er erklärte de Bakker, dass er an Ort und Stelle sehen wolle, welche Gewissheit zu erlangen sei.

Es stellte sich heraus, dass es nicht viel war. Der eine konnte sich bei der Vernehmung auf nichts mehr besinnen, ein Zweiter behauptete steif und fest, dass der junge Heuvelink der Sohn einer inländischen Frau sei, die Rattems Vorgängerin gewesen; ein Dritter meinte dagegen, dass sie nach jenem ersten Sohn noch mehr Kinder von ihrem Herrn gehabt habe, und dass davon noch einige am Leben sein müssten. Indessen sprachen sie alle unbestimmt und versicherten immer wieder, dass sie nur das wiederholten, was sie von diesem oder jenem gehört, von wem, das wüssten sie selbst nicht mehr. Nur ein alter Mann, dem die andern eine gewisse Ehrfurcht entgegenbrachten – van Heemsbergen zerbrach sich nicht den Kopf darüber, was das wohl für einen Grund haben mochte – war sehr bestimmt in seinen Aussagen. Er erklärte, dass er Rattem schon als Kind gekannt habe und dass sie tatsächlich Heuvelinks vormalige Haushälterin und die Mutter seines einzigen Sohnes sei.

De Bakker zuckte seine kräftigen Achseln, als van Heemsbergen mit diesem Bescheide heimkam. Er sagte kurz:

»Er hat dem Kerl einen Taler gegeben, damit er Ihnen das alles sagen solle.«

»Er,« das war der noch immer unbekannte Erbschaftsjäger, der sich hinter Rattem verbarg. Die von einem Interessenten leichthin ausgesprochene Vermutung von der Existenz einer solchen Persönlichkeit war für den Pflanzer schon seit langem zu einer Gewissheit geworden, für die er mit seiner Seele und seiner Seligkeit gebürgt haben würde. Und er erschöpfte seine argwöhnische Findigkeit in allerhand Vermutungen über die Identität jenes Diebes durch zweite Hand. Zunächst hatte er den Vormund des Verstorbenen mit ihm identifiziert: er war es, der Heuvelinks Vermögensverhältnisse bis ins allergenaueste und allerverborgenste kannte. Es war natürlich, dass er seine Macht und seine Kenntnisse zu eigenem Vorteil missbrauchte. Bis es ihm endlich klar wurde – nicht durch den Charakter des Mannes, denn für Beweise der Moral war er wenig zugänglich – sondern durch allerhand Nebenumstände, dass der Verwalter der Erbschaft und der, der nach ihr trachtete, zwei verschiedene Personen seien. Eine Weile blieb er erstaunt und unschlüssig wie ein Jagdhund, der, an etwas vorüberrennend, das er für eine Hasenspur hielt, ein wohlgenährtes Kaninchen in einem soeben zugesperrten vergitterten Käfig findet. Dann aber – auch genau so wie ein Jagdhund, der nach einem Augenblick des Überlegens die Nase in den Wind streckt und nach rechts und nach links laufend überall herumschnuppert, ob er nicht doch irgendwo den Hasen wittere, an den er nun einmal glaubt, – begann er, den Vormund ganz außer acht lassend, einen nach dem andern und manchmal auch zwei oder drei zugleich, alle diejenigen, die auf irgend welche Weise jemals mit den Heuvelinks in Berührung gekommen waren, zu verdächtigen und zu beobachten, indem er von dem Gedanken ausging, dass die »die nächsten dazu seien.«

Erstaunt und ärgerlich hörte van Heemsbergen Namen, von denen er es nicht verstehen konnte, wie jemand sie in einem Atem mit einer solchen Beschuldigung auszusprechen wagte.

»Sie kennen die Welt noch nicht,« sagte de Bakker, dem die Verstimmung seines »Anwalts« nicht entging. »In Bezug auf die Moneten sind sich Jan, Piet und Klaas vollkommen gleich, das heißt: sie sind alle Spitzbuben.«

Seine Gründe zum Misstrauen waren mannigfaltig und leicht wandelbar wie die Blätter auf einem Baum: Armut machte den Wunsch etwas zu besitzen erklärlich, Reichtum machte, dass der Besitzende noch mehr besitzen wollte; Geschicklichkeit in Geschäftsangelegenheiten war die Folge von wiederholtem Von-sich-abschieben sogenannter Gewissensbisse, und aus dem Grunde auch das Aushängeschild eines Mannes, wie sie ihn suchten; eine Abneigung gegen finanzielle Mühen hielt er für einen dichten Vorhang für den Dieb, der dahinter saß; Handelsleute wußten ja immer um gute Kapitalsanlagen, Advokaten kannten die spitzbübische Art, sie in die Hände zu bekommen, Beamte konnten die Inländer nach ihrer Pfeife tanzen lassen, wenn es auf Zeugen ankam; jeder Umstand und jede Eigenschaft war verdächtig und ebenso alles ihnen Widersprechende.

»Sie kennen die Welt noch nicht,« wiederholte de Bakker immer wieder, während er van Heemsbergen mit einer gewissen gutmütigen Geringschätzung ansah. »Und vor allen Dingen kennen Sie Java noch nicht, mein junger Mann.«

Nach einem solchen Gespräch lag das Land in van Heemsbergens Phantasie da wie ein Kehrichthaufen und eine Kloake.

Was ihm aber absolut widerstrebte, weil es ihn, Gysbert van Heemsbergen, selber in den Schmutz stieß, das war, dass er die absolute Überzeugung von der Reinlichkeit seiner Sache nicht gewinnen konnte. Er hatte die inländische Frau Rattem gesehen, und die Erinnerung an ihre ruhigen Züge und den Stimmklang, mit dem sie mütterlich das Kleinste zu sich rief, das bei seinem Kommen erschreckt davongelaufen war, vermochte er nicht abzuschütteln. Wenn sie wirklich Pieter Heuvelinks Mutter war, dann würde er nicht das seinige dazu beitragen, damit ihr das genommen würde, was ihr zukam, mochte aus de Bakkers und seinen eigenen Interessen werden, was da wollte.

Eines Abends sagte er das dem Pflanzer ohne Umschweife.

Er stand unbeweglich da, bereit einer heftigen Attacke zu trotzen. Aber de Bakker blies ruhig seinen Rauch aus und blickte ihm aus halbzugekniffenen Augenlidern nach, als schaue er in eine sonnige Ferne, nach einem verschwindend kleinen Etwas.

»Und *wenn* sie nun wirklich die Mutter wäre, was weiter?« fragte er nach einem Augenblick.

Van Heemsbergen sah ihn sprachlos an.

»*Wenn* sie nun wirklich die Mutter wäre,« wiederholte de Bakker ruhig. »Und wenn ich wirklich so dumm wäre, ihr die Erbschaft zu lassen; was glauben Sie wohl, was so'n Mädchen, das in seinem ganzen Leben noch nicht hundert Gulden zusammen gesehen hat, mit zwei Millionen anfangen würde?«

»Das ist meine Sache nicht,« antwortete van Heemsbergen, »was ich zu beurteilen habe, das ist nur– –«

De Bakker streckte die Hand empor.

»Halt! Einen Augenblick! Sie gehen durch wie ein Pferd, das den Koller hat. Ich war noch nicht fertig – wenn der andere ihr wenigstens das Geld nicht abnimmt. Und das sehen Sie doch auch wohl ein, dass er das tut?«

»Jener Mann hinter den Kulissen ist nun einmal ein Hirngespinst von Bossing und von Ihnen. Wenn ich irgendwelche Beweise dafür hätte, dass er existiert –«

»Beweise! – Beweise! – Ich habe den Beweis, sage ich Ihnen, der Charakter des Inländers liefert ihn mir. Ja, das soll mir mal einer weismachen, dass ein Inländer solche Sache einfädelt! Aber wenn ich auf Ihren »gesetzlichen Beweis« warten wollte, dann könnte ich wohl lange auf mein Geld warten! – Sie sind noch mit Ihren Gedanken in Holland, Mensch! Wenn die Sache dort geschehen wäre, so würde ich sagen: »Sie haben vielleicht nicht so unrecht.« Aber wir sind nicht in Holland, wir sind im Orient, und hier geht's orientalisch zu. Rattem – wenn es denn Rattem sein muss – bekommt das Geld auf keinen Fall. Wie die Sache auch gehen möge, sie bekommt's nicht. Die Frage ist nur die: soll die Familie das Geld bekommen oder der eine oder andere Schuft? Dann sage ich: die Familie, Gott verdammich!«

Frau de Bakker, die auf einem langen Stuhl ausgestreckt lag, während sie mit ihrem Fächer spielte, dessen grünlich-blaue Pfauenfedern sie langsam hin und her schob, bemerkte beiläufig:

»Mein Mann sagt,« »wenn sie die Mutter wäre« – um auf Ihre Beweisführung einzugehen, Herr van Heemsbergen. Aber ein jeder weiß natürlich ganz genau, dass sie es nicht ist.«

»Richtig. So ist's. Sie ist ebenso wenig die Mutter wie Sie oder ich. Eine ganz gewöhnliche Kampong-Dirne, die vielleicht mal mit einem Stalljungen oder einem Gärtner des alten Heuvelink »gegangen« ist. – Und dann hat sie so einiges über seinen Haushalt erfahren, womit sie Leichtgläubigen weismachen kann, sie sei seine Wirtschafterin gewesen.«

»Ich glaube,« begann Frau de Bakker wieder in jenem leichten gleichmäßigen Ton, als glitte sie mit der Bemerkung über etwas hin, das ihr ganz zufällig zu Ohren gekommen, aber wobei sie sich nicht aufzuhalten wünschte, »ich glaube, dass Herr van Heemsbergen, wenn er in dem Kampong andere Fragen stellte, auch andere Antworten bekommen würde.«

Sie hielt ihre Hand gegen das Licht der Lampe und blickte auf die roten Linien zwischen den Fingern und nach den trübe-durchsichtigen Nägeln, wie Tropfen auf den Fingerspitzen; dann mit einem halben Lächeln van Heemsbergens Blick begegnend: »ich hätte vielleicht sagen sollen, wenn Sie durch einen andern fragen ließen. Sie haben doch einen Dolmetscher?«

So leichthin sie das Wort auch aussprach – nicht anders, als meinte sie den Javaner, der ihn ständig nach den Dessas begleitete – so erriet er doch, dass sie Naila meinte, und gleichzeitig an jenem halben Lächeln, dass sie ihm ihre Unabhängigkeit von jener konventionellen weiblichen Heuchelei zeigen wollte, die das Verhältnis von seinesgleichen zu Naila gleichsam totzuschweigen pflegt.

»Frauen lernen hier wohl freier urteilen,« dachte er.

Frau de Bakker, die durch Dritte um seine Verlobung mit Ada de Grave wusste, blickte ihn durch ihre gespreizten Finger hindurch an. Das Spiel mit ihrer Hand und dem Licht abbrechend, sagte sie lachend: »Ich würde jenen Dolmetscher mal zum Gesandten, zur Gesandtin befördern.«

»Ja gewiss!« rief der Pflanzer aus, »schicken Sie das Weib doch mal drauflos! Sie hat natürlich ihre Freunde im Kampong, in der Opiumbude, im Warong, im Tanzhaus, überall da, wohin Sie nicht kommen. Was wollen wir wetten, dass sie eine ganz andere Geschichte mit nach Hause bringt, als die, die der alte Kerl in Langean Ihnen vorgelogen hat?«

Van Heemsbergen blickte vor sich hin.

»Aber Mensch, was finden Sie denn dabei!« rief de Bakker aus, »das sind wieder mal Ihre holländischen Anstandsideen den Inländern gegenüber. »Wer im Dschungel ist, muss mit den Tigern heulen,« sage ich immer.«

»Es ist auf jeden Fall der nächste Weg zu der Gewissheit, die Sie so gerne erlangen wollen,« bemerkte Frau de Bakker, »und im übrigen glaube ich, dass Naila schon lange mehr von der Sache weiß als wir alle zusammen.«

»Warum sagt sie das so?« dachte van Heemsbergen, »ob sie sie am Ende hat aushorchen lassen?«

Er sah sich die elegante Frau daraufhin aufmerksamer an.

»Schon möglich,« antwortete er kühl und begann von etwas anderem zu sprechen.

Doch richtete er, als er an jenem Abend heimkam, an Naila eine Frage, aus der sie hätte hören müssen, was er meinte, wenn sie überhaupt etwas von der Sache Rattem wusste. Sie begriff ihn sofort. Obgleich sie mit ihrer Antwort zögerte, sah er das an dem plötzlichen, sogleich wieder erloschenen Aufglänzen ihrer Augen.

Am nächsten Morgen, als sie ihr Monatsgeld erhielt, bat sie um die Erlaubnis, den Passar zu besuchen. Das vorige Mal hatte sie nicht darum gebeten. Er erriet, was sie beabsichtigte, und dass sie seiner Zustimmung zu ihrem verschwiegenen Vorhaben gewiss war.

Und als sie ein paar Stunden später wieder heimkam und mit ihren unhörbaren Bewegungen und sittsam niedergeschlagenen Augen an ihm vorüber schlich, fühlte er, wie sich unter einem unentrinnbaren Zwang die Worte in seinem Munde formten, auf die sie wartete, wie er wohl wusste.

»Hast du Rattem gesehen?«

»Ich habe sie gesehen,« antwortete Naila scheinbar gleichgültig, ohne aufzublicken.

Sie verschwand.

Aber nach einer Weile kam sie wieder und sah sich um, als suche sie etwas.

Er sah, dass sie eine saubere Kabaja angezogen, ihr Haar glatt gestrichen und eine dünne Schicht Puder auf ihre Wangen gelegt hatte. Ein beinahe betäubender Duft umfing sie. Sie bückte sich nach einer kleinen kugelrunden goldenen Frucht, die aus dem Korbe gefallen sein musste, mit dem sie soeben die Galerie betreten hatte. Dann begann sie zu sprechen, ohne wie sonst auf eine Frage von ihm zu warten, ein wenig verlegen noch anfangs, indem sie erzählte, was sie gekauft und was sie bezahlt habe auf dem Passar; allmählich aber wurde sie freimütiger, sprach von Rattems Mann, der eine Krisenscheide habe, eine wunderbare, so schön wie nicht einmal der Djaksar von Soemberbaroe eine besäße, und der damit prahlte, dass er bald noch reicher sein würde als der Regent.

Er antwortete nicht.

Und sie begann von Rattem selber zu erzählen, wie sie schon einige Männer gehabt habe, vor dem, mit welchem sie jetzt verheiratet sei, und wie sie eine Zeitlang im Hause eines Arabers gelebt, der noch jetzt in den Kampong käme, um sie zu besuchen. Dann ging sie auf Einzelheiten ein und sprach über die anstößigsten Dinge mit einer Schamlosigkeit, die durch ihre offenherzige Einfalt beinahe unschuldig wirkte.

Nachdem er ihr eine Weile unwillig zugehört, fragte van Heemsbergen, von einem plötzlichen Argwohn ergriffen:

»Du wiederholst doch nicht etwa das Geschwätz von Menschen, die Interesse daran haben, Rattem anzuschwärzen?«

»Eh!« rief Naila, »alle Erwachsenen und selbst die Kinder im Kampong wissen, wie Said Mohamad dort ein- und ausgeht.«

Er dachte nach. Wo Said Mohamad war – er wusste das – da war das Verderben.

Nach einer Weile sagte er, sich überwindend:

»Sieh doch mal zu, ob du vielleicht erfahren kannst, was er dort will.«

Naila wiederholte ihre unveränderliche Antwort auf alle seine Befehle:

»Ja, Herr.«

Aber diesmal war ein Klang in ihrer Stimme, der den unterwürfigen Worten eine andere Bedeutung verlieh.

Und dieselbe Veränderung zeigte sich von jenem Augenblick an in allem, was sie ihrem Herrn gegenüber tat und sagte.

Da Pieter Heuvelinks Vormund, der alte Hillemans, das Verlangen, er solle den Blutverwandten des Vaters Rechenschaft und Verantwortung ablegen, mit der Erklärung beantwortet hatte, dass die inländische Frau Rattem als die Mutter weiland seines Mündels, dessen Erbin sei, und er infolgedessen ausschließlich ihr Rechenschaft ablegen und die Nachlassenschaft aushändigen würde, kam es zu einem Prozess vor dem Gericht in Batavia.

Der alte Hillemans, ein nicht zu unterschätzender Gegner, wie van Heemsbergen alsbald bemerkte, war ein Mann von jenem seltenen Schlage, von dem jede Generation von Kolonisten bei der Rückkehr ins Vaterland einige wenige Exemplare zurücklässt, Nachzügler des großen Haufens, Schwächlinge, vereinzelte Eigensinnige, die sich, indem sie sich immer weiter und weiter von ihresgleichen entfernen, allmählich mit dem Fremden anfreunden und dem Befreundeten sich entfremden, bis sie endlich, den Eingeborenen vollständig gleich geworden, auf einem schattigen Fleckchen still am Wege sitzen bleiben, wo die Fußspuren ihrer heimwärtskehrenden Kameraden von einst schon undeutlich werden im Staube.

Hillemans war einer jener Eigensinnigen.

Aus reiner Halsstarrigkeit stets einen andern Weg einschlagend, als ein jeder dachte – oder wünschte, wie er meinte – dass er einschlagen würde, hatte er eine vom Glück begünstigte Karriere bei der inländischen Verwaltung urplötzlich aufgegeben, um Kaffee zu pflanzen. Nachdem er im Verlauf von fünfundzwanzig Jahren, während deren er gepflanzt und geerntet, dreimal ein Vermögen zusammengescharrt und es dreimal wieder verloren, hatte er sich endlich mit dem, was ihm noch übrig geblieben war, ein Häuschen gekauft in einem kleinen Ort in dem Preanger, acht Tage nachdem er seinen Verwandten in Holland, die ihn schon nicht mehr zu den Lebenden zählten, geschrieben hatte, dass er jetzt in die Heimat zurückkehren werde. Der Anblick des Dampfers auf der Reede von Samarang hatte ihn aber plötzlich zu der Einsicht gebracht, dass er nicht mehr fort könne aus Indien, dass er dort festgewurzelt sei mit allen seinen Gedanken und seinen Gewohnheiten und dass Holland für ihn etwas so Fernes und Fremdes geworden wie der Nordpol. Jetzt, da er beinahe ganz auf inländische Art lebte in jenem Bambus-Häuschen, wo um ihn her einige braune Kinder heranwuchsen, war er so weit gekommen, dass er einen Widerwillen hatte gegen Holland, gegen holländische Menschen, gegen holländische Dinge, gegen alles, was holländisch war, und es verurteilte wie einer, der gänzlich außerhalb stand und auf einem Standpunkte, der unendlich hoch über dem holländischen erhaben war. In Streitfällen nahm er ohne Zögern stets die Partei des Inländers.

Er war also – de Bakkers Ansprüche kennend – schon von vornherein geneigt, in der abgearbeiteten und durch vielfache Mutterschaft welk gewordenen Dessafrau, die ihn einige Wochen nach dem Tode seines Mündels aufsuchte, das hübsche junge Weib wieder zu erkennen, das er vor zwanzig Jahren durch Heuvelinks Haus hatte hin- und hergleiten sehen, und de Bakkers Leugnen gab ihm die Gewissheit ihrer Identität. In wildem Zorn wappnete er sich, um das Recht der Inländerin gegen jenen holländischen Schurken zu verteidigen. Er nahm den tüchtigsten Anwalt von Batavia – Dr. Bossings besten Feind – den er damit beauftragte, alles, was aussagen konnte, herüberkommen zu lassen, und wäre es eine ganze Dessa, und er bezog selbst Zimmer im Hotel de l'Europe, während er Rattem mit Mann und Kindern in den Nebengebäuden einquartierte.

Van Heemsbergen, der sich nun endlich von der Rechtlichkeit seiner Sache überzeugt fühlte, traute seinen Augen nicht, als er die Zeugenschar sah, die die Gegenpartei ins Treffen führte, und den sowohl wegen seines Charakters als seiner Tüchtigkeit geachteten Advokaten, der die Verteidigung für Hillemans übernommen. Aber dies Erstaunen wandelte sich mit einem Schlage in Kampfeslust. Jetzt ward es erst der Mühe wert! und er zog vom Leder. Dr. Bossing sah es und war beruhigt.

Während er van Heemsbergen, der zur Erleichterung der vielfachen Besprechungen bei ihm wohnte, beobachtete, war ihm in den ersten Tagen angst und bange geworden. Langsam in seinen Bewegungen, kärglich mit seinen Worten, nur durch fortwährendes Anreizen und Aufstacheln aus seiner Apathie erwachend, erschien ihm dieser Mann, der bei dem gleichgültigsten Thema mit Paradoxen und zynischen Bemerkungen um sich warf und der stundenlang in der Dämmerung und im Dunkeln allein saß, die Menschen scheute und bei Tisch das eine Glas Wein nach dem andern trank, ohne auch nur um ein Atom lebhafter zu werden, wie ein Willenskranker, wie ein Invalide, schon vor der Schlacht kampfesunfähig. Er begriff nicht, wie in dem einen Jahr so vieles sich in solcher Weise hatte ändern können. Und hatte denn de Bakker, der ein solcher Menschenkenner war, nichts von alledem gesehen, was sich vor seinen Augen zutrug, dass er einen solchen Nichtskönner zu seinem Verteidiger ernannte? Er fragte danach und erhielt zur Antwort, dass solche Launen van Heemsbergen oftmals überfielen, dass sie aber nicht lange dauerten und dass er, Bossing, sobald dies nur erst vorüber, sich noch wundern würde über den Mann, der dann zum Vorschein käme.

Trotzdem er in dieser Weise darauf vorbereitet war, überraschte die plötzliche Wandlung ihn dennoch. Er war wirklich im höchsten Grade erstaunt. Der mutmaßliche Invalide zeigte jetzt solchen Mut und zugleich solche Umsicht, dass er selbst als altgedienter Veteran ihn zufrieden auf seinem Posten und an seinem Platz ließ.

Alsbald kam von der Gegenpartei ein Vorschlag zu gütlichem Ausgleich.

Van Heemsbergen, der nichts von Nachgeben hören wollte – er kämpfte nun um seine eigene Ehre und Genugtuung mindestens ebenso leidenschaftlich wie um die zwei Millionen für seinen steinreichen Klienten – sah mit ärgerlichem Erstaunen, dass Dr. Bossing einem Ausgleich nicht einmal ganz abgeneigt war. Mit seinen undurchdringlichen Zügen und den Augen, die hinter blitzenden Brillengläsern verschwanden, nickte der alte Advokat zustimmend trotz seiner erregten Beweisführung.

Frau de Bakker – der Pflanzer war auf Kalimas geblieben, da er jetzt während der Ernte nicht abkommen konnte – pflichtete van Heemsbergen bei und setzte ihren Vetter in Erstaunen durch die Heftigkeit, mit der sie es tat.

Der Prozess hatte sie aus ihrer trägen Gleichgültigkeit aufgerüttelt. Ihr war es jetzt mehr um den Gewinn der zweimal hunderttausend Gulden zu tun, die ihren Anteil der Erbschaft ausmachten, als ihrem Mann. So wenig wie van Heemsbergen selbst wollte sie etwas von Nachgeben oder Teilung hören. Da sie dem Brief ihres Mannes entnahm, dass er im Begriff stand, sich von dem vorsichtigen Bossing überreden zu lassen, ging sie selber nach Kalimas, um ihm klarzumachen, dass er energischer auf seiner Forderung bestehen müsse.

Van Heemsbergen bekam vollkommen freie Hand.

Er weigerte sich, irgendein Abkommen zu treffen, welcher Art es auch sein möge, und stürzte sich in den wieder aufgenommenen Kampf mit solcher Leidenschaftlichkeit, dass sogar der kaltblütige Dr. Bossing davon angesteckt wurde.

»Ich bin nicht für Kompromisse,« sagte er, »alles oder nichts. Aber es *wird* alles sein.«

Er war seiner Sache und seiner selbst so sicher, dass er den Ausspruch des Gerichtshofes, laut welchem die Erbschaft seinem Klienten zugesprochen wurde, beinahe ruhig anhörte.

Drei Tage später war er auf dem Wege nach Langean, nachdem er sich de Bakkers überschwänglicher Dankbarkeit entzogen hatte, der auf die triumphierende Nachricht hin sofort herübergekommen war, um seinen Erfolg und »seinen Advokaten« mit einem Fest zu feiern, von dem Batavia dröhnen sollte.

Behaglich in den Wagen zurückgelehnt, mit dem der Pflanzer ihn an der Endstation der Lokalbahn abholen ließ, fuhr er nun denselben Weg hinunter, den er vor kaum einem Jahre als soeben erst ernannter außerordentlicher Hilfsaktuar bei dem Landrat zu Soemberbaroe, in einem schaukelnden, rüttelnden Postwagen mit hässlichen, schlecht gezäumten Zwergpferdchen zurückgelegt hatte. Er dachte daran, während er von den Höhen des Tjadas Ratoe herab den kleinen braunen Flecken wieder liegen sah wie an jenem ersten Tage, halbwegs zwischen den Hügeln und der großen Fläche von Cheribon.

»Wieder an den Ausgangspunkt zurückgekehrt,« dachte er, »aber mit einem Unterschied! Wir wissen jetzt, wohin wir *nicht* müssen. Das ist der Gewinn eines verlorenen Jahres, das als nicht gewesen zu betrachten ist.«

Er fühlte sich jetzt dem Glück so nahe, wie er ihm seit langer Zeit nicht hatte kommen können. Die Schnüre und Stricke, die ihm ins Fleisch geschnitten, hatten sich einer nach dem andern gelöst und waren abgefallen. Er war befreit von Naila, die, vielleicht getröstet durch ein unerwartet reiches Geschenk, mit dem größten Gleichmut gegangen war, ohne auch nur mit einem Blick oder einer Gebärde einen Protest zu äußern, den van Heemsbergen sogar sich selbst gegenüber totzuschweigen suchte. Er hatte seine dringendsten Schulden in Leyden bezahlt, er konnte Kalimas, wo er sich allmählich eingeengt fühlte wie in einem Gefängnis, für immer den Rücken kehren.

Während der schwermütigen Anfälle, unter denen er immer mehr gelitten, hatte er manchmal an seiner Zukunft und an sich selber zu zweifeln begonnen. Das war jetzt vorbei. Er hatte seine eigenen Kräfte erkannt, und zu dieser inneren Sicherheit gesellte sich jetzt auch die äußere: Dr. Bossing hatte ihm vorgeschlagen, sein Sozius zu werden.

Er hatte noch nicht definitiv angenommen, zurückgehalten durch ein Gefühl, das er selber nicht gut verstand oder zu verstehen versuchte – und das er in Ermangelung eines besseren »diplomatische Reserve« nannte; aber nichtsdestoweniger war er fest entschlossen, diese einzig dastehende Chance auf Reichtum und gesellschaftliches Ansehen zu ergreifen. Und seine Pläne für die Zukunft wurden auf jener Grundlage neu aufgebaut.

Nachdem er seiner Braut das verabredete Telegramm geschickt, hatte er sich sogar schon – wie um sich ein Unterpfand für sein künftiges Glück zu geben – ein Haus angesehen und sich die Vorhand geben lassen.

Unwillkürlich lächelnd rechnete er aus, dass sie jetzt innerhalb eines halben Jahres verheiratet sein könnten, sei es, dass Frau de Grave nach Adas soeben gefeiertem dreiundzwanzigsten Geburtstag dem Vormund ihrer Tochter gegenüber frei geworden, in die Ehe einwilligte, sei es, dass Ada, des allzu lang gefolgten Weges der Sanftheit und des Bittens endlich müde, seinem Bruder erlaubte, die nötigen Schritte zu einer Heirat pro procura zu unternehmen.

Er holte die Brieftasche zum Vorschein, in der ihr letztes Bild steckte. Das feine Gesichtchen in seiner Aureole von weichem Blondhaar schien ihm schmal geworden. Sie lächelte auf dem Bilde, aber es war jenes Lächeln, das er aus der Zeit nach ihres Vaters Tode kannte; – ein Lächeln über zurückgedrängten Kummer hinweg.

Leicht berührte er mit einem behutsamen Finger jenen empfindsamen Mund, gleich als könne er den Leidenszug hinwegstreicheln. Wenn er auf die vor drei Tagen abgeschickte Depesche nicht die Antwort bekam, die er verlangte, so würde er gehen und sich seine Frau holen.

Er steckte das Bild mit einer entschlossenen Bewegung wieder ein.

»So und nicht anders,« sagte er laut, und er blickte auf die blendende Landschaft – die hügeligen Felder, die bis in die Ferne hinein mit grünlich-blauen und goldenen Pflanzenflämmchen brannten unter der bläulichweißen Himmelslohe – gleich als habe von nun an auch darin etwas jenem »so und nicht anders« zu gehorchen.

Am Spätnachmittag erreichte er Langean und den Pasang-Grahan. Ein paar bekannte Gesichter nickten ihm aus der Vordergalerie zu; es waren Präsident Oldenzeel und seine Frau.

Es kostete van Heemsbergen Mühe, seine peinliche Überraschung zu verbergen, während er sie begrüßte, so jämmerlich hatten sich die beiden verändert in den wenigen Wochen, seitdem er sie zuletzt gesehen.

Oldenzeel war total abgemagert, die Haut hing ihm runzelig und schlaff über Hals und Wangen. Das Gelb, das seine Augen so entstellte, war jetzt beinahe braun; seine kleinen, stets so sorgsam gepflegten Hände waren verwahrlost, und die Kleider schlotterten ihm am Körper. Frau Oldenzeel, bei der man es nicht für möglich gehalten hätte, dass sie noch abmagern könnte, schien überhaupt keinen Körper mehr zu haben. Sie war wie ein Seelchen in einer dünnen Schale, und die fast allzu groß gewordenen Augen in dem schmalen Gesicht waren trübe wie von vielem Weinen.

Ganz gegen ihre Gewohnheit begann sie mit einer gewissen nervösen Hast ein Gespräch, in dem sie ihm in einem Atem zu dem glücklichen Ausgang seines ersten Prozesses und zu seiner soeben veröffentlichten Verlobung gratulierte.

Van Heemsbergen, der sich entsann, etwas von einem Pensionsgesuch seitens des Landrats-Präsidenten gehört zu haben, und der flüchtig an dienstliche Unannehmlichkeiten dachte, fühlte sich als Überglücklicher ein wenig befangen diesen beiden alten bekümmerten Menschen gegenüber. Aber die mitleidige Schamhaftigkeit vermochte der Freude darüber, dass er nun endlich sein Glück aussprechen konnte, nicht standzuhalten. Mit strahlendem Lachen nahm er den Glückwunsch an.

»Wir hoffen, innerhalb weniger Monate verheiratet zu sein,« sagte er, indem er ganz gegen seine bessere Absicht in einem Tone sprach, als müsse das für die Welt im allgemeinen und für die Oldenzeels im besonderen ein Grund zu großer Freude sein.

Und darauf begann er von Adas Liebe zu Indien zu erzählen, dem Erbteil ihres Vaters, von der mädchenhaften Art, in der sich ihre Begeisterung in allerlei Plänen und Überlegungen bezüglich »des Glückes der

Inländer« äußerte, ohne zu bemerken, dass seine beiden Zuhörer nur scheinbar zuhörten.

»Ja … ja … ganz nett … solch junge Mädchen,« sagte Dr. Oldenzeel … »und Ihr Prozess verdient auch einen Glückwunsch. Ja … das haben Sie famos gemacht.«

»Die Sache war sehr einfach, wie Sie wissen – das heißt, sie würde es gewesen sein überall dort, wo es einen Zivilstand gibt. Aber darin lag hier ja gerade die Schwierigkeit. Ich hatte keine Beweise, es galt nur Suchen und Fragen und Aushorchen, und Sapin, der log, durch Wartan kontrollieren, der auch log, und die beiden mit Ardanji konfrontieren, der ebenfalls log. Ich habe es manchmal nicht fassen können, sie hatten nicht einmal ein Interesse daran, mich zu betrügen, es muss etwas sein, das in der Natur der Eingeborenen liegt … und dann die Zustände im Kampong, die man so allmählich ergründet!«

Die Erinnerung an die Art und Weise, wie er sie ergründet hatte, ließ ihn plötzlich verstummen.

»Ja … es ist dort gewiss nicht alles so, wie es sein sollte,« sagte Dr. Oldenzeel zerstreut. Er schwieg eine Weile; dann machte er sich mit sichtlicher Mühe von dem los, was seine Gedanken beschäftigte, richtete seine vorstehenden Augen auf van Heemsbergen und sagte: »Das wird Ihnen aber gut zustatten gekommen sein für Ihre Arbeit – für das Buch, das Sie über indische Rechtszustände schreiben wollen.«

Van Heemsbergen errötete leicht.

»Nun, eigentlich doch nicht so sehr – im Gegenteil, ich suchte in der Beziehung auch mehr nach Gewohnheitsrechten, Überlieferungen. Was ich fand, war etwas total anderes – und viel eher dazu angetan, mich von allen Illusionen über den Inländer zu kurieren, falls ich die jemals gehabt hätte. Ich stimme übrigens in diesem Punkt nicht mehr mit meinem Lehrer überein, Professor de Grave war ein unverbesserlicher Idealist.«

»So – ich habe nicht viel von ihm gelesen, wie Sie wissen. Es wäre nett, wenn Sie nach Ablauf Ihres Urlaubs wieder in Soemberbaroe angestellt würden, Sie wissen doch, dass Bartmans mein Nachfolger wird. Mit dem würden Sie sich gut vertragen, ein außergewöhnlich kluger Mensch, wie ich höre – und auch so sehr für die Studien eingenommen, Rechtsphilosophie usw.« – Dr. Oldenzeel deutete das Nichtausgesprochene durch eine unbestimmte Handbewegung an, – »all das moderne Zeug. Aber Sie kennen ihn gewiss, Sie sind mit ihm zusammen herausgekommen, wenn ich mich recht entsinne.«

»Ja, ich kenne ihn. Ich bin noch nicht so ganz fest entschlossen, ob ich wieder zur richterlichen Karriere zurückkehre« – van Heemsbergen sagte es ein wenig gezwungen, scheinbar widerwillig, »vielleicht lasse ich mich als Advokat in Batavia nieder.«

»Sieh da, sieh da, das hätte ich nicht gedacht, aber Sie haben recht, Sie haben recht, besonders da Sie ans Heiraten denken. Wissenschaft ist eine schöne Sache, aber man kann nicht davon essen, sage ich immer, erst müssen die Moneten da sein.«

»Das sieht ihm ähnlich,« dachte van Heemsbergen, ärgerlich über die Färbung, die sein eigener, stets in den Hintergrund gedrängter Gedanke durch Dr. Oldenzeels Worte gewann. Um ein anderes Thema anzuschlagen, fragte er nach seinem Freund Hermann.

Frau Oldenzeel bückte sich langsam nach ihrem Taschentuch, das unter den Tisch gefallen war, und der alte Herr begann mit den Fingern auf seine Knie zu trommeln.

»Wir ... wir erwarten ihn ... hier ... binnen kurzem,« sagte er endlich.

»Ich wusste nicht, dass er schon seinen Doktor gemacht hat, ich gratuliere Ihnen.«

»Er ... das hat er nicht... getan ... nein ... kch ... er ist... er hat kein ... Glück gehabt bei seinem Examen ... Seine Mutter und ich ... und er selbst ... auch, wir meinen, dass es jetzt wohl das beste sein wird, wenn er hierher kommt ..., unser gemeinschaftlicher Freund de Bakker wird ihn eine Weile in seiner Fabrik beschäftigen, für den Anfang.«

Frau Oldenzeel wischte sich verstohlen die Tränen ab.

»Alles, was mit der Landwirtschaft zusammenhängt, ist heutzutage doch immer noch das beste in Indien,« sagte Oldenzeel, während er einen schweren Seufzer ausstieß. »Der Dienst stellt jetzt doppelt so viel Anforderungen wie vor fünfundzwanzig Jahren, als ich anfing. Und dann die langsame Beförderung. Na ja –,« er machte eine Bewegung, als wolle er etwas beiseite und aus den Augen rücken, – »davon ist ja auch keine Rede mehr – wir haben auch schon an den Handel gedacht, aber bei den augenblicklich herrschenden schlechten Zeiten ... alle Effekten und Papiere gehen zum Teufel, sogar der Goerontaloe, von dem doch ein jeder glaubte, dass er wieder hoch kommen würde. Aber daran ist die Regierung schuld ... während Zucker, ... den wird man immer brauchen, nicht wahr?«

»Herr van Heemsbergen hat uns doch soeben erzählt, dass er sich vielleicht als Anwalt niederlassen wird,« sagte Frau Oldenzeel in ihrem schüchternen Ton.

»Ach ja, richtig, das war mir ganz entfallen. Sie haben recht, van Heemsbergen, vollkommen recht, Anwälte, die wird man auch immer brauchen.«

Er seufzte und starrte vor sich hin.

Frau Oldenzeel stand auf und berührte leicht seine Hand.

»Du wolltest mir ja noch die Statue zeigen, die ausgegraben ist, wie wäre es, wenn wir jetzt gingen, mein Lieber? Es wird sonst zu dunkel.«

Sie sprach von einem buddhistischen Heiligenbild, das erst vor wenigen Tagen in der Nähe des verfallenen Hindutempels ausgegraben war, und von dem Altertumsforscher, der es gefunden, als »die Göttin der begrenzten Weisheit« bezeichnet wurde. Es stand noch im Walde, von einer Wache gegen unbescheidene Neugierde beschützt. Die Oldenzeels waren gewiss die einzigen in der ganzen Umgegend, die es sich noch nicht angesehen hatten.

Er erhob sich langsam.

»Wie du willst, Marie.«

Und sie machten sich auf den Weg.

Oldenzeel ging langsamer und schwerfälliger als jemals in den Tagen seiner Korpulenz. Es schien fast, als werde er von der zarten kleinen Frau gestützt, die an seinem Arm hing. Als sie in der Waldallee verschwunden waren, empfand van Heemsbergen etwas wie eine Erleichterung.

Er nahm den gestörten Bau seines Luftschlosses wieder auf, während er nach dem westlichen Himmel schaute, der sich rings um die sinkende Sonne zu röten begann.

Der Wald, in dem das verlassene Landhaus verborgen lag, hob sich schon schwärzlich ab von jener Glut. Und auf dem kaum sichtbaren

Dach, auf einem Pfeilerkapitel des Pavillons, in dem er seinerzeit den Landratssitzungen beizuwohnen pflegte, gewahrte er einen Streifen funkelnden Goldes.

»Nein,« dachte er, während er sich der endlosen Sitzungen entsann, endlos, obgleich der Djaksa es, durch den Jahre alten Wunsch des Präsidenten angespornt, in der Verkürzung der umständlich zögernden Antworten der Verhörten zu einer erstaunlichen Fertigkeit gebracht hatte.

»Nein – wahrhaftig komme ich nicht zurück und noch dazu mit der Aussicht, Bartmans zum Chef zu bekommen – das fehlte mir gerade noch. Während ich als Bossings Kompagnon ein freier Mann werde, und reich! In der Beziehung hat der Alte recht, man muss Geld haben, das ist die Basis für alles; aber an dem, was er auf dieser Basis erreicht, lässt sich der eine Mensch vom andern unterscheiden ... ich würde Macht darauf begründen.«

Die Sonne hatte während des Sinkens den Himmel in Brand gesetzt. Rings umher auf alle Bergesgipfel und steilen Wälder fielen jetzt die feurigen Funken, faserige Palmenkronen standen wie Fackeln am Himmel. In der Ferne, wo er dichter wuchs, stieg der Wald empor wie ein schwarzer Wall, der die Lohe des Himmels noch einen Augenblick zurückhalten wollte, bald aber mit aufflammen würde. Ein Abhang, auf dem der Reis in Blüte stand, begann plötzlich in duftigem Rot zu glühen, die dünnen Wasserläufe von der einen Terrasse bis zur anderen sprühten aus dem Ungesehenen empor; der braune Gipfel glühte. Die Hügel ringsumher, erst einer nach dem andern, dann gleich darauf Gruppe an Gruppe und Kette an Kette, fingen Feuer. Die Wolken wandelten sich in lange, schmale, purpurne Fische, die durch ein goldenes Meer schwammen, in Funken speiende Drachen, in Salamander, die in der Lohe spielten, in Schwärme karfunkelroter Vögel, die zum Zenith emporschwebten. Die riesenhafte Flammensphäre, die Sonne, brannte sich fest auf der Spitze des Tjeremai.

Jetzt troff alles von Rot. Lavafackeln, Blut, Rubinen, Rosen, Wein; eine Vision von Purpur ward die Welt.

Eine atemlose Weile stand sie so, in Lohe.

Dann war der äußerste letzte Glutrand der Sonne zu einem blendenden Tropfen verschmolzen, dort oben auf dem Berggipfel; er sank weg. Meilenweit fiel der Schlagschatten des hohen Kegels auf das Hügelland nieder, ein Keil luftigen Graus zwischen schon dunkelndem Purpur. Ringsum sanken die Flammen und erloschen. Zuerst auf den niedrigsten Gipfeln, dann auf den höheren und fernsten ward der Brand der Berge gelöscht. Der Himmel wurde ruhig. Über Rot und Gold tat sich ein zartes Grün auf, frisch wie eine Lenzeswiese und durchsichtiger als das stillste Wasser.

Ein schwarzer Punkt hob sich ab von dem Beryll, dann ein zweiter.

Als er die Hand, mit der er seine geblendeten Augen vor dem Sonnenuntergang geschützt hatte, sinken ließ, gewahrte van Heemsbergen diese beiden dunklen Punkte.

»Die Kalongs fliegen aus,« dachte er, und nach der Finsternis schauend, die der Wald rings um das verlassene Landhaus bildete, sah er etliche breit beschwingte Tiere daraus aufsteigen, die zuerst Erwachten von den Legionen lichtscheuer Schläfer.

Langsam auf regungslosen Schwingen trieben sie empor, als ob sie ohne die allergeringste Anstrengung, allein schon vermöge ihrer Leichtheit, durch die Lüfte schwebten, höher und höher noch empor, bis über die Region des Abendwindes, der gegen ihre weit ausgespannten Flügelsegel atmete, bis in die schwindelnden Höhen des Zeniths.

Jetzt kamen ihrer mehr. Ein Schwarm folgte, sich hierhin und dorthin verbindend, die ersten Einzelzügler. Aus jenem dunklen Hügel, der ein verfallener Palast war, von einem dichten Walde umschlossen, begann es wie eine düstere Rauchsäule aufzusteigen, die, sich äußerst langsam drehend, in die Höhe stieg, dicht und dunkel am Fuß, und die langsam breiter und durchsichtiger ward, bis zu dem wirbelnden Gipfel, wo sie auseinanderschwirrte und in Wolken forttrieb, hierin und dorthin, und schwarze Fetzen über den ganzen weiten Himmel breitete.

Und immer mehr, immer neue Wolken schwarz beschwingter Tiere stiegen aus ihrem verborgenen Palastnest auf. Es war als brächten sie die Nacht, vorausgesandte Schatten, die der kommenden Finsternis die Wege des Himmels bereiteten. Es wurde schwarz, wo sie schwebten. Schon begann am opalfarbenen östlichen Himmel ein einzelner Stern zu funkeln.

Van Heemsbergen folgte diesen schwarzen Vogeltieren mit den Augen; sie zogen seine düster werdenden Gedanken mit sich.

Er gedachte des Palastes eines königlich mächtigen Kolonisten – jetzt die verpestete Spelunke jener Ungeheuer.

Und plötzlich griff dieser Gedanke ihm in die Seele.

»So geht es und so wird es gehen mit allem, was wir hier in Indien tun – Reichtum, Zivilisation, Siege, Gesetze, Wissenschaft – es ist alles für kurze Zeit nur gebaut, und so wie der Palast jenes Millionärs, den jetzt auch der Allerelendeste voller Abscheu meidet, durch die fliegenden Hunde, so wird es durch den trägen Widerstand der Eingeborenen unterjocht werden. Indien ist stark! Wir sind dahin gekommen, wie Überwinder in ein erobertes Land, aber es dauert nicht lange, so werden wir unserer Besiegten Besiegte sein. Wir kommen in das, was wir für das Land des Orients halten, das Land der Pracht, der Poesie, der Kraftfülle, ein Land, stets so, wie es soeben während weniger Minuten in der untergehenden Sonne war. Es ist nicht wahr! Es ist nicht das »Land des Orients,« es ist der »Orient«, das versengte, verregnete, von Ungeziefer aufgefressene schmutzige Land, aus dem manch einer seinen Reichtum holen und dabei doch sagen möchte »es stinkt nicht«. Das Land der plattesten, elendesten, ungeheuerlich stärksten Prosa, unter der alles erstickt, was keine Prosa ist. Wissenschaft, Ehrgeiz, originelle Ideen: der Dreck von fliegenden Hunden fällt darauf nieder! Ist es noch nicht erstickt und vergangen, dann noch mehr darauf, noch mehr Schmutz, so viel, dass es niemals mehr zum Vorschein kommen kann, dass sogar niemand mehr weiß, dass es jemals da gewesen ist! Weiß ich doch, wie das geht.«

Er hielt inne, erschreckt, nicht begreifend, wie er plötzlich auf jenen Gedanken kam. War das denn wirklich wahr? Und er fühlte wie er von den Fingerspitzen bis zu den Zehen erstarrte, während er seine aufstöhnende Seele antworten hörte:

»Ja, es *ist* wahr!«

Schwer atmend saß er eine Weile da, regungslos.

Aus dem Hause drangen Geräusche, das Hinsetzen eines Stuhles auf der Hintergalerie, das Schließen einer Tür, jetzt eine Stimme, die etwas fragte, und darauf eine zweite, die antwortete. Ein Lichtschein fiel auf die Steinfliesen – es war sein Boy, der die Lampe brachte.

Van Heemsbergen stand auf. Er kämpfte wie gegen ein Alpdrücken.

»Es muss das Fieber sein, das wiederkommt,« dachte er. Er hatte in Batavia einen Anfall gehabt, der nachträglich beschaut, schlimmer gewesen war, als er ihm im Arbeitseifer jener letzten vierzehn Tage zum Bewusstsein gekommen. Er fühlte sich den Puls, der aber ging ruhig.

»Wie mag es nur kommen, dass ich mich mit einem Male so fühle? alles war doch gut.«

Er dachte nach, suchend.

Hatte die Niedergeschlagenheit der alten Oldenzeels ihn angesteckt? Nein. Seit sie dort auf jenem Waldweg verschwunden waren, hatte er nicht einmal mehr an sie gedacht: ein Junge, der nicht studieren kann, das ist ja auch nicht gar so tragisch, dann soll er halt die landwirtschaftliche Karriere einschlagen. Warum er nicht ebenso gut wie ein anderer? Was konnte es denn nur sein? Jene Bemerkung von Oldenzeel über seine Arbeit? Warum? Er hatte ja gar nicht die Absicht, sie liegen zu lassen! Aufgeschoben ist nicht aufgehoben. Sollte Ada diese Idee etwa auch haben? Sie hatte noch niemals direkt geantwortet auf jenen Brief über das endgültige Ausscheiden aus dem Dienst – die Arbeit hängt doch nicht nur davon ab! Im Gegenteil. Als freier Mann werde ich mich ihr viel mehr widmen können, als wenn ich unter der Botmäßigkeit eines Chefs stehe. Und wenn das vielleicht in den ersten Jahren nicht geht, wenn ich zu viel mit Geschäftsangelegenheiten zu tun haben werde – später doch auf jeden Fall ... Ist es vielleicht, weil ich an jenes Geschöpf gedacht habe?«

Er unterbrach sein ruheloses Auf- und Abgehen in der Galerie, legte sich selbst die Frage vor und untersuchte sie vorsichtig, als betaste er eine schmerzhafte Stelle, die vielleicht eine eitrige Wunde war, vielleicht auch nur eine leichte Hautabschürfung; aber die Unempfindlichkeit seiner Erinnerung an Naila bewies ihm, dass der Schmerz, der an ihm nagte, nicht daher rühren könne. Er hatte sie vergessen, so wie ein wieder Genesener ein heißes Fieber vergisst.

»Es wird wieder einer meiner ›Anfälle‹ sein,« schloss er endlich achselzuckend. »Ich scheine die Dämmerung nicht vertragen zu können. Es packt mich immer um diese Stunde.«

Er dachte an viele solcher Stimmungen auf Kalimas, wenn er, allein in der immer dunkler werdenden Vordergalerie, die Beklemmung der toten Stunde in dem indischen Etmal empfand, der unsicheren, der gefährlichen Stunde, in der kein Geräusch ist und keine Erscheinung, in der, was des Tages ist, bereits gegangen, und was der Nacht gehört, noch nicht gekommen, und eine doppelsinnige Heimlichkeit alles verformt, sodass sogar das freundlich Bekannte fremd und halb feindselig erscheint, zu unbekanntem Bösen geneigt.

Und er empfand sie wieder, wie damals, jene bösartige Unsicherheit in seiner eigenen Seele, die sich aus seinem Hirn loslöste und die langsam alles ringsumher umfing und überwältigte, bis seine Gedanken, sein Wille, seine ganze Welt und seine Kräfte innerhalb dieser düsteren Enge gefangen waren. Er wischte sich den feuchten Schweiß von der Stirn.

»Ich hatte gedacht, dass das jetzt aus sein würde – und da ist es wahrhaftig doch schon wieder,« murmelte er.

Ein klirrendes Geräusch ließ ihn sich umschauen: der Boy brachte ein Tablett mit Gläsern und Flaschen herein. Der goldig-braune Sherry leuchtete im Lampenlicht.

»Nimm das fort!« rief van Heemsbergen plötzlich rau.

Der Inländer blickte auf.

Er erkannte den Bedienten von Oldenzeel und gab ihm durch eine Handbewegung zu verstehen, dass er ruhig fortfahren solle.

»Nun würde ich doch wahrhaftig beinahe einem andern den Wein verbieten, weil ich mir selber misstraue – Unsinn, »misstraue«! Ich will nicht mehr trinken, wenn ich in einer solchen Stimmung bin wie jetzt, und ich *werde* es auch nicht mehr tun. Das ist auf alle Fälle aus – was auch weiter geschehen möge.«

Er stand auf und schritt die Stufen der Galerie hinunter, in die Nacht hinein.

Der volle Mond ging auf.

Der Wald auf den westlichen Hügeln, der so schwarz gewesen war im Sonnenuntergang, begann zu silbern. Eine perlengleiche Klarheit war am Himmel.

Er trank die dünne Luft.

»Jetzt ein tüchtiger Ritt, dann werden wir es schon überwinden.« Er befahl dem Bedienten, ihm sein Pferd zu satteln.

Der Boy brachte den Sydnier, der ein paar Mal scheu zur Seite wich, vor einem Schatten auf dem schon weiß werdenden Kiespfad.

Während er in den Sattel sprang, fühlte van Heemsbergen den Schauder, der durch den schlanken Tierkörper fuhr.

»Jetzt habe ich genug mit ihm zu tun,« dachte er.

Der volle Mond war aufgegangen, rein und strahlend. Der weißlich leuchtende Weg schien mit dünnem Schnee bedeckt. Schwarz und scharf lagen die noch schrägen Schatten darüber. Es war blattstill. Kein Grashalm regte sich. Allmählich ruhiger geworden, setzte der »Sydnier« langsamen Schrittes seine Hufe in regelmäßiger Vierer-Kadenz zwischen das unbeweglich daliegende Weiß und Schwarz. Van Heemsbergen überließ ihn sich selber.

Er hatte sich der Dessa genähert.

Die braunen Häuschen in ihren dichtbelaubten Gärten lagen geschlossen, gleich als schliefen sie. Aber dennoch leuchtete hier und da ein mattes Lichtchen auf; und beinahe deutlich ließ sich dort aus der Stille eine summende Stimme vernehmen. Er versuchte sich vorzustellen, wie die Bewohner jetzt dort saßen rings um ein kleines Öllichtchen, einem lauschend, der mit eintöniger Stimme aus einer vergilbten Handschrift vorlas, und fühlte etwas wie eine Beklemmung des Abscheus, während er es tat. Er konnte sich über diese feindselige Empfindung keine Rechenschaft ablegen; aber er empfand sie umso stärker, je heftiger er sich von ihr loszumachen versuchte. Es war, als bewege er sich durch eine Atmosphäre abstoßender Elektrizität. Er blickte voller Hass auf jene Häuschen.

»Wenn ich in Holland wäre, würde es dann anders sein?« dachte er. Und er versuchte sich zurückzuversetzen nach Holland, nach Leyden, irgendwo auf den »Singeln« in einer Mittsommernacht. Aber das Gefühl des Hasses blieb ihm. Der Anblick altfränkischer Dächer, zweier über die Bäume herausragender Mühlenflügel und der Laternenlichter war wie eine Wunde in einer langsam schwindenden Empfindlichkeit. Und hinter den Bäumen und Laternen all jene Menschen – ihre Gesichter, ihre Hände, ihr Gang – unerträglich!

»Die Reaktion meines Erfolges natürlich,« dachte er bitter, »ich fühle jetzt zum ersten Male, was ich noch unzählige Male fühlen werde – das ist wenigstens zu hoffen! denn sobald ich es nicht mehr fühle, werde ich zum Teufel gehen – nur ihn, den niemand fürchtet, hasst auch niemand, und er braucht niemanden zu hassen. Wie sagt doch jener alte Dichter? »Was lebt, das lebt im Hasse.« Sie wußten es wohl schon vor Darwin und seiner Theorie über den Kampf ums Dasein, dass ein jeder eines jeden Feind ist – einer gegen alle, alle gegen einen ... Ich fühle mich jetzt außerhalb des Lebens; aber auch alle andern tun das; und sie beleben ihre Einsamkeit mit Schatten und Schemen, von denen sie sich selbst einreden und weismachen, dass es Menschen seien, Menschen, die um sie her existieren – und tun sehr gewichtig mit allerlei, wovon sie sehr wohl wissen, dass es nichtig ist. Hab' ich's denn nicht auch versucht? Mit meiner Absicht Bücher zu schreiben und mit Paris und mit Indien und mit der Arbeit von de Grave; und jetzt werde ich es mit dem Gelde versuchen, und ich weiß doch schon ganz genau vorher, dass das auch nichts ist. Das alles klingt so gediegen: Bossings Sozius, eine monatliche Einnahme von achttausend Gulden – gut angelegte Papiere, beizeiten nach Holland zurück – mich einer Tätigkeit widmen, die mir zusagt – jawohl! Und wenn ich das alles habe, dann werde ich doch genau so sein, wie ich jetzt bin – in einer Leere ohne irgendwelchen Halt, ohne Boden unter den Füßen – allein – allein ...

Ein Seitensprung seines Pferdes, so plötzlich, dass er beinahe aus dem Sattel geflogen wäre, brachte ihn zu sich selber zurück. Ein Inländer, der geräuschlos an ihm vorüberging, hatte das scheue Tier erschreckt. Er brachte es zur Ruhe und schaute um sich her.

Er war durch eine breite Allee an einen offenen Platz inmitten schwerer Bäume gelangt. Wie ein Lache aus Quecksilber lag das Mondenlicht zwischen Ufern von Schatten. Ein dachloses kleines Gebäude ragte wie ein Riff mitten aus jener unbeweglichen Flut empor; er erkannte die Ruinen des kleinen Hindutempels im Walde.

»Wie bin ich in Gottes Namen hierher gekommen?« dachte er verwundert.

Von jenem Male her, da er, gelegentlich der Feste auf Kalimas, hier gewesen, entsann er sich eines Weges von diesem Fleck nach dem Pasang-Grahan – eines kurzen Weges sogar. Die Oldenzeels mussten ihn vor wenigen Stunden gegangen sein.

Das Pferd am Zügel führend, begann er danach zu suchen. Aber er konnte sich nicht orientieren, wie er aus Erfahrung wusste. Und nachdem er eine Weile vergeblich gesucht und immer wieder eine Bresche in der Dichtigkeit der Bäume irrtümlich für einen Weg gehalten, band er sein Pferd an einen Stamm und ging auf einen Lichtschein zu, den er zwischen den Stämmen schimmern sah, dort wo er meinte, dass die

Wohnung des Wächters der Moslemischen Heiligengräber liegen müsse.

Es war kein Licht, sondern ein Feuer. In dem Schein sah er Haufen Erde zu beiden Seiten einer Grube aufgeworfen und etwas weißlich Schimmerndes hoch aufgerichtet am Rande: das Häuschen war nicht mehr da.

Er begriff, dass er an die Stelle der Ausgrabungen gelangt war und dass die Wächter, die hier das Feuer angezündet, sicher zurückkommen würden – es musste wohl einer von ihnen gewesen sein, vor dem sein Pferd soeben gescheut – und beschloss, auf sie zu warten, lieber, als dass er allein seinen Weg aus dem Walde suchte und sich dabei vielleicht verirrte. Er fühlte sich auch so müde, dass es ihm schien, als sei er nicht imstande, auch nur einen Schritt zu gehen.

»Es ist *doch* das Fieber,' dachte er.

Die Idee, dass er krank werden könne, war ihm nicht einmal gar so unangenehm: sie brachte eine Vorstellung erzwungener Ruhe mit sich.

Er setzte sich auf einen Haufen Zweige und Reiser und blickte über das flackernde Feuer hinweg, auf jenes Weiße, das das Göttinnenbild sein musste.

In dem tanzenden Schein, der es jetzt hier und dort beleuchtete, sah er ein flach hingestrecktes Knie, auf dem der andere Fuß ruhte, ein paar Hände in seltsamer Haltung, einen Teil des nackten Körpers, die untere Seite eines vollen Kinnes. Mit einer Handvoll dürrer Blätter ließ er die Flammen hoch emporschlagen, und halb sah, halb erriet er die Züge: langlinig, mit niedergeschlagenen Augenlidern, und auf der Stirne etwas wie ein drittes Auge, so schien es fast. Eine hohe Krone, in der Form einer Tiara nicht ganz unähnlich, umschloss die Schläfen. Der Schatten der vorgestreckten Hände und das Spiel der flackernden Flämmchen zuckten seltsam über das steinerne Antlitz; es war hin und wieder wie ein Schein von Leben.

»Merkwürdig, sie erinnert mich ein wenig an Ada,« dachte er einen Augenblick. Lag es in den regelmäßigen Zügen? – oder am Munde? oder an der kurzen Oberlippe? Es ließ sich nicht feststellen in diesem unbestimmten Licht.

»Ich wollte nur, dass die Kerls kämen,« dachte er ungeduldig, »wenn ich auch jetzt noch kein Fieber habe, hier bekomme ich es sicher.«

Er zog seine Uhr, es war halb neun. – Wie lange mochte er denn wohl geritten sein?

Er warf noch ein paar Reiser auf das Feuer und starrte hinein, die Ellbogen auf die Knie und das Gesicht auf die Hände gestützt.

Allerlei Gedanken fuhren ihm durch den Sinn – keine Gedanken eigentlich, sondern nur Fasern und Fetzen von Gedanken, halb begonnenes Grübeln, schon wieder vergessen, bevor er es noch richtig erkannt, und alles so qualvoll schmerzend.

»Wo habe ich doch schon einmal so gesessen?« dachte er plötzlich wieder ganz klar. »Ach ja, damals mit Bruneton! – Das war auch so ein Anfall, das entsetzliche Gefühl, zwischen Himmel und Erde zu schweben, ohne den geringsten Halt. – Und früher schon einmal – mit Hendricks hier auf dem Pasang-Grahan – das war auch so etwas. Und ...«

Die verworrenen Gedankenfetzen trieben wieder weg. Deutlich, scharf, einer nach dem andern, erschienen all' jene Momente, in denen er, so wie jetzt, an dem Rand einer schwarzen Leere gestanden, plötzlich, während Größe und Herrlichkeit ihm leuchtend aus der Ferne gewinkt hatten.

»War es denn niemals so, in Wahrheit?« dachte er. »War da denn wirklich nichts Hohes, nichts Herrliches? Und nur jene schwarze Leere? Oder ...«

Er wagte nicht weiter zu denken; ihm war es, als ob der folgende Gedanke – wie er auch sein möge – sein Lebensschicksal entscheiden müsse. Er fühlte die langsamen schweren Herzschläge in seiner Kehle, während er endlich laut sagte:

»Oder ist die Leere in mir? Nicht in der Welt, nicht in der Welt, nicht in der Welt – sondern in mir?«

Und in seinem Ohr erklang eine Stimme:

»Die Leere ist in dir.«

Es war totenstill um ihn her – oder vielleicht hörte er auch nicht? Er hörte nur, in seinem Inneren, die gleiche schon einmal vernommene Stimme:

»Die Leere ist in dir, du hast etwas verkehrt gemacht dein Leben lang.«

»Was?« er schrie es beinahe. »Was denn, in Gottes Namen?«

Es kam keine Antwort.

Er presste seine Hände gegen das Gesicht und schüttelte den Kopf.

»Werde ich wahnsinnig?« dachte er.

Er sah auf seine Hand – auf das Büschel Zweige – auf das flackernde Feuer – auf das Bildnis der Weisheitsgöttin –

Plötzlich eilte er darauf zu und griff nach den steinernen Pulsen:

»Ada, hilf mir, ich weiß nichts mehr! – Ich kann nicht weiter!«

Es schien ihm eine Sekunde lang, als blickten ihn die niedergeschlagenen Augen an. Ein aufblitzender und schwankender Feuerschein machte ihn schwindlig. Er ließ das Bildnis los und glitt zur Erde.

Halb bewusstlos fanden ihn gegen Morgen die Leute aus dem Pasang-Grahan, die, sobald sie sein frei am Wege grasendes Pferd gesehen, nach allen Seiten ausgezogen waren, um den vermeintlichen Verunglückten zu suchen. Sie trugen ihn auf einer in aller Eile hergerichteten Bahre nach Hause.

Frau Oldenzeel konnte auf ihre besorgten Fragen keinerlei Antwort aus ihm herausbekommen; er lag wie betäubt.

Sein Bedienter kam mit einer Depesche. Da sie wohl sah, dass er nicht daran dachte, sie zu öffnen, nahm sie sie ihm aus der Hand und las sie ihm vor:

»Ich komme, Brief folgt, Ada.«

Van Heemsbergen kehrte mit einer müden Bewegung das Gesicht der Wand zu.

»Das hat sie mir soeben im Walde auch schon gesagt. Aber ich kann sie ja doch nicht festhalten Und dann auch, mit all dem Feuer zwischen uns ...«

Er wurde schwer krank.

III.

Das Innere Licht

Dr. Bossings Kompagnon, dessen Stelle im Büro van Heemsbergen angeboten war, hatte sich plötzlich genötigt gesehen, seine Pläne zu ändern und seine für Ende des Jahres festgesetzte Abreise nach Holland um drei Monate zu verschieben. Anfang November erhielt van Heemsbergen die Nachricht. Seine erste Empfindung war die der Befriedigung: »Jetzt brauche ich vorläufig noch keine Entscheidung zu treffen,« dachte er.

Er war wieder so ziemlich hergestellt von den heftigen Fiebern, an denen er länger als einen Monat gelitten. Aber ein Gefühl von moralischer Schwäche wollte nicht weichen. In den langen Tagen und den langen Nächten einsamer Ergehung hatte sich der Zweifel, den er in jener Nacht im Walde wie einen plötzlichen Stich hatte schmerzen fühlen, immer tiefer und tiefer in seine Seele gebohrt, der Zweifel an sich selbst, an seiner Urteilskraft, seinen Fähigkeiten, seinem Anrecht auf irgendein Ding oder irgendeinen Menschen oder gar nur auf das Leben selber. Die alltägliche Welt, in die er so selbstbewusst seinen Einzug gehalten, erschien ihm jetzt wie ein unkenntliches, entsetzliches Element; er wusste nicht, ob er imstande sein würde, sich darin zu behaupten. Jeder Aufschub des Augenblicks, in dem er die Probe würde bestehen müssen, erschien ihm wie eine gesteigerte Hoffnung auf Sicherheit.

»Und dann,« dachte er, sooft seine hin- und herpendelnden Gedanken an diesem Punkt hängen blieben, »um die Zeit wird Ada da sein.«

Sie erschien ihm so, wie er sie oft hatte sitzen sehen in der Fensternische jenes dunklen Bibliothekzimmers: die Hände leicht im Schoß gefaltet, lehnte sie sich an das Eichenholzgetäfel, das zu ihrem blondlockigen Kopf einen dunklen Hintergrund bildete.

Das zartgeschnittene Profil, das sich über dem schlanken Hals weich und weiß abhob von der leuchtenden Blumenbuntheit des Gartens, war wie eingerahmt von dem Kranz der am Gesims entlang wallenden Ranken wilden Weines. Sie schaute vor sich hin – nicht träumerisch – nur still auf das kleine Dreieck blauen Himmels, das zwischen dem Dach der Nachbarn und dem alten Birnbaum zu sehen war. Aus der Klarheit der Augen, aus der süßen Ruhe, mit der die Lippen aufeinander lagen, sprach die Lieblichkeit ihres harmonischen Gemütes.

»Sie wird mir sagen, was das Beste ist,« dachte er.

Inzwischen war der entscheidende Brief noch immer nicht gekommen. Er fing an, sich zu beunruhigen. Dass diese unerwartete Depesche »Ich komme« keine Antwort auf die seine sein konnte, wusste er: die diesbezügliche Verabredung war zu klar und zu deutlich gewesen. Es musste etwas geschehen sein, das Ada zu diesem plötzlichen Entschluss getrieben hatte. Aber was? Die Spannung machte den eben erst Genesenen beinahe von neuem krank.

Dr. Verhoeff versuchte ihn zu beruhigen. Trotz seines gehetzten Lebens zwischen vier sich drehenden Wagenrädern – er hatte schon wieder Operationspatienten, und ein in völliger Ratlosigkeit angefangener Versuch mit inländischen Pflegerinnen gelang nicht, und in Kaliwangi war die Cholera ausgebrochen – dehnte er seine Besuche bei van Heemsbergen zu geduldigen halben Stunden aus, um immer wieder dasselbe anzuhören und zu beantworten, mehr von dem Seelenzustand seines Patienten erratend, als dieser selber wusste oder auch nur gewünscht haben könnte.

Von Anfang an hatte er, während er von dem erschlaffenden Einfluss des Klimas und von Nervenüberreizung und den giftigen Dünsten im Walde sprach, seine Vermutungen gehegt in Bezug auf subtilere Krankheitsursachen, und nun, da das Fieber endlich überwunden war, verordnete er eine weder greif- noch wägbare Arznei gegen eine nicht körperliche Krankheit.

Er wiederholte stets:

»Sie wissen, dass Ihre Braut kommt, das ist die Hauptsache. Was tut es denn zur Sache, ob Sie das Wie und das Warum und das Wann eine Woche später erfahren?«

Und bei seinem vorigen Besuch hatte er gesagt:

»Wer weiß, ob sie nicht geschrieben hat und ob der Brief nicht verloren gegangen ist? Das würde mich nicht so sehr wundern, – wir sind hier im Binnenlande! Die allgemeine Theorie über Briefe-Bekommen hier ist die, dass das geschieht, wenn jemand in Holland schreibt und ein Postdampfer ankommt und ein Landpostwagen über den Landweg rollt. Aber die Beobachtung ist nicht vollständig; sie rechnet nicht mit Komplikationen, die sich im letzten Augenblick ereignen können. Vorvorige

Woche – habe ich Ihnen das erzählt? Ach ja, 's ist ja wahr, es war gerade an dem Tage, da die französische Mail angekommen war. Nun ...«

Und er erzählte, wie er, am Postamt vorüber fahrend, gesehen hatte, dass der ganze Boden der Vordergalerie mit Briefen und Zeitungen bedeckt war, jedes mit einem Kieselstein beschwert; mehrere wirbelten durch den Garten; und der Postbote rannte hinter dem Rest her, der, von einem frischen Winde getrieben, über die Landstraße flog. Wie sich nachträglich herausstellte, war die ganze Sendung nass geworden durch eine Flasche Eiswasser, die der Boy des Postdirektors zerschlagen hatte, und jetzt musste alles erst wieder getrocknet werden, bevor es den verschiedenen Adressaten zugestellt werden konnte.

»Das habe ich mit meinen eigenen Augen gesehen. Bedenken Sie weiter, dass das Postamt am Fluss liegt. Setzen Sie den Fall, der Brief Ihrer Braut sei vorige Woche mit der französischen Mail eingelaufen. Denken Sie sich dazu einen allzu kleinen Kieselstein, und der Fall ist erklärt.«

»Ja, wenn Sie mir das gleich erzählt hätten,« rief van Heemsbergen aus.

Der Doktor unterbrach ihn:

»Ich habe mehr getan, ich habe selbst beim Suchen geholfen, was glauben Sie wohl?«

Trotzdem hatte van Heemsbergen seinen Boy nach Soemberbaroe geschickt mit einem in scharfem Ton gehaltenen Schreiben an den Postdirektor. Es kam die Antwort, dass die Sendung keinen Brief für ihn enthalten habe.

Das war jetzt schon ein paar Tage her, und es war wiederum »Mailtag«.

Zu ruhelos, um es bis zur vorgeschriebenen Stunde im Bett aushalten zu können, hatte er sich auf die an sein Zimmer angrenzende Galerie bringen lassen, von wo aus er die Post auf dem in langsamen Windungen ansteigenden Wege konnte kommen sehen.

Er fühlte seinen ganzen Körper wie zu straff gespannte Saiten, während er dalag und wartete und immer wieder seine Augen wegzwang von jener Biegung des Weges, wo das gelbe Postwägelchen frühestens in einer Stunde erscheinen konnte, und auf das Buch, das schon seit einer Weile offen in seinen Händen lag.

Es war eine Abhandlung über den modernen Staat und den modernen Menschen in ihrem wechselseitigen Verhältnis zu- und ihrer Wirkung aufeinander. Von der Beobachtung ausgehend, dass die körperliche, sittliche und intellektuelle Beschaffenheit der einzelnen verschieden sei, je nach dem Grade der Organisierung ihres Gemeinschaftswesens, gelangte der Verfasser zu der These, dass es die Gemeinschaft sei, die das in Einsamkeit lebende elende Menschtier zu dem wissenden, fähigen und genießenden Menschen gemacht habe.

Der Darwinistischen Theorie über den wechselseitigen Kampf stellte er die über die wechselseitige Hilfe als Evolutionsfaktor gegenüber; und der Auffassung von dem Glück als der Beute, die der wirtschaftlich Stärkere in einem erbitterten Kampf von allen gegen alle erobert und die von der Schwächeren Elend trieft, eine andere, der zufolge das Glück auch dem Geringsten erreichbar und umso überflüssiger für einen jeden, in je größeren Mengen es genossen, die Frucht des Zusammenwirkens aller zum Gemeinwohl sein würde, der natürliche Anteil der Einzelseele am Besitz der Gemeinschaftsseele.

»Und damit verfällt der absolute Individualismus, da die Seele des einzelnen ...,« las er zerstreut. Zum soundsovielten Male schaute er von seinem Buch auf nach der Biegung der Landstraße, wo noch immer nichts zu sehen war.

Sein Blick blieb an einer dunklen Stelle haften, schwärzlich in dem fahl gewordenen Grün der »Ost-Monsun-Landschaft«, jenem Walde von Kokospalmen mit ihren zerfetzten Blätterbüscheln und wildem Pisang, der das verlassene Landhaus verbarg; mit einem Schauder des Ekels wandte er sich ab. Der Abend, an dem er das Ausfliegen der Fledermäuse beobachtet, sein Ritt durch die Dunkelheit, sein verworrenes und qualvolles Grübeln, die nächtliche Wacht bei dem Bildnis der Göttin und die Tiefe des Seelenelends, aus der er um Hilfe gerufen – das alles fuhr ihm in dieser einen Sekunde durch die Gedanken. Und er fühlte von neuem das Entsetzen der Halluzination, gegen die er in jener ersten verworrenen Fiebernacht gekämpft hatte.

Mitten in einem brennenden Walde, in einem Kreis von Flammen, die zitternd wie hohle rote Segel um ihn wogten und sich blähten, stand er vor einer steinernen Statue, die emporwuchs, während er auf sie hinstarrte. Er hielt sie an den Handgelenken fest, aber die Arme und die Schultern und der Kopf stiegen immer höher und höher. Das Gesicht war das Gesicht Adas, und vor allem waren es ihre Augen, die ihm in dem immer höheren, höheren Aufsteigen durch Tränen anblickten. »Ich würde dir so gerne helfen, aber du selbst bist ja schuld daran, dass ich es nicht kann,« sagte sie. Und er antwortete: »Es ist auch nicht der Mühe wert – nichts als ein fliegender Hund«. – Dann sah er sich selber an – denn er war zwei – und das gerade war das Verwirrende und tödlich Ermattende, dass er absolut – absolut – denn davon hing alles ab, wissen musste er, wer von den zweien er eigentlich sei, und da war keine Möglichkeit – er sah sich selber an und bemerkte, dass er – jenes zweite Er – kein Haupt hatte, sondern einen Kopf wie ein fliegender Hund – ein riesiger fliegender Hund; und seine Hände – denn wie dem auch sein mochte, das waren seine Hände, die die Pulse der Statue so krampfhaft umklammerten, – waren überhaupt keine Hände, sondern widerwärtige, von schwarzem Schmutz triefende Klauen.

»Lass sie los, lass sie los!« schrie jenes andere Er – das Er, das ein Menschengesicht hatte, nicht das seine, sondern das von Dr. Oldenzeel, – »lass sie los, sage ich dir.« Er schlug wütend auf die abscheulichen Klauen, schlug und empfand zugleich Schmerzen und schüttelte sie, um den Schmutz abzuschleudern. Die losgelassene Statue schoss in die Höhe, und die leise wehenden Flammensegel fielen auf ihn herab, erstickend und bleischwer.

Er fühlte, wie seine Wangen zusammenschrumpften und wie ihm ein kalter Schauer durch das Haar fuhr. Sich mühsam erhebend, rückte er seinen Stuhl so, dass er den Fledermaus-Wald nicht mehr sehen konnte.

»Ich darf nicht mehr daran denken, nicht an jene Nacht und an »das alles« nicht, an dies Gefühl von Elend und Unsicherheit, das ist etwas Krankhaftes. Ich habe mich selbst solange geprüft und seziert, bis ich mir ins Leben geschnitten habe, irgendeinen Willensnerv getroffen. Das alles muss jetzt Ruhe haben, wenn es überhaupt jemals wieder heilen soll.«

Er suchte nach dem Satz, in dem er steckengeblieben war, fuhr wieder fort und zwang sich jetzt dazu, aufmerksam und Schritt für Schritt dem Gedankengang des Verfassers zu folgen.

Ein Räderknarren über den Kies der Auffahrt ließ ihn sich umschauen. Der Doktor betrat die Galerie.

Er sah seinen Patienten mit besonderer Aufmerksamkeit an, während er ihm den Puls fühlte:

»Wenn Sie ein wenig ruhiger wären, würde ich Sie fragen, ob Sie heute wohl Damenbesuch empfangen können?«

Van Heemsbergen runzelte ungeduldig die Brauen.

»Frau de Bakker natürlich. Danke verbindlichst.« »Nein, zufällig nicht Frau de Bakker, eine Dame aus Holland, die soeben erst angekommen ist und die Ihnen Grüße von Ihrer Braut bringt. Als sie hörte, dass Sie hier seien, ist sie von Soemberbaroe aus mit mir hierher gefahren; Frau Meerhuys.«

Van Heemsbergen wäre beinahe gefallen, so hastig versuchte er von seinem Stuhl aufzustehen. Der Doktor zwang ihn in seine liegende Haltung zurück.

»Wenn Sie sich nicht ruhig verhalten, lasse ich sie nicht zu Ihnen. Sie begreifen doch wohl, dass sie sofort an Ihre Braut schreiben wird, wie sie Sie gefunden hat … Ada geht es gut, und bei den de Graves ist auch alles wohl. Es verhält sich genau so, wie ich Ihnen schon hundertmal gesagt habe, dass es sich verhalten müsse. Frau de Grave war dagegen, dass sie die Reise allein machen solle, jetzt hat sie sich einer Familie angeschlossen – aus dem Grunde hat sie Ihnen damals depeschiert. Bleiben Sie jetzt ruhig liegen, ich werde Ihnen Ihre Kleider schon geben.«

Van Heemsbergen packte den Arzt beim Arm.

»Wann?«

»Wann sie auf Reisen geht, meinen Sie? Das Schiff ist schon unterwegs, sagt Frau Meerhuys. Hier – Ihre Atjeh-Joppe. Und wo hat Ihr Boy Ihre Haarbürste gelassen?«

Halb lachend, halb unwillig wehrte van Heemsbergen ihn ab. »Lassen Sie nur, lassen Sie, es ist schon gut so, führen Sie sie jetzt nur herein!«

Der Doktor trat ins Zimmer, und durch die offene Tür hörte van Heemsbergen ihn sagen:

»Ich habe ihn schon ein wenig vorbereitet.«

Und eine unbekannte Frauenstimme antwortete:

»Ich werde dann später kommen.«

»Was für unnötige Umstände,« dachte er, während er ungeduldig an seiner Joppe zupfte, die er schief zugeknöpft hatte.

Es stand ein großer Wandschirm vor dem Eingang des Zimmers, sodass er nicht hineinsehen konnte. Er neigte sich in seinem Stuhl vor, um ihn zur Seite zu schieben, als das Geräusch eines leichten Schrittes ihn unbeweglich verharren ließ; atemlos: sein Herz machte einen Ruck und stand still. Aus einer plötzlichen Leere schaute ihn ein vor Blässe leuchtendes Gesicht an, das durch Tränen lächelte; während alles um ihn her wankte und schwankte, wusste er, dass es Ada war, die er so krampfhaft mit seinen beiden Armen umklammert hielt.

»Gys, Gys, o Gys,« flüsterte sie. Und dann unter Schluchzen: »Liebster!«

Sie war neben seinem Stuhl auf die Knie gesunken. Er fühlte ihre Tränen an seiner Wange.

»Lass' mich dich sehen,« sagte er heiser. Ihr beide Hände auf die Schultern legend, schaute er sie an.

Sie sah blass und verweint aus, aber ihre Augen strahlten wie Sterne. Sie versuchte ihm zuzulächeln; ihre zitternden Lippen zuckten so seltsam.

Er sagte mühsam:

»Ich kann es noch nicht glauben.«

Statt aller Antwort presste sie die Wange gegen seine Hände, die auf ihrer Schulter ruhten, erst gegen die eine und dann gegen die andere, dann machte sie sie sanft los, schlang seinen Arm um sich und schmiegte sich an ihn. Er fühlte ihr seidenweiches Haar an seinem Nacken, er sah ihre schlanke, weiße Hand in der seinen, die auf seinem Knie lag; es war wahr, es war Wirklichkeit.

Hundert Fragen, die er alle zugleich hätte stellen wollen, drängten sich in seinem Kopf, er wusste nicht, mit welcher er beginnen sollte, und sprach eine aus, an die er gar nicht gedacht hatte und die er schon als sinnlos empfand, während er sie noch aussprach:

»Wo bist du angekommen, in Batavia oder in Cheribon?«

Aber Ada antwortete lächelnd und in einem Ton, als bedeute gerade das die Vervollkommnung ihres Glückes:

»In Batavia, gestern früh.«

»Und ich war nicht da, um dich abzuholen!«

Sie sah ihn besorgt an.

»Bist du nun wirklich besser, Gys? Du siehst noch gar nicht gut aus, so mager hier!«

Mit behutsamen Fingern berührte sie leicht seine Wange.

Er drückte ihre Hand an sein Gesicht.

»Wenn ich denke, wie ich mich noch vor zehn Minuten nach einem Brief von dir sehnte!«

Sie sagte, ein wenig zögernd:

»Du hast jenen Brief nicht bekommen, sagt mir der Arzt, den nach meiner Depesche, meine ich ... Nein? Dann weißt du auch noch nicht ...«

Sie stockte, errötete und sagte hastig und während des Sprechens immer tiefer errötend:

»Dann weißt du auch noch nicht, dass ich die Reise mit Frau Meerhuys gemacht habe.«

Er begriff, dass sie etwas ganz anderes hatte sagen wollen, dass sie es aber in diesem Augenblick nicht konnte.

Mit verlegenem Lächeln und Augen, die um Verzeihung baten, fuhr Ada fort:

»Ich werde vorläufig bei ihr wohnen bleiben, sie wohnt hier in Langean, denk' dir nur, wie zufällig – man kann das Haus von hier aus sehen.«

Er wiederholte:

»So, kann man es von hier aus sehen?«

Beide schwiegen.

In seiner Sehnsucht nach der fernen Ada hatte van Heemsbergen oft gedacht, wie er sein schweres Herz gleich einer übervollen Vase in beide Hände nehmen wolle, um es in ihr tiefes stilles Herz auszuschütten, aber jetzt fühlte er, dass das nicht möglich war. Jene Flut von Gedanken und Empfindungen, deren überwältigenden Andrang er oftmals nicht mehr ertragen zu können geglaubt hatte, schien jetzt plötzlich auseinander geflossen und versunken, und Ada anblickend, erkannte er, dass sie nicht allein empfänglich war, eine leere wartende Schale, sondern dass sie ihren eigenen Inhalt hatte, ihr eigenes Geheimnis, ihren eigenen Willen. Eine bisher noch ungeahnte Kraft in ihr, die der seinen das Gleichgewicht hielt, berührte ihn wie ein Strom, der, mit einem anderen Strom zusammenfließend, in dem gemeinschaftlichen Bett noch eine Zeitlang seine eigene Farbe, Kraft und Art beibehält.

Ein Schritt, der sich näherte, half ihnen aus ihrem befangenen Schweigen. In der Tür der Galerie erschien eine kleine grauhaarige Frau, die sie lächelnd ansah.

Ada sprang auf und zog sie an der Hand zu van Heemsbergen hin.

»So, da haben Sie ihn nun.«

Die kleine Frau streckte ihm die Hand entgegen, und sagte, wiederum lächelnd: »Sie haben gewiss schon erraten, wer ich bin – Adas Freundin.«

Während er aufblickte in das runde, von kurz geschnittenem grauem Haar dicht umlockte Gesicht mit den jungen Augen und dem jungen Lächeln, fühlte van Heemsbergen, wie das Vorurteil, das er aus der Ferne gegen Frau Meerhuys gehegt, zugleich mit seiner diesem Vorurteil entsprechend gebildeten Vorstellung von ihr schwand.

Unwillkürlich erwiderte er den Druck der kleinen, kräftigen Hand.

Ada, die gespannt von ihrem Verlobten zu ihrer Freundin geblickt hatte, sah es, und ihre Augen strahlten. Als Frau Meerhuys einen Augenblick später, allem Anschein nach, ohne es zu merken, van Heemsbergen bei seinem Vornamen nannte, rief sie triumphierend:

»Sie haben Gys gesagt, Sie haben Gys gesagt!«

Sie lachten alle drei. Damit war auch die letzte Spur von Zwang und Fremdheit geschwunden.

Wie der Tag nun weiter verlief, ob es Morgen, Mittag oder Abend war, und was eigentlich geschah, das wusste weder Ada noch van Heemsbergen. Die fremde Umgebung, die weiße Galerie, der düster-grüne Garten voll schwerhängenden Laubes, der schwindelnd hohe Himmel, das alles schien für Ada nicht zu bestehen. Van Heemsbergen blickte in das sanfte, von der milden Aureole des Blondhaars umglänzte Gesicht, als könne er noch immer nicht an die Wirklichkeit glauben und als müsse er das alles mit den Augen festhalten, sollte es nicht weggleiten und verschwinden. Frau Meerhuys, die den ganzen Tag über für sie zu sprechen, zu denken und zu handeln schien, erzählte, wie ein Zusammentreffen von Zufälligkeiten – ihre verfrühte Abreise aus Holland, sein Telegramm und die vorübergehende Abwesenheit des alten Herrn de Grave – Ada zu ihrem plötzlichen Entschluss und Frau de Grave zu ihrer halb widerwillig erteilten Zustimmung getrieben hätte. Es ging ihm zum einen Ohr hinein und zum andern wieder heraus; was er doch so lange und so heftig zu wissen gewünscht hatte, das war jetzt völlig belanglos geworden. Er konnte weder vorwärts noch rückwärts denken, der gegenwärtige Augenblick füllte alles mit seinem unbegreiflichen und halb unglaublichen Glück, und er fühlte sich wie in einem Traum, in dem allerlei unzusammenhängende und außergewöhnliche Dinge undeutlich geschehen. Er hörte Ada Sundanesisch sprechen zu seinem Bedienten – ein allzu korrektes Sundanesisch, frisch aus der Grammatik und dem Wörterbuch, Frau Meerhuys zeigte ihm auf einem struppig bewachsenen Hügel ein inländisch gebautes Häuschen, das mit seinem Dach aus Bambusschuppen unter einem scharlachrot blühenden Flammentulpenbaum versteckt lag, wie eine gefleckte Schildkröte unter einem Korallenstrauch, und sagte, dass das ihre Wohnung sei, wo sie und Ada noch diese Nacht schlafen würden. Ada saß am Teetisch und goss ihm eine Tasse Tee ein. Wie in einem Traum noch sagte und hörte er allerlei Worte, die nichts bedeuteten und die dennoch in diesem Augenblick die einzig richtigen zu sein schienen. Ada erzählte etwas von einer Freundin, die jemals gesehen zu haben, er sich nicht entsinnen konnte. Sie sagten immer wieder:

»Du weißt ja – aber nein, das weißt du natürlich nicht,« und sahen einander dann an mit einem Lächeln, als hätten sie die allererfreulichste Nachricht gebracht oder erhalten. So wie abgemähte Wiesenblumen, Grashalme, kleine Federn von Wasservögeln auf dem Spiegel eines tiefen Flusses treiben, so trieben ihre Worte auf der Oberfläche des Augenblicks.

Es wurde Abend und Nacht: sie mussten sich trennen.

Beim Fortgehen zögerte Ada noch ein wenig, während Frau Meerhuys die Stufen der Galerie herabschritt.

»Es kam noch etwas anderes hinzu, Gys,« sagte sie hastig.

»Etwas anderes? ... was meinst du denn eigentlich?«

»Dass ich dir so plötzlich depeschierte; Frau Meerhuys weiß nichts davon, Mama auch nicht. Sie denken, es war, weil ich mich vor Schwierigkeiten mit dem Onkel fürchtete und vor der Reise allein ... Ich habe es dir in dem Brief geschrieben, der verloren gegangen ist, aber ...«

Sie hielt inne und sah ihn flehend an.

Van Heemsbergen ergriff ihre beiden Hände und küsste sie.

»Ich will es nicht wissen, du bist gekommen, das ist genug.«

Sie eilte davon und sah sich noch einmal um, um ihm zuzulächeln. Vom Wege aus rief sie gute Nacht und auf Wiedersehen.

»Auf morgen! auf morgen früh!«

Ihre Stimme klang so innig durch die Nacht.

»Auf morgen!« rief er zurück. »Auf immer!«

Er folgte mit seinem Herzen ihren Schritten, – sie wurden leiser und erstarben langsam in der Stille. Aber er würde sie wieder zu sich kommen hören, morgen und übermorgen und den Tag darauf und alle weiteren Tage seines Lebens. Es war keine Trennung mehr möglich, niemals und auf keine Weise. Sogar jetzt, während ihr Platz da neben ihm leer war, war sie doch bei ihm. Es schien ihm, als sähe er sie erst jetzt deutlich, jetzt, da nur seine Gedanken sie sahen, statt seiner verblendeten Augen.

Sie hatte sich verändert: es war etwas vergangen, und etwas anderes, etwas, das mehr galt – war in ihr erwacht. – Früher, wenn er sie hin und her gehen sah in jenem dunklen Studierzimmer, während sie sich über ihres Vaters Schreibstuhl neigte und Bücherstöße in ihren zwei Armen herbeitrug, hatte er sie in Gedanken mit einer jungen Frühjahrsbirke verglichen, mit solch schlankem, weißem Stamm, deren leichte Zweige, noch kaum merklich durch sprießende Knospen verdichtet, im Winde schwanken, im allerleichtesten, der nichts anderes zu regen vermöchte, und die sogar in der Stille unsicher schweben, wenn alles starr dasteht oder flach ausgebreitet ruht; solch eine Schlankheit war in ihrem Wuchs, solch eine anmutige Unsicherheit und leichte Unentschlossenheit in ihren Bewegungen. Aber jetzt glich sie viel mehr einer ebensolchen Birke an einem Junitage, wenn die dürftigen schwarzen Zweiglein sich zu einer grünen Wolke erschlossen haben, in der die Sonnenlichter zu hunderten tanzen und die sich in dem sommerlichen Winde auftut und wieder schließt nach ihrem eigenen süßen Sinn. Ihre schlanke weiße Hand zeigte einen rosigen Schein in der inneren Fläche, eine sanfte Rundung um das Gelenk. Die Bewegung, mit der sie sich neigte und wieder aufrichtete, war voll geschmeidiger Kraft, das Lächeln, das um ihre Lippen lag, verwischte diesen neuen Zug ruhiger Entschlossenheit nicht, ja es schien ihm sogar, als habe ihre Stimme einen volleren, stärkeren Klang als einst. Es lag etwas darin von ihres Vaters Stimmklang, so wie eine Spur von ihres Vaters Wesen in ihrem fast unmerklich veränderten Gesichte lag – eine Ähnlichkeit, die kam und ging und die nicht den Zügen, sondern dem Ausdruck eigen war.

Wann? – er dachte nach – wann habe ich das doch gleich gesehen? – so plötzlich, eine Sekunde lang – ach ja, während Frau Meerhuys über ihre »soziale Arbeit unter den inländischen Frauen« sprach.

Er lachte in sich hinein.

Der Klang jener Worte »soziale Arbeit« führte ihn zu den Tagen seiner kriminalistischen Studien zurück, da er in Gefängnissen, Anstalten und Krankenhäusern schlecht gekleideten Damen zu begegnen pflegte mit Sträußchen in den Händen und dem blauen Knopf der Abstinenzler am Mantel, und den Taschen, vollgepropft mit Büchern; Damen, die mit dem ängstlichen Mut und dem unerschütterlichen Selbstvertrauen der durchaus Unwissenden jene Schrecken erregenden Invaliden aus dem Lebenskampf sanftmütig heilen wollten, um sich dann späterhin mit einem Seufzer und einer Träne über misslungene Experimente zu trösten.

Nun war die sundanesische Dessa freilich kein grimmiges Schlachtfeld wie die holländische Stadt, aber der Gedanke, ein Mädchen wie Ada unter einer Schar inländischer Frauen zu sehen, hatte für jemanden, der sie sowohl wie jene kannte, etwas unwiderstehlich Erheiterndes.

Eine plötzliche Kühle strich durch die Galerie; die Sträucher draußen neigten sich und standen fahl und verworren in dem Lampenlicht. Mit einem Rasseln, das sofort zu einem Getöse und einem polternden Wirbel ward, strömte ein ungeheurer Regenschauer hernieder.

Er ging ins Haus.

Im Augenblick des Einschlafens fühlte er plötzlich irgendwo einen Schmerz in seinen Gedanken und fuhr erschreckt auf. Ada unter inländischen Frauen! das war nicht etwas, worüber man lächeln konnte! er dachte an Auffassungen und Neigungen, die ihr wie ein Pestqualm entgegenschlagen würden. Für ihn waren sie jetzt alle Mütter, Schwestern, Kinder von Naila.

»Ich muss sie warnen – nein, nicht sie, sondern Frau Meerhuys – warum fängt die auch bloß so was an?«

Er lag da und wühlte in unruhigen Gedanken. Das starke Regengeräusch brachte ihn endlich in Schlaf. Bis in den Traum hinein vernahm er das Strömen des Wassers. Nach einer langen schwankenden Übergangszeit, die mit leichten Schauern nur ein wenig Staub von dem schwarz gesengten Waldlaub abgestrichen, die trockne Pflanzenasche auf den Boden niedergestreift und hier und dort die breiten tiefen Risse gedichtet hatte, die die Flammenklauen der heißen Zeit der Erde geschlagen, brach endlich der neu belebende West-Monsun herein.

Die ganze Nacht hindurch regnete es, ruhige, schwere, ununterbrochen niederstürzende, dickstrahlige Wassermassen, als ob sich ein ganzes Meer, das in der Luft gehangen, für seine Ufer von Wolken und seinen Boden aus Wind zu schwer geworden, auf die feste Erde herabsenke.

Jetzt erfüllte der Regen alles.

Da war keine andere Bewegung mehr als die, welche von Regen herrührte, ein gleichmäßiges, dröhnendes Zittern. Die Luft, die Häuser, die Bäume, der Boden und alles, was darinnen, darauf und darum war, dröhnte und bebte unter dem unaufhörlichen, dem millionenfachen Fall der senkrechten Strahlen.

Da war kein anderes Geräusch mehr, als das Geräusch des Regens, das zischende, wirbelnde Geräusch, das scheinbar eintönig ist, gleichmäßig wie der Spiegel des Ozeans unter dem Blick des zwischen Wolken treibenden Seeadlers, in Wirklichkeit aber ungestüm und endlos verschieden, wie die sich überschlagenden Wogen um die Braunfisch-School übervoll von tausenderlei Klängen, Gemurmel und Rufen.

Da war kein anderer Anblick als der Anblick des Regens für die unzähligen das Dunkel durchbohrenden Augen, die auslugten, im Walde, an den Hügelabhängen, zwischen dem Flechtwerk der Inländerhütten, zwischen den Rissen und Spalten des verdorrten Bodens, unter dem Felsgestein der Schlucht, wo der Fluss zu schäumen begann.

Nichts anderes vermochten sie zu entdecken, keinen Mond, keinen Stern, keine Wolke, keinen Himmel, keine Erde, keinen Baum, keinen Hügel und kein Tal, nichts anderes als den Regen, den Regen allein. Die dicken, dichten Regenstrahlen, zwischen denen fast kein Himmel mehr war, die schweren senkrechten Strahlen, die, was dastand oder aufstieg, niederschmetterten zu steilem Hernioderfließen, die alles erfüllenden Strahlen, die keine Höhe oder Breite oder Tiefe mehr auf der Erde ließen als Höhen, Breiten und Tiefen von fallendem Wasser.

So regnete es bis zum Grauen des Tages.

Dann plötzlich hörte es auf, so wie es begonnen; die letzten Wogen des Regenmeeres waren herniedergeströmt.

Die gelblich-graue Wölbung, die durch eine schwankende Klarheit von flach ausgebreitetem Braun getrennt wurde, bekam im Osten einen Riss, durch den ein rötlicher Schimmer hindurchglomm.

Er wurde purpurn nach einigen Augenblicken, und der Riss weitete sich zu einer Bresche, aus der bald darauf ein dunkelroter, dreieckiger Feuerklumpen emporstieg. Die entzündeten Wolken begannen zu schwelen und verbrannten räucherig; das Grau der hohlen Sphäre wurde weißlich, das Braun von dem, was flach und niedrig gewesen, zerteilte sich in Grün und Gelb und Weiß. Es war Tag.

Jetzt konnten Menschen und Tiere sehen, was der Regen verändert hatte in der Nacht.

Aus der Ebene war ein Meer geworden, ein ebbe- und flutloses, wellenloses und untiefes Meer voll grüner Inseln und brauner Sandbänke. Triefend ragten die Hügel daraus empor, vom Gipfel bis zum Fuße gestreift und durchfurcht, mit großen kahlen Stellen zwischen der struppigen Dichtigkeit von Waldgrün und weichenden Halden, wo gestern noch Schluchtenteile waren. Alle Schärfen waren rund gespült, Bergspitzen, Hügelgipfel, kantige Kluftumrisse, Kämme ferner Ketten und Höhenzüge, Hügelprofile, all die Härten des alten in Vulkanglut getauchten Landes, die mächtige Sanftheit des Regenmeeres hatte sie durchweicht, geschmeidig gemacht, aufgelöst und neu geschaffen. – Ein neues Gewächs entspross dieser neuen Erde, feines Kraut, zarte Schösslinge, junges Geblümte. Dunst von nebeligem Grün hing an den steilen Hügeläckern, der Bergwald schien, soeben erst entkeimt, in die Höhe geschossen, der millionenkronige üppige Wunderwuchs dieser einen Nacht von dem dunstigen Blond junger Knospen umwoben. Das düstere Grün der Kenaribäume längs des Weges nach Langean war überflimmert von gelben Trieben, ihre rauen Stämme glänzten vom Saft; an dem Wegesrain, der gestern noch Staub und Asche glich, schimmerte junges Gras, die dunkle Schlucht war ein springender, blitzender Schaumwirbel. In der Dessa blühten alle Hecken. Die inländischen Häuschen schienen lebendig geworden, solch frischer Duft schlug aus ihren Wänden von toten Bambusreisern, aus ihrem Dach von toten Bambuslatten, solch ein Glanz und solche Farben lagen darüber. Die Bewohner traten fröstelnd aus den Türen, ihre Kleider straff um sich herziehend; wer sprach, hatte seinen Atem wie ein Wölkchen um den

Kopf; eilig liefen sie an den brausenden Fluss, um zu baden, eilig kamen sie zurückgelaufen. Es war ein Leuchten in ihren Augen, und auf ihren Zügen lag ein mattroter Schein.

Das endlich mit voller Kraft weiß und golden durchbrechende Sonnenlicht weckte van Heemsbergen aus einem Schlaf, wie er ihn seit Monaten nicht geschlafen hatte. Die Augen öffnend blieb er liegen, ohne eine Bewegung zu machen, ganz erfüllt von gedankenloser Seligkeit, wohlgemut, als läge er dort am Born aller Freudigkeit, bis zum Nimmermehr-Dürsten getränkt, gelabt, mit Glück überströmt. Erst eine Weile nach seinem Empfinden erwachte auch sein Denken.

»Sie ist da,« sagte er laut, und sagte es noch einmal, lächelnd.

Frau Meerhuys, die als die Frau eines Beamten der inländischen Verwaltung seinerzeit der Notwendigkeit gehorchend nach Indien gegangen, war jetzt aus freier Wahl dorthin zurückgekehrt.

In den fünfzehn Jahren, die sie in den Binnenlanden durchlebt, hatte sie den Inländer kennengelernt, und sie hatte ihn lieb gewonnen.

Sein Leben mit der Natur, nach den wechselnden Jahreszeiten und Saat und Ernte, sein Empfinden, das ihn die Elemente als göttliche Mächte ehren und in Tieren, in Bäumen, ja selbst im Gestein verwandtes Leben ahnen lässt, sein Gemeinschaftssinn, durch den das Dorf ein einziges Haus wird und der Boden das Jahrhunderte alte Erbteil einer einzigen Familie, die Unwissenheit, die Sorglosigkeit und die Verschwendungssucht, die ihn am Erwerben und am Erhalten hindern, sodass er kärglich leben muss vom Abfall seines eigenen überreichen Landes, unsicher, heute in Fröhlichkeit und morgen in Not, jedem Stärkeren und Klügeren wehrlos überliefert, und wirtschaftlichen Ereignissen gegenüber ebenso passiv wie eine Pflanze dem Regen und dem Sonnenschein: sein kindliches Verhältnis zu der Welt, in einem Worte, hatte sie anfangs abwechselnd geärgert und entzückt.

Aber der Ärger schwand, je mehr sie einsehen lernte, wie viel Leid und Unrecht da war, wo nur Schuld zu sein schien; und da fühlte sie nichts anderes mehr als den Wunsch zu helfen.

Ihr Mann, einer jener Beamten, die Indien als die Möglichkeit zu einer Geld einbringenden Karriere und den Inländer als die Ursache dieser Möglichkeit betrachten, konnte es nicht verstehen, warum sie an einem glühend heißen Morgen nach dem andern in die Dessa ging, um dort

Fieberkranke und Patienten mit eiternden Beinwunden zu pflegen und zu verbinden. Aber, vielleicht weil er meinte, dass eine kinderlose Frau in einem gottverlassenen Ort und ohne irgendwelchen Umgang mit ihresgleichen wohl eine Zerstreuung haben müsse, und die Liebhaberei für Wohltätigkeit wenigstens eine verhältnismäßig billige war, vielleicht auch nur, weil er Auseinandersetzungen und Streit ebenso ängstlich mied wie jede andere Anstrengung, ließ er sie gewähren mit einem Achselzucken hin und wieder und einer Warnung, dass sie doch nur Undank ernten würde. Nur wenn sie ihn in seiner Beamtenqualität in den Dienst ihrer energischen Bestrebungen stellen wollte, zeigte er seinen Willen in einem passiven, aber unerschütterlichen Widerstand; er fürchtete, dass solche Einmischung seiner Beförderung am Ende hinderlich sein könne. In verhältnismäßig jungen Jahren zum Assistent-Residenten von Soemberbaroe ernannt, war er während einer Choleraepidemie gestorben, die nach Missernte und Überschwemmung unter der inländischen Bevölkerung ausgebrochen war.

Frau Meerhuys, der gute Bekannte in einem benachbarten Ort Gastfreundschaft anboten bis zu ihrer Abreise nach Holland – man nahm mit Bestimmtheit an, dass sie dorthin zurückkehren würde, – hatte damals erklärt, dass sie bleiben wolle, wo sie war. Da sie die Assistent-Residenten-Wohnung dem Nachfolger ihres Mannes einräumen musste und nach Abzug dessen, was sie zur Unterstützung der Notleidenden ausgesetzt, nicht genug von ihrer Pension übrig behielt, um eine holländische Wohnung zu bezahlen, kaufte sie ein inländisches Häuschen in Langean. In den Tagen des Elends, der Krankheit und der Hungersnot, die jetzt anbrachen, war jenes Häuschen auf dem Hügel das Hospital, die Herberge, die Garküche und das Waisenhaus der ganzen Umgegend. Als nach einem Jahr die Schwierigkeiten überstanden waren, als eine bessere Zeit begann und ihre Verwandten in Holland auf ihre Rückkehr drängten, fühlte sie, dass sie es nicht mehr konnte; sie hatte sich in Indien festgelebt.

Für ihren Plan zur Gründung einer Webe- und Batikschule, die gleichzeitig eine zum Vorteil der Arbeiterinnen produzierende Fabrik sein sollte – ein Plan, den sie bereits vor Jahren gefasst und dessen sie stets gedacht hatte, so oft sie von dem Verfall des indischen Kunstgewerbes sprechen hörte und von der Notwendigkeit, es im Interesse des verarmenden Dessavolkes, dem auf die Dauer mit Almosen nicht zu helfen wäre, zu neuer Blüte zu bringen – schien eine Chance zur Verwirklichung zu kommen, jetzt, da das durch das Elend und die Gefahr erweckte Mitleid für den Inländer überall vertreten war. Sie fragte Hendricks um Rat, der kurz zuvor als Kontrolleur von Soemberbaroe in die Gegend gekommen war; indem sie einander so häufig in der Dessa begegneten, wo sie sich, jeder auf seine Weise, der gleichen Arbeit widmeten, waren sie Freunde und Bundesgenossen geworden. Er kam um amtliche Unterstützung für ihren Plan ein, und sie erhielt auch die Zusage, aber die Erfüllung war von so vielerlei abhängig und ließ sich allmählich als ein in so ferner Zukunft liegendes Ziel erkennen, dass sofortiges Handeln auf eigene Verantwortung geraten erschien. Sie begann zunächst eine Rundreise durch Indien und dann durch Holland, berief Versammlungen ein, hielt Vorträge, um sich das Geld zu verschaffen, das sie brauchte und nicht besaß. Sie bekam es nicht leicht; einzelne zweifelten an dem Nutzen der Sache, andere an ihrer Fähigkeit, sie durchzuführen, wieder andere wollten ihr das Missverhältnis klarmachen, das zwischen den Versuchen eines einzelnen und den Bedürfnissen eines ganzen Volkes bestände, und es waren ihrer viele, die sich, trotzdem sie ihren ganzen Besitz in Indien erworben, doch nicht verpflichtet fühlten, dem Inländer auch nur das mindeste oder geringste zurückzugeben, und die diesen bösen Willen hinter Missbilligung verbargen. Aber sie, die sich weder entmutigen noch aus der Fassung bringen noch erbittern ließ, erreichte endlich doch ihr Ziel, und mit ungehemmter Kraft und in voller Freiheit konnte sie jetzt ihr Lebenswerk beginnen.

Die inländische Bevölkerung hatte um ihre Ankunft gewusst, noch bevor sie einen Fuß an Land gesetzt. Schon am ersten Abend, und so spät es auch geworden war, nach dem Besuch bei van Heemsbergen, fand sie vor ihrer Türe Menschen, die ihr einen Willkommen darboten, und während der ganzen Woche wurde das Haus nicht leer von Besuchern in Festtagskleidung und mit Geschenken in den Händen.

Der alte Regent von Langean, der sich seit Monaten nicht öffentlich gezeigt hatte, menschenscheu geworden und halb krank durch den Kummer über seine Söhne, war unter den ersten. Dann kamen die Dorfobersten aus der Umgegend, die Priester, die wohlhabenden Dessaleute und auch die arme Bevölkerung. Sie brachten Früchte von ihrem eigenen Besitz, mit Safran gelb gekochten Reis und allerhand selbst bereitete Leckerbissen, zierlich verpackt in kleinen Körbchen, die aus frischen Pisangblättern geflochten waren; die am Fluss wohnten, kamen mit kleinen Fischen und Krabben. Einer, der nichts anderes zu geben hatte, brachte seine girrende Turteltaube in einem Käfig. Es waren solche darunter, die mehr als eine Tagereise weit, Hügel herauf, Hügel herab, durch Regenschauer und sengende Hitze zu Fuß dahergekommen waren, ihr Geschenk und ihre guten Kleider in ein Bündel geschnürt über der Schulter tragend und als einzigen Proviant ein wenig in ein Pisangblatt gewickelten Reis zwischen Gürtel und Sarong. Ein altes Pärchen, das schon lange keine Wohnung mehr hatte und in einem Planwagen von dem einen Passar[31] zum andern zog, indem es sich mit Wagen, Verlieren und Gewinnen vom einen Mal bis zum andern hinschleppte, hatte Markt und Chancen im Stich gelassen, um beim Vernehmen der freudigen Nachricht nach Langean zu kommen.

Mütter kamen mit Kindern an der Hand und mit Säuglingen auf der Hüfte, das allerkleinste in den Falten des »Slendang[32]« geborgen, wie in einer Wiege, um Frau Meerhuys, die sie in der schlechten Zeit gepflegt, verhätschelt und gefüttert hatte, zu zeigen, wie gut sie jetzt gediehen. Der orientalischen Auffassung eingedenk, die laut ausgesprochenes Lob und Bewunderung als eine Herausforderung von stets neidischen Geistern, Sendern von Krankheit und Missgeschick fürchtet, begnügte sie sich damit, lächelnd die Hoffnung zu äußern, dass die Kinder weder allzu hässlich aufwachsen noch Taugenichtse werden möchten, die ihren Eltern Herzweh bereiteten; während Ada es trotz warnender Blicke nicht unterlassen konnte, die reizenden kleinen Wichte, die mit ihren blitzend dunklen Augen und ihren braunen Gesichtern weich und duftig erschienen wie Früchte, zärtlich an sich zu ziehen. Verlegen, aber wohlerzogen beantworteten die Kleinen ihre Liebkosungen mit einer Ehrenbezeigung, indem sie unbeholfen den »Sembah« der Erwachsenen nachmachten.

Nach den Dessaleuten aus der Umgegend kamen Einsame von hier und dort, die zufällig von Frau Meerhuys Ankunft gehört hatten; der Wächter eines heiligen Grabes in dem Herzen der Hügelgegend; der Kohlenbrenner aus dem Walde und ein Jäger, der unter seinem »Badjoe«[33] ein gesprenkeltes, fein gehörntes Zwerghirschlein trug; der Sammler von Palmzucker aus dem Allerdichtesten des Waldes, wo die grünblühende Aren-Palme wächst, mit einem Körbchen stark duftenden Zuckers in der Hand und dem Abglanz des dämmerigen Waldes auf seinem träu-

---

[31] Passar = Markt.
[32] Slendang = längliches Tuch, das von der Schulter herab über den Rücken getragen wird wie eine Schärpe.
[33] Badjoe = eine Art Kittel.

merischen Antlitz. Zuletzt kam ein nackter kleiner Büffelhirte und überbrachte den Gruß und die guten Wünsche eines Einsiedlers, der hoch oben auf dem Gipfel des Tjeremai sein Leben verträumte.

Frau Meerhuys, ganz nach indischer Art in Sarong und Kabaja gekleidet, und die nackten Füße in ledernen Pantoffeln, trat jedem Ankommenden wie einem guten Freunde entgegen.

Die meisten kannte sie beim Namen. Sie fragte diesen nach seinen Kindern, jenen nach seinem Felde oder Vieh, nach dem Gang seiner Geschäfte und seinen Erlebnissen in dem Amt, das er bekleidete, einen dritten und vierten und nicht oberflächlich, sondern bis in solche Einzelheiten, dass sie wohl verstehen mussten, wie sie auch in der Ferne stets ihrer gedacht und sich um sie gesorgt hatte.

In dieser neuen fremden Welt stand Ada, als wäre sie in ihr aufgewachsen. Ihre Gedanken waren so lange schon dort gewesen und wußten schon so viel von allem, was sie jetzt mit den Augen sah und mit den Ohren hörte, dass sie bei dem Anblick der neuen Dinge kein Erstaunen, sondern nur Befriedigung über das endliche Finden des Langersehnten empfand. Alles war ihr recht, so wie es kam: die Menschen, die Witterung, die Lebensweise, die Frau Meerhyus gewählt hatte, und sogar das Wohnen in einem inländischen Häuschen mit einem Lehmboden, Wänden aus geflochtenen Fasern und statt Fenstern Klappläden, die auf und zu gemacht wurden, je nachdem es regnete oder die Sonne schien.

Bei gutem Wetter, wenn die Läden offen standen und der blaue Himmel, die Wolken, das Grün der Hügelsenkung schräg durch das Häuschen glänzten, während immerfort Schmetterlinge hineinflatterten und leuchtende Käfer daherrsurrten, schien es nicht wie ein mit Händen gemachter Menschenwohnort, sondern wie ein heimliches Fleckchen in dem Herzen eines Waldes zwischen Krüppelholz und dichten Stämmen, wo der Boden bunt ist von dürren Blättern, Sonnenflecken und Moos, mit kleinem Geblüm darauf. Es war da halb grell und halb dämmerig, voller Sonne, voller Schatten, voller Tau und verborgener Farbe. Rollvorhänge aus Binsen waren durchsichtig blond wie Frühnebel beim Grauen des Tages. In den Matten, mit denen der Boden, und den gebatikten Stoffen, womit die Ruhebank bedeckt war, leuchtete wie eine Blumenfarbe das feine Violett und lichtes Rot und Blau und Gelb.

Die Türen, die hier und dort offen standen, glichen Breschen in einer Dichtigkeit von Stämmen, und dadurch waren Bäume zu sehen, so tief und braun wie Spelunken einige, andere halbdunkel und ein einzelner mit leuchtendem Sonnenschein durchtränkt, wie eine kleine Weide mitten im Walde. Dem Lehmboden, den Binsen und den Rohrmatten, der Bekleidung aneinandergereihter Blätter und den geflochtenen Fasern der Wände, den Bambushalmen des hoch hinwegdunkelnden Daches und den hölzernen Pfosten, auf denen es ruhte, entströmte der eigenartige, gleichzeitig dumpfige und doch reine süßlich-bittere Waldgeruch. Rings um das Haus zog sich ein dichtbelaubter Garten, ein Bächlein eilte daran vorüber, das aus dem Abhang hervorsprudelte. Zwischen Lachen und Pfützen bildeten einige glatt geschliffene Steine für den, der dort baden und Wasser holen wollte, einen Platz zum Stehen. Ein Wäldchen aus »Kembang-Spatoe«, wo die grellen Farben der Blumen zwischen dem kühl-dunklen Glanz der breiten Blätter brannten, verbarg die Stelle.

Die Küche lag in nächster Nähe. Eine luftig gedeckte, an der einen Seite offene Scheune, wo das Reisfeuer am Boden brannte und die nacktschultrige Köchin niedergehockt mit einem Fächer aus Palmenwedeln die Holzkohle in dem eisernen Feuerbecken zum Glimmen brachte. Ein Garten mit allerhand Obstbäumen grünte ringsumher.

Vorn am Eingang der wilden Rosenhecke, die das ganze Grundstück umzäunte, stand die Reisscheune auf schmalem Fundament mit breitem Dach wie ein zierliches Boot auf dem Trocknen, und ihr gegenüber der Käfig aus Bambuslatten, der als Stall für ein raumähniges javanisches Pferdchen diente. Der Reisblock, ein Stück von einem ausgehöhlten Baumstumpf, stand unter einem Mangobaum; des Morgens früh kam die Köchin dorthin mit ihrer Wanne voll Reis, die sie, den Arm darüber gebreitet und lässig einherschreitend, gegen die Hüfte stützte. Sie goss den Haufen gelber Körner in den Block, und den Stampfer hineinstoßend, dass Kaff und Körner sprangen, begann sie das rhythmische Klick-Klack-Klangspiel, das den Lebenston der Dessa bildet.

Van Heemsbergen, der ein inländisches Grundstück bisher nur im Vorübergehen von der Landstraße aus gesehen hatte, blickte verwundert um sich, als er das erste Mal kam.

Ada führte ihn ins Haus hinein.

Mitten auf dem Boden lag ein nacktes braunes Bübchen und spielte mit einem glanzäugigen Eichhörnchen, das eine Nuss beknabberte. Ein Leuchten von kleinen glitzernden Flammen, die unweit eines blühenden Zitronenstrauches mattgelb in der Sonnenglut brannten, drang durch eine offene Tür. Eine halb ausgepackte Kiste stand zwischen Stößen von Manuskripten und Büchern.

Unwillkürlich neigte van Heemsbergen sich darüber; er erkannte den Band, den er in die Hand bekam, noch bevor er ihn geöffnet hatte, und sah den Text mit den Randbemerkungen in Professor de Graves unlesbarer Gelehrtenschrift.

Er begann zu lachen.

»Wo sind wir jetzt eigentlich? in einem Dessahaus, im Walde, in einer Bibliothek in Leyden? in Indien oder wo in der Welt?«

Ada sagte leise:

»Wir sind zu Hause.«

Der Anblick dieser Stapel sorgfältig beschriebener Manuskripte, zu denen Ada ihres Vaters unleserliche, durch Dutzende von Büchern und losen Blättern verstreute Notizen gesammelt und geordnet hatte, ließ van Heemsbergen das Reden über die Veränderungen in seinen Plänen, das er schon vorher als etwas sehr Schwieriges empfunden, fast wie eine Unmöglichkeit erscheinen. Sie waren jetzt schon länger als eine Woche Tag für Tag zusammen gewesen, und er hatte es noch nicht über sich gewinnen können. Ein Besuch von Frau de Bakker half ihm über den schwierigen Augenblick hinweg. In ihrer eigentümlichen Art, die die Dinge nur flüchtig zu berühren schien und die doch den Eindruck einer unerschütterlichen Festigkeit hinterließ, sprach sie über Batavia wie über den zukünftigen Wohnort des jungen Paares, über den Kreis, in dem sie ihre Bekannten finden würden, und über den außerordentlich glücklichen Verlauf der Dinge, der van Heemsbergen aus einer schlecht bezahlten Anstellung im Dienste des Landes zu dieser glänzenden Kompagnonschaft mit Bossing geführt hatte.

»Ein bisschen habe ich auch daran mitgeholfen,« sagte sie lachend, »ich habe de Bakker auf den Gedanken gebracht, van Heemsbergen als Advokaten für unsern Prozess zu wählen, dadurch ist das alles so gekommen – es wäre doch auch Sünde und Schande gewesen, wenn er mit seinen Fähigkeiten sich in den Binnenlanden hätte begraben lassen – von Ihnen gar nicht zu sprechen,« fügte sie hinzu, während sie Ada lächelnd anblickte, »ja, ja, er hat es zwar geheim gehalten, aber *ich* wusste doch um die Verlobung.«

Beim Abschiednehmen lud sie Ada in ihre Villa ein, »die das einzig bewohnbare Haus in der Umgegend sei« und ignorierte lachend die Antwort des jungen Mädchens, dass sie bei Frau Meerhuys und ihrer Arbeit bleiben wolle.

Als sie verschwunden war mit einem Rauschen seidener Volants über den Lehm und die Binsen des Bodens, sah van Heemsbergen seine Braut an.

»Ich habe es noch nicht angenommen.«

Sie sah ihn wieder an, ohne zu antworten.

Er fuhr fort in einem Ton, als habe sie eine Einwendung gemacht, die er beantworten musste:

»Die Stellung ist wirklich glänzend – im Anfang natürlich noch nicht, aber in verhältnismäßig kurzer Zeit wird sie es sein; Bossing verdient achttausend Gulden monatlich.«

Und da sie noch immer nicht antwortete, begann er mit einigem Nachdruck auseinanderzusetzen, wie wünschenswert und eigentlich auch notwendig es sei, dass man schon einmal in Indien, dort in möglichst kurzer Zeit möglichst viel Geld verdiene, um, noch verhältnismäßig jung, ein freier Mann sein und seinen eigenen Wünschen und Neigungen folgen zu können.

»Es ist nicht die Frage, was ich jetzt in diesem Augenblick vorziehe – sondern was auf die Dauer das Beste sein wird,« schloss er endlich.

Sie sagte, vor sich hinsehend:

»Es ist deine Karriere, also muss es auch deine Wahl sein.«

»Nun ja, aber so wie wir beide miteinander stehen, du und ich! Ich würde übrigens meine Arbeit auch nicht aufgeben. Aufgeschoben ist nicht aufgehoben, musst du bedenken.«

»O nein, nicht aufgehoben, gewiss nicht.«

»Nun eben, und für dich würde es doch auch angenehmer sein, in Batavia zu leben anstatt irgendwo in der »Rimbu[34]«. Du weißt nicht, was das bedeutet, die Binnenlande und deren Bewohner. In Batavia findet man doch wenigstens noch äußerlich Zivilisation.«

---

34   Rimbu = »die Wüste«, d.h. die Binnenlande.

»Ich« ... begann Ada, brach aber sogleich wieder ab. »Du musst es meinetwegen weder tun noch lassen. Da, wo du zufrieden bist, bin ich es auch.«

Van Heemsbergen antwortete nicht.

»Liegt ihr so wenig daran?« dachte er.

Er sprach nicht mehr über die Sache an jenem Tage und ging früher als sonst nach Hause.

Die Nacht schien ihm schwül, sein Zimmer beengte ihn, er konnte nicht schlafen. Endlich stand er auf und ging hinaus.

Der Halbmond schien aus einem dunklen Himmel, an dem zwischen Zügen wolliger grauweißer Wolken hier und dort ein Stern schwankte. Ein feuchter Wind kam ihm entgegen.

»Aber warum doch eigentlich?« sagte er plötzlich überlaut.

Tief atmete er den Nachtwind ein. Gedanken stiegen auf und standen leuchtend da, wie an dem bewölkten Himmel die einzelnen großen Sterne. Er hätte sie so wenig wie diese Sterne bestimmen und mit Namen nennen können, aber er fühlte, wie ihre feinen Strahlen das Dunkel durchdrangen.

Als der Tag zu grauen begann, schickte er seinen Boy nach Kalimas, um dort zu holen, was er an Büchern und Papieren finden würde. Der Mann kam mittags zurück mit einer vollen Kiste, die gelb geworden, verstaubt und von Insekten benagt war. – Bei dem Auspacken und Sichten fiel ihm sein Essay über den Grundbesitz in Cheribon in die Hände; er begann darin zu lesen mit einem kritischen Interesse wie in der Arbeit eines Freundes. Da steckte doch was drin; wenn das Spröde und Unsaubere nur erst herausgeholt wäre, so würde brauchbares Material übrig bleiben, das unter dem prüfenden Schlag einen guten Klang gab. Es könnte in den Schmelztiegel hinein und, von neuem gegossen, als Unterteil eines größeren Ganzen benützt werden, dachte er während des Lesens, indem er die Umrisse dieses Ganzen bereits vor sich sah. Je mehr er grübelte, desto deutlicher und bestimmter wurden sie vor seinen Augen. Es würde eine Menge Material verschlingen, das sah er; aber es lag nur zum Aufgreifen in den Dessas ringsumher. Er dachte an dies und jenes, das in einem Buch von Professor de Grave zu finden sein musste, und an eine Randbemerkung auf einer gewissen Seite; es war als sähe er die kleinen scharfen Buchstaben vor sich. Er sprang auf, nahm seinen Hut und ging zu Ada.

»Wo hast du das Buch deines Vaters über die Beziehungen der Ostindischen Gesellschaft zu den Sultanen von Cheribon?« fragte er noch während des Eintretens. »Es war in der Kiste, die wir neulich zusammen ausgepackt haben, ich entsinne mich noch, dass ich mir die Randbemerkungen angesehen habe. Es steht etwas darin über den Grundbesitz zu Beginn des neunzehnten Jahrhunderts.«

Ada blickte auf von der Garbe durchsichtig weißer Gandasoliblumen, die sie in einer dunkelroten irdenen Schale ordnete.

»Ich werde es dir geben – es ist in meinem Zimmer, ich habe eben daraus abgeschrieben.«

Sie ging und kam zurück mit dem Buch und einem beschriebenen Zettel.

»Hier steht auch noch etwas darüber.«

Er begann stehend zu lesen und zu blättern, nahm den Zettel in die Hand und schaute an den Reihen der Büchertitel entlang:

»Hm, auch englische Schriftsteller; doch sicher nur wegen eines Vergleichs mit englisch-indischen Zuständen. – Ja – den Deutschen kannte ich.«

Er blickte auf Ada, ohne sie eigentlich zu sehen. Äußerst langsam steckte sie einen Gandasolistängel ins Wasser. Die dünne Blüte – drei zarte schneeweiße Blätter um ein gelbes Herz – blieb an ihren Fingern hängen; er nahm mechanisch wahr, wie das matte Rot der Spitzen durch das Blumenweiß hindurch leuchtete.

Plötzlich:

»Sollte es wohl was wert sein, meinst du?«

Sie richtete einen raschen Blick auf ihn.

»Dein Essay? Natürlich ist es was wert.«

Er zog sie an der Blumen tragenden Hand zu sich herab auf die Ruhebank.

»Ich möchte etwas ganz anderes daraus machen, verstehst du, etwas viel Größeres! und das Essay würde nur einen Unterteil bilden, ... das ist das Unglück! – Dazu müsste ich eine Menge wissen, was ich nur durch Inländer erfahren kann, das ist eine unbegonnene Arbeit mit dem stumpfen Volk hier, das einen im besten Falle versteht, wenn man nach den allergewöhnlichsten Dingen fragt und auf das, was ein Europäer sagt, niemals eine andere Antwort hat, als ja und amen. Ich habe in Soemberbaroe ...«

Er erzählte von seinen vielen vergeblichen Ausflügen in die Dessa.

»Und wenn ich dann in der glühenden Hitze wieder nach Hause ritt, hatte ich den ganzen Morgen und Mittag – so und so viel Stunden, die denn doch so und so viel Arbeit repräsentieren, für nichts und wieder nichts vergeudet – denn um allem die Krone aufzusetzen, musste ich dann die Arbeit für den Landrat noch nachholen.«

Ada sagte, so behutsam sprechend, als wolle sie mit jedem Wort wie mit einer ausgestreckten Hand im Dunkeln ihren Weg ertasten:

»Dadurch ist es sicher auch gekommen, dass es nicht gut geworden ist – weil du dich mit allem so abhetzen musstest – nicht wahr? – aber jetzt würdest du doch Zeit genug haben – beinahe noch drei Monate.«

Er begriff, dass sie an den Zeitpunkt dachte, zu dem Dr. Bossing ihn in Batavia erwartete.

»Ja, ungefähr drei Monate. Aber ob mir die Zeit allein etwas nützen könnte, das bezweifle ich. Ich glaubte das damals, so wie ich auch glaubte, ich würde alles gewonnen haben, wenn ich nur erst Sundanesisch könnte. Aber daran liegt es nicht – wenigstens nicht daran allein oder gar in erster Reihe. Mit dem Prozess von de Bakker ...«

Er hielt inne.

Ada blickte ihn mit beinahe peinlich gespannter Aufmerksamkeit an.

»Ja, Gys; mit dem Prozess?«...

Er stand auf und begann in dem Gemach auf und ab zu gehen. Es dauerte eine Weile, bevor er fortfuhr:

»Nun ja, damals konnte ich Sundanesisch, und ich hatte Zeit genug, und es half doch nichts. Wenn ich meinte, dass ich mit einem Zeugen dahin käme, wo ich hin musste, und ich wollte weiter, dann plötzlich Holla! stand ich vor einem Widerspruch, über den ich nicht weg kam. »Ja,« sagte der Kerl dann, »das habe ich damals wohl so gesagt, aber es war eigentlich anders.« »Warum hast du es denn so gesagt?« Keine

Antwort. So ging es nicht einmal, sondern hundertmal. Da ist etwas zwischen mir und ihnen – ein Schlagbaum, eine Mauer, eine Kluft, eine unüberwindliche Scheidung. Es ist hier Europäer, dort Asiat; ich habe das schon bei jener allerersten Sitzung in Soemberbaroe empfunden. Wir können uns nicht in ihr Denken und Fühlen versetzen, es ist nun mal das Denken und Fühlen einer inferioren Rasse, inferior nicht nur dem Grade, sondern auch dem Wesen nach, nicht empfänglich für Entwicklung, ohne Moralitätsbegriffe...«

Er hielt inne, betroffen von dem Ausdruck ihrer Züge.

»Ja, mein Liebling, aber deswegen sollst du nicht so traurig dreinschauen!«

Seine Hand unter ihr Kinn legend, hob er den gesenkten Kopf zu sich empor.

»Du siehst doch wohl ein, dass nicht alle Menschen gleichmäßig intelligent und vortrefflich sind – nicht wahr? was sagtest du, Kind? du sprichst so leise, ich verstehe dich nicht.«

»Wir wollen doch alle so gern unser Möglichstes tun,« wiederholte sie kaum hörbar.

Van Heemsbergen schwieg.

Und dann nach einer Weile:

»Nun, ich habe das vielleicht etwas schärfer gesagt, als ich es meinte. Ich meine nur – und das ist das einzige, worauf es für mich ankommt – ich kann mit »dem braunen Bruder« nicht fertig werden; ich verstehe ihn nicht, und er versteht mich nicht. Wie ich dir sage, – ich habe es versucht, aber es geht nicht.«

»Gys!« sagte Ada langsam errötend und stockte.

»Mein Mädchen?«

»Wenn du – wenn du uns mal begleiten wolltest hin und wieder, Frau Meerhuys und mich, wenn wir in die Dessa gehen? Wenn du sie so sähest in ihrem täglichen Tun und Treiben, glaube ich bestimmt, dass du sie wohl begreifen würdest. Und dann für deine Arbeit, weißt du! Frau Meerhuys kennt all die Menschen so gut, sie könnte sie ja befragen. Der Regent z.B. weiß allerhand, was dir von Nutzen sein könnte, und der Djaksah ist auch recht gescheit.«

»Meinst du?« fragte er nachdrücklich. Solch eine Menge Erwägungen, Bedenken und Erwartungen kamen plötzlich in ihm auf, dass ihm kein Raum blieb zum Staunen über ihre Kenntnisse von Menschen und Dingen um ihn her, die er selber nicht kannte.

»Schon möglich – ich entsinne mich jetzt, dass Hendricks das auch sagte. Ja, natürlich – solche Menschen brauche ich – Herrgott, es würde etwas Schönes daraus zu machen sein! In dem Essay hatte ich nur so eine Art von Gerippe aufgesetzt; nicht einmal das, nur ein paar Knochen gezeigt, etwas so wie ein Zoologe sie einem Fachmanne zeigt, um ihm von einem ganzen Tier eine Idee zu geben; – war es nicht Cuvier, der das sagte? Aber wenn ich mich jetzt an die Arbeit machte, dann würde ich es mit großem Ernst tun – dann möchte ich all' die verstreuten Knochen des Geschöpfes zusammensuchen und sie wieder so aneinanderfügen, dass nicht nur ein Sachverständiger, sondern, dass jeder intelligente Mensch die Form, die Bewegung, das Leben, das einst darin gesteckt, erraten könnte – ich würde nicht nur Tatsachen geben, so etwa die: dass der Grund und Boden hier kommunalen Besitz bildet und dort erblich-individuellen, oder wie man in einer Dessa beiden Formen nebeneinander begegnet, oder in welcher Hinsicht das gegenwärtige Erbrecht an diesem oder jenem Ort sich von dem früheren unterscheidet, oder welche Bestimmungen aus der Macht der Gewohnheit herausgewachsen sind wie ein natürliches Produkt des inländischen Volkslebens und welche andern wieder von der Regierung – irgend einer Regierung der holländischen, englischen oder inländischen Macht, die zu einem gegebenen Zeitpunkt über dem Volke waltete – fix und fertig in die Traditionen hineingerammt wurden wie ein Pfahl in Wiesengrund; sondern all' diese Dinge in vernünftigem Zusammenhang wie das Sichtbarwerden eines Gedankens, – ihre äußere Erscheinung, ihre Entwicklung in die greifbare Wirklichkeit hinein. Das ist es, was ich finden möchte – die Idee, die in einem solchen Tatsachensystem das Leben verkörpert hat, Ursache und Zweck zugleich, das schaffende, gestaltende und umgestaltende Prinzip. Das, was jeder Eigentümlichkeit, auch der kleinsten, ihren Wert gibt und wodurch allerhand, was zunächst äußerlich, zufällig und rein willkürlich erschien, zu etwas absolut Notwendigem, Organischem wird. Dies eine nun – das Verhältnis des Menschen zu dem Grund und Boden...«

Er hielt inne, Ada ansehend, ohne sie zu sehen, und versuchte mit einem Stirnrunzeln der Anspannung die Vorstellung, die ihm unklar vorschwebte, deutlicher zu erkennen.

Sie saß still da, noch in derselben Haltung wie zuvor mit der Gandasoliblume zwischen den straff verschlungenen Fingern. Ein wenig bleich, mit halbgeöffneten Lippen, und Augen, die sich wie in gespanntem Erwarten weiteten, sah sie ihn an.

»Seinerzeit – das war, bevor ich deinen Vater kennenlernte – glaubte ich »es« mit der Psychologie zu erreichen, indem ich versuchte, unseren gegenwärtigen gesetzlichen Zustand und die Entstehung jenes Begriffes vom gesellschaftlichen Gut und Böse im Kern zu erfassen. Aber von hier aus – ich meine von dieser Grundbesitzfrage, von etwas so Konkretem, Materiellem, das so nüchtern erscheint und dürr wie Asche, in der auch kein Funke mehr zurückgeblieben ist – von hier aus erreiche ich es auch. Es ist ganz gleich, wo man anfängt – wenn man nur immer geradeaus geht und weit genug, dann kommt man schon ans Ziel. – Wir stehen überall an der Grenze, an der Peripherie des Kreises: sei es von dem einen Punkt aus oder von dem andern, von überall her führen die Wege zu dem Mittelpunkt; sie sind einander entgegengesetzt, aber nur für den, der sie sich von außen her ansieht, ist der Unterschied da. Die Peripherie ist überall, der Weg überall, der Mittelpunkt überall: »der allgegenwärtige Mittelpunkt« – das Leben!« »Er« muss das auch gemeint haben, wiewohl er »Gott« sagte; das eine oder das andere, zweierlei Worte von zweierlei Menschen für ein und dasselbe Ding; auch hier ist es wieder das Zusammenkommen von zwei entgegengesetzten Seiten ... Ist es nicht seltsam und schön, darüber nachzudenken? Alles, alles, ohne Ausnahme, alles ist ein Ausgangspunkt, eine Richtung, ein Weg: Dichtung, Philosophie, Malerei, ein Gesetzesparagraph, Pariser Eleganz bis zur unsinnigsten Mode, der Adat[35], der Grundbesitz hier in Cheribon, – alles strebt nach jenem geheimnisvollen Etwas, das wir besitzen und doch nicht besitzen, das uns immerfort entgleitet und das zugleich *in* uns ist – ja es muss doch wohl *in* uns sein – nicht wahr? aber nicht zur Genüge, nicht zur Genüge! Nur eine Handvoll Erde und Gräser von dem ganzen Land, von dem ganzen Königreich, das wir begehren!«

Er schwieg.

Er hatte sich auf die Stufen gesetzt, die aus dem Vorderhaus herabführten; die Ellenbogen auf die Knie, das Gesicht auf die Hände gestützt, starrte er nach dem mattgrünen westlichen Horizont. Nach einer Weile

---

[35] Adat = das überlieferte Recht und Gesetz der Javaner.

fuhr er fort und sprach die Schlussfolgerung einer verschwiegenen Gedankenkette aus:

»So ist es, es muss möglich sein! So, ebenso gut wie auf irgendeine andere Weise. Den Anfang bildet ein »Sawah« und das Ende eine menschliche Seele, eine Gemeinschaft, ein Volk, eine Rasse, und all' die Höhen und Tiefen dahinter, wenn man unter Ort den ganzen Erdball und unter Zeit eine ganze Weltdauer versteht, weiter noch, in weite Fernen hinein ...«

Er starrte in die Dämmerung, als suche er dort über Berge und Ebenen hinüber, jenseits jenes bleichen westlichen Horizonts, jenseits der Fernen hinter Fernen, die immer weiter zurückweichende Kimme, die den nie zu erreichenden Anfang der Unendlichkeit bildet.

Es war lautlos still draußen, selbst der Abendwind regte sich nicht in den Blättern. Eine Grille im blühenden Jasmin zirpte ein paar Mal schrill, wie, um ihre Stimme zu erproben, und schwieg dann wieder. Und nach dieser sekundenlangen Schwingung erschien die Stille umso starrer.

Van Heemsbergen sah sich um: ihm war es, als habe er einen halb unterdrückten Seufzer vernommen. Aber Ada saß regungslos da; er erblickte ihr Gesicht und ihre Hände wie zwei mattweiße Flecken in dem dünnen Grau rings umher.

»Was ist?« fragte er. »Nichts? Ich glaubte dich seufzen zu hören.«

»O nein,« sagte Ada. Ihre Stimme klang eigentümlich voll und zitternd. »O nein!«

Sie machte eine leichte Bewegung – er sah es an dem Verschwinden der weißen Stelle, dort, wo ihre gefalteten Hände soeben geruht.

Er stand auf.

»Wie seltsam es doch mit solchen Dingen geht! Diese eine Randbemerkung in deines Vaters Buch – ich hatte überhaupt nicht mehr daran gedacht – nicht einmal, während ich an meinem Essay arbeitete; und jetzt heute Mittag beim Durchsehen meines Manuskripts war es mir plötzlich, als habe alles in meinem Kopf darauf gewartet! Hunderterlei Dinge, von denen ich nicht einmal gewusst hatte, dass ich sie wusste, kamen plötzlich zum Vorschein, und das fügte sich ineinander und das wuchs in Höhen hinein! So etwa, wie wir es seinerzeit in der Physikstunde geschehen sahen, wenn der Lehrer Experimente machte – er ließ ein unsichtbar kleines Etwas fallen in ein Glas mit Flüssigkeit, die klar war wie Wasser, – nichts war darin – und mit einem Male war es voll funkelnder Pünktchen, Stäbchen, Sternchen, voll kleiner Kristalle. Du weißt nicht, was für ein seltsames Gefühl ... und solche Überraschung! ... Man hat sich selbst für bettelarm gehalten und entdeckt plötzlich, dass man ganz wohl situiert ist!« schloss er lachend. »Kann ich wohl irgendwo ein Licht finden ... ich möchte rasch mal nachsehen ...«

Die alte Arti, Frau Meerhuys' Dienerin, trat gerade mit einer Lampe herein. Sie stellte sie auf das Tischchen vor Ada hin und verschwand wieder.

»Ich möchte rasch mal nachsehen,« wiederholte van Heemsbergen; »ob« – er stockte und sah Ada erstaunt an.

Ihr Gesicht glich einer Rose, die sich bis in ihre innersten Herzblättchen hinein purpurn öffnet. Mit einer unsicheren und zugleich raschen Bewegung stand sie auf, eilte auf ihn zu und schlang, während sie ihn an sich presste, beide Arme um seinen Nacken.

»Liebling, was ist dir?«

»O! o! Du bleibst deiner Arbeit treu, du bleibst deiner Arbeit treu!«

»Was hast du nur? was meinst du damit?«

»Du bleibst deiner Arbeit treu!« rief sie, beinahe jauchzend.

»Meiner Arbeit?«

»Ja, ja, ja! Deiner Arbeit, Vaters Arbeit, unserer Arbeit! Du denkst ja gar nicht daran, Advokat zu werden!«

Ihre beiden Arme um seinen Nacken geschlungen, warf sie den Kopf zurück und blickte ihn an mit vor triumphierendem Glück erstrahlenden Augen. Eine Sekunde lang sah er bestürzt aus, dann:

»Wahrhaftig! Du hast recht! Ich denke auch gar nicht daran! Großer Gott, es ist wahr! Wie wusstest du das, wie wusstest du das? Sag' mir's, ich wusste es doch nicht mal selber!«

Sie antwortete nicht, sie sah ihn nur an mit ihren glücklichen Augen, lachend.

In der Dessa dauerte noch die stille Zeit, die zwischen der Ernte der Zweit-Gewächse[36] und dem Säen des Reises liegt. Mit dem Bereiten der Zuchtbeete und dem Umpflügen und Eggen der Sawahs wurde gewartet, bis der abtropfende Regen den Hügelboden genügsam getränkt haben würde.

Vor Beginn der Regenschauer hatten die Männer ihre Häuser nachgesehen und gedichtet, neues Flechtwerk da eingefügt, wo die Hürdenwände Risse bekommen hatten, und die Bambusschilfe des Daches, die sich in der heißen Zeit gespalten hatten oder eingeschrumpft waren, durch frische aus dem Bergwalde ersetzt, sodass die umsichtig geordneten Reihen wasserdicht aneinander schlossen. Jetzt waren sie beschäftigt mit dem Ausbessern ihrer Feldgeräte, des leichten hölzernen Pfluges, der Egge mit ihren weit auseinander stehenden Zähnen, der Walze, mit der der bearbeitete Acker glatt gestrichen wird, des breiten Spatens und der Hacke. Bequem auf der Baleh-Baleh niedergekauert, bastelten sie ruhig an allerhand herum und hörten auf das Rauschen des Regens, der ihre Äcker aufweichte. Der eine Nachbar kam zum andern hereingeschlendert, um sich Zimmermannsgeräte zu borgen, und blieb plaudernd den ganzen Morgen über da, bei einer Strohzigarre und einer Tasse heißem Blätterkaffee.

Die Frauen hatten ihren Webstuhl zum Vorschein geholt aus der Ecke, in der er während der geschäftigen Erntezeit allmählich verstaubt war. Das Haar nachlässig zum Knoten geschlungen, den Sarong bis unter die Arme aufgeschürzt, saßen sie nacktschulterig vor dem flachen Rahmen, in dem das Muster des Gewebes unter ihren sich fleißig regenden Händen schon langsam sichtbar zu werden begann. Von Zeit zu Zeit nahmen sie an dem Gespräch der Männer teil. Meist redeten sie über ihre Felder und über die Art und Weise, wie sie sich am besten Reissaat und Vieh zum Pflügen verschaffen könnten.

Die Beschaffenheit des Bodens hatte gewonnen, seit Kontrolleur Hendricks in die Gegend gekommen war. Er hatte eine für die Inländer vorteilhafte Verlegung der Rieselkanäle durchgesetzt, dem heftigen Widerstand de Bakkers zum Trotz, der das Wasser für seine Rohrplantagen brauchte und begehrte und der alles daran gesetzt hatte, um die alten Leitungen zu erhalten, indem er die Behörden der Dessas heimlich

---

[36] »Zweit-Gewächse« nennt man diejenigen, die während der trockenen Jahreszeit wachsen, nach der Reisernte, meist Hülsenfrüchte.

bedrohte oder bestach und die Regierung mit Gesuchen bestürmte, in denen der Untergang der Zuckerindustrie und demzufolge auch der der gesamten einheimischen Bevölkerung prophezeit wurde. Tag für Tag hatte er während der Saat- und Pflanzzeit auf den Feldern verbracht, um durch seine Gegenwart die äußerlich fügsamen, aber innerlich widerspenstigen Inländer dazu zu zwingen, dass sie die Vorschriften befolgten, die sie eine zweckmäßigere Art des Ackerbaus lehrten als die, welche sie von ihren Vätern übernommen, sodass der besser bearbeitete Boden reichere Frucht gegeben. Die Ernte der zweiten Gewächse war in diesem Jahr besonders gut gewesen. Nichtsdestoweniger dachten die meisten in der Dessa besorgt an das kommende Reishalbjahr, die üppige und doch karge Zeit, während der alles wächst und nichts reif ist; sie hatten von der überflüssigen Ernte nicht viel gehabt oder behalten; die Steuer hatte davon bezahlt werden müssen und alte Schulden, die durch Wucherzins auf Wucherzins gewachsen waren. Viele auch hatten ihren Mais »Kotella[37]« und »Katjangbohnen« ganz billig an die Aufkäufer abgegeben, die im Dienst der Chinesen von Kaliwangi und mit einer Schnellwaage und einem vollen Geldsack auf ihrem Karren an den reifen Feldern entlang fuhren. Sie wußten wohl, dass diese Männer Lockfinken des listigen Handelsmannes waren, frühere Schuldner, die jetzt, ob sie wollten oder nicht, andere in den Schlag hineinpfeifen mussten, in dem sie selbst gefangen saßen: aber das blinkende Geld hatte sie so bestochen, dass sie die Arbeit der heißen Monate, die Notdurft der Regenzeit und all' ihre schlimmen Erfahrungen darüber vergessen hatten. So waren denn die meisten in Not, jetzt da es galt Reissaat zu kaufen und Büffel zum Pflügen der »Sawahs« zu mieten.

Wer nicht zum Chinesen gehen wollte oder zu Said Mohamad, der wegen seiner unmenschlichen Hartherzigkeit noch mehr gefürchtet wurde als der andere wegen seiner List, versuchte es bei einem der wenigen wohlsituierten Dorfbewohner.

Er legte seine besten Kleider an und lud den Reichen zu einer Mahlzeit ein. Dieser wusste, was das zu bedeuten hatte; er dankte für die Aufforderung, wenn er nicht helfen wollte. Nahm er an, so war der andere glücklich; seine Frau ging ans Kochen und Braten und borgte sich hier einen Teller, da eine Schüssel, dort eine hübsche Matte. Nach Ablauf der Mahlzeit, wenn der Gast und der Gastgeber zusammen eine Strohzigar-

---

[37] Kotella = eine mehlige Frucht, wie eine süß schmeckende Kartoffel.

re rauchten, wurde dann gefragt und gegeben. Die Familie war der Not enthoben bis zu dem Augenblick, da das Gegebene zurückgefordert werden würde; das war noch lange hin, niemand dachte daran.

An Tagen, da in der Umgegend Passar gehalten wurde, wimmelte es in der Dessa und auf der Landstraße von Frauen, die Früchte von ihrem Grundstück, Kuchen und andere Süßigkeiten und Wannen voll auseinandergezupfter Blumen und fein geschnittener stark duftender Blätter zu Markte trugen. In einer langen Reihe hintereinander hergehend, sprachen sie unterwegs darüber, ob es wohl möglich sein würde, soviel dafür zu fordern, dass es mit dem Verdienst der vorigen Woche und dem, was noch dazu käme, wenn ein Stück Haus oder Feldgerät ins Pfandhaus getragen wurde und mit ein wenig zufälligem Glück, reichen würde zu einer Kabaja aus Zitz oder einem hübschen Kopftuch. Es gab manchmal Enttäuschungen, aber doch verloren sie den Mut nicht; sie hatten noch ein paar Wochen Zeit, und in ein paar Wochen kann sich viel Glückliches ereignen.

Die Abende, die während der ermüdenden Arbeitsmonate so still sind in der Dessa, waren jetzt voll fröhlichen Lärmens. Gelächter und Stimmen erklangen von einem Grundstück zum andern über die duftenden Hecken hinüber, und hier und dort die schrill süße Weise einer Flöte. Männer und Mädchen sangen einander »Pantoens« zu: scherzende Liebeserklärungen und Neckereien.

»Woher kommt der Blutegel? aus dem Bach kam er in den Wasserkrug.«

»Woher kommt die Liebe? aus den Augen kam sie in das Herz.« Das gleichmäßige Rauschen des Regens mit dem Stakkato einzelner schwer niederschlagender Tropfen klang als Begleitung und Antistrophe der Melodie. Ruhig und in zufriedener Empfänglichkeit lagen die Menschen und die Felder unter dem milden Regenhimmel, Kraft trinkend für die Zeit der schweren Arbeit und der Erzeugung hundertfältiger Frucht.

Über dieses Leben in der Dessa versuchte van Heemsbergen, der seit seinem Gespräch mit Ada ab und zu dort hinkam, so viel in Erfahrung zu bringen, als er für seine Arbeit nötig erachtete. Er arbeitete mit großem Eifer. Die anhaltende Anstrengung erhielt ihn elastisch, und die Befriedigung über neue Klarheiten, die er schuf, und neue Zusammenhänge, die er in seinem Thema entdeckte, und die Sicherheit auf wissenschaftlichem Gebiet, zu der er allmählich gelangte, brachten es zuwege, dass er das Fehlen jener anderen Befriedigung und jener anderen Sicherheit, die ihm erst so vollkommen unentbehrlich erschienen war, nicht mehr so intensiv empfand.

Das Verlangen danach war nicht geringer geworden, aber es war gleichsam verschwunden, versunken in eine Tiefe seines Wesens, von wannen es den Weg in das alltägliche Leben nicht mehr zurückfinden konnte. Er wollte nicht mehr daran denken und mied mit beinahe ängstlicher Sorgfalt alles, was ihn auch nur im entferntesten daran erinnern konnte: den Umgang mit de Bakkers, Gespräche über die Zeit auf Kalimas, den Prozess Heuvelink und sogar bei Spaziergängen mit Ada die Wege, die nach dem Walde führten, so oft sie auch dorthin gewollt hatte, um das Bildnis der Göttin zu sehen, dem die Dessaleute, wie sie wusste, Blumenopfer darbrachten.

Nichtsdestoweniger empfand er noch immer das Bestehen dieses zurückgedrängten Verlangens, so wie jemand, der in einem abgelegenen Gemach seines Hauses heimlich einen Gefangenen eingesperrt hält, dessen Anwesenheit empfindet durch seine scheinbar ruhigen Tage und Nächte hindurch; stets musste er auf seiner Hut bleiben, dass es nicht zum Ausbruch käme und ihn wieder überwältigte, so wie in jener Nacht im Walde. Er kam nicht dazu, das Glück zu genießen, das so still und weit um ihn her lag, wie die stillen weiten Lüfte um die Hügellande.

Am schärfsten fühlte er das, wenn er mit Ada zusammen war; zwischen sich selber und ihr empfand er jenes Geheimnis seiner Seele wie eine Trennung, und wenn er sie auch noch so sehr in all' sein übriges Denken und Empfinden hineinzog, es half nichts. Sogar darin blieb eine Trennung, ein Abstand, ein Unterschied, sodass es ihm oftmals erschien, als ob sie neben und mit ihm gehend, auf demselben Fleck Erde und unter denselben Verhältnissen, doch in einer anderen Welt sei, umgeben von anderen Dingen als die, welche er sah.

Sie half ihm bei seiner Arbeit und dem Sammeln und Zusammentragen von allerlei Details bezüglich des Lebens in der Dessa, die sie durch den täglichen Umgang mit den Eingeborenen erfuhr; und jedes Mal wieder frappierte es ihn, wie anders sie dem gegenüber stand als er selber. Er suchte nur die Tatsachen in ihrer relativen Bedeutung: sie dachte stets an die Menschen, die diese Tatsachen angingen, und an die Art und Weise, wie sie sie empfanden, sodass, wenn er von Bestimmungen hinsichtlich der Bewässerung sprach, sie sich über Wirja bekümmert fühlte, dessen Feld, wie dieser fürchtete, bei dem neuen System zu viel Wasser bekommen würde. Oder wenn er ein Beispiel suchte, an dem er die alten Erbrechtgesetze klarmachen könnte, sie ihm von der Eintracht in der Familie Masanis erzählte, wo der jüngste Bruder alles geerbt habe, aber wo sich alle in alles teilten, sowohl in die Arbeit wie in den Ertrag. Er nannte sie wohl manchmal »kleine Sentimentale« wegen dieser übermäßigen Empfindsamkeit dem Inländer gegenüber und jener Neigung, alle sachlichen Dinge zu persönlichen zu machen, die er echt weiblich und unlogisch nannte. Aber doch schien es ihm oft, als käme sie auf diese Weise dem Kern der Dinge näher, als er ihm jemals gewesen war. Wenn er ihre Auffassungen mit den seinigen verglich, so hatte er das Empfinden, als ob sie tatsächlich griffe und festhielte, während er, wie ein Mensch, der in einen Spiegel schaut, links nach dem Bilde tastete, das sich rechts befand. Und dann fragte er sich verwundert, wie dieses junge unerfahrene, träumerische Mädchen wohl diese Sicherheit gewinne in dem ihm, dem Manne, stets wieder von neuem entgleitenden Leben. Sie trat ein, dort, wo ihm eine Leere zu sein schien; und sogleich war es da voll und reich. Durch ein Wort, das sie ganz einfach aussprach über irgendein ganz gewöhnliches Ding, wurde das Ding für ihn ungewöhnlich, völlig neu. So wie er sich früher, ihre Briefe lesend, über das Leyden wunderte, in dem sie wohnte – es glich seinem Leyden, wie ein Palast dem Haufen von Brettern und Steinen gleicht, aus denen der Baumeister es zusammengefügt hat – so wunderte er sich jetzt über das Indien um sie her, indem er es mit dem Indien verglich, in dem er selber lebte.

Woher kam doch dieser plötzliche Reichtum, der entstand, wo sie war? – diese ungeahnte Kraft und Neuheit über allen Dingen, diese Frische, die über dem längst Verbrauchten lag? War er mit ihr, so schien es ihm, als gelange er aus Reflexen in die Wirklichkeit. Da, wo ein schwacher Schein gewesen, stand etwas Starkes und Schweres, eine Tiefe tat sich unter der Oberfläche auf, aus einem Umriss ward ein Körper, aus einer Hohlheit eine Fülle, alle Dinge gewannen neue Proportionen. Er hatte bisher Menschen, Zustände, Handlungen, Sitten als das genommen, was sie zu sein schienen, und als etwas einmal Gegebenes, das aber im allgemeinen nicht viel Nachdenken und Interesse wert sei. Aber zu seiner Verwunderung kam ihm, wenn er mit Ada sprach, stets wieder die Empfindung von etwas sehr Wunderbarem und Herrlichem hinter alledem, von einem kräftigen schönen Sinn sogar in den Konventionen, einer Auslegung von unbedeutenden Handlungen, die ihnen den Wert von Taten verlieh, vollführt unter einem heilsamen Gesetz, das alles Leben regierte.

In Ada – er ahnte das, ohne es zu verstehen – war dieses Bewusstsein beständig; sie kannte die Übereinstimmung und den Zusammenhang der Dinge, sie stand in vollkommener Gewissheit. In Mußestunden, wenn die Springflut der stolzen Kraft, die seine Arbeit aus den Tiefen in ihm emporzog, wieder verebbt war, fühlte er seine eigene Armut im Vergleich zu diesem ruhigen Überfluss. Namentlich in der Dämmerung war das so, wenn sie, zusammen auf den hölzernen Stufen der kleinen Vordergalerie sitzend, sahen, wie es zu dunkeln begann zwischen den Sträuchern, und die emporstrebenden Blätterbüschel der Palmenbäume, die am längsten noch einen matten Schein aus dem langsam sich verfärbenden Westen aufgefangen hatten, verblassten und in aufsteigendes Grau zerflossen, während die Geräusche menschlichen Lebens ringsum erstarben, eines nach dem andern – ein verspäteter Karren, der in der Ferne knarrte, eine Stimme, die rief, und eine, die antwortete. Diese Dämmerstunde, die er halb hasste, halb fürchtete wegen des Verschwindens all der äußerlichen Dinge, an deren Widerstand er seine eigene Kraft maß, war ihr lieb. »Jetzt ist alles gleich,« pflegte sie dann zu sagen. Sie vermochte nicht recht zu antworten auf seine Frage, was sie denn eigentlich mit diesen unklaren Worten meinte; sie geriet in Verwirrung und schwieg mit einem halb glücklichen, halb verlegenen Lächeln.

Er erriet, was in ihr war – das Bewusstsein, dass für kurze Zeit keinerlei Gegensätze mehr existierten, keine Trennung, keine Härte, dass die ganze wirre Welt zur Ruhe und zu sich selber gekommen still dalag in der steigenden Flut jenes unnennbaren ewigen Einen, darauf die Sterne treiben neben dem allergeringsten und schwächsten Augenblickswesen. Ihre Hand in der seinen haltend, fühlte er sie doch unerreichbar weit von sich entfernt. Er hätte vor ihr auf die Knie fallen und sie anflehen mögen, nicht so von ihm zu gehen, ihn zu sich zu nehmen, ihm zu helfen. Aber wie hätte sie ihn wohl begreifen können – ihn, der selber nicht begriff, welcher Art die Hilfe war, deren er bedurfte?

Es war Anfang Februar. Auf den Äckern war die Arbeit in vollem Gange, und auf den Zuchtbeeten wurden die jungen Schösslinge mit jeder Stunde höher und grüner.

Solange die Saat bloß und klein in den offenen Furchen gelegen, hatten die Kinder der Dessa sie gegen die Vögel bewacht, die behänden Reisdiebchen[38], die in ganzen Wolken aus der Ebene, wo der Reis sehr grün und stark war, zu den Hügelfeldern hinaufgeflogen kamen.

Vor Morgengrauen gingen die Kleinen aufs Feld, vor ihren Vätern herhüpfend, die, mit dem Spaten oder dem leichten Holzpflug über der Schulter, die Büffel vor sich hertrieben, und gingen, um den Acker umzugraben und zu pflügen.

An den Wächterhäuschen, dick und dunkel auf ihren hohen Bambuspfeilern wie Nester von Wasservögeln im Schilf, standen die schwippenden Leitern aufgerichtet; sie kletterten hinauf und schlüpften durch die runde Öffnung in das Häuschen hinein. Dort drinnen schmiegten sie sich in die dunkle Enge wie junge Vögel ins Nest, die Näschereien, die ihnen die Mutter mitgegeben hatte – Reis, der in einem Säckchen aus frischen Blätterfasern gekocht war, Maiskuchen und klebrige Süßigkeiten – neben sich aufgestapelt zu bequemem Genuss, die eine Hand unter dem Kopf und in der andern das Seil, das eine Reihe von über das Feld gespannten Leinen in einem Knoten zusammenhielt. Bei jedem Ruck gerieten die bunten Lappen, die daran hingen, die Büschel Stroh, die Bambushalme in Aufruhr: und schwirrend schoss eine bräunlich-rosige Wolke von Reisdiebchen empor, während glänzend schwarze Krähen schwerfällig davonflogen. Die kleinen Wächter schauten aus dem dunklen Nestchen in den Himmel hinauf nach dem leuchtenden Weiß und Grau treibender Wolken, und sie fühlten, wie ihnen die Augen schwer wurden und wie sie zu blinzeln begannen; das Ziehen an dem Seil ging langsamer, setzte aus, hörte ganz auf; eine kleine braune Faust lag still im Sonnenschein vor dem Pförtchen. Dann rief von hier oder von dort ein Kamerad, der sich wach gehalten hatte, indem er immerfort dieselbe endlose Melodie vor sich hinsummte, und mahnte den kleinen Schläfer zum Erwachen, wenn die Reisdiebchen wieder zwischen den unbeweglichen Leinen niedergestrichen waren. Die hohen Stimmchen glichen so sehr dem Zwitschern der Vögel, dass, wer ferne stand, das eine für das andere hielt und erst horchen musste, um zu unterscheiden.

Das Wetter war umgeschlagen.

---

[38] Reisdiebchen = kleine braune und rote Vögel, die zur Zeit der Reissaat zu Tausenden auf die Felder niederstreichen.

Die graue Flut von Wolken, Nebel, Regen und Dunst, die wochenlang steigend und fallend die Hügel umspült hatte, wie ein dünner Ozean mit lautlosen Wogen um die Schiffe einer verstreuten Flotte, wich einem plötzlichen Sturm aus dem Osten. Die Sonne brach durch, das triefende Land leuchtete, die Gipfel der Berge hoben sich fein und hell wie Edelsteine von dem immer klarer werdenden Horizont ab. Aus der kurzen Abenddämmerung tauchten die Sterne auf wie aus einem Bade, feuchtglänzend. Das Siebengestirn, das die Javaner »den Bambus« nennen, wegen der Fülle seiner hervorsprießenden Strahlenbündel, die es am dunklen Himmel ausbreitet zur Zeit, da auf den Bergen der Wald voll neuer Triebe steht und die Ebene grün wird von sprießendem Kraut, leuchtete auf halbem Wege zu seinem Höhepunkt. Und über die östlichen Berge emporgestiegen, stand das große Bild, das am javanischen Himmel das Zeichen der Zeiten ist, der Verkünder der Sonnenjahreszeit am Morgenhimmel des Juli, der Anführer der Regenmonate am abendlichen Januarhimmel, Horion, »der Pflüger«, der das ackerbauende Jahr regiert.

Vor zwei Monaten, als die Ernte der zweiten Gewächse eingeholt war, hatte er seinen Pflug umgekehrt liegen lassen am westlichen Rande des Himmelsfeldes, zum Zeichen, dass die Arbeit abgetan, und war gegangen. Und so lange er fort blieb aus dem Himmel, blieben auch die Menschen aus dem Felde fort.

Aber nach wenigen Wochen waren seine Vorboten wieder erschienen.

Der fliegende Oktobersturm voran. Durch Himmel, die der Blitz bläulich-weiß aufflammen ließ, aus denen der Donner losbarst mit einer Gewalt, als springe das ganze Himmelsgewölbe auseinander, kam er dahergeschossen, ein von Staubwolken umwirbelter Renner, brüllend.

Darauf der West-Monsun, der Wasserträger, der keuchend und beschwitzt, Regenstrahlen wie triefendes Haar ums Gesicht, aus der See ihm entgegeneilte, gebeugt unter seinem Joch, mit übervollen Wolkeneimern, aus denen er die Regenflüsse über das triefende Land ausgoss.

Und endlich das lichte Sterngewächs, der »Bambus«, das gleich einer üppigen Pflanze dem reich getränkten Boden wie ein Zeichen bevorstehender Fruchtbarkeit dem wolkigen Himmel entspross: es näherten sich bereits seine Schritte.

Denn da erschien schon über den östlichen Bergen sein langsam daherschreitendes Gespann, der gewaltige Büffel links, rechts die kleine Kuh und mitten zwischen ihnen die leuchtende Spitze der schräg emporragenden Pflugnase. Das helle Pflugmesser blitzte auf. Und jetzt erhob sich und stand auf den Höhen der himmlische Ackersmann selber. Sein strahlendes Auge maß die unabsehbare Furche: an seinem Fuße, zu rotem Sternenglanz verherrlicht, blutete die Wunde des Landmannes, der sein Tagewerk in der überschwemmten »Sawah« verrichtet.[39] Und die lange Nacht hindurch trieb das Sternwesen seinen Sternenpflug, von Sternen gezogen, durch das bläulich schwarze Himmelsfeld und durchwatete Mondenglanz und Wolken und dämmerige Klarheiten, während es die unendliche Furche schnitt, die sich vom Osten nach dem Westen hinzieht.

Dann, wenn vor den Hufen seines Gespanns der schwarze Acker bleicher ward und er in seinem Nacken die Kühle fühlte, die dem Morgengrauen vorangeht, hörte er mit der Arbeit auf und legte sich schlafen auf den westlichen Bergen.

Vom roten Morgenlicht geweckt, erhoben sich die Pflüger der Erde.

Sie holten die Büffel aus dem Kraal, wo sie warm und schläfrig im Schlamm ruhten, legten den leichten Pflug über die Schulter und gingen aufs Feld.

Alles stand unter Wasser: Täler waren Seen geworden, Ebenen Sümpfe und Moräste, Hügelabhänge von braunen Deichen eingeschlossene Teiche. Die langen Reihen der Graber, Pflüger und Egger bewegten sich über eine umgekehrt widergespiegelte Welt: die Bäume längs der Landstraße, die Gipfel der Hügel ringsumher und das breite Dreieck des Tjeremai lagen unter ihren Füßen zwischen Wolken und Himmelsblau. Wer den Spaten aus dem Boden löste, hob ein Stück Himmel auf: wie reines Sonnenlicht floss das Wasser daran entlang. Die klatschenden Hufe der Pflugbüffel brachen durch weiße und perlmutterbraune Wolken hindurch, die, sich kräuselnd, auseinander trieben und sich wieder versammelten. Und dem Pflüger, der seine Tiere nach dem Takt einer eintönig gesungenen Weise im Schritt hielt, spielte ein Glitzern von Weiß, Blau und Gold ins Gesicht, durch den Schlagschatten seines Sonnenhutes hindurch.

---

[39] Während des Pflügens der überschwemmten Felder bekommen die Landleute oft Wunden und Geschwüre an den Füßen.

Das arbeitende Volk maß Zeit und Arbeit an dem Schrumpfen seines eigenen Schattens; wenn er von der riesenhaften Länge der Sonnenaufgangsstunde so viel eingebüßt hatte, dass sie ihn mit etwa zehn Schritten messen konnten, hörten sie auf. In der Mittagsstunde lag alles in stiller Ruhe, die Männer bei ihrem Mahl im dunklen Hause, die Büffel in einer Schlammgrube, wo sie die heißen schweren Leiber im kühlen Schlamm wälzten. Wenn die Schatten wieder länger zu werden begannen, um ein oder zwei Uhr, kehrten Mann und Tier an die Arbeit zurück. Und die langen Reihen bewegten sich über das Teichfeld, bis der Purpur des Sonnenunterganges in Rosenrot und Gelb erstarb, während gesenkte Augen bereits aus einem einzigen matten unsicheren Schein das Leuchten der großen Sterne in den Höhen errieten.

Des Abends war es schon früh still in der Dessa; nur ein paar gedämpfte Frauenstimmen ließen sich hin und wieder noch vernehmen. Die Frauen waren noch nicht an der Reihe in dem großen Spiel, das Sterne, Erde und Menschen miteinander spielten, sie kamen erst hinzu, wenn die Reissaatlinge aus den Zuchtbeeten in die »Sawahs« hinübergepflanzt wurden. Bis dahin blieben sie in ihren Häuschen bei leichter Tätigkeit. Von denjenigen, die weben und batiken konnten, waren die geschicktesten Tag für Tag in Frau Meerhuysens Schule beschäftigt.

Bei dem schönen Wetter waren sie aus der Hintergalerie in den Garten gekommen, in den Schatten der blühenden Bäume. Die Farbenkübel standen in einer Reihe unter dem Vordach, spiegelnde Kreise von Himmelsblau, Honiggelb, Karmoisin und Braun. Zwischen den Sträuchern hingen bunte Strähnen Seide, dünn und fein. Rot wie Granatblüten und grün wie Gras leuchtete das Gewebe der karierten Sarongs in der Sonne, und der glatte Stoff auf dem Rahmen der Batikerinnen zeigte stets mehr Blumen und Ranken und Schmetterlinge. Die da arbeiteten, waren beinahe lauter junge Frauen und Mädchen; sie amüsierten sich untereinander, es war ein Lachen und ein leises Geplauder ohne Ende, und das hörte auch nicht auf, wenn Frau Meerhuys hinzukam; es wurde nur ein wenig leiser.

Sie, in Sarong und Kabaja, die nackten Füße in ledernen Pantoffeln, ging auf und ab zwischen den Blumenbeeten, wo sie säte und pflanzte, und all dem jungen Frauenvolk, das sie nicht ohne Mühe dem alten Schlendrian entrissen und einem besseren und freudigeren Dasein entgegengeführt hatte. Wohlgefällig schaute sie es an, wie es da mit dem glänzenden Haar und den glatten Kleidern bei der zierlichen Arbeit saß. Es schien, als ob die Sonnenflecken und die Schatten, die mit leichter Bewegung aus dem Laub niedertropften, daran mithalfen; unter der Buntheit der blühenden fruchttragenden Bäume war die Buntheit des Gewebes und der Farben gleichfalls wie eine Blüte, wie jene hervorgekommen aus Sonnenschein und Regen und Wind und frisch emporquellenden Säften. Einige Wochen lang dauerte die Farbenpracht, sich mit jedem Tage und jeder Stunde verändernd; bis eines Nachmittags, plötzlich wie vor einem Windstoß die Blütenfülle der Zweige, auf denen in aller Stille die Früchte schon zu schwellen begonnen, Arbeit und Arbeiterinnen fortgestoben waren und der Garten leer lag unter den Bäumen.

Das Dessahaupt hatte die Frauen zum Überpflanzen des Reises aufgerufen.

Jenen Abend und jene ganze Nacht hindurch hüpften die kurzen Töne des »Gamelan« über das Hügelland. Männer, Frauen, Kinder, die ganze Dessa war beisammen und feierte mit einer Opfermahlzeit und Musik das Weihefest der Sawahs.

Und am folgenden Morgen bei beginnendem Tagesgrauen gingen die Frauen an die Arbeit.

Die Sonne war noch nicht aufgegangen, als sie die Felder erreichten, wo der Doekoen-Sawah das Opfer für die Reisgöttin entzündete und die Büschel der Reissaatlinge auf den terrassenförmigen Deichen bereit lagen.

Es war stilles Wetter, lange weiße Nebelschleier hingen über allen Hügeln. Der Wald verschwand in einer Wolke, der Fluss, die vielen kaum entsprungenen Bächlein, die Gräben rings um die sumpfigen Sawahs, alles Wasser, das am Boden lag, hing nebelhaft verdoppelt in der Luft wie ein Netz von Nebelflüssen und Lachen um ein Nebelmeer. Die zusammengekauerten Gestalten der Pflanzerinnen waren undeutlich in dem Dunst.

Langsam schoben sich ihre Reihen über den Acker fort. Die Büschel der Reissaatlinge aus ihrer Hülle von »Pandanblättern« loswickelnd, pflanzten sie fünf oder sechs Halme zugleich in das Loch, das sie mit dem langen spitzen Pflanzstock in den schlammigen Boden stießen, und drückten dann behutsam die Erde fest, rings um die schlaff umfallenden Stängel. Keine sprach. Ebenso wie der klamme Boden, wie die matten duftlosen Blumen, wie die Vögel in den Zweigen, die beinahe unhörbar piepten und mit gesträubten Federn auf die Sonne warteten, waren sie umfangen von der feuchten Kühle; die Kleider zogen sie fröstelnd um sich her und verrichteten ihre Arbeit mit kleinen Bewegungen.

Aber ein mattroter Schein, der wie sichtbares Sonnenleben sich durch das Nebelweiß zu verbreiten begann, ward plötzlich purpurn; leuchtend und in farbenfunkelnden Fetzen und Streifen trieb die Nebelschicht auseinander. Der heiße Tag überflutete die Felder, jetzt öffnete sich alles. Die Luft war plötzlich voll lieblichen Geläutes, voller Farbe der Boden. Die Frauen riefen einander zu von dem einen Feld nach dem andern, wo die dunkelbraune Erde leicht überzogen war von einem Hauch feinen Grüns.

Von ferne waren die braunen Gestalten in ihren dunklen Gewändern nicht deutlich von dem braunen Boden zu unterscheiden; aber ihre Gegenwart ließ sich erraten an jenem mattgrünen Dunst, der, sich langsam ausbreitend, im Sonnenschein leuchtete.

Über den Langeanschen Hügelfeldern lag er noch zart wie ein Hauch. Dichter schon und frischer färbte er halbwegs die hohen Abhänge dort, wo gleich einem Lerchennest in hohem Weidegras das braune Soemberbaroe hinter seinem Bambushag versteckt lag.

Er wurde immer kräftiger nach der Ebene zu, die in ihrer breit ausgegossenen Glattheit wie ein grünes Meer funkelte. Dort war der junge Reis zuerst entsprossen unter den Händen hunderter von pflanzenden Frauen, und so wie von dorther jene Glut von Grün aufgestiegen war zu den Höhen, an den langsamen Wellen des Bodens entlang, die sich schwellend zu den leuchtenden Gipfeln der fernen Berge emporklimmen, so hatte sich das Frauenvolk aus jener ganzen unabsehbar weiten Umgegend, vom Strand, aus der Ebene, von den Hügeln, von der ganzen Insel, Hütte an Hütte, Dorf an Dorf, aufgemacht zu der ihrer harrenden Arbeit, still, allmählich und unwiderstehlich, wie eine freundliche elementare Macht, dank welcher die gesegnete Erde grünend entsprießt.

Van Heemsbergen war schon seit Sonnenaufgang mit Kontrolleur Hendricks und dem Dessahaupt auf dem Feld gewesen. Er selber glaubte, dass er mitgegangen sei in der Hoffnung, etwas für seine Arbeit Wichtiges zu sehen und zu hören; im Grunde genommen aber hatte ihn eine blinde Unrast in seinen Gedanken, die es ihm schon seit einigen Tagen unerträglich machte, zu Hause über seinen Büchern zu hocken, die Hügel hinaufgetrieben in den werdenden Tag hinein. In immer größerer Entfernung folgte er den beiden, die durch triefend nasses Gras und Unkraut, und bis zu den Knöcheln in den Sumpf einsinkend, auf die Hügeläcker gingen, wo die Frauen bei der Arbeit waren. Gelangweilt endlich und enttäuscht kehrte er wieder um auf dem Pfad, der sich zwischen den Feldern und dem buchtigen Waldrande hinschlängelte und über die Hügel nach der Landstraße führte.

Die Augen auf den Boden geheftet, ging er, während er gedankenlos mit seinem Stock gegen die tropfenden Farren schlug, mechanisch weiter, bis ihn der Ruf einer klaren Stimme aufblicken ließ. Es war Ada. Den blonden Kopf unbedeckt unter dem weißen Sonnenschirm, umwogt von den Falten ihres weißen Kleides, kam sie leuchtend durch den Sonnenschein gelaufen, ihm entgegen. Sie hatte einen Strauß Blumen in der Hand, mit dem sie ihm fröhlich winkte. Der Morgenwind hatte ihre Wangen weiß und rot gefärbt, ihr Haar hing voll Regentropfen und wirren Glanzlichtern, und Stängel von dem blühenden Grase, durch das sie gegangen war, steckten in dem feuchten Saum ihres Kleides. Unwillkürlich lächelte van Heemsbergen, während er sie ansah.

»Sie haben einen Wettlauf veranstaltet auf der Sawah, und ich bin Schiedsrichter gewesen,« rief sie. »Denke dir doch nur, sie wollten ...,« und indem sie sich selber lachend unterbrach, erzählte sie, wie drei Gruppen von Pflanzerinnen, von denen jede eine gleiche Anzahl der ungleichen Terrassenfelder zu bepflanzen bekommen hatte, den Streit um die schmalsten Ackerstreifen durch einen Wettlauf geschlichtet hatten, und wie die langsamste der drei, behutsam durch den Schlamm watend, ihre übereifrigen Nebenbuhlerinnen besiegt hatte, die durch Springen und Straucheln auf halbem Wege zu Fall gekommen waren.

»Und geschrien haben sie und einen Spaß hatten sie! o Gys, zu schade, dass du nicht dabei warst!«

Ihre Augen leuchteten. Man sah es ihr an, dass sie am liebsten selber mitgelaufen wäre.

»Du wolltest doch nicht etwa nach Hause, bei diesem wunderbaren Wetter, bei dem einem die Welt zu klein wird? Lass uns mal – ach, eine Goldamsel! Hörst du sie? Wo die nur sitzt? O schnell, da, da, da fliegt sie wie ein Sonnenstrahl! Gerade in den Wald hinein! Goldamsel! Gold–am–sel!«

Sie jauchzte dem gelben Vogel nach.

»Komm mit, Gys!«

»Mit? Wohin?«

»Wir wollen in den Wald gehen. Es wird dort jetzt so herrlich sein mit all der Sonne in den Zweigen – wir wollen uns die Statue der Göttin ansehen, der so viel Opfer dargebracht werden. Weißt du, dass noch mehr Statuen gefunden sind?«

Van Heemsbergen zögerte einen Augenblick.

»Es ist nichts Besonderes an der Statue. Du hast solche im Museum zu Leyden schon dutzendweise gesehen.«

»Ach, im Museum! – die sind alle längst tot!«

»Das Bildnis im Walde ist auch tot. Ein totes Stück Stein.«

»Nein, nein! Hier ist sie in ihrem eigenen Land! ... Du verstehst mich schon! Komm jetzt mit, Gys, ich bitte dich.«

Er ließ sich mitführen, den Hügelpfad hinauf bis an den Waldsaum, wo bei einigen provisorisch aus Soden und bemoostem Stein zusammengefügten Stufen und einer in Bambusschlingen wie in Scharnieren hängenden Bambushecke der Weg zu der geweihten Stätte der heiligen Gräber und des verfallenen Tempelchens begann.

»Jetzt habe ich sie,« dachte er; es war wie eine Antwort auf eine verworrene Klage und ein Angstruf in ihm. Dennoch fühlte er mit leichtem Widerwillen, wie sich die Schatten des Waldes auf ihn senkten. Und trotzdem er das Gefühl hatte, dass er etwas sagen müsse, gerade jetzt und hier, irgendetwas, ganz gleichgültig was, ging er schweigend weiter durch die Waringin-Allee, die breit und gerade zu dem Platz um die Ruine führte.

Ada schien sein Schweigen nicht zu bemerken; ihre grauen Augen, beinahe blau jetzt, während sie zu dem blauen Himmel emporblickte, der zwischen den Baumwipfeln leuchtete, erstrahlten in dem Glanz eines vollkommenen Glückes. Sie ging durch die Schatten und das grünlich goldene Leuchten, über den von gelben Sonnenflecken bunten Boden, als ließe sie sich, ohne selber zu wollen, nur so dahintragen von einer unsichtbaren Kraft, wie ein Hauch im Winde, wie ein Glanzlichtchen im Sonnenschein. Während er sie ansah, überkam ihn wieder das nämliche Gefühl, das ihn so oft schon überwältigt hatte, wenn er sie, so wie jetzt, still und froh in der Natur gesehen – das Gefühl ihrer reinen Harmonie mit schönen, stillen, frohen Dingen, denen er fern stand und fern stehen musste. Würde er sie denn niemals durchbrechen können, diese unsichtbare, ungreifbare, unübersteigbare Mauer, die ihn von ihr und von jedem Glücke trennte?

Sie hatten sich der Stelle genähert, wo von den Lichtchen und den Schatten eines mit feinem Laub und hunderten hellvioletter Blüten bedeckten Baumes, grau zwischen zwei schwärzlichen Ungeheuern, das Bild der Göttin dunkelte. Der gefällte Baumstamm, auf dem er in jener Nacht gesessen, lag noch da; sein Blick suchte und fand die grauen Aschenreste von dem Feuer der Wächter. Er wusste nicht, ob es nicht gegen seinen Willen geschah, dass ihn seine Füße dorthin trugen.

Den Kopf leicht geneigt unter einer hohen helmartigen Krone, die Hände vor den nackten Busen gelegt, saß die Göttin da mit flach hingestreckten Knien auf einem Lotoskelch, in jedem Arm einen Lotosstängel, dessen volle Blütenknospe sich an ihre Schulter schmiegte. Die Sonne schien ihr auf die gesenkten Augenlider; über dem langlinigen Antlitz mit den vollen Wangen und dem üppigen Mund lag der Glanz eines Lächelns.

Einer, der soeben erst zu ihr gebetet haben musste, hatte sein Opfer – weiße Jasminblüten, ein Ei und stark duftende Salbe auf einem grünen Blatt – ihr zu Füßen gelegt.

Ein schwarzer Riese hielt rechts von ihr die Wacht, auf einem plumpen, fetten Knie ruhend und in der rechten Faust eine zum Zerschmettern und Niederschlagen bereite Keule. Das breite Gesicht mit den aus ihren Höhlen tretenden Augäpfeln und dem groben Maul, aus dem Hauzähne wie die eines Ebers zum Vorschein kamen, war drohend gerunzelt.

Ihm gegenüber kauerte eine seltsame Gestalt, auf menschlichem Rumpf einen Elefantenkopf tragend, in dem nachdenklich ein Paar gelassene Augen standen. Die Hände wie in stiller Ergebenheit auf die Knie gelegt, zwischen denen der lange Rüssel herabhing, saß das missgestaltete Wesen da und starrte vor sich hin: ein Gott-Tier. Es schien, als habe in ihm der seit Jahrhunderten über das Weltenrätsel grübelnde Künstler allem geduldigen stummen Getier Geistesrang und Würde zuerkennen wollen.

Und die Göttin, so still lächelnd zwischen diesen Ungeheuern, schien in ihren beiden vor den mütterlich vollen Busen gehaltenen Händen den Keim aller zwischen Hass und Neid blühenden Lieblichkeit der Welt zu halten, den Anfang eines unvergänglichen, ewig durch sich selber erneuten, schönen und glücklichen Lebens.

Sei es, dass ihr undeutlich aber stark ein solcher Gedanke durch die Seele fuhr, sei es, dass sie die Frömmigkeit des Betenden mitempfand, der eben hier sein Opfer dargebracht: in einer plötzlichen Aufwallung legte Ada die Hälfte ihrer Blumen in den Schoß der Göttin, und, indem sie van Heemsbergen die andere reichte, murmelte sie:

»Du auch, Gys!«

Er fragte mit einem etwas erzwungenen Lächeln:

»Ein Opfer? dem genius loci, auf klassische Weise?«

Sie beachtete seinen Spott nicht; lächelnd wiederholte sie:

»Gib sie ihr.«

Er legte die Blumen auf den zu Frauenknien umgemodelten Stein und sagte mit einem Achselzucken:

»Das ist ja ein ziemlich harmloser Götzendienst.«

Allein bei der Berührung durchfuhr ihn wie ein krankhaftes Schaudern wiederum die nämliche Empfindung grenzenlosen Jammers wie in jener Nacht, als er die vor seinen schwindligen Augen Ada ähnlich werdende Göttin um Hilfe angerufen. Er fühlte, wie aus den erhobenen Händen des Bildes ein eisiger Strom in die seinen fuhr; der Griff, den er damals um steinerne Pulse geschlagen hatte, spannte seine Finger.

»Muss ich es ihr denn sagen?« dachte er entsetzt, »jetzt, sofort, und wenn sie es nun auch nicht weiß, wenn auch sie mir nicht helfen kann, was dann?«

Adas weiche Stimme fragte:

»Eine Landesgöttin, Gys, sagtest du nicht, dass sie das ist?« Er sah sie verwirrt an; sie wiederholte ihre Frage:

»Stellt sie das Land dar? verkörpert sie Indien?«

»Aber nein, wie kommst du darauf?«

»Ich glaubte, du hättest das soeben gesagt.«

»Ich – so? – das war nur so ein Gedanke, auf den du mich brachtest, durch diese Opfergabe. Nein – es ist eine Weisheitsgöttin oder so etwas, behauptet der Mann, der die Ausgrabungen leitet. – Übrigens ein klarer Beweis für den unausrottbaren Optimismus der Menschen, dass man sie so lächelnd dargestellt hat – als wüsste man mit absoluter Gewissheit, dass die letzte Antwort auf alle Fragen eine vollkommen befriedigende sein müsse!«

Mit einem Lächeln, das sie für einen Augenblick wirklich der Göttin gleichen ließ, sah Ada auf das steinerne Antlitz.

»Ja,« sagte sie.

»Ja,« rief van Heemsbergen aus, »mit deiner Erlaubnis, solch ein herzhaftes »ja«, so ja und amen ist hier durchaus nicht angebracht. Vielleicht von dem Standpunkt des Mannes aus, der sie vor ein paar Jahrhunderten gemacht hat oder von dem eines Javaners. Wenn er genug Reis in der Scheune hat und ein paar Büffel im Kraal und so viel Geld im Vorrat, dass er hin und wieder ein Fest geben kann, und Kinder, die er zur rechten Zeit verheiratet, dann sind für ihn »die ewigen Fragen« beantwortet, wenn er sie jemals gestellt hat. Das Glücksideal eines Inländers ist nicht allzu erhaben, dafür lässt es sich auch leicht erreichen; das Glücksideal eines Abendländers aus dem zwanzigsten Jahrhundert – wenn er wenigstens ein einigermaßen hervorragendes Exemplar seiner Gattung darstellt – ist etwas sehr Erhabenes und Schönes: dafür ist es auch beinahe unerreichbar. Wenn ich »Glück« sage ...«

Er brach ab, schwieg einen Augenblick und fuhr dann mit einer gewissen Bitterkeit fort:

»Das glauben sie natürlich nicht – dass es unerreichbar sei, obgleich sie es täglich vor Augen sehen. Sie meinen: wenn es auch dem Nachbarn misslingt, der es ja auch gar nicht verdient, glücklich zu sein, so wird es doch ihnen selbst, die sie es wohl verdienen, sicherlich glücken, wenn nicht heute, so doch morgen. Ein jeder versucht es auf seine Art, ein jeder hat dieses oder jenes Hirngespinst, das er wenigstens zeitweise als sein leuchtendes Bergland des Glückes ansieht. Für den einen ist es Branntwein, für den andern sind es Verse, – warum auch nicht? oder Ruhm – was noch das schönste von allem ist – besonders bei uns in Holland – Zeitschriften-Ruhm und der Oranien-Nassau-Orden ... etwas so Lächerliches, dass man Mitleid damit haben muss. Meinetwegen – ich habe nichts übrig für »Ruhm«, ich bin nicht ehrgeizig, ein Mensch muss wohl sehr demütig sein vor sich selber, wenn er die hohe Meinung der andern zu seinem Glück so nötig braucht – aber, wenn man denn doch absolut einen Ehrgeiz haben muss, so sollte es doch wenigstens ein Pariser Ehrgeiz sein oder ein englischer oder ein russischer, jetzt, wo Russland anfängt Mode zu werden – ein Ehrgeiz von etwa sechzig Millionen Menschen Kubikinhalt, dann hat die Quantität doch etwas zu bedeuten in Ermangelung der Qualität. Aber holländischer Ehrgeiz! nun, es gibt schließlich auch solche, die sich damit begnügen: was im letzten Grunde den Ausschlag gibt, das ist ja nicht, ob es groß oder klein, schön oder gering, sondern ob es uns selber adäquat ist, ob es uns glücklich macht eine Zeitlang. Wenn die Zeit dann nur lang genug ist, damit wir uns selber zum Narren halten können bis zu unserem Tode ..., die große Majorität tut das, in dem Punkt sind die meisten wie die Inländer! Nur wenige superiore Individuen wissen von Anfang an, dass es eine Täuschung ist ... »ein Stückchen Speck über einer Fledermaus, die sie an das Scheunentor genagelt haben« – der Vergleich ist nicht von mir, ich habe ihn einmal von einer europäischen Berühmtheit aussprechen hören, zu der irgend jemand äußerte: der Sozialismus erscheine ihm als das einzige, das heutzutage etwas Leben in die Menschen bringe. Eine Fledermaus, die Bauern an die Tür nageln, stirbt nämlich nach ein paar Stunden – aber, wenn sie ein Stückchen Speck über sie hängen, dauert die Folter mehrere Tage – weißt du ... nun, Stückchen Speck für uns alle! warum schüttelst du so verneinend den Kopf?«

»Ich kann so etwas nicht verstehen. ... Natürlich wird es uns nicht befriedigen, wenn wir »Branntwein oder Verse« als Ideal nehmen. Wie könnten wir überhaupt glücklich werden durch das, wovon nur wir allein etwas haben? wenn es aber etwas ist, womit wir andern Menschen helfen ...«

Er unterbrach sie heftig:

»Anderen Menschen helfen! Das ist nun wieder der echt weibliche Standpunkt. Glaubst du denn wirklich, dass ...?«

Er hatte den Namen ihres Vaters auf den Lippen, hielt ihn aber noch beizeiten zurück.

»... glaubst du, dass irgendein Mann der Wissenschaft sich mit seiner Wissenschaft beschäftigt, ›um den Menschen zu helfen‹? Ja, das glaubst du, aber dem ist nicht so – wahrhaftig nicht! Kollembrandt zum Beispiel, der würde sich nicht wenig wundern, wenn du ihn fragtest, ob er seine Bücher über das Inländische Recht geschrieben habe, um den Inländern zu helfen. Er schreibt, weil es ihm Freude macht zu schreiben ländern zu helfen. Er schreibt, weil es ihm Freude macht zu schreiben – ebenso wie es jenem andern Freude macht, Branntwein zu trinken. Wären die Inländer eine prähistorische Affenrasse gewesen, von der nur noch fossile Überbleibsel zu finden wären – so etwa wie das Wesen, dessen Gebeine im Solo-Flussbett ausgegraben worden sind, und hätten sie ein prähistorisches Affenmenschenrecht gehabt, so würde er daran ebenso eifrig arbeiten wie jetzt an dem Adat. Merkwürdig! Du scheinst das doch nicht begreifen zu können, dass ein Mann arbeitet, nur weil er Vergnügen an der Arbeit findet – einzig und allein, weil er Vergnügen an ihr findet, und aus keinem anderen Grunde!«

Ada blickte auf, als wolle sie antworten, tat es aber nicht; in ihren Zügen lag der hilflose Ausdruck eines Menschen, dessen Empfinden von seinem Wissen im Stich gelassen wird. Sie wusste – und sie sah, dass auch van Heemsbergen es wusste –, dass es sich nun nicht mehr um Allgemeinheiten handelte oder um an und für sich gleichgültige Meinungen, um den Vorwand zu einer Spiegelfechterei mit Worten und Taktik und Bravour –, sondern um ihr Lebensglück und um das seine. Sie fühlte ihre Hände kalt werden wie Stein, während sie, nicht wissend, was sie sagen sollte, und doch mit dem zwingenden Empfinden, dass sie etwas sagen *müsse*, schweigend vor sich hinblickte.

In dem gereizten Ton, in den er leicht verfiel, wenn ihm nicht Widerspruch, sondern Widerempfinden begegnete, fuhr van Heemsbergen fort, indem er sich immer mehr erregte:

»Was wollen die Menschen doch eigentlich mit ihren Phrasen über Altruismus? Jedes Wesen trägt seinen Daseinszweck in sich selber. Ein Mensch besitzt sich selber, seinen Körper, seinen Willen, seine Intelligenz als sein allereigenstes Eigentum für sich selber, für nichts oder niemanden sonst in der Welt. Wer das nicht einsieht, ist der Sklave aller andern. Niemand kann mehr von mir verlangen als das, was ich ihm aus eigenem, freiem Willen gebe. Ich bin der menschlichen Gesellschaft nichts schuldig – sie hat kein Recht auf mich, nicht das allergeringste. Ich verrichte eine Arbeit, die im letzten Grunde ihr zugutekommt, das ist wahr. Aber das tue ich nicht, weil sie ihr zugutekommt –, das tue ich einzig und allein um meiner selbst willen, weil das Suchen nach Wissenschaft mir ein persönliches Bedürfnis, eine Neigung ist, die ich befriedigen muss, um als intellektuelles Wesen weiterleben zu können, so wie ich Hunger und Durst stille, um meine materielle Existenz zu erhalten. Vielleicht hat die menschliche Gesellschaft auch irgendwelchen

Vorteil von meinem Essen und Trinken. Meinetwegen! Aber auch, wenn sie diesen Vorteil nicht hätte, würde ich trotzdem essen und trinken. Bezüglich des Intellektuellen ist das genau dasselbe. Bezüglich des Moralischen auch. Wenn ich moralisch lebe – unter »Moralität« verstehe ich nicht etwas Negatives, wie so viele Menschen, die dieses Wort gebrauchen – nicht lügen, nicht stehlen, nicht – usw. – keines von jenen Dingen tue, die einen vor den Strafrichter führen könnten – oder von jenen andern noch viel schlimmeren, die in keinem Gesetzbuch vorgesehen sind; ich meine etwas Positives, etwas Wirkliches, so etwas wie jenes »Wahre, Gute und Schöne« der Alten, das Beste, was in einem ist, auf die beste Weise gebrauchen. Nun, und wenn ich so lebe, dann tue ich das – ebenso wenig wie essen und trinken – nicht um der Gesellschaft, sondern um meiner selbst willen, weil ich mich glücklicher fühle, wenn ich nach meinem höchsten, anstatt nach meinem niedrigsten Können lebe. Das ist so einfach, dass es keiner Erklärung bedarf, scheint mir; die Altruismus-Hypothese ist total überflüssig.«

Er blickte Ada an und hoffte unbewusst auf ein Wort von ihr, das zu allen seinen Behauptungen in direktem Gegensatz stehen würde. Ihr aber ward immer ängstlicher zumute, und sie antwortete nicht. Und indem er die Worte nur zögernd aussprach, fragte er:

»Glaubst du, dass dein Vater sich jeden Morgen mit dem Gedanken – »à la Frau Meerhuys« – an den Schreibtisch gesetzt hat: jetzt will ich Sidin und Sarina mal zu helfen versuchen?«

Ada errötete so, dass ihr die Tränen in die Augen traten.

»Ja, das glaube ich, das weiß ich bestimmt! Nicht so natürlich – du machst mich ganz irre, wenn du es so aussprichst – aber dass er stets an die Eingeborenen gedacht hat, dass er glücklich war in dem Gedanken, seine Arbeit würde ihnen einst zugutekommen, das weiß ich, das weiß ich so sicher, als dass die Sonne scheint. Ach, wie oft hat er das gesagt, wie oft! Damals noch, jenes letzte Mal, als wir zu dritt zusammen waren ...;« sie stockte und kämpfte mit den Tränen, die sie kaum noch zurückzuhalten vermochte, »damals ..., damals sagte er es – ach, ich kann es ja niemals vergessen! Ich will versuchen, meinen Teil an der nationalen Schuld abzutragen, auf deren Tilgung Indien jetzt schon beinahe dreihundert Jahre wartet.«

Van Heemsbergen schwieg.

Auch er erinnerte sich dieser Worte. Aber ebenso gut wie dieses Ausspruches seines Lehrers erinnerte er sich auch der Antwort, die er hatte geben wollen und die er nicht gegeben hatte, um des strahlenden Blickes willen, den jenes blonde Mädchen am Fenster auf ihren Vater und dann auf ihn gerichtet hatte.

»Dein Vater war in jeder Beziehung ein außergewöhnlicher Mensch,« murmelte er endlich, »vielleicht hätte er ...«

Ada wischte sich die Tränen ab und rief:

»O, nicht er allein, so viele, so viele! wie könnte es auch anders sein? wir gehören ja alle zueinander, wie könnte denn einer glücklich sein wollen nur für sich selber und mit sich selber allein, ohne sich darum zu kümmern, ob alle die andern unglücklich sind? Das meinst du ja auch gar nicht, wenn du es auch noch so oft sagtest! es ist ja gerade, als wolltest du selbst glücklich sein, während deine Eltern oder deine Brüder und Schwestern im Unglück stecken.«

»Meine Eltern und meine Brüder und Schwestern,« rief van Heemsbergen aus, »also Brüder und Schwestern im christlichen Sinne, alle Krethi und Plethi, das ist so etwas, wie wir es vor fünfzehn Jahren im Religionsunterricht gehört haben. Nein, Ada, du musst es mir nicht übel nehmen, dass ich an dieser Lehre der allgemeinen Liebe und Verbrüderung zweifle, solch einem Lieben ganz im allgemeinen, ins Blaue hinein; als Mittel, um glücklich zu werden, – wenn du nichts anderes weißt ...«

Sie sah ihn an, ihre Lippen zuckten.

»Ich glaube nicht, dass es auf der Welt etwas Besseres gibt als lieben.«

»Und das kannst du mich nicht lehren, nicht wahr? Natürlich nicht. Sage jetzt nur gleich, dass du mir nicht helfen kannst, weil ich selbst es dir unmöglich mache, das meinst du ja doch, wenn du es auch nicht aussprichst, übrigens, du hast es gesagt, damals ... oder ... nein, das ist ja wahr, du hast es nicht gesagt – gleichviel, es kommt nicht darauf an!« rief er plötzlich, »nun, wir doch einmal darüber sprechen, soll auch gleich alles gesagt werden, alles!«

Er atmete tief auf.

»Ich, ich ... nein, so geht's nicht, fang' du an.«

Ada war blass geworden, sie sagte gedämpft:

»Ich dachte es mir schon, aber ich wusste nicht warum, damals, jetzt erst verstehe ich es.«

»Was verstehst du?«

»Warum du so ... so ... warum du während all der Zeit so gewesen bist. Du schriebst nichts darüber, und ich wusste es trotzdem. Ich wusste, dass das etwas viel Schlimmeres war als Krankheit oder Enttäuschung im Beruf oder sonst irgend etwas, was nur von außen herkam, ich erriet es an dem Schmerz in meinem eigenen Herzen, schon lange, – und dann ..., dann geschah das.«

Er sah sie an in einer Spannung, von der er nicht wusste, ob sie der Hoffnung oder der Furcht entsprang, während sie sich mühsam zum Sprechen zwang und langsam, Wort für Wort, sagte:

»Du ... du kamst herein in das Studierzimmer, während ich da saß und an dich schrieb, ich sah dich und plötzlich fielst du auf die Knie und klammertest dich an mich.« Mit der Bewegung eines Nachtwandlers hatte sie ihre Hände aneinander gedrückt, als hielte ein anderer sie so mit festem Griff umklammert. »Und du riefst: Ada, hilf mir, ich weiß nichts mehr, ich kann nicht weiter!«

Es war nicht mehr ihre eigene Stimme; der Ton, in dem sie diese Worte hinausschrie, musste wohl unzählige Male in ihrer entsetzten Erinnerung erklungen sein.

Einen Augenblick lang stand er starr und schaute sie an mit einem fast entsetzten Blick: dann, plötzlich, ergriff er heftig ihre erhobenen Hände.

»Nein, ich kann nicht weiter, ich weiß nichts mehr, es nützt alles nichts, was ich auch tue, es nützt nichts, verstehst du mich?«

Ohne es zu wissen, umklammerte er die Pulse des Mädchens mit der ganzen Kraft seiner Finger. Sie schien es nicht zu fühlen.

»Ja, jetzt verstehe ich dich. Du bis t... du bist einsam geworden in deinem Herzen, und das kannst du nicht länger ertragen – niemand kann das ertragen – niemand, niemand!« wiederholte sie beinahe leidenschaftlich. »Ach, das ist ja alles nicht wahr!«

»Was ist nicht wahr?«

»Was du da soeben sagtest, von Nur-sich-selber-leben, von notwendigem Egoismus, das glaubst du ja selbst nicht. Es ist genau so, wie mit deiner Arbeit. Du meintest, dass du Karriere machen und reich werden wolltest, während du im Grunde doch nur den Wunsch hattest, zu arbeiten. Du bist viel besser, als du selber weißt!«

Er zog ihre Hände an seine Stirn.

»Ich bin ein erbärmlicher Egoist – nein, nein, einmal im Leben will ich mich bei meinem wahren Namen nennen – ein erbärmlicher Egoist, obgleich unbewusst, und ohne es zu wollen, glaube ich. O Gott! wenn jemals ein Mensch sich selber gehasst, getreten und geschlagen hat, so bin ich es wohl! wie in jenem Traum, in dem ich mich selber sah mit dem Tierkopf, mit den Tierklauen und mir selber wie ein Wahnsinniger auf die Klauen schlug, die nach dir griffen. Der könnte als der Inbegriff meiner ganzen Seelengeschichte gelten. Später, später, wenn wir verheiratet sind, wenn nichts mehr geheim zu bleiben braucht, weil du ich geworden bist und ich du, möchte ich fast sagen, wenn so etwas überhaupt möglich wäre – dann werde ich dir alles sagen, auch das letzte, – alles! Wenn du dies nur weißt, ich brauche dich so nötig wie die Luft, die ich atme, nicht hin und wieder, wie ich dich jetzt habe, sondern in jedem Augenblick, immerfort, bei allem. Bei allem, was ich denke und was ich tue, bei allem, was ich will und was ich jemals wollen werde! – Ich weiß ja, dass ich deiner nicht wert ...«

Mit einer raschen Bewegung hatte sie ihm die Hände auf den Mund gelegt.

»Nicht sagen – nicht sagen – o, jetzt ist es gut! jetzt wissen wir alles, alles voneinander!«

Es war etwas in ihren Augen, was ihn noch mehr erraten ließ, als das, was sie gesprochen hatte.

»Ada,« rief er, »bist du darum gekommen? Stand das in jenem Brief, nach dem ich dich nicht fragen durfte?«

Sie nickte mehrmals, halb verlegen, halb freudig.

»Ich hatte Angst, dass du mich ..., dass du mich auslachen würdest – wegen jenes Traumes, meine ich, und dass ich deshalb depeschierte, aber ich würde doch gekommen sein, Gys, ich hatte solche Sehnsucht nach dir!«

Sie sagte es hastig mit einem Erröten, das, während sie sprach, immer tiefer ward auf ihren Wangen, auf ihrer Stirn, bis in den Nacken hinein. Van Heemsbergen begriff, warum sie errötete.

»Das sagst du, um mich zu schonen, ich kenne dich – o ich kenne dich! du würdest niemals so etwas getan haben, etwas, was deinem Charakter so völlig widerspricht, wenn es nicht um meinetwillen geschehen wäre. – Dich auslachen! – bin ich denn wahrhaftig so zu dir gewesen, dass du das zu fürchten brauchtest?«

»Nein, nein, niemals, wirklich nicht! aber das würden wohl auch noch andere Menschen lächerlich finden. Mama habe ich es auch nicht gesagt aus demselben Grunde,« gestand Ada, allmählich Mut fassend.

Ohne sie anzusehen, murmelte van Heemsbergen:

»Ich bin der letzte, der das Recht dazu hätte, es lächerlich zu finden – und wenn das nun kein Traum gewesen wäre? ich meine das, was du »sahst«, das war natürlich ein Traum, aber wenn die Wirklichkeit nun einmal –«

Sie sah, dass er mit einem allzu schweren Geständnis rang ...

»Sage nur nichts, du Lieber, jetzt nicht und »später« auch nicht, was tut das zur Sache? ich brauche nichts zu wissen, ich verstehe dich auch so.«

Sie sagte es mit solch einer stillen Innigkeit in der Stimme, mit solch einer tiefen Klarheit im Blick, dass es ihm, der sie noch unruhig anschaute, schien, als müsse sie wirklich alles verstehen, was in seinem Innern vorging, als schaue sie ihm in die Seele und bis in Tiefen, von denen er selber nichts ahnte.

»Sie weiß alles,« dachte er; unter »alles« verstand er die Zweifel, die Ungewissheit, die Furcht vor dem Leben, die ihn so lange bedrückt, und sein stets erneutes Mühen und Verlangen und den Weg, den er nicht hatte finden können. »Sie weiß alles. Was bedeutet im Vergleich damit eine allein stehende Tatsache? Es tut nichts zur Sache – garnichts!«

»Ich danke dir mit meinem ganzen Herzen, mit meiner ganzen Seele danke ich dir,« sagte er und fand keine anderen Worte für das, was ihn bewegte.

Ada legte ihre Wangen auf seine Hand.

»Da ist nichts zu danken,« murmelte sie, »wir gehören zusammen.«

Mit stockender Stimme wiederholte er:

»Ich danke dir – ich danke dir dafür, dass du du bist und dass du mich verstehst und mich dennoch lieben willst, dafür danke ich dir. Denke nicht mehr an das, was ich gesagt habe – früher dachte ich wohl so, aber jetzt werde ich nicht mehr so denken.«

So verworren seine Worte auch klingen mochten, Ada verstand ihn und lächelte ihm durch aufquellende Tränen zu, gerührt und glücklich.

Ein eigentümliches Empfinden, das gleichzeitig eine wohltätige Abspannung war und eine Spannung bis aufs Äußerste, das Bewusstsein von etwas Entscheidendem, das sich ereignet hatte, das alles, was ihm voranging, eitel und nichtig machte und ein neues Beginnen neuer Dinge erheischte, mit gebieterischer Notwendigkeit, als irgendwelche Veränderungen in seinen äußeren Lebensverhältnissen es hätten tun können, hielt van Heemsbergen gefangen, während er, in das Hotel zurückgekehrt, in seinem Arbeitszimmer auf und ab ging, sich, außerstande zu arbeiten, mit einem Buch hinsetzte, wieder aufstand und sein rastloses Auf- und Abgehen von neuem begann. Es war eine seltsame Beweglichkeit in all seinen Gedanken, eine Verworrenheit, die indessen nichts Unangenehmes an sich hatte und der er weder ein Ende machen konnte noch wollte. Alles, was bis vor kurzem sein ganzes Denken ausgefüllt hatte, schrumpfte zusammen. Höhen reckten sich empor, Weiten taten sich auf, in den Glanz und die Kraft soeben erst geschehener Dinge traten Erinnerungen, etwas völlig Neues fügte das, was nichtig in unzähligen Eindrücken, Erfahrungen, Aussprüchen und Handlungen verstreut gelegen, zu einer hundertfältigen bedeutungsvollen Einheit zusammen, die das Bild seines Lebens mit einem Schlage veränderte. Er sah es vor seiner unparteiischen Betrachtung daliegen wie das eines andern, – eines andern, für den er keine besondere Sympathie empfand, eines rätselhaften Menschen, der sich mitten in der weiten Welt, die ihm noch zu klein war, in einer selbst gemauerten Zelle gefangen hielt. Er selber indessen, der »Er«, der er in diesem Augenblick war oder wurde, er stand in dem Offnen und Lichten, und in das immer heller Werdende drang immer mehr Herrlichkeit, die nicht begehrt und erzwungen, sondern nur empfangen werden konnte. Er dachte an Professor de Grave und jene Worte über Indien, die Ada erst vorhin im Walde wiederholt, an ihre Augen, an die Felder voll pflanzender Frauen, an Hendricks und das Dessahaupt, an seine eigene Arbeit: das alles stand miteinander in innerem Zusammenhang. Er dachte an eine Schwierigkeit, die ihn am vorigen Abend am Weitergehen gehindert hatte: die Lösung lag vor der Hand – er begriff nicht, dass er sie nicht sogleich gefunden hatte!

Er setzte sich an seinen Schreibtisch und fing an zu arbeiten.

Während er über individuellen Besitz und Genossenschaftseigentum dachte, spielten ihm die Gedanken an Ada durch den Kopf; das störte ihn nicht, es war wie ein leiser Gesang in der Ferne, den man hört und doch nicht hört. Dieser Traum, diese Vision, oder was es sonst war, wie wunderlich, vielleicht mehr als ein Zufall, warum nicht? Was wissen wir denn von dem geheimnisvollen Etwas, das wir »Seele« nennen und von ihren unsichtbaren Dingen? Sie müssen wohl seltsam und beinahe unmöglich erscheinen, wenn sie zwischen den Geschehnissen des täglichen Lebens und der Wirklichkeit auftauchen oder in alledem, was wir so zu nennen pflegen. Denn was ist sie denn eigentlich, diese »Wirklichkeit«, die für einen jeden Menschen eine andere ist und für jeden einzelnen heute eine andere, als sie gestern war, anders jetzt als vor einem Augenblick, da sie mit jedem sich wandelnden Gedanken, jeder sich wandelnden Stimmung, jedem sich wandelnden Willen sich wandelt? War das etwas »Wirkliches«, das über ihm gekommen, das weniger war als nichts und das trotzdem alles verändert hatte, so verändert, dass er, obwohl alle äußeren Verhältnisse dieselben geblieben, von diesem Augenblick an nicht mehr so würde leben können, wie er bisher gelebt hatte? Er würde in einigen Monaten wieder im Dienst sein – vielleicht als Landrats-Präsident; er würde verheiratet sein – Frau de Grave hatte endlich ihre Zustimmung gegeben, auf die Ada trotz allem hatte warten wollen – das alles hatte er auch gewusst an diesem nämlichen Morgen, da er mutlos aus seinem Zimmer geeilt, um sich selber zu entfliehen – (war das wirklich an diesem nämlichen Morgen gewesen, vor wenigen Stunden erst?) – aber es war ihm, als habe er es nicht gewusst, so ganz anders schien es ihm jetzt!

Er beendete den Satz, den er gerade schrieb, las ihn durch und stutzte: eine Veränderung, die er versuchte, war, wie sich herausstellte, keine Verbesserung. Er las auch das Vorhergehende noch einmal durch und sah, dass auch dort etwas nicht in Ordnung war. Nach drei oder vier missglückten Versuchen, die ihn immer mehr aus der Stimmung brachten, sah er ein, dass er doch nicht weiter kommen würde, und gab für diesen Morgen die Arbeit auf.

Es war noch zu früh, um zu Ada zu gehen. Sie hatte ihm gesagt, dass sie bis um Mittag in der Dessa sein würde. Eine plötzlich hereinbrechende Gewitterdunkelheit hielt ihn davon zurück, gegen sein besseres Wissen zu versuchen, ob er sie dennoch zu Hause finden würde.

Er zündete sich eine Zigarre an und ließ sie nach ein paar Zügen wieder ausgehen, während er, unbequem auf der harten Bank sitzend, mit gerunzelter Stirn in die verstreuten Blätter seines Manuskriptes blickte. Aber an seine Arbeit dachte er nicht. Ein Gefühl, wie es bei einem beginnenden Alpdrücken den Träumer am Weitergehen hindert, indem es ihm die Füße in unsichtbare Fesseln klemmt, das undeutliche aber immer stärker werdende Bewusstsein eines Hindernisses, einer drückenden Schwere, eines nicht abzuschüttelnden Zwanges, lähmte sein vor wenigen Augenblicken noch so freudig starkes Denken. Die Erinnerung an Naila war zurückgekehrt.

Er hatte mit keinem Gedanken mehr an sie gedacht, schon seit langer Zeit nicht mehr. Mit dem Gelde, von dem sie mit ihrem Kinde während einiger Jahre leben konnte, meinte er sich von allem befreit zu haben, und er hatte geglaubt, das Geschehene durch Vergessen ungeschehen machen zu können.

Und jetzt konnte er es nicht fassen! Hatte er denn in einer Art moralischer Lethargie gelebt, dass er nicht ein einziges Mal, wenn Adas Augen den seinen begegneten, das Bewusstsein seines Verschuldens an ihr wie eine Qual empfunden?

Er dachte an jenes innige »jetzt ist es gut, jetzt wissen wir alles voneinander,« mit dem sie noch halbwegs um Verzeihung gebeten für ein Verschweigen der Wahrheit, das nur der Liebe und höchstem Edelmut entsprungen. Und sein Herz krampfte sich zusammen.

»Das ist nicht mehr gut zu machen – durch nichts, niemals, in aller Ewigkeit nicht,« dachte er verzweifelt, »dafür gibt es keine Verzeihung, es lässt sich nicht einmal verstehen. Sie kann nichts anderes denken, als dass es die elendste Heuchelei ist – oder eine Gefühllosigkeit sondergleichen – und doch war es keines von beiden... was war es doch nur? ich weiß es selber nicht!«

Er begriff es nicht. Es war unglaublich, unmöglich, und doch war es so. Er hatte etwas getan, das ehrlos, verlogen und feige war, und trotzdem war er kein ehrloser Mensch, kein Lügner und kein Feigling.

»Es erschien mir damals anders,« dachte er endlich, als er sich von seinem Erstaunen erholt, »es erschien mir garnicht wie etwas Schlimmes, es kam von selbst, und als könnte es nicht anders sein. Aber wie würde ein anderer das wohl fühlen oder begreifen können?«

Er merkte, dass er es selber nicht mehr fühlte oder begriff, – dass er das Unwiderstehliche des Zwanges von damals nicht mehr empfand, nicht mehr das Überzeugende seiner Gedanken, womit er nach dem Geschehnis des zwingenden Augenblicks einen Monate währenden Zustand hatte rechtfertigen können.

Er dachte an Nailas Tränen, als er sie hatte wegschicken wollen an jenem ersten Morgen, an sein unbehagliches Junggesellenheim, an die Sitte des Landes, der die Besten folgten, an seine während all jener Zeit gehegte Überzeugung, dass seine Liebe zu Ada nicht verletzt, ja nicht einmal berührt werden könnte durch seinen halb verächtlichen Verkehr mit jener inländischen Frau, die seine Dienerin war. Aber es ging nicht. Er vermochte sich nicht mehr auf den Standpunkt von damals zu stellen. Seine eigenen Worte fielen ihm ein über das Unwürdige jener Verhältnisse, sogar für einen Mann, der nicht durch sein Wort und sein ehrliches Empfinden gebunden. Er erinnerte sich, wie er mit dem Brief seiner Braut das Haus verlassen hatte, in dem Naila schlief, und er musste es sich selber eingestehen, dass er sogar damals das missbilligt hatte, worauf er doch nicht hatte verzichten wollen.

»Ich habe sie wissentlich betrogen, ich habe mit einer Eingeborenen gelebt, während ich wusste, wie sie alles für mich opferte und Tag und Nacht nichts anderes sann, als wie sie mir helfen und mit ihrer treuen Liebe wohl tun könnte,« dachte er, während ihn ein Gefühl der Scham durchbohrte, das bis in den Lebensnerv schnitt.

Und in demselben Augenblick war es ihm auch schon klar geworden:

»Ich muss es ihr sagen.«

Sein Herz zuckte. In einer heftigen Reaktion rebellierte alles, was sich in ihm nach Glück sehnte, gegen diese unerträgliche Forderung seines Gewissens. Adas Glück und ihre Gemütsruhe hingen ab von ihrem Vertrauen zu ihm. Durch ein Geständnis konnte nicht das allergeringste gutgemacht werden. Wenn er dem Kinde eine ordentliche inländische Erziehung zuteil werden ließ, so hatte er alles getan, was billigerweise von ihm verlangt werden konnte und was für das Kind selbst das beste war. Ihm kam der Gedanke an Adas Mutter und an ihren Vormund, und wie der triumphieren würde über die Rechtfertigung seiner unversöhnlichen Feindschaft. Es schien mehr als eine lächerliche Überspanntheit und ein Verkennen aller sittlichen Werte, es schien eine unmännliche Feigheit zu liegen in diesem Bedürfnis nach Gewissensruhe auf Kosten des Glückes einer Unschuldigen.

Er versuchte das zu glauben, und beinahe gelang es ihm. Aber obgleich er fortfuhr, gegen die Wahrheit zu kämpfen, nach jeder Niederlage von neuem beginnend, bis die Gedanken keine Gedanken mehr waren, sondern nur noch ein nagender Schmerz, wusste er es dennoch und wusste es so, dass weder Spitzfindigkeiten, noch weltmännische Klugheit, noch selbsttrügerische Erwägungen etwas dagegen vermochten: es war seine Pflicht, seine Pflicht als Ehrenmann, das Geständnis abzulegen. Er musste den schönen Schein abwerfen, er musste das verborgene Übel aufdecken, er musste die Folgen seiner Tat auf sich nehmen.

»In Gottes Namen,« dachte er endlich, »und was auch daraus werden möge!«

Aber der Gedanke an das, was kommen würde und kommen musste, und an Adas Augen, wenn sie ihn ansehen würde, schlug ihn mit Lahmheit, sodass er regungslos dasaß. Der Tag neigte sich bereits seinem Ende, als er schweren Schrittes den Weg zu Frau Meerhuys einschlug.

Sie war allein in der Vordergalerie. Er sah es mit einem Gefühl der Dankbarkeit wegen dieses Aufschubs von wenigen Augenblicken.

»Sie sind doch nicht krank?« fragte sie, indem sie von ihrer Näharbeit aufblickte. »Nicht? Sie sehen so blass aus.«

Er murmelte etwas von frühem Aufstehen und einem Spaziergang über die Hügel.

»Ja, davon hat mir Ada erzählt, sie war entzückt von dem Morgen und von dem Walde und dem Reispflanzen und »all der Herrlichkeit,« wie sie sich ausdrückte,« sagte Frau Meerhuys lächelnd. »Halb und halb bereute ich es schon, dass ich nicht mitgegangen war, anstatt nach Soembertingih zu fahren.«

Soembertingih war ein Dorf jenseits des Tjeremai, wo van Heemsbergen noch niemals gewesen war.

»Ich habe dort von jemandem sprechen hören, dessen Sie sich vielleicht aus Ihrer allerersten Zeit in Soemberbaroe erinnern werden,« sagte sie, indem sie ihre Nadel wieder einsteckte, »von dem Inländer, Ada sagte, er hätte Pah-Tasmie geheißen – wissen Sie noch? Man hatte ihn zur

Zwangsarbeit verurteilt in der ersten Landratssitzung, der Sie damals beiwohnten.«

»Ist er entflohen?« rief van Heemsbergen aus.

»Das war auch Adas erste Frage, sie hoffe es, sagte sie. Nein, so viel ich weiß, ist das nicht der Fall, ich sprach nur von ihm, um Ihrem Gedächtnis zu helfen. Ich habe nämlich von seiner Frau gehört, – die schöne Naila wurde sie seinerzeit in Soemberbaroe genannt, – Sie haben sie ja wohl damals bei der Sitzung gesehen, nicht wahr? Ich habe zu meinem Bedauern erfahren, dass sie ganz auf schlechte Wege geraten sei. Von einem Kinde aus anständiger Familie, so wie sie es war (ich habe sie noch als junges Mädchen gekannt), hört man das nicht oft. Sie soll bei einem »Wayang« gewesen sein und dann als Wirtschafterin bei dem Angestellten einer Zuckerfabrik, der sie fortgeschickt hat, als er merkte, dass ein Kind im Anzuge war. Wo sie sich bis zu ihrer Entbindung aufgehalten hat, wusste mein Gewährsmann nicht, aber das Geld, das sie bei sich hatte, scheint man ihr entwendet zu haben. Augenblicklich ist sie bei einem Forstbeamten oberhalb Soembertingih; wie ich höre, will er das Kind nicht im Hause haben. Was soll nun wohl aus solch einem armen kleinen Wesen werden, noch dazu einem Mädchen? Natürlich nichts Gutes.«

Adas leichter Schritt wurde hörbar.

Van Heemsbergen fühlte, wie sich seine Stirn mit kaltem Schweiß bedeckte.

»Wenigstens doch warten, bis es dunkel ist,« dachte er ratlos.

Ada trat ein.

»Weißt du es schon, Gys? Damit kann man doch wirklich nur Mitleid haben. Es wäre sicher niemals so weit mit ihr gekommen, wenn man ihr nicht damals durch das harte Urteil ihren Mann genommen hätte – so konnte jeder, dem es einfiel, schlecht zu ihr sein.«

»Ich – ich wusste in der letzten Zeit nicht, wo sie geblieben war,« stotterte van Heemsbergen. »Für das Kind werde ich sorgen, natürlich.«

Ada errötete vor Freude.

»O Gys! und ich hatte nicht den Mut, dich darum zu bitten! wir zusammen, nicht wahr, wir wollen das kleine Geschöpfchen zu uns nehmen, um das sich nicht einmal der eigene Vater kümmert. O, ich habe es mir schon gedacht heute morgen, dass wir jetzt ganz, ganz glücklich sein werden!«

Sie ergriff seine Hand und küsste sie.

»Liebster!«

Van Heemsbergen sprang auf und riss seine Hand los. »Ich kann es nicht länger ertragen, – es ist mein Kind!«

Mit einem Schrei hatte er es ausgestoßen. Ada blickte ihn an, so entsetzt über sein weißes, zuckendes Gesicht und seine Augen, dass sie die Worte, die er ihr entgegenschleuderte, nicht einmal verstand.

Er sah es. Die Hände zusammenpressend, wiederholte er verzweifelt und mit einem Gefühl, als spränge er in einen Abgrund:

»Es ist mein Kind, ich habe Naila ein halbes Jahr bei mir gehabt.«

Ada wich zurück. Ihr Gesicht und ihre ganze Gestalt waren wie erstarrt ... ihre Augen weit geöffnet.

Er streckte die Hände nach ihr aus. Jemand stieß ihn so heftig zur Seite, dass er wankte. Ohne aufzublicken, ging er zum Hause hinaus.

Als er wieder imstande war, sich Rechenschaft abzulegen über sich selbst und die Dinge um ihn her, stand er in der dunklen Nacht auf der Landstraße und starrte nach dem Lichtchen auf dem Hügel. Wo er während all der Zeit gewesen war, wusste er nicht; er hatte nur eine todesmatte Erinnerung an steile Höhen, auf denen er bei jedem Schritt bis an die Knöchel in den Schlamm gesunken war, an eine – wie es ihm schien – stundenlange Dunkelheit zwischen den Bäumen und an sein Zimmer, wo die Lampe ausgegangen war und der am Boden schlafende Boy sich halb aufgerichtet hatte bei seinem Eintreten, etwas murmelnd von Frau Meerhuys – und »schon dreimal fragen lassen.« Er fasste endlich einen Entschluss, ging den Hügelpfad hinauf und blieb noch einen Augenblick zögernd stehen; dann ermannte er sich und betrat die Galerie.

Frau Meerhuys, die am Tisch saß im Schein der Lampe, stand hastig auf und ging, ohne ein Wort zu sprechen, an ihm vorüber und ins Haus hinein. Nach wenigen Augenblicken kam sie zurück und sagte in ihrem gewöhnlichen Ton, doch indem sie es vermied, ihn anzusehen:

»Sie beunruhigte sich über Sie.«

Van Heemsbergen versuchte zu sprechen, aber seine Stimme brach. Er verbarg das Gesicht in den Händen und schluchzte krampfhaft.

Noch vor einem Augenblick hatte sich Frau Meerhuys, während sie Adas bleiches Gesicht vor Augen hatte, geschworen, dass sie van Heemsbergen in ihrem ganzen Leben nicht verzeihen könne, noch verzeihen wolle. Aber ihre zornige Entrüstung schwand, während sie ihn anblickte, wie er dasaß, zusammengesunken, schluchzend, und sie begriff, wie entsetzlich er gelitten haben musste. Sie legte ihre Hand auf seine Schulter und sagte beinahe weich:

»Gys, Gys – still jetzt.«

Ohne aufzublicken, murmelte er:

»Wie geht es ihr? Sie ist doch nicht ... sie wird doch nicht krank werden?«

»Nein, das fürchte ich jetzt nicht mehr.«

»Sie haben es also doch befürchtet?«

»Ja, anfangs wohl, weil sie so unnatürlich still war. Sie saß unbeweglich da, mit solchen starren, trüben Augen, es war, als ob sie mich nicht hörte, wenn ich zu ihr sprach. Aber endlich kamen die Tränen doch.«

»Was ... was sagte sie?« stieß er mühsam hervor.

»Ach, was tut denn das zur Sache – sie war nicht bitter und nicht heftig.«

»Sie wollen mich schonen – sagen Sie es mir.«

Es dauerte eine Weile, bis die Antwort kam.

»Nichts weiter als: Ich fürchte mich.«

»Ich wollte, ich hätte mir an jenem Abend eine Kugel durch den Kopf gejagt! ich war – aber es nützt ja nichts, was ich auch sage, es ist nicht zu entschuldigen, nicht zu erklären, durch nichts – Ich kann es selbst nicht mehr begreifen, wie ich dazu gekommen bin.«

Frau Meerhuys sah ihn während einiger Augenblicke schweigend an; dann:

»Sie müssen wohl verstehen, dass ich keine Beichte von Ihnen verlange, Gys, aber ich glaube doch, dass es besser ist, wenn Sie darüber sprechen, es wird Ihnen gut tun.«

Er fühlte, dass sie recht hatte.

Er wurde plötzlich von einem Druck befreit, den er nicht länger mehr hätte ertragen können, während er, allen falschen Stolz und alle falsche Scham überwindend, das aussprach, was er so lange auch vor sich selber verschwiegen.

Als er geendet hatte, blieb es eine Weile still.

Endlich sagte Frau Meerhuys, aber vielmehr, als spräche sie zu sich selber als zu ihm:

»Ja – wenn man einmal vom rechten Wege abgekommen ist ...«

»Glauben Sie, ... dass sie ... dass sie mir ...«

Er konnte das Wort »verzeihen« doch nicht herausbringen. Frau Meerhuys erriet es:

»Ja, ich glaube es wohl. Sie liebt Sie zu sehr, um es nicht zu tun.«

Er neigte den Kopf.

»Soll ich ihr sagen, was Sie mir gesagt haben? Alles?«

Sie war aufgestanden; in seinem Blick die Antwort erratend, die er nicht aussprach, ging sie.

An jedem Nerv zitternd, wartete er, die Augen auf die dunkle Öffnung gerichtet, in der sie verschwunden war.

»Spricht sie jetzt mit ihr? Wenn ich ihre Stimme nur hören könnte – nur den Klang! – O, diese Stille ist unerträglich!«

Er schrak empor – Frau Meerhuys stand vor der Tür.

»Kommen Sie,« sagte sie.

Er erhob sich, als geschehe diese Bewegung ohne seinen Willen. Sie erriet die Frage in diesen Augen, die sich so starr in die ihren bohrten.

»Nein, ich habe ihr nichts gesagt, es war nicht nötig – kommen Sie nur!« Sie öffnete die Tür zu einem hell erleuchteten Zimmer. Ada war da, er sah nur ihre Augen. Vor ihr niederkniend, barg er sein Gesicht in ihrem Schoß. Er fühlte die kühlen weichen Hände um seinen Kopf.

Endlich versuchte er zu sagen:

»Kannst du mir verzeihen?«

Allein er begriff, dass sie ihn nicht verstanden haben konnte.

»O,« sagte Ada tief aufschluchzend, »o, wie unglücklich bist du gewesen!«

Ihm war, als zerbräche alles in ihm.

»Bedauerst du mich auch noch,« schrie er, »großer Gott, bedauerst du mich auch noch?«

Sie neigte sich über ihn und schmiegte ihr bleiches tränenüberströmtes Gesicht, das in diesen wenigen Stunden schmal geworden zu sein schien, an das seine.

Er stammelte:

»Willst du mich ... willst du mich ... die Liebe lehren, Ada?«